Arena-Taschenbuch
Band 50754

W0220214

Ebenfalls von der Autorin im Arena Verlag erschienen:

Die Jungs und ich
Das Model und ich
Die Schule und ich
Die Liebe und ich
Meine Clique und ich
Mein Schutzengel und ich
AllerBesteFreundinnenZeiten und ich
Die Welt und ich
Mein Leben und ich
Meine Ökokrise und ich
Miss Christmas und ich

Sinas Liebeslexikon

Alicia. Unverhofft nervt oft
Alicia. Wer zuerst küsst, küsst am besten
Alicia. Liebe gut, alles gut

Felis Überlebenstipps. Zettelkram und Kopfsalat. Neue Schule, neues Glück

Beste Freundinnen gegen den Rest der Welt (Geschichten-Sammelband zusammen mit Margot Berger, Stefanie Dörr und Alice Pantermüller)

Ilona Einwohlt,
geboren 1968, hat sich mit ihren Mädchenratgebern längst einen Namen gemacht – nicht zuletzt deshalb, weil sie mit ihrem locker-einfühlsamen Ton über Themen schreibt, die Mädchen wirklich interessieren. Die Autorin lebt mit ihrer Familie in der Nähe von Darmstadt. Mehr über die Autorin unter www.ilonaeinwohlt.de

Ilona Einwohlt

Mein Pickel und ich
HerzSchmerzZeiten und ich

Zwei Sina-Bücher in einem Band

Arena

Triff Sina auf **www.sinasblog.de**

FSC
www.fsc.org
MIX
Papier aus verantwortungsvollen Quellen
FSC® C110508

1. Auflage als Limitierte Sonderausgabe im Arena-Taschenbuch 2015
© dieser Ausgabe 2015 Arena Verlag GmbH, Würzburg
Innenillustrationen: knaus. Büro für konzeptionelle und visuelle identitäten, Würzburg; Birthe Kipker; KOKOM Kommunikation GmbH, Darmstadt
»Mein Pickel und ich« © 2008 Arena Verlag GmbH, Würzburg
»HerzSchmerzZeiten und ich« © 2013 Arena Verlag GmbH, Würzburg
Alle Rechte vorbehalten
Umschlaggestaltung: knaus.büro für konzeptionelle und visuelle identitäten, Würzburg
Einbandillustration: Constanze Guhr
Umschlagtypografie: KCS GmbH · Verlagsservice & Medienproduktion, Stelle/Hamburg
Sondergestaltung: komm Design/achkomm.com/Würzburg
Gesamtherstellung: Westermann Druck Zwickau GmbH
ISSN 0518-4002
ISBN 978-3-401-50754-5

www.arena-verlag.de
Mitreden unter forum.arena-verlag.de

Mein Pickel und ich

Ilona Einwohlt

Für M., I. & J.

Inhalt

Erstes Kapitel, in dem Sina Pickelforscherin wird 8

Im Pickel war der Anfang 8

Wimmerl, Wimmern, Wundern 20

Voodoo-Wunder 30

Porentiefe Verstopfung der Gefühle 42

Zweites Kapitel, in dem Sinas Hormone ins Schwitzen geraten 62

Voll fettige Haare 62

Schäm dich nicht 82

Hänki Pänki mit Stinkepanks 92

Drittes Kapitel, in dem aus Sinas Rosenmüllerknospen ein richtiger Busen wächst 106

Ein Knubbel kommt selten allein 106

Von Melonen, Birnen und Apfelsinen 123

Husch, husch ins Körbchen 135

Viertes Kapitel, in dem Sina ihre Erdbeerwochen mit Himbeertee feiert 147

Rhythmus-Zyklus 147

Ebbe oder Flut? 161

PS: PMS und SMS 190

Erstes Kapitel, in dem Sina Pickelforscherin wird

Im Pickel war der Anfang

Im Pickel war der Anfang. Rot, hügelig und eitrig leuchtete er plötzlich auf meiner Stirn und signalisierte allen, die es wissen wollten oder nicht: Sina ist in der Pubertät! Schreck, Kotz, Krise! Ehrlich gesagt und unter uns: Ich fühle mich mit elfeinhalb noch viel zu jung dazu! Ich weiß ja nicht, wie es dir so geht, aber Pickel sind doch was für Mädchen mit Busen, die über Jungs tuscheln und heimlich während des Unterrichts Briefchen schreiben. Klar schreibe ich auch Briefchen, aber höchstens mal mit meiner besten Freundin Kleo-Dorothea, weshalb uns unsere Klassenlehrerin Frau Tuszynski schon tausendmal ermahnt und seit Neuestem sogar auseinander gesetzt hat. Und so Makro-Knubbel habe ich auch, aber die zählen nicht, auch wenn ich wegen ihnen am Strand ein süßes Blümchenbikinioberteil trage (schließlich bin ich kein Baby mehr, das nur mit Höschen rumläuft). Aber Pickel habe ich noch nie gehabt! Und ich will auch keine haben! Denn als aufgeklärtes Mädchen des 21. Jahrhunderts weiß ich, dass es garantiert nicht bei dem einen bleibt.

Außer Briefchen an Kleo schreibe ich auch fleißig Tagebuch und ab sofort werde ich sehr ehrlich und ausführlich über jeden Pickel persönlich berichten. Denn eins ist so sicher wie Mamas Vorliebe für Leons Sabberküsschen: Mit Pickeln hat man zwar nicht die Pest, ist aber ähnlich gestraft, weil ab sofort alle klar die Zeichen deuten: DIESES Mädchen ist in der Pubertät!

Ich, ganz cool, tue so, als ob das alles nichts wäre, dabei bin ich seit gestern völlig durch den Wind. Ich, Sina Rosenmüller, die kleine, etwas pummelige, zahnspangentragende Sina mit den großen Füßen und der besonderen Vorliebe für Zahlen und Mathematik, habe einen Pickel! Meine Mutter hat beim Frühstück nichts gesagt, aber an ihrem mitleidigen Blick habe ich gemerkt, dass sie mir am liebsten ihr Camouflage-Make-up ausgeliehen hätte. Danke, Mama, so schlimm ist es nun auch wieder nicht! Zum Glück war sie sofort wieder abgelenkt, weil mein kleiner Bruder Leon einen rot blühenden Hautausschlag im Gesicht hatte. Ob ich ihr sagen soll, dass er heimlich ihre Anti-Age-Creme benutzt hat? Leon ist zwar erst vier, aber scheinbar will er forever young an Mamas Rockzipfel hängen. Schadenfroh grinsend habe ich mein Morgenmüsli in mich reingemampft, Leon ist immer für Überraschungen gut. Seit er auf der Welt ist, habe ich glücklicherweise meine Ruhe vor Mamas Behütungsanfällen, dafür werde ich ihm ewig dankbar sein und deshalb darf er auch als Einziger meine Gummibärchensammlung anschauen, natürlich ohne probieren, darauf steht Höchststrafe. Aber Leon ist ein Nervmonster der mutierten Art, und wie er jetzt lauthals rumkräht „Sina hat einen Pickel, Sina hat einen Pickel“, wünsche ich ihm für die Zukunft eine Akne fiesus longus eiterus explosivus.

In der Schule war dann mein Pickel Gesprächsthema Nummer eins zwischen uns Mädchen, Kleo war sogar ein bisschen neidisch. Ich weiß nicht, was es da zu beneiden gibt, wenn einem mitten auf der Stirn so ein Dings prangt und leuchtet wie Rudolphs Rotnase. Aber Kleo ist sowieso ein bisschen weichgespült und in allem, was sie tut, äußerst langsam. Sicher hat sie Angst davor, dass ihre Pickel erst mit fünfundzwanzig sprießen, wo sie in diesem Alter doch als strahlende Braut vor dem Altar stehen will. Das wäre dann sehr unpassend. Meine andere Freundin Julia dagegen hat mir gleich lauter Pickel-Horror-Geschichten von ihrer großen Schwester Ashley erzählt. Milli, mit der ich auch in einer Basketballmannschaft spiele, meinte lapidar, das gehöre halt zur Pubertät dazu und würde irgendwann von selbst vorbeigehen. Und Jolina, die ein Jahr älter ist als wir alle und gerne mit ihren Erfahrungen angibt, hat mich mit schlauen Pflegetipps vollgesülzt, von denen ich nur Crème fraîche und Tütelü verstanden habe. Nichts also, was mir wirklich weiterhilft! Fazit: Wer einen Pickel hat, braucht keine anderen Sorgen! Willkommen in der Pubertät!

Pubertät kommt vom Lateinischen *pubertas*, bedeutet Mannbarkeit und bezeichnet die Zeit der biologischen Veränderungen, die aus Kindern geschlechtsreife Männer und Frauen machen. Verantwortlich dafür sind **Hormone** (griech. hormein = antreiben, anregen), die Wachstum und Reifung der Geschlechtsmerkmale (Busen, Achselhaare, Gebärmutter, Scheide, Schamlippen, Schamhaare) steuern. Durch ein ausgeklügeltes System, gesteuert vom Zwischenhirn, schubst ein Hormon das nächste an. Dann werden in den Eierstöcken vor allem die Hormone Östrogen und Progesteron gebildet. Sie sorgen dafür, dass aus dem Sina-Mädchen eine Sina-Frau mit Busen und Periode wird. Kein Wunder, dass in dieser hormonell verwirbelten Zeit Gefühle und Launen Achterbahn fahren!

Sina Mädchen
\+ Hormone
___
Sina Frau

Auch heute, am Tag zwei der Pickel-Katastrophe, hatte ich in der Schule wieder das Gefühl, alle würden mich anstarren, als hätte ich die Extrem-Pest, dabei haben einige in unserer Klasse schon eine richtige Streuselkuchenoptik. Außerdem ist der rote Hügel auf meiner Stirn bereits ein winziges Stückchen geschrumpft, auch wenn die Eiterbeule größer geworden ist. Ich habe mir ihn heute Morgen extra ganz genau unter Mamas Vergrößerungsspiegel angeschaut. Eigentlich ein Prachtexemplar, sanft erhaben, gerötet, mit einer Eiterkuppe. So sieht er etwa aus:

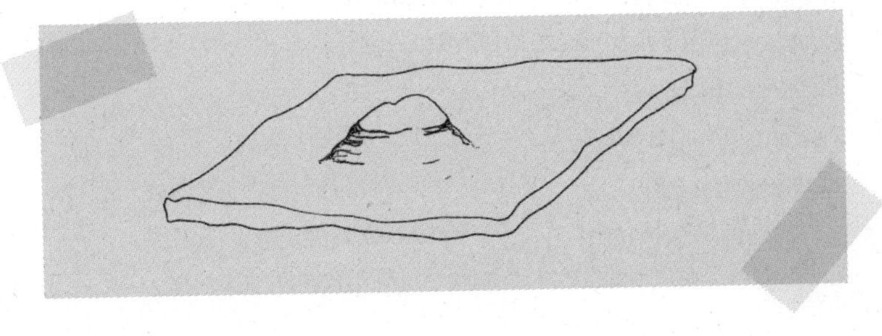

Wie ist er überhaupt entstanden? Und wie kriege ich ihn wieder weg? Eiter ist ja eigentlich kein gutes Zeichen, das weiß ich, weil ich mal eine schrecklich vereiterte Knieverletzung hatte. Letztes Jahr, beim Outdoor-Basketballtraining, bin ich volle Lotte aufs Knie geflogen. Beim Verpflastern haben wir scheinbar einige Steinchen übersehen, zumindest dauerte es nicht lange, bis alles schick entzündet war – und heftig vereitert. Mein Vater hat mich sofort zu Doktor Gottstein geschleift und der hat Ewigkeiten daran herumgedoktert, bis der Eiter weg war und das Knie wieder so aussah wie vorher. Zu Doktor Gottstein gehe ich also wegen des Eiterpickels schon mal nicht, so viel ist klar! Aber wieso ist das Megateil jetzt so entzündet?

Ursache für Pickel sind verstopfte Poren, was an der vermehrten Talgproduktion während der Pubertät liegt. Das wiederum liegt an den Androgenen (männliche Hormone, die auch bei Mädchen vorkommen und unter anderem für stabilen Knochenbau und straffes Bindegewebe sorgen) und ist je nach Veranlagung unterschiedlich stark ausgeprägt. Die Haut erscheint fettig und glänzend, es bilden sich Pickel und Mitesser. Um den Fettpfropfen in der Pore abzustoßen, holt sich die Haut Bakterien zu Hilfe, die das umliegende Gewebe weich machen: Es bildet sich Eiter bzw. ein Eiterpickel – der ganze Mist eitert und flutscht raus! So können aus harmlosen Pickelchen dicke, fette Eiterpusteln entstehen. Dabei gibt es drei Ausprägungen:

1. Talgüberproduktion: *Die Haut glänzt stark.*
2. Talgüberproduktion mit Verhornungsstörung: *Die Haut glänzt stark und hat schwarze und weiße Mitesser.*

3. Talgüberproduktion mit Verhornungsstörung und Entzündung:
Stark glänzende Haut, Mitesser und entzündete Pickel

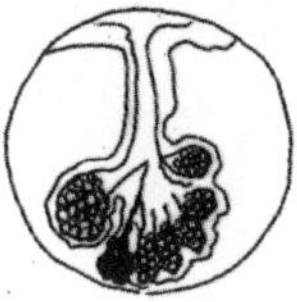

Hier gibt's eine vermehrte Talg-
ausschüttung in den Talgdrüsen.

Ein weißer Mitesser entsteht, wenn die Talgdrüsen durch eine übermäßige Produktion von Hornzellen verstopfen.

Ein schwarzer Mitesser entsteht, wenn der Talg durch die Luft oxidiert.

Verstopfte Pore, dass ich nicht lache! Dann mache ich sie eben wieder frei und schon ist er weg, der Pickel. Aber wie? Was ist, wenn ich eine Verhornungsstörung habe? Und was hilft gegen die Entzündung außer Doktor Gottstein? Mir bleibt nichts anderes übrig – ich muss mich wohl selber kümmern und Pickelforscherin werden. Es ist nun mal meine Art, den Dingen gründlich auf die Schliche zu kommen, und deshalb werde ich auch mein Porenproblem bereinigen, im wahrsten Sinne des Wortes. Nur leider, leider muss ich jetzt erst mal ein ordentliches Mittagessen über mich ergehen lassen, bevor ich mich in Ruhe meinem Studium widmen kann. Meine Mutter besteht darauf, dass wir alle nach der Schule gemeinsam am Tisch sitzen, und so gut wie nie verzichtet sie auf ihr Tischlein-Ritual.

„Piep, piep, piep, recht guten Appetit", kräht Leon und mampft begeistert seine Mini-Pizza, die Mama extra für ihn mit seiner Lieblings-Salami belegt hat. Ich dagegen säbele vorsichtig ein

Stück ab und betrachte angeekelt die Käsefäden, die sich an meiner Gabel entlangziehen.

„Nur zu, Sina!", ermuntert mich meine Mutter. „Hast du gar keinen Hunger?" Garantiert hat sie den ganzen Morgen über in der Küche gestanden und diese Mini-Dinger extra liebevoll geknetet und platt gewalzt.

„Mmh, schon ...", antworte ich. „Es ist nur ..." Ob ich ihr sagen kann, dass mich der luftige Hubbel vom Pizzateig an meinen Pickel erinnert? Und der Käse an meine verstopfte Pore? Wohl kaum! Also schlucke ich meinen Ekel runter und beiße tapfer in meine Pickelpizza.

„Na, siehst du", meint meine Mutter glücklich, um dann selbst, nachdem Leon sich wieder seinem Playmobil-Flugzeug zugewandt hat, seine Pizza-Reste aufzufuttern. Eine Weile essen wir schweigend vor uns hin.

„Sina, ich ..." Sie legt energisch ihre Gabel zur Seite, also will sie mir etwas Wichtiges mitteilen. Vielleicht will sie endlich wieder arbeiten gehen und erwartet von mir, dass ich in Zukunft Leon hüte? Seit mein kleiner Bruder auf der Welt ist, gibt sie die Nur-Hausfrau und nervt uns alle damit, weil sie von morgens bis abends ständig am Aufräumen, Einkaufen, Waschen und Kochen ist und keine anderen Themen kennt als Leon, Leon und Leon. Von daher wäre es ein Segen, wenn sie wie andere Mütter endlich wieder arbeiten ginge.

„Ich gehe nachher in den Drogerie-Markt", höre ich sie sagen. „Willst du mit?"

Äh, Drogerie-Markt? Meine Mutter ist Zahnarzthelferin, was will sie denn in einem Drogerie-Markt?

„Ich dachte, da können wir mal nach so einer Pickelcreme gucken",

schlägt sie vor und senkt verlegen den Blick, als ob sie mir vorgeschlagen hätte, Spitzenunterwäsche zu kaufen. Daher weht der Wind! Ich höre immer nur Pickel!
„Nicht, dass du so schlimm Akne bekommst wie Paul."

Von **Acne vulgaris** [= (all)gemeine Akne] spricht man, wenn zu entzündeten Pickeln auch noch Papeln, Knoten und Pusteln hinzukommen. Da hilft dann der Hautarzt mit speziellen Cremes und Medikamenten. Außerdem gibt es bestimmte Antibaby-Pillen, die zur Behandlung der Akne besonders geeignet sind. Falls du also feststellst, dass deine Pickel mit „normalen" Anti-Pickel-Cremes nicht verschwinden, lohnt sich ein Besuch beim Haut- oder Frauenarzt, der dich ausführlich berät und dir ein für dich passendes Produkt verschreiben kann.

Paul ist mein großer Bruder, der schon fast volljährig ist und eine Zeit lang ganz fette, fiese Pickel hatte, die sogar vom Hautarzt behandelt werden mussten. Mama hat totalen Stress gemacht deswegen und einen Experten nach dem anderen befragt. Dann ist Paul zum Leidwesen meiner Mutter aus unserem Reihenendhaus zu seinem „echten" Vater gezogen und sie konnte weder ihn noch seine Akne mehr bemuttern. Jetzt lebt Paul in einer Musiker-WG, trägt nur noch schwarze Klamotten – und hat inzwischen keine Pickel mehr.
Ich nicke ergeben. „Keine schlechte Idee", sage ich und überlege, ob ich auch nicht lieber in eine WG ziehen soll. „Ist noch von der leckeren Mousse au Chocolat da?"
„An deiner Stelle würde ich jetzt mit Zucker ein bisschen aufpassen", meint meine Mutter, stellt mir aber die Schüssel hin.

Hä? Was meint sie denn damit? Hat sie etwa Angst, dass ich eines Tages auch so runde Hüften bekomme wie sie? Ich finde, das ist noch lange kein Grund, auf so leckeres Schoko-Zeugs zu verzichten.

„Zucker nährt die Pickel sozusagen“, erklärt sie, während sie das Geschirr in die Spülmaschine sortiert. Wenn sie nicht immer meckern würde, dass ich die Teller falsch einräume, würde ich ihr natürlich auch gerne dabei helfen. Aber gerade habe ich keine Lust auf Anranze und lass es lieber bleiben.

„Von jetzt an solltest du ausgewogener essen. Ich werde mich mal erkundigen und deine Ernährung entsprechend umstellen.“

Oh Mama, lass gut sein! Jetzt mach doch wegen eines Pickels nicht so ein Theater! Aus Trotz löffle ich die ganze Schüssel leer.

Meine Mutter ist echt der Hit! Ein Pickel macht noch keine Pubertät, sagt sie im Auto glatt zu mir, die blöde Kuh, schleppt mich aber prompt in den nächstbesten Drogerie-Markt, um mir eine Anti-Pickel-Creme zu verpassen. In Wahrheit hat sie doch nur Angst vor einer pubertierenden Tochter und will eigentlich einen Anti-Pubertät-Stift, man kennt doch die Geschichten!

Schneewittchen-Konflikt ist ein Begriff aus der Psychoanalyse, nicht aus dem

Märchen. Damit gemeint ist der Neid der Mutter auf die heranwachsende, erblühende Tochter, in der sie die Vergänglichkeit ihrer eigenen Schönheit gespiegelt sieht: *Spieglein, Spieglein an der Wand* ... Mit anderen Worten: Deine Mutter merkt anhand deiner Pubertät, wie alt sie tatsächlich ist! Auch wenn es dir schwerfällt, versuche bei all dem Trouble, den ihr habt, auch ein bisschen ihre Position zu verstehen. Du bist jetzt nicht mehr ihr kleines Mädchen ...

Mir ist die Lust am Pickelforschen gründlich vergangen, maulend schlurfe ich ihr durch den Laden hinterher, Leon natürlich wie immer im Schlepptau. Ich wäre viel lieber mit Kleo und den anderen zum Outdoor-Training gegangen, wenn ich Glück habe, sind nachher noch ein paar aus meiner Basketballmannschaft da. Außerdem ist mir das ganze Pickelgedöns grässlich peinlich, zumal Mama jetzt mit der blondierten Kassiererin tuschelt. Das hat mir gerade noch gefehlt! Diese intimen Mutter-zu-Mutter-Gespräche über den aktuellen Entwicklungsstand ihrer Töchter! Als ob sie nichts Besseres zu tun hätten, als sich über das Hormonchaos ihrer Kinder auszutauschen! *Schwärmt deine schon für Jungs? Sieht man schon was? Hat deine schon ihre Tage?* NEIN, aber einen fiesen Pickel! Vor mich hin grummelnd schlendere ich durch den Markt. Plötzlich bleibt mir die Luft weg. Fasziniert starre ich auf das Regal mit den Hautpflegeprodukten, genauer gesagt, auf die bunten Etiketten, die auf den vielen bunten Flaschen und Tuben prangen: Silber mit orange-gestreift auf grüner Tube, rot-weiß-oval auf blauer Flasche, winzige, silbrig glänzende Abdeckstifte, rosa Tiegel mit Zickzack-Etikett – einfach toll!!!

Vielleicht sollte ich ab sofort Kosmetiketiketten sammeln und nicht mehr Gummibären! Bin mir sicher, Kleo würde sich tierisch freuen, wenn ich ihr meine 133 Gläschen vererben würde. Ich besitze nämlich Gummibären in den verschiedensten Formen und Farben: Flugzeuge, Herzen, Dinos, Autos, Kirschen ... mein wertvollstes Gummiteilchen ist eine rosa Rose, die mir mein Onkel Ösi aus Wien mitgebracht hat.

„Na, hast du schon etwas Passendes gefunden?“ Meine Mutter hat sich heimlich angeschlichen und lunst mir über die Schulter. „Wie wäre es denn hiermit?“ Sie hält eine dunkelblaue Flasche hoch. „Pickel-Picker“, liest sie vor und kriegt sich gar nicht mehr ein vor Lachen. Wirklich sehr lustig, Mama! Über deine Q10-Age-Control-Creme mit satiniertem Algenextrakt lästert doch auch keiner, oder?
In diesem Moment höre ich ein lautes Geschrei, das meine geübten Große-Schwester-Ohren sofort als Leons Schmerzgejaule

identifizieren. Meine Mutter sprintet bereits Richtung Kinderspielecke, wo mein kleiner Bruder heulend neben dem Holzpferd sitzt und sich die blutende Nase reibt. Natürlich ist der Drogeriebesuch damit gelaufen. Auch gut, dann komme ich eben allein wieder, beschließe ich, und schaue mich dann in Ruhe um – ohne Mamas blödes Gewieher und Leons ohrenbetäubendes Geheule.

Wimmerl, Wimmern, Wundern

„Kommst du heute Nachmittag nach dem Training noch mit zu mir?“, will Kleo am nächsten Morgen wissen, als wir unsere Fahrräder wie immer zusammenschließen.

„Äh ... ich kann leider nicht“, antworte ich. „Tante Irene und Onkel Ösi kommen nachher.“ Dass ich heute noch mal heimlich und alleine in den Drogerie-Markt will, muss ich ihr jetzt nicht auf die Nase binden. Weil Kleo weiß, wie lieb ich meine Tante und ihren österreichischen Mann habe, glaubt sie mir meine Lügerei unbesehen. Überhaupt ist Kleo eine durch und durch gefühlvolle Seele. Wir kennen uns erst seit der neuen Schule, aber es war Freundschaft auf den ersten Blick. Trotzdem bringe ich es einfach nicht, ihr zu erzählen, dass ich wegen meiner Pickelsorgen heute Nachmittag einfach keine Zeit habe, mit ihr und ihrem Meerschweinchen zu spielen. Ich hatte ja auch mal eins, aber leider ist King Kong letztes Jahr auf unserer Fahrt an die Nordsee ins Armaturenbrett gekrabbelt und nicht mehr herausgekommen. Dazu muss man wissen, dass

Papas neuer Family-Van so konstruiert ist, dass nur Original-Werkstattmechaniker das Ding mit Originalwerkzeug auseinanderschrauben können. Und finde mal am Samstagnachmittag in der Ödnis Ostfrieslands eine Vertragswerkstatt! Als sie King Kong endlich rausgefischt haben, war er schon ganz vertrocknet und noch nicht mal mit Nordseewasser wieder zu beleben. Ich muss dir nichts erzählen, die Ferien waren für mich gelaufen. Also, Meerschwein hin oder her – heute muss Kleo alleine die Schweinehüterin machen.

Während des Unterrichts bin ich superunkonzentriert und hibbelig, weil ich die ganze Zeit über an die Pickel-Etiketten denken muss. Blöderweise sind diese Pflegeflaschen so teuer, dass ich mir eine Sammlung glatt abschminken kann. Ob ich mich in meiner Klasse als Etikettensammlerin oute und leere Flaschen von den anderen schnorre? Möglichst unauffällig schaue ich während der Deutschstunde durch die Reihen, wer von meinen lieben Klassenkameraden eventuell bereits solche Pflegeprodukte benutzen könnte.
Meine Freundin Kleo kommt schon mal nicht infrage, die schmiert sich höchstens Nivea ins Gesicht. Ihre Haut ist zart wie einst Leons Babypopo und Marco und Yannis nennen sie manchmal Babybel. Milli, die wie keine andere meine Pässe beim Basketball pariert, interessiert sich mehr für Sport und Pferde. Sie ist so ein richtiges Naturmädel wie aus der Werbung, absolut liebenswert, einfach unkompliziert, da hat sie auch eine unkomplizierte Haut. Julia wäre vielleicht eine gute Adresse, auch wenn sie selbst noch keine Pickel hat. Aber ihre große Schwester ist ein Schmink- und Pickelwunder mit großem Kos-

metikverbrauch, da kommen im Monat garantiert einige Etiketten zusammen.

Ich habe gelesen, in Deutschland geben Frauen im Jahr mehr als zwölf Milliarden Euro für Kosmetikprodukte aus! In Ziffern: 12.000.000.000 Euro. Weißt du, wie viele Barbies, Diddls oder ganz einfach nur wie viel Schoko-Eis man davon kaufen kann?! Und: Wie viele Etiketten ungesammelt auf der Müllhalde verenden!?

Auch Jolina hat garantiert eine große Kosmetiksammlung zu Hause, aber die Kuh spreche ich bestimmt nicht an, da verätze ich mir ja meine Zunge! Jolina hat superviele kleine Pickelchen, die unter ihrer dicken Make-up-Schicht kaum auffallen. Sicher hat sie jeden Morgen tierischen Stress, alles zuzukleistern, aber ich finde, das geschieht ihr nur recht. Wer so tussig drauf ist wie sie, darf ruhig jede Menge Pickel haben, da habe ich gar kein Mitleid. Unsere Streberin Melanie brauche ich gar nicht erst zu fragen, die kennt sich bei ihrer üppigen Oberweite sicher nur mit BH-Größen aus. Und Friederike auch nicht, die hat Neurodermitis und ist eher ein wandelndes Medizinlexikon. Na, und dass ich die Jungs deswegen nicht anspreche, ist ja wohl klar! Einige von ihnen sind bereits im Stimmbruch und Marco, Juri und Sebastian haben auch schon einige Pickel auf dem Kinn. Vielleicht sollte ich Anton Killer fragen. Er hat DAS Pickelface in unserer Klasse und kennt sich mit Sicherheit aus. Aber ich kann mit dem doch nicht über Kosmetik oder so was reden! Einzig bei Yannis würde ich mich trauen. Wir sind seit Ewigkeiten Nachbarn, und weil unsere Mütter gut miteinander befreundet sind, treffen wir uns manchmal auf Grillpartys. Wenn ich ihn alleine sehe, ist er ganz nett, aber in der Schule, wenn andere Jungs dabei sind, ärgert er uns Mädchen, wo er nur kann – außer er hat seine Nase mal wieder in so einen Fantasy-Schmöker versenkt.

Später auf dem Weg in den Drogerie-Markt habe ich ein schlechtes Gewissen: Zum ersten Mal seit wir uns kennen, habe ich Kleo angelogen. Warum, weiß ich auch nicht so richtig. Irgendwie will ich dieses Pickelproblem allein lösen. Das muss eine Freundschaft mal aushalten, beruhige ich mich. Immerhin kann ich Kleo dann tausend Tipps geben, wenn sie wider Erwarten doch mal Pickel kriegen sollte. Auch Mama habe ich verschwiegen, dass ich zur Drogerie fahre. Mütter müssen ja nicht alles wissen ...
Dann stehe ich vor dem Hautpflegeregal – und kriege die Krise! Schöne Etiketten hin oder her, wofür soll ich mich denn entscheiden? Mal abgesehen davon, dass ich nicht weiß, ob ich ein Waschgel, ein Peeling oder eine Waschemulsion brauche: Welchen Hauttyp habe ich überhaupt? Mischhaut? Trockene Haut? Empfindliche? Brauche ich für *einen* Pickel gleich *tausend* Produkte? Also, wenn es nach mir geht: Ich bin ja sehr empfindsam veranlagt, aber so viel Tütelü brauche ich nun auch wieder nicht. Neidisch schau ich einer stark duftenden, gut entwickelten Tussi hinterher, die mit sicherem Griff ein Fläschchen aus dem Regal nimmt und zur Kasse geht. Die kennt ihren Hauttyp ... Instinktiv taste ich nach meinem Hubbel, der sich heute viel kleiner anfühlt als gestern. Ich streiche mir eine Haarsträhne aus dem Gesicht, da fühle ich – ALARM! – einen neuen Pickel! Ich hechte zum Spiegel, tatsächlich, da prangt er, genauso rot,

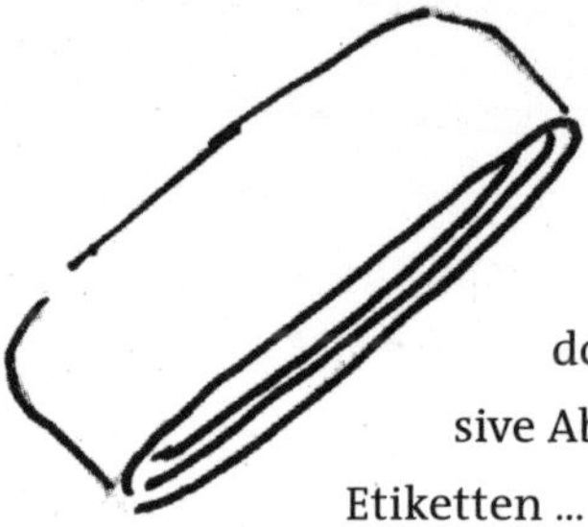

hubbelig und eitrig wie mein erster, das erkenne ich selbst im fahlen Neonlicht. Schluck. Also doch die komplette Pflegeserie inklusive Abdeckstift. Fieberhaft studiere ich die Etiketten ...

Antibakterielles Waschgel, antibakterielle Waschcreme, antibakterielles Waschpeeling, antibakterielle Reinigungspads – ich versteh nur antibakteriell. Okay, Bakterien sind für Entzündungen und Eiter verantwortlich, also muss man was dagegen tun, logo. Weiter: Klärendes Gesichtswasser für porentiefe Reinigung, tiefenwirksames Anti-Hautunreinheiten-Nacht-Gel, Anti-Nachfettungs-Feuchtigkeitspflege, ausgleichende Creme für Mischhaut. Mal ehrlich: Wüsstest du, was da für dich infrage kommt? Wozu braucht man das alles? Und wer kann sich das bloß alles leisten? Mein Taschengeld reicht höchstens für ein Produkt, auf keinen Fall für eine ganze Serie, sprich Waschgel, Gesichtswasser und Pickelcreme. Ich strecke den Zeigefinger aus – und zähle ab.

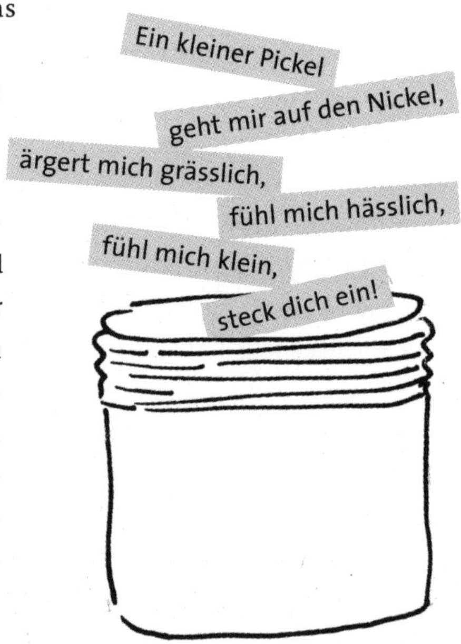

Mein Finger zeigt auf eine orange-grüne Tube. *Soft & Pure*, lese ich, *reinigt und verfeinert die Poren mit Fruchtsäure.* Also, das Etikett sieht schon mal gut aus. Heimlich öffne ich den Klickverschluss. Hmmm, riecht nach Zitrone mit Pfirsich! Wusste gar nicht, dass Porenverfeinern so gut duften kann! Was brauche ich da noch Creme zum Wiederzuschmieren! Wenn verstopfte Poren für Pickel verantwortlich sind, dann müssen sie frei sein! Und eine kleine, süße, verfeinerte Pore kann fast nicht verstopfen, oder? Genialer Trick! Und erschwinglich ist es mit 1,95 Euro auch noch. Zufrieden lasse ich den Verschluss wieder zuschnappen und marschiere Richtung Kasse, wo mich die blondierte Verkäuferin von gestern verschwörerisch angrinst, sich aber glücklicherweise jeden Kommentar verkneift.

Als ich gut gelaunt mit meiner neuen Errungenschaft nach Hause komme, sind tatsächlich Tante Irene und Onkel Ösi da. Heimlich fühle ich nach der Tube in meiner Jackentasche. Die sollen ja nicht wagen, mich auf meinen Pickel anzusprechen!
„Hallöchen", rufe ich so normal wie möglich und will mich an ihnen vorbei in mein Zimmer schleichen. „Ich muss noch Hausaufgaben machen, sorry!"
„Hallo Sina", ruft Tante Irene. „Willst du dich nicht zu uns setzen? Wir haben dir extra zwei Erdbeertörtchen aufgehoben!"
Falle! Was bleibt mir anderes übrig, als zu ihnen in die Küche zu gehen! Wenn ich so tun will, als sei alles normal, muss ich auch wie immer Erdbeertörtchen essen. Und ehrlich gesagt: Tante Irenes Erdbeertörtchen auszuschlagen, das bringe ich dann doch nicht. „Gerne!", höre ich mich sagen und schon sitze ich zwischen den beiden auf der Bank. Erdbeertörtchen sind Irenes

Spezialität, auch wenn es sich hierbei ausnahmsweise nicht um ein österreichisches Rezept handelt. Ich grinse sie an und nehme dankbar den üppig beladenen Teller entgegen.

„Na, host a Wimmerl", meint Onkel Ösi dann prompt und zwickt mich neckisch in die Wange.

Das musste ja kommen! „Lass doch", wehre ich ihn ab. *Wimmerl!* – Mir ist eher nach Wimmern zumute. Sonst finde ich ihn immer superwitzig, aber heute gehen mir seine Ösi-Sprüche grässlich auf den Geist.

„Mach dir nichts draus", tröstet mich Irene, „wenn du die Pubertät überstanden hast, sind diese Pickel auch wieder verschwunden."

Und da war es wieder, dieses P-Wort!

„Sina tut ja auch nichts dagegen", sagt meine Mutter mit vorwurfsvollem Blick. „Sie könnte ihre Haut viel besser pflegen."

„Ach ja?" Wütend funkle ich sie an. Die Lust auf Erdbeertörtchen ist mir plötzlich vergangen. Da hat man mal einen Pickel und schon ist man Gesprächsthema Nummer eins beim Kaffeekränzchen! Erst macht sie mich heiß und schleppt mich in die Drogerie und dann lässt sie mich mit diesem gigantischen Berg an Pflegezeugs alleine, weil sie sich mal wieder um den kleinen, lieben, süßen Leon kümmern muss. Weiß ich, welcher Hauttyp ich bin? Weiß ich, welcher Pflegetyp ich bin? Weiß ich, wer ich überhaupt bin? Meine gute Laune von gerade eben ist futsch und ich rausche ohne ein weiteres Wort von dannen ...

Später im Bad dann teste ich meinen Fruchtcocktail und verteile das Gel großzügig schäumend laut Gebrauchsanweisung auf meinem Gesicht. Ich rubbel und schrubbel und spüle sämtliche Verstopfungen mit viel lauwarmem Wasser weg. *Goodbye!*

Dann trockne ich mein Gesicht ab – und fühle mich so sauber wie noch nie in meinem Leben. Strahlender Teint, wer sagt es denn. Meine Pickel sind davon zwar nicht verschwunden, aber ich bin mir sicher: Jeder neue Pickel wird es sich gut überlegen, ob er sprießen oder den Fruchtschrubbertod sterben will! Also, klare Sache: Das mache ich ab heute mindestens zweimal am Tag! Vor dem Einschlafen blättere ich dann noch in so einer Mädchenzeitschrift, die ich entgegen meiner Gewohnheit vorhin noch im Drogerie-Markt gekauft habe. Sonst lese ich ja immer pädagogisch wertvolle Bücher, aber die Überschrift „Welcher Pflegetyp bist du?" hat mich dermaßen kalt erwischt, dass ich einfach nicht anders konnte. Bis ich aber zu dem entsprechenden Test komme, lese ich mich erst mal an einem Artikel über Stylingtipps fest. *Pimp deine Strumpfhose!* Ich fasse es nicht, ich soll tatsächlich Seidenstrümpfe mit einem wasserfesten Stift bemalen, damit es wie ein Tattoo aussieht. Mamas Donnerwetter ist mir jetzt schon sicher! Ich weiß noch, wie sauer sie war, als ich damals meine graue kratzige Strumpfhose zerschnitten habe. Außerdem sehen diese selbst gestylten Klamotten doch nur peinlich aus. Kleo hat sich mal ein Shirt bemalt, als sie so verliebt in diese Diddl-Maus war. Ihr Vater hatte sich geweigert, eins zu kaufen, und um es von ihrem Taschengeld zu bezahlen, dazu war sie zu geizig. Und was macht Kleo? Malt so eine Maus mit ihren großen lila Ohren auf ein knallweißes Shirt. Um es kurz zu machen: Sah völlig beknackt aus, weil jeder gesehen hat, dass es nicht original Diddl war. Und nach der ersten Wäsche war das komplette Shirt rosa, weil sie nämlich vergessen hatte, die Farbe zu fixieren. So viel zum Thema Selbermachen. Aber welcher Pflegetyp bin ich nun? Und was kreuze ich bei jeder Frage als Antwort bloß an? Ein Tipp: Bevor du mich auslachst, überleg dir mal, ob du es von dir weißt.

Ich pflege mich gerne von Kopf bis Fuß.
Logo dusche ich mich täglich, ab heute sogar mit Fruchtwaschgel!

Ich bin gegen Tierversuche!
Kann jemand ernsthaft behaupten, er sei dafür?

Ich stehe auf alle Neuheiten und sammle begeistert Warenproben.
Nein, ich sammle Gummibären.

Pflegerituale gehören zu meinem Stundenplan.
Reicht doch, dass ich täglich Mathe und Deutsch habe, oder?

Spezial-Probleme brauchen eine spezielle Pflege.
Wer hat hier ein Problem?

Alles, was toll und teuer verpackt ist, wirkt auch gut.
Weiß ich nicht, weil ich mir das nicht leisten kann.

Ich lebe und ernähre mich bewusst.
Hä?

Ich probiere gern Neues aus.
Heiß ja nicht Irene, die ständig neue Rezepte testet.

Ich studiere alle Beipackzettel besonders gründlich.
Logo kann ich lesen.

Ich gebe viel Geld für Kosmetik- und Pflegeprodukte aus.
Klare Antwort: Nein.

Mir kommt es auf die inneren Werte an.
Natürlich, worauf denn sonst!

Ich verfolge die neusten Produktentwicklungen auf dem Markt.
Bin ich Jolina?

Interessiert blättere ich fünf Seiten weiter, in der Hoffnung, endlich zu erfahren, welcher Pflegetyp ich wirklich bin. Ich zähle nach, wie oft ich welches Symbol angekreuzt habe. Also, ein Mal habe ich angekreuzt, ein Mal und zwei Mal . Na prima!

Kosmetiktante = Völlig verrückt nach Cremes & Tiegeln.
Natural Girl = Am liebsten nur Wasser oder Bio-Kosmetik.
Spezialistin = Nur das Beste ist gut genug.
Pflegebestie = Intensivstbetreuung für die Haut.

Welch großartige Erkenntnis! Ich bin von allem etwas, nur keine Kosmetiktante. Ach! Ich kriege die Krise! Enttäuscht pfeffere ich die doofe Zeitschrift in die Zimmerecke, wobei ich aus Versehen meinen rosa Kuschel-Elefanten vom Rattansofa fege. Pech! Mir ist nicht nach Aufheben, maulig schlurfe ich ins Badezimmer, um meine Zähne zu putzen. Pflegebestie! Natural Girl! Im Spiegel starrt mich eine fremde Sina an. Ich schließe die Augen und öffne sie wieder. Inzwischen habe ich vier Pickel auf der Stirn. Trotz porentiefer Fruchtfluiddingsbumswaschcreme und Verzicht aufs zweite zuckertriefende Erdbeertörtchen. Heulend breche ich auf dem Klodeckel zusammen.

Pubertät =
pickelige, **u**nzufriedene, **b**elämmerte, **e**igensinnige, **r**otznasige, **t**iefgründige, **ä**tzende, **t**obsüchtige Zeit

Voodoo-Wunder

Seit ich Pickel habe, sehe ich überall Pickel: fiese schwarze Mitesser beim Busfahrer, Mini-Eiterpickel bei der Bäckersfrau, Aknepusteln beim Gemüsetürken. Soll mich das beruhigen? Wohl kaum! Denn klar wird: Das mit den Pickeln hört nie auf! Oh du porentiefe Reinheit!

Juri, Melanie und Marco in meiner Klasse haben welche, sogar bei unserer aparten Frau Tuszynski habe ich neulich einen auf dem Kinn entdeckt. Zwar hatte sie sorgfältig, wie das nun mal ihre Art ist, den Pickel überpudert, doch von der Seite hat man ihn als kleine, fiese Erhebung sehr deutlich wahrgenommen. Jolina und ich streuseln mit unseren Pickeln auf der Stirn um die Wette, während sich bei Kleo nicht die winzigste Hautunreinheit abzeichnet, noch nicht mal ein Warze!

Warzen (lat. Verruca vulgaris) haben raue, zerklüftete, erhabene Oberflächen und finden sich an Händen, Füßen und Gesicht. Es gibt sie auch als *plane iuvenile* Warzen (weil sie wie ausgesät plan und platt verteilt sind) und kommen häufig bei Jugendlichen vor. Meistens heilen sie am Ende der Pubertät von selbst wieder ab, du kannst sie mit einem Vereisungsspray aber problemlos selbst behandeln oder vom Hautarzt entfernen lassen, wenn sie dich stören.

Ich finde das voll ungerecht, andererseits ist Kleo ja mit ihrer Mutter gestraft genug. Denn ihre Mutter ist überängstlich und überfürsorglich, die würde Kleo garantiert in Quarantäne stecken und von einem Spezialisten zum nächsten schleifen, bis ihre Warze weggeätzt, wegoperiert oder weggeschnitten ist. Pickeltechnisch am stärksten aber hat es in unserer Klasse Anton erwischt. Er kommt jetzt morgens immer mit Resten von weißem Zeugs im Gesicht zur Schule und sieht aus wie das Sams. Da ich mich noch gut an die Pickelzeit meines großen Bruders erinnere, weiß ich, dass das nicht Reste von Zahnpasta sind, sondern von einer Aknecreme stammt, die supergut hilft, sich aber superschlecht abwaschen lässt. Außerdem riecht sie ein wenig komisch, weil sie echt medizinisch ist und garantiert vom Hautarzt verschrieben wurde.

Könnte heute allerdings eine weiße Maske gut gebrauchen! Habe gestern vorm Schlafengehen in einem Quetsch-Anfall aus dem größten Pickel ganz viel Glibber rausgedrückt. Jetzt ist der rot verquollen und fies entzündet. Huaach! Ich könnte glatt als Franka Stein durchgehen.

Pickel ausdrücken ist nicht ohne! Gerade in Nasen-Kinn-Bereich kann es zu gefährlichen Entzündungen kommen, die schlimmstenfalls zu einer Hirnhautentzündung führen können. Wenn es denn sein muss, gehe folgendermaßen vor:

- Bereite die Haut mit einem Dampfbad vor. Dann ist sie weich und die Poren öffnen sich leichter. Vorsicht, nicht verbrühen! Gegen Entzündungen hilft ein Kamillezusatz.
- Umwickle deine Finger mit einem sauberen Kosmetiktuch und schiebe die Fingerkuppe vorsichtig unter den Pickel.
- Dann drücke ihn vorsichtig von unten heraus.
- Desinfiziere danach die Haut gründlich mit alkoholhaltigem Gesichtswasser und trage eine antibakterielle Pickelpflege auf.
- Drücke an entzündeten Pickeln nie herum, davon werden sie nur schlimmer! Mit einem antiseptischen Abdeckstift in der passenden Hautfarbe kannst du das Schlimmste überpinseln.

Kleo dagegen hat mal wieder nur ein einziges Problem: Ihr Meerschweinchen Zarafira hat Haarausfall und schubbelt sich ständig. Ich tippe auf Läuse, doch Kleo murmelt nur hinter vorgehaltener Hand was von Trockenheits-Ekzem. Dabei blickt sie angeekelt auf Friederike, die heute wieder ganz aufgekratzte Hände hat. Ich finde das ja auch ein bisschen eklig, aber hauptsächlich tut mir Friederike leid. Dann doch lieber ein paar Pickel, denke ich, die sind in ein paar Jahren wenigstens wieder weg und trotzdem spielen alle noch mit mir.

Ekzem benennt eine nicht ansteckende Entzündung der Haut. Ursachen dafür können allergische Reaktionen auf Chemikalien, Sonne oder Metalle sein, hier spricht man von Kontaktekzem. Bei Neurodermitis sind innere Ursachen (zum Beispiel Stress und Aufregung) für die Juckflechten verantwortlich. Spezielle Cremes helfen, den Juckreiz zu lindern. Auf alle Fälle gehören Ekzeme in medizinische Behandlung.

Und dann lerne ich in der Schule endlich mal was fürs Leben: Frau Tuszynski baut in Bio eine Unterrichtseinheit *Die Haut* in den Stundenplan ein.
„Wahrscheinlich ist das ihr Lieblingsthema", lästert Jolina und ich muss ihr ausnahmsweise mal recht geben: Frau Tuszynski ist immer perfekt geschminkt und sieht so aus, als ob sie sich mit Hautkram und allem, was so dazugehört, bestens auskennt – und nicht ihre Milliarden im Klo versenkt.

Frau Tuszynski hat uns „im Vertrauen unter Frauen" (Juri hat laut gelacht, aber interessiert zugehört!) erzählt, dass viele Frauen für ihren Hauttyp ungeeignete Pflegeprodukte kaufen und dann wegen Hautproblemen zum Arzt müssen. Wundert euch das? Mich nicht, ich weiß ja noch nicht mal, für *welches* Pflegeprodukt ich mich *warum* entscheiden soll.

Garantiert kauft Frau Tuszynski nicht in so einem pupsigen Drogerie-Markt, sondern in einer Edel-Parfümerie und hat ihre persönliche Kosmetikerin. Würde mich nicht wundern, wenn sie auch zu Michelle ginge, bei der ist Mama vor Leons Geburt auch immer gewesen. Aber anstatt uns toll und zeitgemäß alles über die Haut auf dem Beamer zu präsentieren, stellt uns die schicke Frau Tuszynski eine schicke Hausaufgabe: Wir sollen den Aufbau der Haut recherchieren und in einem Referat ausführlich darstellen! Na super. Sie weiß natürlich nicht, dass ich Internet-Verbot habe, seit ich neulich an der Gummibären-Tauschbörse ein halbes Vermögen verjubelt habe. Ohne Papas Erlaubnis natürlich, der danach prompt einen Kinderschutz installiert hat. Wenn er mir jetzt generell den Zugang zum Netz verwehrt, hätte er sich die komplizierte Kindersicherung allerdings sparen können.

„Wollen wir das Referat zusammen machen?", fragt Julia, als wir wie immer während der Pause auf unserer Bank am Ständchen rumlungern.

„Gute Idee", meint Kleo. „Ich muss aber erst mal heute Nachmittag mit Zarafira zum Tierarzt. Aber ihr könnt ja schon mal anfangen."

„Klasse, nur damit du wieder alles abschreiben kannst", maule ich.

„Jetzt tu nicht so", empört sich Kleo. „Wer schreibt denn seit Neuestem immer alles ab, hä?"

„Schon gut", sage ich und reiche ihr versöhnlich meine Tupperbox mit den Dinkel-Salzbrezeln hin.

„Hat die dein Bruder auch nicht angesabbert?", fragt Kleo, greift aber gierig zu.

„Keine Ahnung", sage ich ehrlich und zucke mit den Schultern. Mama ist so sparsam veranlagt, da kann es schon mal vorkommen, dass sie mir morgens die Reste vom gestrigen Spielplatzbesuch als Pausenbrot einpackt.

Vier langweilige Schulstunden und ein biodynamisches Mittagessen später sitze ich bei Julia vor dem Rechner. Ziemlich schnell haben wir einiges über die Haut herausgegoogelt, jetzt müssen wir das nur irgendwie fein säuberlich aufschreiben – wenn wir schon nicht mit dem Beamer arbeiten dürfen. Die ganze Zeit über frage ich mich, was die Tuszynski davon hat, wenn wir eine Hautzelle abzeichnen. Ob sie meint, dass uns die Zahlen beeindrucken?

Okay, okay, sie beeindrucken mich:
Je nach Größe haben wir bis zu 2 m^2 Haut,
das sind die Maße einer normalen Schultafel,
unausgeklappt, versteht sich!
Auf einem Quadratzentimeter
(mal doch mal so ein Quadrat
auf deinem Unterarm) befinden sich:
1 Meter Blutgefäße (halbe Tafel!),
4 Meter Nervenbahnen (vier Tafeln),
5 Haare (okay, bei Männern vielleicht mehr!),
15 Talgdrüsen (ich hasse sie!),
100 Schweißdrüsen (schwitzen!),
5.000 Sinneszellen (zum Fühlen oder was?),
150.000 Pigmentzellen
(kenne jede einzelne vom Giga-Sonnenbrand
letztes Jahr auf Lanzarote).

Wahrscheinlich wollte die Tuszynski uns einfach nur ein Gefühl für unser größtes Sinnesorgan vermitteln. Scheint gelungen. Ich bin fasziniert, vor allem aber davon, dass ich jetzt weiß, wo diese Talgdrüsen sitzen, die meine Poren so grässlich hässlich verstopfen. Leider sitzen sie so tief, dass man da nicht so einfach rankommt, nämlich in der Lederhaut. Die ist unter der Epidermis, unserer Oberhaut. Praktischerweise ist die Epidermis auf den Augenlidern ganz dünn und auf der Fußsohle ganz dick. Stell dir mal vor, es wäre umgekehrt! Dann könnte die Tuszynski nicht mehr ohne Weiteres mit dem Blumenstein blinzeln. Am Ende bekäme sie vom Flirten Hühneraugen ...

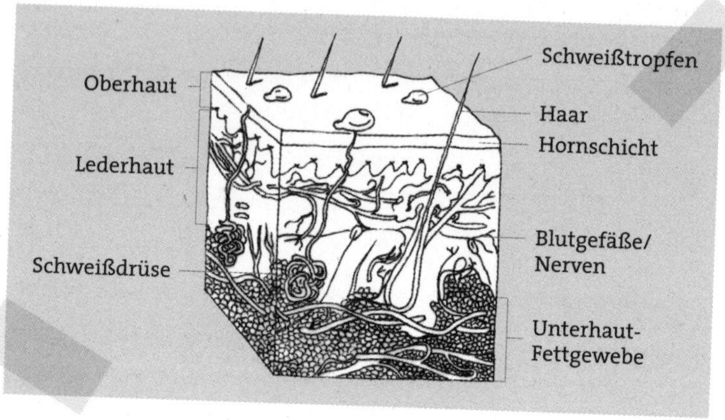

„Die Haut, Klimaanlage und Alarmsystem“, liest Julia vor. *„Sie reguliert den Wärmehaushalt des Körpers.“*

„Schlaues Mädchen“, sage ich. „Wissen wir doch längst. Oder wieso schwitzen wir beim Basketball so doll, hä?“

Vom Spielen wird uns warm, die Glühbirne muss gekühlt werden, also muss Wasser her. Und weil ich während des Spiels nicht ständig unter die Dusche rennen darf, aktiviert meine Haut eben ihre persönliche Kühlanlage. Ich finde das ziemlich einleuchtend und logisch, aber für Julia scheint diese Erkenntnis so kompliziert wie eine Aufbau-Anleitung von Ikea-Möbeln.

„Das kapiere ich nicht!“, ruft sie. „Dann müssten wir im Winter ja Wärme produzieren, aber das tun wir ja nicht. Im Gegenteil, wir ziehen uns extradick an.“

„Das stimmt“, muss ich zugeben und an Kleos rosa Wollmütze denken. „Weil wir ja nicht mehr in der Steinzeit leben.“

„Ah, hier steht, das hat was mit der Gänsehaut zu tun!“, Julia liest weiter vor: *„Bei Kälte oder Angst richten sich die Haare auf.*

Gesteuert wird das vom vegetativen Nervensystem, durch die Kontraktion des Muskels wird zusätzlich Wärme erzeugt. Äh, hä?" Sie schaut mich an wie ein Fragezeichen.

„Wenn das stimmt, bräuchte der Ebli im Winter keinen Mantel." Wir kichern uns halb blöd bei der Vorstellung, wie unser Schwimmlehrer mit der üppigen Rückenbehaarung im Winter wie ein Neandertaler durch die Gegend läuft. In diesem Moment kommt Kleo zur Tür herein.

„Hey, habe ich was verpasst? Seid ihr etwa schon fertig?" An ihrer Stimme höre ich, dass sie leicht angesäuert ist, weil ich mit Julia krank vor Lachen auf dem Boden liege.

„Schon okay", japse ich und klettere mühsam wieder auf den Stuhl. Muss ich jetzt nach Zarafira fragen? Kleo guckt skeptisch meine Notizen durch, sagt aber nichts. Langsam scrolle ich am Bildschirm weiter.

„Halt, warte mal, stopp, mach zurück." Julia grabscht sich einfach die Maus und klickt eine Seite zurück. „Hier, iiiih, schau dir das mal an!", ruft Julia entsetzt und deutet auf die Makro-Aufnahme eines Mitessers. „Bäh! Ich muss gleich kotzen!"

„Was ist das denn?", fragt Kleo unschuldig, wie es nun mal ihre Art ist. „Hat der- oder diejenige Dreckspritzer im Gesicht?"

„Sieht aus wie Josef Pickelmann aus Eiterbach", grinse ich und muss insgeheim an unseren Busfahrer denken, der so einen fiesen Mitesser mitten über der rechten Augenbraue hat.

„Boah, die Dinger sind ja voll fies!" So langsam kapiere ich die Sache mit dem Verhornungsproblem – und immer mehr, dass saubere Poren das A und O der Pickelbekämpfung sind, denn porenfrei = abflussfrei. Julia kapiert es scheinbar auch, nur

Kleo steht da wie eingemeißelt und kapiert gar nichts. Wie auch, sie kennt Pickel nur aus der Werbung.

Wenn der Talg nicht abfließen kann, weil der Drüsengang mit Hornzellen verstopft ist, bildet sich ein Pfropf, der zunächst als weißes Knötchen sichtbar ist (Whitehead oder auch Pickel genannt). Gerät Luft an den Talg, kommt es zu einer chemischen Reaktion mit dem Sauerstoff aus der Luft: Der Talg oxidiert und wird schwarz: Ein Mitesser, Blackhead oder Komedon ist entstanden.

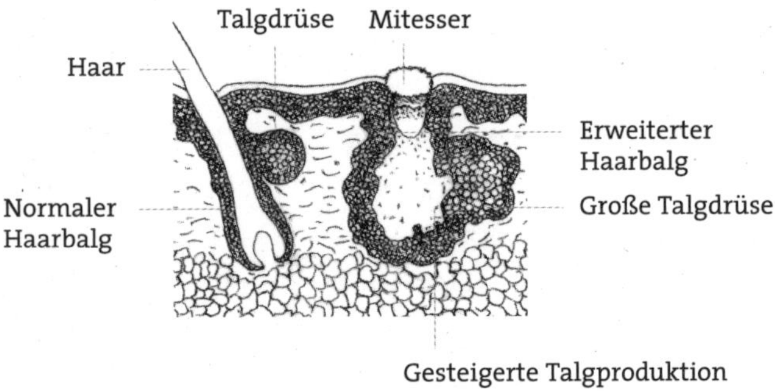

„Weißt du, was?", fragt Julia. „Ich habe eine Idee, warte mal." Ich hoffe auf eine Portion Schokoladeneis, aber Julia kommt mit einem komischen Gerät wieder, das ein bisschen peinlich aussieht. „Hä, was ist denn das?", frage ich entsetzt und wage gar nicht, genauer hinzuschauen.

Kleo läuft knallrot an und nuschelt was von „Mutter hat auch so ein Ding in ihrer Nachttischschublade". Keine Ahnung, ich habe bei Kleos Mutter noch nie Pickel gesehen.

„Das ist der Porenreiniger von meiner Schwester", erklärt Julia. „Komm, probier mal aus." Eifrig startet sie das Gerät, das sofort

gurgelnd-saugende Geräusche von sich gibt. Offensichtlich hat auch sie die Sache mit den sauberen Poren kapiert.
„Ein bitte was?!" Skeptisch begutachte ich den Saugnapf, der auf meine Haut soll. Ich fasse es nicht, ich soll mit einem Pickelstaubsauger meine Poren reinigen?!
„Hier steht, dass du die Poren erst einmal erweitern musst", liest Julia vor. „Klingt logisch, sonst kann nichts fließen. Warte, ich hole einen warmen Waschlappen, damit sie sich öffnen können." Abermals ist sie verschwunden, um kurz darauf mit einem karierten Küchenhandtuch wieder aufzutauchen.
„Setz dich mal bequem hin", sagt sie und schon habe ich das klatschnasse Handtuch über dem Gesicht liegen. Ich frage mich, ob die Küchenbakterien auch in die Haut eindringen können, denn meine Haut fühlt sich in der Tat warm und kribbelig an.
„Okay, das reicht", meint Julia nach drei Sekunden und reißt mir wieder das Handtuch vom Gesicht. „Willst du selber oder soll ich?"
„Ich mach schon", sage ich ungeduldig und gehe mit dem Gerät vor ihren Kleiderschrankspiegel. Dann setze ich den Reinigungskopf auf meine Stirn und starte. *Schlürf, schmatz, gurgel!*, saugt das Ding an mir rum ähnlich wie ein Pömpel am verstopften Klo. Ich halte die Düse genau auf meine Pickel. Wäre ja genial, wenn der ganze Schnodder weggesaugt würde!
„Ist er schon weg?", fragt Kleo ganz aufgeregt. Scheinbar hat auch sie jetzt das Pickel-Pömpel-Fieber gepackt.
Ich setze den Porenreiniger ab und begutachte meine Stirn. Ein quietschroter Abdruck vom Saugnapf zeichnet sich um meine Pickel ab und rahmt sie hübsch ein. „Nee, kann man nicht sagen!"
„Das geht ja auch nicht so schnell", meint Julia kichernd. „Mach noch mal!"

Also tue ich ihr den Gefallen und saug-pömpel weiter in meinem Gesicht rum. Hochkonzentriert. Aber als ich durch den Spiegel einen Blick auf Kleo und Julia erwische, die auf dem Bett liegen und vor Lachen kaum noch Luft bekommen, pfeffere ich das Ding wütend in die Ecke. Dabei kracht der Deckel ab und der Schlauch flutscht raus. „Iiiiih", kreischt Kleo und springt entsetzt auf, als ob sie Schnodder-Spritzer abbekommen hätte.

„Das war's dann wohl mit porentiefer Sauberkeit", grinst Julia und bastelt den Pickel-Staubsauger wieder zusammen.

„Kriegt ihr mal Pickel", fauche ich wütend. Doch dann gucken mich meine Freundinnen an – und ich muss tierisch lachen.

Beim Abendessen mustert mich Mama noch intensiver als sonst, seit sie meinen ersten Pickel entdeckt hat. „Hast du was mit deiner Haut gemacht?", will sie wissen und pult sich eine Gurke aus dem Glas.

„Nee, wieso?", frage ich so unschuldig wie möglich. Sie kann kaum den Effekt vom Porenreiniger meinen, den man für ein klärendes Hautbild sicher regelmäßig und vor allem richtig benutzen muss.

„Ach, nur so. Ich will nur nicht, dass du deiner Haut schadest", nuschelt sie zwischen den Gurkenstückchen in ihrem Mund hervor. „Fruchtsäure greift nämlich auf Dauer die Haut an, ich habe da so meine Erfahrung."

Aha! Mama hat in meiner Schreibtischschublade geschnüffelt! Hoffentlich hat sie sich an dem Zitrusduft ordentlich die Nase verätzt!

„Das geht dich gar nichts an", sage ich schlitzig und schiebe mein Brettchen zur Seite. „Ich schnüffel ja auch nicht in deinen Sachen rum."

„Matthias, jetzt sag halt du auch mal was!“, ruft meine Mutter empört zu meinem Vater, der gerade akribisch sein Brot dick mit Kräuterkäse beschmiert. „Äh, was? Wozu?“ Scheinbar hat er von unserem Fruchtsäuren-Geätze nichts mitgekriegt.

„Sina ist in letzter Zeit so zickig. Seit sie Pickel hat, kann man kein vernünftiges Wort mehr mit ihr reden!“, ereifert sich meine Mutter so heftig, dass sie sich glatt verschluckt und heftig husten muss. „Ständig mault sie rum oder verzieht sich in ihr Zimmer“, fügt sie hinzu, als sich ihr Hustenanfall wieder beruhigt hat.

„Zicke-Zacke-Zickel, Sina hat ’nen Pickel“, kräht Leon. „Autsch! Sina hat mich getreten. Huuhhu, Mama!“ Schon krabbelt er auf ihren Schoß.

„Siehst du!“, sagt meine Mutter vorwurfsvoll und tröstet Leon mit einem Extra-Gürkchen, das er laut schmatzend verspeist. Als Mama nicht hinsieht, streckt er mir heimlich die Zunge raus.

„Sina, so geht es nicht! Rede bitte mit deiner Mutter“, sagt mein Vater streng, während er akkurat lauter Gürkchenscheiben auf seinem Käsebrot verteilt. „Ich habe einen anstrengenden Job, da kann ich abends keinen Streit gebrauchen.“

„Jaja, kümmere du dich nur um deinen lieben Chef, alles andere ist dir ja sowieso egal“, fauche ich und stehe so schwungvoll auf, dass mein Stuhl nach hinten umkippt.

„Sina! Entschuldige dich! Sofort!“, hallt es mir hinterher, doch ich verbarrikadiere mich in meinem Zimmer, wo ich mich heulend auf mein Bett werfe. Sollen sie mich doch in Ruhe lassen! Ich habe mit meinen Pickeln und alldem genug zu tun! Die Welt ist so ungerecht ...

Porentiefe Verstopfung der Gefühle

Am liebsten würde ich das Thema Pickel vergessen, aber leider werde ich jeden Morgen beim Zähneputzen wieder daran erinnert. Ich schrubbe meine Haut jetzt fleißig zweimal täglich mit meiner Frucht-Waschpaste, aber einen besonderen Anti-Pickel-Effekt kann ich nicht entdecken. Außer dem vielleicht, dass meine Pickel sprießen wie nie und dass meine Haut sich an einigen Stellen etwas trockener anfühlt als sonst. Ist wohl so, dass meine Waschlotion Alkohol enthält und der tötet nicht nur die Pickel, sondern entzieht meiner Haut auch Feuchtigkeit. Habe ich nicht irgendwo gelesen, dass man seine Haut auch überpflegen kann? Maulig wie nie schlurfe ich zum Frühstück, klar, wer kann schon als vertrockneter Streuselkuchen gute Laune haben?! Zwischen Mama und mir herrscht seit neulich Eiszeit, wir sprechen nur das Nötigste. Wahrscheinlich ist sie auch extrasauer auf mich, weil ich in meinem Zimmer lauter falsche Spuren ausgelegt habe.

Bitte nicht öffnen, streng geheim!

„Sina“, beginnt sie jetzt beim Frühstück, während sie in ihrer Kaffeetasse rumrührt. „Sina, so geht das nicht weiter! Ich kann nicht zulassen, dass du dich in deine Pickel so reinsteigerst. Sind doch nur ein paar, nicht wahr, Matthias?“ Beifall heischend blickt sie zu meinem Vater, der nur irgendwas hinter seiner Zeitung hervorknurrt.

„Ach ja?“, rutscht es mir raus. „Hab du mal so ein streuseliges Pickelface, dann würdest du auch von morgens bis abends schlechte Laune haben.“ Einziges Highlight in meinem pickeligen Dasein waren in letzter Zeit die Spielnachmittage mit Kleos Zarafira, die mittlerweile dank Intensiv-Badepflege wieder glänzendes Fell hat.

„Du musst endlich etwas gegen deine Pickel tun!“, fährt meine Mutter fort. „Ich habe für dich heute Nachmittag einen Termin bei Michelle vereinbart!“

„WAS?!“ Ich glaube, ich höre nicht richtig. „Niemals!“, rufe ich empört und springe so heftig auf, dass ich meinen Tee verschütte. „Zu dieser aufgetakelten Tussi kriegen mich keine zehn Pferde, und wenn ich Millionen Pickel hätte.“

„Aber Michelle ist doch so nett!“, entgegnet meine Mutter so ruhig wie möglich. An ihrer Stimme höre ich, wie sehr sie sich beherrschen muss. „Und sie kennt sich mit Hautproblemen sehr gut aus. Andere Kinder wären froh, wenn ihre Eltern sie zur Kosmetikerin schicken würden ...“

Eine **Kosmetikerin** säubert deine Haut gründlich mit Waschgel und Peeling, macht mit einem Dampfbad (nicht mit einem Waschlappen!) die Haut weich und drückt vorsichtig Pickel und Mitesser aus. Danach desinfiziert sie die Haut (ganz wichtig, sonst gibt es Entzündungen) und trägt eine beruhigende Gesichtsmaske auf. So ein Besuch kostet je nach Dauer zwischen 30 und 50 Euro und ist nur wirklich nötig, wenn du deine Pickel selbst nicht in den Griff bekommst. Der Besuch bei einer Kosmetikerin kann Narbenbildung vorbeugen, weil du nicht selbst an deinen Pickeln rumquetschst und sich hier ein Profi um dein Hautproblem kümmert. Deine Haut sieht – trotz tausend Pickeln! – gepflegter aus.

Das ist ja mal wieder typisch! Sonst heißt es immer: Was interessieren mich die anderen, und jetzt ...
„Andere Kinder wären froh, wenn man sie in Ruhe ließe“, schreie ich und gucke sie entschlossen an. „Niemals gehe ich dahin.“ Und bevor meine Mutter auch nur einen Pieps sagen kann, schnappe ich meine Pausenbox und marschiere energisch zur Tür. Mein Vater guckt nur stirnrunzelnd auf, sagt aber wie immer keinen Ton.
„Zicke-Zacke-Zickel, Sina hat tausend Pickel“, singt Leon fröhlich und schüttet eifrig Milch auf sein Müsli, das prompt überläuft. Doch diesmal scheint meiner Mutter der Milchsee egal zu sein, denn sie springt ebenfalls auf und verstellt mir den Weg. Für eine Weile funkeln wir uns wütend an. Du bist voll blöd, denke ich und fühle in diesem Moment eine irre Wut auf sie. Lass mich doch einfach nur in Ruhe und kümmere dich um deinen kleinen, tollen Leon, vielleicht will er ja mal zu Michelle, weil er einen Pickel an seinem süßen Popo hat.
„So nicht, mein Fräulein“, sagt meine Mutter mit gefährlich leiser Stimme. „So nicht. Ab heute gibt es kein Basketballtraining mehr.“
„Mir doch egal.“ Ich zucke mit den Schultern. „War eh deine

Idee, dass ich meinen Babyspeck abtrainiere." Plötzlich steigen mir die Tränen in die Augen. „Und jetzt lass mich zur Schule, sonst verpass ich noch die erste Stunde." Ich schubse meine Mutter einfach zur Seite und renne davon.

Natürlich bekomme ich an diesem Morgen vor lauter Wut im Bauch in der Schule nichts mit. Ich bin nicht richtig bei der Sache, als Kleo glücklich erzählt, dass sie für Zarafira einen neuen Käfig gekauft bekommt. Auch als Julia mir fröhlich eine Packung Handy-Gummibärchen für meine Sammlung schenkt, kann ich mich nicht richtig freuen. Obwohl ich damit bei Nummer 134 bin.

„Was ist denn los?", fragt mich Kleo nach Schulschluss besorgt, als wir unsere Räder aufschließen. „Warum redest du nicht mehr mit mir? Habe ich dich geärgert?"

„Nee." Ich schüttele einfach nur den Kopf. Die nächste, die sich mit mir über meine Pickel unterhalten will.

Kleo guckt mich skeptisch an. „Kommst du heute zu mir?", fragt sie dann so normal wie möglich. „Wir können Zarafiras neues Heim einrichten."

„Nee."

„Langsam wird's blöd, Sina", schimpft sie los. „Was hab ich dir denn getan?"

„Nichts", antworte ich wahrheitsgemäß. Dass ich superneidisch auf ihre supersofte Babypopohaut bin, kann ich ihr ja schlecht erzählen.

„Also gut, wenn du meinst. Dann eben bis morgen", keift sie, schnappt sich beleidigt ihr Fahrrad und fährt weg.

Und ich stehe da und würde am liebsten losflennen. Mist, was ist nur los mit mir? Alles nur wegen dieser blöden Pickel? Kann doch nicht sein! Augenblicklich erwacht in mir wieder die alte

Sina-Kampflust, die alle so an mir bewundern, na ja, wenigstens die auf dem Basketballfeld. Ich werde diesen Viechern den Kampf ansagen, versprochen. Irgendwas muss man doch dagegen tun können. Wenn Kleos Meersau dank Intensiv-Pflege ihre Ekzeme loswerden konnte, sollte das bei mir doch auch klappen. Wie immer, wenn ich nachdenken muss, radele ich mit dem Rad den Main entlang, bis ich keine Puste mehr habe. Da ich sowieso Krach mit Mama habe, ist es auch egal, wenn es nachher noch ein riesiges Donnerwetter gibt, weil ich viel zu spät nach Hause komme. Als ich nicht mehr schnaufen kann, drehe ich und fahre in aller Seelenruhe zurück in die Stadt.

Eins steht fest: Ich gehe weder zu Michelle noch zu sonst wem.
Ich werde mein Pickelproblem selbst lösen!

Und wenn ich nicht im Internet recherchieren darf, hole ich mir die Infos eben aus den Büchern. Irgendein Pickel-Lexikon wird es doch wohl geben! Gut gelaunt marschiere ich in unsere Stadtbibliothek. Hier war ich seit Jahren nicht mehr! Früher habe ich hier immer gemeinsam mit Mama Kassetten und Spiele ausgeliehen, manchmal noch ein paar Erstlesebücher. Aber dann kam Leon und seitdem bin ich ja mit ihr nicht mehr so viel unterwegs. Zielstrebig gehe ich in die Kinder- und Jugendbuchabteilung und stöbere in dem Regal mit den Ratgebern.

Pickel? Nein danke. Die Akne in den Griff bekommen.

Na, so dramatisch ist es nun auch wieder nicht.

Hört sich nach Elternratgeber an.

Pickel, Sex und immer Krach.

Haben die hier keine neueren Titel?

Boys, Pickel und andere Megasorgen. Schon viel besser, aber bitte ohne Boys.

Das Mädchen-Fragebuch. Genau, Fragen habe ich jede Menge. Aber so ein Aufklärungsbuch will ich nicht! Ich will was über Pickel!!!

Liebe, Sex & Co. Ob & Co. die Pickel sind?

Einfach schön. Ich will pickelfrei sein, nicht schön, sonst könnte ich ja gleich zu Michelle gehen.

Just for Girls. Alles über deinen Körper ... Als ob ich am ganzen Körper Pickel hätte!

Völlig entnervt rausche ich Richtung Ausgang – ohne ein schlaues Buch.
„Hey, Sina, was machst du denn hier?" Yannis! Mein Klassenkamerad und Nachbar hat den Arm voller Fantasy-Schmöker.
„Hey", stammle ich. Auf der Stelle danke ich der Bibliotheksleitung, dass sie keinen aktuellen Pickelratgeber im Sortiment hat! Verlegen grinsen wir uns an. Dabei fällt mir auf, dass Yannis auch ein paar Pickel am Kinn hat. „Hast du nichts gefunden?", fragt er, als ihm mein Gestarre zu viel wird.
„Äh, nee", stammle ich. „Ich ... äh ... habe nur was zurückgebracht."
„Ach so", meint er. „Dann bis morgen!" Und schon ist er an der Verbuchung, um seine Bücher abscannen zu lassen.
Irritiert starre ich ihm noch eine Weile hinterher, da fällt mein Blick auf das Regal mit den vielen bunten Flyern. Vielleicht ist ja mal wieder ein tolles Musical dabei. Doch stattdessen fische ich einen Haut-Info-Prospekt aus dem Fach, den ich blitzschnell

in meiner Jackentasche verschwinden lasse. Am Ende kommt mir Yannis doch noch auf die Schliche! Als ob ich etwas geklaut hätte, hechte ich zu meinem Fahrrad und radle wie eine Irre nach Hause, stürme in mein Zimmer und verschließe die Tür. Mamas Hinterhergezeter prallt daran ab wie ein Basketball. Hastig falte ich den peppig gestalteten Flyer auf und lese eine Anzeige der Tannenbergklinik:

Fett absaugen?
Falten glätten?
Dann sind Sie bei uns richtig!

HORROR! Von Pickelabsaugen habe ich genug! Entnervt will ich das Papier zusammenknüllen, da fällt mein Blick auf die letzte Seite:

Machen Sie den Seidenpapier-Test:

Trockene Haut:	sehr zarte, feinporige Haut, leidet unter Feuchtigkeitsmangel
Fettige Haut:	stark glänzend, wirkt dick und grobporig
Normale Haut:	unkompliziert, weder trocken noch feuchtigkeitsarm
Mischhaut:	fettige T-Zone (Stirn, Nase, Kinn) mit trockener Wangenpartie
Aknehaut:	großporige Haut mit Papeln und Pusteln
Empfindliche Haut:	feinporig mit Hang zu Trockenheit und Rötung

Endlich mal eine Information, mit der ich etwas anfangen kann! Nichts zum Ankreuzen, sondern ein Test zum Hautfühlen. Genial! Fachmännisch begutachte ich meine Haut in meinem rosa Plüschspiegel. Was soll ich sagen: Ich sehe nur Pickel! Auf der Stirn, auf der Nase, am Kinn. Sie haben kleine Eiterstipse oder sind einfach nur rot. Meine Poren auf der Wange dagegen finde ich ziemlich niedlich, wenn auch ziemlich trocken. Hm. Weil ich kein Seidenpapier habe, hole ich ein Löschpapier aus meinem Deutschheft und drücke damit auf meiner Haut rum. Eindeutig: Ich habe voll die T-Zone: eine fettige Mischhaut.

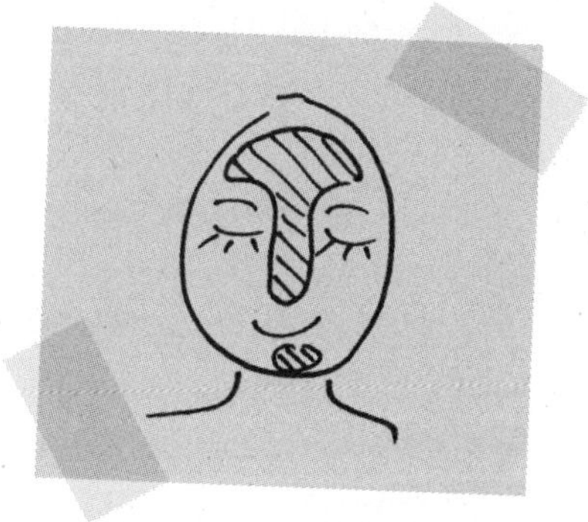

Zufrieden darüber, endlich meinen Hauttyp zu kennen, studiere ich noch mal die Gebrauchsanweisung von meinem duftigen Waschgel. Klar, dass meine Wangen davon immer gespannt haben, weil es für komplett fettige Haut gedacht ist, nicht für Mischhaut wie bei mir. Klar, dass ich noch mehr Pickel bekommen habe, weil ich mein Gesicht deswegen nach dem Waschen immer komplett mit Nivea eingecremt habe. Soll ich jetzt lachen oder weinen?!

Plan für morgen: neuer Drogeriebesuch, neue Pflegeprodukte kaufen. Am besten: Waschlotion, Gesichtswasser und Gesichtscreme aus einer Serie, passend zu meiner Mischhaut.
Problem 1: Ich habe kaum Geld.
Problem 2: Ich habe Krach mit Mama.

Was bleibt mir anderes übrig, ich muss mich wohl oder übel meiner Mutter anvertrauen. Am besten erkläre ich hier, dass sie mir das Geld, das sie für Michelle gespart hat, bar in die Hand drücken kann, damit ich mir ein entsprechendes Pflegeset kaufen kann. Gut gelaunt stürme ich die Treppe runter, drücke meiner verdutzten Mama einen Kuss auf die Wange und texte sie mit meinen neuen Pickelerkenntnissen zu. Glücklicherweise tut meine Mutter so, als ob es in den letzten 24 Stunden keinen Streit zwischen uns gegeben hätte, und legt in aller Seelenruhe weiterhin die Wäsche zusammen. Das macht sie immer, wenn Leon schon im Bett ist und sie dabei nicht stören kann.
„Willst du dir nicht lieber Spezialprodukte aus der Apotheke kaufen?", fragt sie.
Ich sehe sie erstaunt an. „Oh, meinst du wirklich? Sind die nicht viel zu teuer?"

Spezielle Pflegeprodukte gegen Pickel gibt es von vielen Firmen, in jeder Preislage, aber nicht immer sind die teuersten Produkte auch die wirksamsten. Gute Beratung findest du in Apotheken, Parfümerien oder Reformhäusern, die gängigsten Cremes & Co. findest du in der Drogerie. Wichtig ist, dass du dich für *eine* Hautpflegeserie entscheidest, weil hier die Wirkstoffe aufeinander abgestimmt sind.

„Keine Ahnung", antwortet sie und bügelt Papas Unterhose glatt. „Aber vielleicht wirken sie besser. Und du kannst dich mal richtig beraten lassen."
Nichts peinlicher als das! Eine Beratung von Frau Dingeldein, der Uralt-Apothekerin aus der verstaubten Apotheke am Eck.

„Meinst du, die weiß noch, was Pickel sind?“
Und bei der Vorstellung, dass unsere runzelige Apothekerin über Pickel referiert, müssen wir beide so lachen, dass nun doch die gefalteten Unterhosen vom Stapel rutschen.

Am nächsten Nachmittag erzähle ich Kleo wieder was von Kuchenbacken und stehe, alleine und mit einem blauen Schein in der Tasche, in der Drogerie vor den bunten Fläschchen. Diesmal studiere ich Produktinfos und Gebrauchsanweisungen genau, schließlich brauche ich etwas Spezielles für meine fettige Mischhaut. Es fällt mir furchtbar schwer, die hübschen Etiketten zu ignorieren. Binnen kürzester Zeit ist mein Einkaufskorb voll gehäuft mit bunten Schachteln, weil mir alle Produkte so praktisch vorkommen: Reinigungstücher, On-the-spot-Gel, teintverbessernde Feuchtigkeitscreme, tiefenwirksames Nachtgel ...

Der Hit ist die Schachtel mit zwölf Reinigungskissen für jeden Tag: Die erste Seite öffnet und reinigt mit mildem Schaum die Poren, die zweite Seite massiert und peelt sanft mit Anti-Mitesser-Wirkstoffen. Hört sich doch gut an! Besser als auf Reinigungskissen kann man seine T-Zone doch nicht betten, oder?

Das tägliche Peeling gegen Mitesser dagegen lasse ich lieber gleich im Regal. So viele sind es dann doch nicht! Und außerdem trocknet es meine Haut aus, nee, die Erfahrung habe ich jetzt gemacht! Tiefenreinigendes Waschgel dagegen klingt schon viel besser. Wie wir inzwischen alle wissen, sitzen diese fiesen Talgdrüsen ja ziemlich tief! Ha, und dann mache ich die

Entdeckung für meine kritische T-Zone: Anti-Nachfettungs-Feuchtigkeitspflege! Das ist doch das Mittel der Wahl, oder? Spendet den Wangen Feuchtigkeit und entzieht den Pickeln das Fett. Oder sollte ich lieber ausgleichende Creme für Mischhaut kaufen? Klingt nach einer sehr schlauen Creme, wenn sie von selbst weiß, wo genau und wie sie wirken muss. Was denn nun? Skeptisch beäuge ich meinen Einkaufskorb. Gestern noch schien mir alles so einfach, und jetzt? Muss ich doch zu Frau Dingeldein?! Jetzt mal langsam, Sina! Systematisch packe ich die Sachen wieder aus dem Korb und stelle sie alle auf den Boden vor mich hin.

Tausend fiese Pickel
gehen mir auf den Nickel,
ärgern mich grässlich,
fühl mich hässlich,
fühl mich fein,
steck dich ein!

Okay, okay, was ich davon habe, sieht man ja. Diesmal entscheide ich mich von vornherein für eine türkisblaue Serie, ganz einfach aus optischen Gründen, weil die Etiketten so schön wellig und glitzerig sind und immer so ein witziges Manga-Mädchen darauf abgebildet ist. Die Preise für die Produkte liegen alle auf dem gleichen Niveau, das ist also auch kein Kriterium. Und dann suche ich mir türkisblaue Waschcreme, Gesichtswasser und eine ausgleichende Creme gegen Pickel und Mitesser aus, den Rest räume ich wieder ordentlich ins Regal zurück. Weil Mama sicher Verständnis für mein Hautproblem hat, packe ich noch eine Anti-Pickel-Thermo-Maske mit Tonerde ein.

Eine Gesichtsmaske ist eine kleine Wellness-Kur für die Haut und kann ein- bis zweimal pro Woche angewendet werden. Je nach Hauttyp und Wirkungsart sind das spezielle Pflegegele oder -cremes, die nach einer bestimmten Einwirkzeit gründlich abgewaschen werden und die Haut klarer und frischer erscheinen lassen. Weil es viel günstiger ist und auch mehr Spaß macht, kannst du dir deine Gesichtsmaske auch ganz leicht selbst herstellen. Trage die Maske auf das gereinigte Gesicht auf und entspanne mindestens zwanzig Minuten. Spüle sie dann mit viel warmem Wasser gründlich ab und creme dein Gesicht wie gewohnt mit deiner Tagespflege ein. Wichtig: Ob selbst gemacht oder selbst gekauft, um allergische Hautreaktionen zu vermeiden, teste vorher in der Armbeuge, wie du auf das Produkt reagierst.

Heilerdenmaske gegen unreine Haut: Verrühre 2–3 Esslöffel Heilerde (aus dem Reformhaus) mit 2–3 Esslöffeln Joghurt, bis eine angenehm streichfähige Masse entsteht. Die Heilerde wirkt antibakteriell, die Milchsäure des Joghurts verfeinert die Poren.

Bienenhonigmaske gegen unreine Haut: 1 Esslöffel Honig mit 5 Esslöffeln Weizenvollkornmehl in 3 Esslöffeln lauwarmer Milch zu einem sämigen Brei verrühren. Klärt verstopfte Poren und beruhigt die Haut.

Sauerkrautmaske gegen fettige Haut: Etwa 100 g rohes Sauerkraut auf Gesicht und Dekolleté verteilen. Wirkt erfrischend und entzündungshemmend.

Gurkenmaske gegen großporige, unreine Haut: Gurkenscheiben pur oder einen Mix aus 2 Esslöffeln Gurkensaft und 2 Esslöffeln Joghurt aufs Gesicht verteilen. Gurken nehmen Fett auf, glätten und straffen die Haut und ziehen die Poren zusammen.

Feuchtigkeitsmaske für jeden Hauttyp: Ananas, Papaya – eine Scheibe reicht. Mit der Gabel zerdrücken und die Fruchtmasse aufs Gesicht streichen. Riecht gut, glättet und lässt den Teint strahlen.
Sahnemaske für trockene und empfindliche Haut: Fünf Erdbeeren (TK oder frisch) mit einer Gabel zerquetschen und mit einem Schuss Sahne verrühren. Nährt und beruhigt die Haut.

Die Entdeckung des Nachmittags ist dann aber ein SOS-Anti-Pickel-Stift. Dafür muss ich zwar noch ein paar Euros von meinem Taschengeld drauflegen, aber da er zudem die Pickel abdecken soll, scheint mir dieser SOS-Stift absolut sein Geld wert. Ich teste auf dem Handballen, ob der Farbton zu meiner Haut passt, und fühle mich wie ein Kosmetikprofi, dabei mache ich es nur der gut duftenden Tussi vom letzten Mal nach, die neben mir ein Make-up nach dem anderen verschmiert.

Jetzt weiß ich auch, warum Jolina neulich nach Windpocken aussah: Sie hatte die Pickel auf ihrer hellen Haut mit einem zu dunklen Abdeckstift abgetönt.

Diesmal stehe ich so selbstbewusst wie möglich an der Kasse. Ich nicke sogar der gut duftenden Tussi zu, die jetzt hinter mir eine Tube Skin-like-beauty-protect-Make-up auf dem Förderband parkt.
„Das wirkt total gut“, meint sie und deutet auf die türkisblauen Fläschchen und Tiegel. „Musst es nur regelmäßig anwenden.“
„Klar“, sage ich und grinse sie verschwörerisch an, während ich der blonden Kassiererin fröhlich zunicke.
Zu Hause begrüßt mich meine Mutter ganz überschwänglich.

„Meine große Tochter“, ruft sie zärtlich und knutscht mich von oben bis unten ab. Hilfe, was ist denn mit der los? Ist sie auf Entzug, nur weil Leon heute ausnahmsweise bei Oma Doris übernachtet?

„Papa kommt heute später“, sagt sie. „Leon ist bei Oma – und wir zwei machen uns einen gemütlichen Frauenabend und gönnen uns eine ausgiebige Pflegestunde.“

„Hä?“, entflutscht es mir. Eigentlich wollte ich heute in Ruhe meine neuen Wässerchen ausprobieren. Energisch winde ich mich aus ihrer Umarmung. Wahrscheinlich hat sie so eine Mutter-Tochter-Pflege-Session als ultimativen Tipp in einer Frauenzeitschrift gelesen.

„Na, erst probierst du deine neue Cremes aus, ich gönne mir in der Zwischenzeit ein entspannendes Öl-Bad und danach massieren wir uns gegenseitig die Füße. Wenn du willst, darfst du meinen rosa Nagellack ausprobieren“, erklärt sie und blinzelt mich verschwörerisch an. „Den fandest du doch immer so toll.“

Danke, Mama! Da war ich sechs! Ich schmiere mir doch nicht so einen Uralt-Lavendellack auf die Zehen!

Außerdem habe ich keine Lust, ihre Mief-Füße zu massieren.

„Und dann mache ich uns einen knackigen Salat“, sagt sie fröhlich und schiebt mich Richtung Badezimmer. „Pickel wollen ernährt sein, von innen wie von außen.“ Völlig begeistert über ihren eigenen Witz lacht sie sich halb schief,

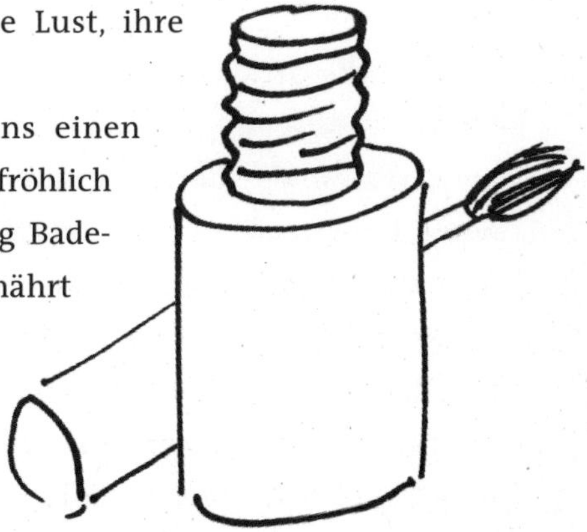

während sie mir energisch den Duschhahn aufdreht. „Bis gleich, Sina, nimm dir Zeit!“ Und mit diesen Worten lässt sie mich und meine türkisblaue Serie alleine.

Tipps zur allmorgendlichen und allabendlichen Gesichtspflege:

Step 1: Gesicht mit Waschgel leicht einschäumen und gründlich mit Wasser abspülen und abtrocknen. Bitte ein sauberes Handtuch verwenden!
Step 2: Gesichtswasser auf ein Wattepad geben und in kreisenden Bewegungen über das Gesicht fahren. Reinigt Porentief! Sieh dir das Wattepad an, du wirst es kaum glauben.
Step 3: Creme verteilen und sanft einklopfen, auch auf den Pickeln! Muss ja nicht gleich Shiatsu sein, aber ein bisschen Wangengeklopfe tut gut.
Step 4 (für morgens): Mit Abdeckstift vorsichtig die fiesesten Pickel abtönen.
Step 5 (für abends): Mit Anti-Pickel-Creme die fiesesten Pickel gezielt betupfen.

Zum Glück hat Mama den Programmpunkt Füßemassieren dann doch vergessen, denn als ich später frisch geduscht und eingecremt in die Küche komme, werkelt sie in ihrem roséfarbenen Hausanzug vor sich hin und riecht bereits nach frisch lackierten Fußnägeln.
„Du kannst mir helfen, die Möhren zu raspeln“, meint sie und hält mir eine hin. „Ist gut für deine Haut.“
„Ich denke für die Augen?“, frage ich, fange aber brav an, die Möhre kurz und klein zu schnippeln.

Auf eine gesunde und ausgewogene Ernährung mit viel Obst und Ballaststoffen solltest du selbstverständlich immer achten. Außerdem sind folgende Mineralstoffe und Vitamine für eine schöne Haut besonders wichtig:

Zink ist zuständig für die gesunde Auffrischung der Haut, Pickel heilen besser ab. Besonders viel Zink ist zum Beispiel enthalten in Rindfleisch, Linsen, Bohnen, Käse und Haferflocken. Manche Anti-Pickel-Cremes enthalten Zink, du kannst über einen kurzen Zeitraum auch mal Zink-Tabletten nehmen.
Eisen ist wichtig für den Transport von Sauerstoff in die Haut. Wichtige Nahrungsmittel dafür sind Fenchel, Radieschen, Geflügel und Fleisch.
Vitamin A wirkt gegen die Verhornung der Haut und sorgt für ein schönes Hautbild. Besonders viel davon findest du zum Beispiel in Spinat, Möhren, Honigmelonen, Fenchel und Aprikosen. Gibt es auch als Medikament.
Vitamin C unterstützt das Immunsystem und die Wundheilung, auch bei Pickeln. Besonders viel Vitamin C ist zum Beispiel in roten Paprikas, Kiwis, Apfelsinen und Brokkoli.
Biotin, das man auch unter dem Namen Vitamin H kennt, unterstützt das Nachwachsen neuer Haut, zum Beispiel enthalten in Nüssen, Sojabohnen und Champignons.
Folsäure ist allgemein wichtig für gesunde Haut. Besonders viel davon gibt's zum Beispiel in Spargel, Tomaten, Lauch und Erdbeeren.

„Ich werde in Zukunft besser auf deine Ernährung achten", verspricht mir meine Mutter. „Keine Burger, keine Pommes, kein Ketchup, keine Mayo, keine Kekse, keinen Pudding ...", zählt sie auf. Klingt weniger nach Versprechen als nach Drohung. „Dafür viel frisches Obst und Gemüse, wenig fettes Fleisch und viel Fisch. Und nur noch ein Ei in der Woche!"

„Mama", rufe ich empört. „Ich bin doch nicht auf Diät!"

„Doch", entgegnet sie fröhlich und rührt das Salatdressing mit frischen Kräutern an. „Auf Pickel-Diät. Und damit es dir nicht so schwerfällt, mache ich gleich mit." Sie hält inne und guckt mir ernst in die Augen. „Ehrlich, Sina, wenn du die Dinger loswerden willst, musst du sie auf der ganzen Linie bekämpfen, von innen und von außen. Cremes alleine reichen nicht."

Huch, wo hat sie das den nun schon wieder gelesen? Scheinbar war sie vor mir in der Bibliothek und hat sich sämtliche Ratgeber ausgeliehen. Oder wieso kennt sie sich so gut aus? Und wieso benutzt sie mich jetzt als Alibi für ihr eigenes Gewichtsproblem?

„Ich bin doch kein Versuchskaninchen, dass nur noch Grünzeug isst", rutscht es mir raus.

„Sina, ich will doch nur dein Bestes ..."

Spinnt die jetzt total? Irgendwas in mir tickt aus. „Ich lass mir von dir doch nichts verbieten, schon gar nicht meine Cheeseburger!" Wütend pfeffere ich mein Messer auf den Tisch.

„Sina", ruft meine Mutter. „Sina, komm sofort zurück!"

Doch ich höre sie nicht mehr, weil ich schon längst draußen bin. Auf dem Weg zu McDonald's.

Während ich zehn Minuten später auf dem Mäuerchen sitzend genüsslich an meinem Milchshake XXL sauge – den Cheeseburger habe ich mir dann doch verkniffen –, denke ich über Mamas Ernährungstipps nach. Wahrscheinlich hat sie recht und Zucker und fiese Fette nähren die Pickel.

Fette verstopfen die Poren, also nicht nur der Talg der Talgdrüse, sondern tierische Fette vom Rind, Schwein oder Lamm. Ebenso chemisch gehärtete Fette wie Margarine oder Schokolade, weil sie hohe Schmelzpunkte haben und selbst bei Körpertemperatur fest bleiben und nicht so leicht ausgeschieden werden können. Tierisches Eiweiß (Milch, Käse, Ei, Wurst, Fleisch) kann dazu beitragen, dass die Hornschichten der Haut verdicken und verhärten. Pflanzliche Öle dagegen sorgen durch ihren hohen Anteil an ungesättigten Fettsäuren für einen guten Sauerstofftransport im Körper. Eine fettfreie und ausgewogene Ernährung mit viel Obst und Gemüse hilft, unreine Haut in den Griff zu kriegen.

Wobei ... dann müssten ja alle dicken Menschen Pickel haben und das haben sie nicht. Oder doch? Skeptisch betrachte ich meinen Shake, um ihn dann aber doch in aller Seelenruhe auszuschlürfen. Das bisschen Zucker (okay, mindestens zwölf Stückchen) kann ja so schlimm nicht sein.

Keine Schoko, keine Chips, keine Burger, keine Shakes,
keine Erdnüsse, keine Pizza, kein Döner – keinen Spaß!

Ich sauge mit dem Strohhalm den Becher leer. Prompt muss ich an den Pickelstaubsauger denken und werde knallrot. Neben mir haben sich zwei Jungs auf die Mauer gesetzt, von denen einer cool seine Zigaretten aus der Jackentasche zieht. Bestimmt denken sie, dass meine Gesichtsfarbe wegen ihnen gewechselt hat.
„Hi, Sina!", ruft mir der eine zu und jetzt erst erkenne ich Yannis unter einer schwarzen Beanie. „Was machst du denn hier?"

Was für eine Frage! „Ich sitze hier“, antworte ich, weil mir nichts Besseres einfällt, und prompt lachen sich die beiden Jungs halb blöd.

„Bist du alleine hier?“, will Yannis wissen. Dabei mustert er mich mit interessiert hochgezogenen Augenbrauen. Hä, was ist denn mit dem plötzlich los? Sonst ignoriert er mich, wo er kann, und jetzt begafft er mich von oben bis unten.

Sein rauchender Kumpel rempelt ihm kichernd den Ellenbogen in die Seite. „Lass mal, die kann noch ein bisschen auf die Weide“, meint er lässig und nimmt einen tiefen Zug.

Feindselig starre ich ihn an und checke sofort, dass dieser Typ eine grässlich pickelige Haut hat. Kommt das vom Rauchen oder von seinen dämlichen Sprüchen? Geschieht ihm auf alle Fälle recht!

„Das ist übrigens mein Cousin Marcel“, stellt Yannis uns jetzt vor und grinst mich an. „Ihr müsstet euch eigentlich von unseren Grillpartys kennen.“

Wie peinlich, will der mich verkuppeln oder was?! Wieso ist Yannis eigentlich manchmal so sausaudoof? Ich nicke stumm, dann nuschele ich was von wegen Hausaufgaben und mache, dass ich zu meinem Fahrrad und Richtung Heimat komme. Mama wird sowieso schon sauer sein, jetzt bekomme ich neben Basketball- und Internetverbot garantiert noch Taschengeldsperre, wetten? Dabei könnte es so einfach sein, wenn sie mich einfach endlich mal in Ruhe ließe.

Keine Ahnung, ob Mama mich hört, sie reagiert einfach nicht, als ich nach Hause komme. Ich schleiche leise nach oben, um mir den Zigarettengestank vom Gesicht zu waschen und die Zähne zu putzen. Zur Entspannung pule ich die Etiketten von den Flaschen und der Tube ab und lege sie zum Trocknen zwischen meine schweren Lexika. Gerade will ich einschlafen, da klopft es an meine Tür.

„Julia ist dran", sagt meine Mutter nur knapp und hält mir mit angesäuerter Miene das Mobilteil hin. Weil mir meine Eltern kein Handy erlauben, müssen meine Freundinnen und ich immer noch übers Festnetz telefonieren. Immerhin haben sie eine moderne Telefonanlage mit DSL und Flatrate.

„Hey, stell dir vor, was ich habe", ruft mir meine Freundin durchs Telefon zu.

„Hm?" Keine Ahnung, was sie hat, ich habe Stress mit meiner Mutter. „Lass mich raten: ein Meerschweinchen?"

„Quatsch, spinnst du? Bin doch kein Baby mehr", empört sich Julia. „Nee, viel besser: Ich habe einen Pickel!"

„Oh no, echt?" Ich weiß nicht, was meine Freundin daran so toll findet.

„Und jetzt dachte ich, du kannst mir Pflegetipps geben. Mit meiner Schwester kann ich nicht so gut darüber reden, das verstehst du doch, oder?"

Nichts leichter als das, Baby!, denke ich, ich bin doch der Pickel-Profi. Vielleicht sollte ich mein Taschengeld mit Anti-Pickel-Tipps aufbessern, zwölf Cent die Minute?!

„Klar verstehe ich das, Süße", höre ich mich sagen. „Was willst du wissen?"

Zweites Kapitel, in dem Sinas Hormone ins Schwitzen geraten

Voll fettige Haare

„Du könntest ruhig mal wieder deine Haare waschen!", sagt Julia zu mir ein paar Tage später, als wir wie immer in der Pause am Ständchen rumlungern. „Mal so als Tipp unter guten Freundinnen."

„Hä?" Was bildet die sich denn ein. „Das habe ich doch vorgestern erst gemacht."

„Na dann ...", meint Julia, „... musst du es heute wohl wieder tun, oder, Kleo, was meinst du?"

Kleo nickt bedächtig, sodass ihre blonden Ringellocken fröhlich auf- und abwippen. „Ich finde auch, dass deine Haare in letzter Zeit so ungepflegt wirken."

„Spinnt ihr jetzt total?", rufe ich empört. „Nur weil du dein Meerschweinchen täglich badest, muss ich doch nicht auch so einen Pflegefimmel entwickeln!" Wütend pfeffere ich meinen angenagten Apfel in die nächstbeste Mülltonne. Äpfel sollen gut für ein klares Hautbild sein, sagt Irene, aber mir ist nur klar: Die Sache mit dem Kosmetikgedöns geht mir voll fett auf den Keks.

„Jetzt krieg dich mal wieder ein", meint Julia cool. „Das kenne ich von Ashley. Sie wäscht sich sogar zweimal am Tag ihren schrägen Pony, weil er so fettig ist."

So langsam kapiere ich, was abgeht. Glänzende, vor Fett triefende Haut alleine reicht wohl nicht, jetzt hat es ebenfalls meine Haare erwischt. Am Ende sind die auch verstopft!

Eigentlich eine schlaue Idee von Mutter Natur:
Die Haare saugen wie ein Strohhalm die überschüssige
Talgproduktion auf und ich kann das Fett einfach rauswaschen.
Wenn ich dafür weniger Pickel habe,
wasche ich ab sofort stündlich meine Haare!

„Na, wenn ihr meint ...", sage ich leise und lasse mich auf die Bank plumpsen.

„Hey, so war das doch nicht gemeint." Kleo legt tröstend die Arme um mich. „Du musst sie halt nur öfters waschen."

„Mach ich doch auch", erklärt Julia und fährt sich durch ihr langes dunkles Haar. „Sonst wären sie nicht so seidig glänzend. Von nichts kommt eben nichts."

„Sind wir jetzt bei Deutschland sucht die Beauty-Queen?", grinse ich. „Blöde Kuh!" Julia knufft mich in die Seite. Ich seufze. Was bleibt mir anderes übrig, da werde ich wohl nachher in meinem Lieblingsdrogeriemarkt nach einem Anti-Fett-Shampoo stöbern müssen!

Im Unterricht fällt mir zum ersten Mal auf, dass sogar Jolina einen fettigen Haaransatz hat. Zwar trägt sie blonde Strähnchen, aber dafür fallen die dunkel glänzenden Haare umso mehr auf. Und Yannis hat auch leicht fettiges Haar. Wobei ... ich bin mir gar nicht sicher, nachher gehört das zu seinem neuen Wet-Gel-Look. Auch Milli, unbekümmert und fröhlich wie immer, hat strähnige Locken. Ob ich allen 'ne Runde Anti-Fett-Shampoo ausgeben soll?

Als ich in der Drogerie vor den Shampoo-Flaschen stehe, ahne ich, dass es keine leichte Entscheidung wird. Bisher habe ich meine Haare mit irgendeinem Shampoo gewaschen, das Mama gekauft hat, und mir keine Gedanken darüber gemacht, ob da Anti-Schuppen, Pro-Color oder Voll-Vital draufsteht.

Spezielle **Anti-Fett-Shampoos** verhindern schnelles Nachfetten, eine Spülung überzieht jedes Haar mit einem feinen Film und bindet nachfließendes Fett. Es gibt sogar Pflegekuren, die regulierend auf den Haarboden einwirken. Leider trocknen diese Shampoos bei übermäßiger Anwendung die Kopfhaut aus. Wasche deine Haare also lieber öfter, dafür mit einem besonders milden Shampoo.

Ich blicke mich heimlich um, ob mich auch keiner beobachtet, und dann schnüffele ich mich durch die Flaschen: Himbeere, Apfel, Zitrone – der reinste Saftladen ist das hier, aber leider sind diese gut duftenden Shampoos nicht für meine Fetthaare gedacht. Endlich entdecke ich eins, das weder nach Bier noch nach Algen oder Berga-Motten riecht und auch noch ein tolles achteckiges Etikett hat. In einem Anfall von Spendierlaune packe ich auch noch die passende Spülung ein, damit das nachfließende Fett auch ja aufgesogen wird, sicher ist sicher.

Ein bisschen gewöhnungsbedürftig, aber überaus wirksam ist eine **Bierspülung gegen fettiges Haar:** Spüle nach jeder Haarwäsche dein Haar mit einer halben Flasche Bier durch. Nicht wieder auswaschen – und vorher deine Eltern fragen. Du kannst sie beruhigen, der Geruch verflüchtigt sich schnell.

Die Kassiererin begrüßt mich heute sogar mit Namen, kein Wunder, wenn ich mein komplettes Taschengeld in ihrem Markt lasse, kann sie bald aufhören zu arbeiten. Freundlich nickend hält sie mir sogar eine Tüte hin, das hat sie noch nie gemacht. Die gut duftende Tussi von neulich scheint hier auch zum Inventar zu gehören, allerdings sieht sie heute so verändert aus. Als sie vor mir durch den Ausgang huscht, kapiere ich auch, wieso: Ihre blondierten Haare sind viel länger als sonst. Extensions! Vielleicht sollte ich mal über eine Haarverlängerung nachdenken – oder lieber gleich über eine Perücke?!
Zu Hause ist mein erster Gang ins Bad, wo ich meine Kopfhaut nur sanft massiere, um die Talgdrüsen nicht zusätzlich anzuregen. Dann föhne ich meine Haare auf unterster Stufe, auch große Hitze mögen die Talgdrüsen nicht, wie ich neulich in der Mädchenzeitschrift gelesen habe. Pimp your hair! Sag ich doch, lesen macht schlau. Zwar guckt Mama immer so komisch, wenn ich mit dem neusten Heftchen ankomme, aber sie liest schließlich auch diese Frauendinger extra-light mit null Nährwert. Mit seidig glänzendem Haar wehe ich die Treppen runter, macht nichts, dass ich über das Playmobil-Flugzeug stolpere und in Leons Knete trete, ich fühle mich hübsch wie nie. Meine gute Laune ändert sich schlagartig, als ich Mamas finstere Miene bemerke, die mich vom Sofa aus feindselig anstarrt.

„Musst du immer stundenlang das Badezimmer blockieren?", fragt sie und ihre Stimme klingt sauer. „Andere Menschen wollen auch mal duschen!"

„Ach ja?" Was anderes fällt mir nicht ein. Möglichst unauffällig mustere ich die Haare meine Mutter. Am Ende hat sie auch ein Fettproblem und ist deshalb so stinkig, weil sie zum Haarewaschen nicht ins Bad konnte. Aber der Haaransatz meiner Mutter wächst eher grau nach, während die restlichen Haare in blonden Strähnen runterhängen. Leon dagegen hat ganz lockige Wuschelhaare. Er sieht aus wie ein Posaunenengel von der Weihnachtskrippe.

Ob **Haare** glatt, gewellt, gelockt sind, hängt von ihrem Querschnitt ab. Haben die Haare einen runden Querschnitt, sind sie sehr glatt, wie beispielsweise bei vielen Asiaten. Haben sie einen eher ovalen Querschnitt, neigen sie zu Locken, wie es oft bei uns zu finden ist. Ein stark elliptischer Querschnitt bedeutet sehr starke, kleine Locken, wie bei vielen Afrikanern.

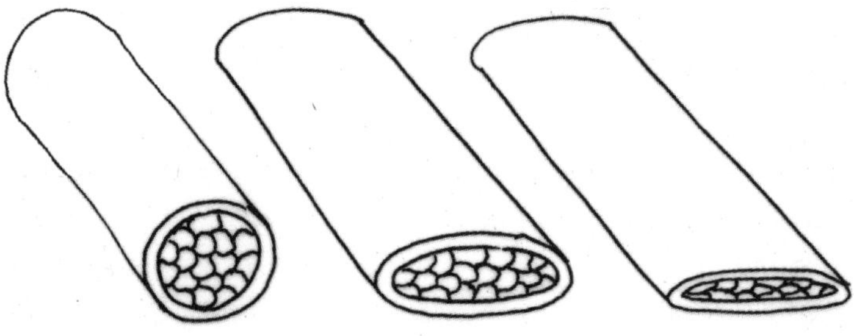

Sehr glattes Haar | Lockiges Haar | „Krauses" Haar: sehr starke, kleine Locken

Apropos Locken! Ich könnte Kleo ja mal meine tollen frisch duftenden Haare zeigen, als Zeichen dafür, dass ich nicht beratungsresistent bin. Schon bin ich mit flatternden Haaren zur Tür hinausgeweht.
„Zum Abendessen bist du wieder zu Hause!", höre ich Mama noch hinter mir herkreischen, aber da ich sitze schon auf meinem Fahrrad.
Unterwegs sehe ich diesmal nur Haare statt Pickel: eine rotlockige Schönheit, einen dicht behaarten Bauarbeiter, einen glatzköpfigen Punk, eine weißhaarige Omi ...

Die **Pigmente** Eumelanin und Phänomelanin sind verantwortlich für die Haarfarbe. Eumelanin ist das Schwarz-Braun-Pigment, Phänomelanin ist ein Rot-Pigment. Je nach Mischungsverhältnis entstehen unterschiedliche Haartöne – von Tiefschwarz bis Hellblond.

Als Kleos Mutter mir die Tür öffnet, sehe ich sofort, dass sie frische Dauerwellen hat. Ich sag doch: überall Haare!
„Steht Ihnen gut", beeile ich mich zu sagen, dabei sieht Frau Kleinschmidt mit ihren großen Locken aus wie eine Diva in der Midlife-Crisis. Im Gegensatz zu ihrer Tochter hat sie nämlich keine krause Naturwelle und ist auf chemische Hilfe angewiesen.
„Findest du nicht auch?", strahlt sie mich dankbar an. „Komm rein, ich mache euch ein paar Waffeln, Kleo sitzt noch an ihren Hausaufgaben."
Ehe ich etwas sagen kann, schiebt sie mich in Kleos Zimmer. Schon im Türrahmen sehe ich bereits die Katastrophe.
„Kleo!!! Was machst du denn da?!" Frau Kleinschmidt bekommt einen Schreianfall mit hektischen Flecken im Gesicht. Ihre blon-

den Locken fallen augenblicklich kraftlos in sich zusammen. „Das ist nicht dein Ernst, oder?“, murmle ich tonlos und starre meine beste Freundin an.

Die sitzt ungerührt an ihrem Schreibtisch und ist dabei, sich ihre blonden Locken abzusäbeln, Strähne für Strähne, der ganze Fußboden ist schon voller Haare.

„Kleo!“ Frau Kleinschmidts Stimme klingt hysterisch. „Hör sofort auf damit!“

„Womit soll ich aufhören, Mama?“ Kleo dreht sich zu uns um. Sie hat rot verheulte Augen und ein ganz aufgequollenes Gesicht. „Damit, auszusehen wie eine Birkelnudel, wie ein Kräuselband oder wie ein Ringelringelschwein?“, sagt sie leise. Sie guckt ganz traurig, dabei hat sie oft mitgelacht, wenn Juri und Yannis sie mit ihren Korkenzieherhaaren aufgezogen haben. Komisch, ich habe mir noch nie Gedanken darüber gemacht, dass Kleo unter ihrem Wuschelkopf so leiden könnte. Wann immer Julia und ich über Frisuren lästern, hat sie sich rausgehalten und wir haben gedacht, unsere Babybel interessiert sich nicht für modische Haarschnitte. Und jetzt das! Frau Kleinschmidt ist völlig fertig, scheinbar weiß sie gar nicht, was sie tun soll.

„Kleo, oh man, Süße!“ Ich gehe einfach zu ihr, ziehe sie in meine Arme und halte sie eine Weile ganz fest. „Lass mal sehen.“ Ich schiebe sie einen Meter auf Abstand und begutachte fachmännisch ihren neuen Schnitt. „Warte, hier hast du ein paar Strähnen vergessen.“ Unter den entsetzten Blicken von Frau Kleinschmidt säble ich noch ein bisschen an Kleos Haaren herum, bis sie einen perfekten Kurzhaarschnitt hat.

„Voilà!“, sage ich. „So kommt deine hübsche Stupsnase besonders vorteilhaft zur Geltung.“

Ich rede schon wie meine eigene Mädchenzeitschrift.
Aber es stimmt schon, Kleo sieht völlig anders aus,
viel ... viel erwachsener. Und das ganz ohne Pickel.
Ob ihre kurzen Haare auch fettig werden können?

„Ich hole jetzt erst mal den Staubsauger", sagt Frau Kleinschmidt resigniert. „Und wenn heute Abend dein Vater nach Hause kommt, reden wir noch mal darüber."
Arme Kleo, mit diesen Eltern ist sie wirklich gestraft. Doch sie zuckt nur mit den Schultern. „Du hast deine Haare gewaschen", sagt sie und grinst mich an. „Sieht gut aus!" Fast ehrfürchtig fährt sie mit den Fingern durch mein weiches Haar, das seidenglatt ist. Hallo, sind wir jetzt in einem Werbespot oder was? Fehlen nur die Geigen, die jetzt einsetzen müssten. Und Kleo stehen schon wieder die Tränen in den Augen.
„Ich wollte eigentlich nur wissen, ob du die Mathehausaufgaben kapiert hast, die uns der Asselmeyer aufgegeben hat, und ob ich dir helfen soll", notlüge ich, um sie endlich von diesem haarigen Thema abzulenken.
„Du meinst die Sache mit der Hohlkörperberechnung?", fragt sie zurück und wischt sich energisch die Augen. „Kein Problem, alles easy, längst erledigt." Sie hält mir ihr Matheheft hin und ich tue so, als würde ich jetzt endlich dank Kleo die Geheimnisse der Geometrie verstehen, dabei kapiere ich nur eins: Haare gut, alles gut!

In der Schule ist Kleos neuer Haarschnitt Thema Nummer eins. „Siehst aus wie eine Schauspielerin", meint Julia neidisch. „Bei meinen Haaren ist da nichts zu machen." Zerknirscht greift sie sich an ihren braunen Pagenschnitt, während wir zum Ständchen schlendern.

„Kannst dir ja ein paar Strähnchen reinziehen lassen wie ich“, meint Jolina, deren blondierte Strähnen heute ziemlich strähnig runterhängen. „Das hilft auch ganz gut gegen fettiges Haar.“

Armes Haar! Wird erst durch die Färbe-Farbe aufgequollen und muss sich dann auch noch Extrafett reinziehen.

Und diese Strähnchen sind doch auch ein bisschen peinlich, oder? Grüne Strähnen oder quietschrosa sind ja noch ganz witzig, aber so pseudoblonde?! Nee, nicht mit mir!

„Ich zieh mir jetzt lieber eine Portion Pommes rein“, sage ich. Mir ist dieses ganze Schönheitsgequatsche echt zu viel.

„Bei deinen Pickeln würde ich das lieber lassen“, ätzt Jolina rum.

„Was gehen dich meine Pickel an“, fauche ich zurück. „Kümmere dich lieber um deine Fettsträhnen, die sehen ja nach Friteuse aus.“

„Das liegt an meinem neuen Gum-Gum-Gel“, erklärt Jolina stolz. „Das gehört so!“

„Wer war bei der Friteuse?“, grinst Yannis, der gerade mit Juri im Schlepptau angeschlurft kommt. „Sina oder Jolina? Oder war Kleo bei der Friseuse?“

„Blödmann! Wer hat hier denn die Schmalzkringel auf dem Kopf!“, pfeffere ich ihm entgegen. Yannis soll bloß die Klappe halten mit seinen peinlich eingegelten Haaren. Prompt läuft Yannis knallrot an, zieht dann den verdutzten Juri mit sich und verschwindet Richtung Turnhalle. Garantiert gehen sie ’ne Runde kicken.

Während ich bei der netten Ständchenfrau meine Pommes bestelle, höre ich, wie Kleo und Julia über Meerschweinchenfrisuren fachsimpeln. Dabei hat Julia noch nie eins besessen. Aber scheinbar darf die seit Neuestem überall ungefragt ihren Senf dazugeben. Fehlt nur noch, dass Zarafira morgen auch so kurz geschoren herumläuft wie Kleo. Doch es kommt noch viel schlimmer. Als ich voll beladen zu den beiden an die Bank komme, höre ich Kleo sagen: „Hier, das schenke ich dir, ich brauche das ja nicht mehr." Kleo überreicht Julia feierlich einen rosa Gaze-Beutel mit Puschelfell, der mindestens tausend Haargummis, Glitzerklemmen und Zopfspangen enthält.
„Ist das dein Ernst?", haucht Julia. Freudig zieht sie ein feines pinkfarbenes Haargummi mit winzigen weißen Punkten aus dem Beutel.
„Musst halt deine Haare ein bisschen wachsen lassen", kichert Kleo. „Sina weiß ja, wie es geht!"
„Bäh!" Kleo spielt eindeutig auf mein Lang-Kurz-Haar-Problem an, denn je nach Lust und Laune ändere ich spontan und ohne lange nachzudenken die Haarlänge meines Pagenschnitts von jetzt auf gleich. Meistens ärgere ich mich hinterher tierisch. Vor allem, weil in kurzen Haaren mein Reifenkamm ultradoof aussieht. Ich schiele neidisch auf die rosa Haarschmucksammlung. Warum hat Kleo sie nicht *mir* geschenkt, sondern Julia? Stinkig schaufele ich die Portion Pommes in mich rein, die prompt wie ein Fettkloß in meinem Magen klebt.
„Für dich habe ich auch was", sagt Kleo und fummelt etwas aus ihrer Jackentasche. Huch, was ist denn mit der passiert? Sonst besticht Kleo immer durch ihr ausgeprägtes Einzelkind-Verhalten, aber jetzt hält sie mir eine Tüte Autogummibärchen hin.

„Äh ... danke!“, beeile ich mich zu sagen, obwohl ich genau diese schon habe. Da wird sich Leon aber freuen! „Kommst du nachher zum Training?“, frage ich schnell. Am Ende verabredet sich sonst Kleo noch mit Julia, um ihrem Rosettenmeerschweinchen die Mähne zu toupieren.

„Nee, ich habe Hausarrest“, sagt Kleo und senkt traurig den Kopf mit den eng anliegenden Löckchen. „Dreimal darfst du raten, wieso.“

„Soll ich dich besuchen kommen?“, fragt Julia. „Dann können wir gemeinsam Zarafira baden.“

Wusste ich es doch! Sollen sie doch Kosmetiksalon spielen und Zarafiras Krallen lackieren, ich gehe endlich mal wieder zum Training. Während der folgenden Mathestunde bekomme ich nichts mit, weil ich heimlich Rachepläne gegen Kleo und Julia schmiede. Außerdem ist mir inzwischen ziemlich übel, weil sich der Fettkloß in meinem Bauch hin- und herbewegt und mir mehr als einmal aufstößt. Aus lauter Wut und Frust kaue ich an meinen Nägeln rum, bis alle zehn Finger ganz abgeraspelt sind. Michelle würde sicher einen Ausraster kriegen und erklären, dass man Fingernägel immer mit der Feile bearbeiten soll.

Onychophagie, auf Deutsch: Nägelessen, Verlegenheitsgeste und doofe Angewohnheit, von der rund 30 % aller Jugendlichen betroffen sind, ohne dass sie gleich in psychologische Behandlung müssen. Nägelkauen ist meist eine Leerlaufhandlung oder eine Reaktion auf Stress und Überforderung.

Zerknirscht betrachte ich meine Nägel. Mist, die sind jetzt so kurz wie Kleos Haare. Ob ich mir ein Set künstlicher Nägel spendiere? Du spinnst, Sina, sage ich mir. Erstens hast du für diesen Monat sowieso keine Kohle mehr und zweitens: Wie willst du denn mit diesen Paris-Hilton-Klauen Basketball spielen? Milli würde mich auslachen! Außerdem habe ich erst neulich – diesmal in Mamas Hochglanzprospekt – gelesen, dass man von diesen Kunstnägeln Nagelpilz bekommen kann. Das ist nichts für mich, so viel steht fest. Das nächste Mal also lieber wieder Feile und Schere, nehme ich mir vor!

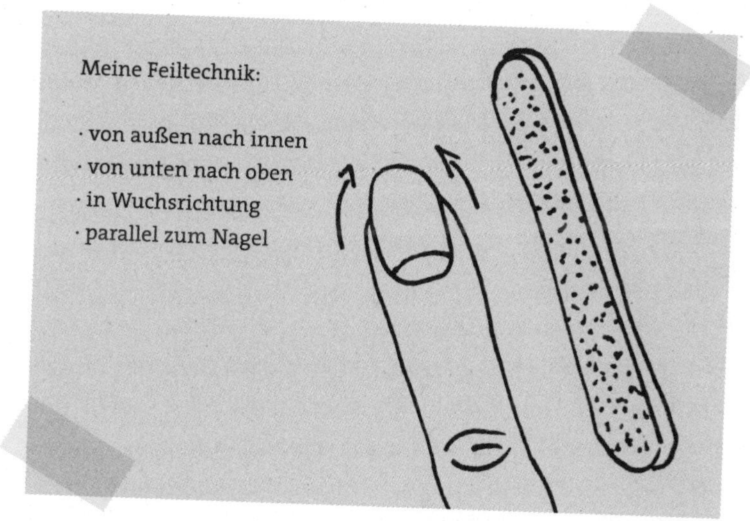

Schnell verberge ich die Knabbernägel in meinen Fäusten und widme mich wieder meiner Matheaufgabe. Wie ich so über mein Heft gebeugt bin, bemerke ich aus dem rechten Augenwinkel Herrn Asselmeyers Füße, die in überaus bequemen Trekking-Sandalen stecken. Augenblicklich wird mir noch kotziger im Bauch: Er ist barfuß!!! Und garantiert hat er seit Ewigkeiten seine Fußnägel nicht mehr geschnitten, die sich lang, hornig, gelblich und gebogen ins orthopädische Fußbett schmiegen. Seine Fersen sind tief eingerissen, der ganze Fuß sieht aus wie ein vertrockneter, rissiger Schwamm. Warum trägt dieser Mann um Himmels willen keine Strümpfe? Okay, okay, ich trage bei meinen Millionen Pickeln auch keine Maske, aber die sehen wenigstens dank regelmäßiger Beachtung (im positiven wie im negativen Sinne) gepflegt aus. Höchst angeekelt löse ich meinen Blick von Asselmeyers Quadratlatschen und widme mich wieder voll und ganz meinem Geometrieproblem.

> Überall dort, wo die Haut unter mechanischer Belastung extrem beansprucht wird, bildet sie **Hornhaut,** also eine verhornte Schutzschicht. Hornhaut haben wir zum Beispiel an den Füßen, echte Barfußfreaks können damit sogar über Schotter gehen. Creme deine Füße regelmäßig ein, dann bleibt die Hornhaut geschmeidig und wird nicht rissig.

Das Training heute ist die Hölle! Mein Magen fühlt sich immer noch klumpig an, obwohl ich von Mamas Käsenudeln nur einen Teller voll hatte, weil ich ja auf meine fettfreie Ernährung achten soll. Also trinke ich Wasser ohne Ende, mit dem Erfolg, dass die Kohlensäure zusätzlich in meinem Magen blubbert. Außerdem scheinen meine Füße noch mal gewachsen zu sein, zumindest fühlen sie sich heute extragequetscht an. Die Leineweber jagt uns trotz der mörderischen Hitze durch die Halle, lässt uns dribbeln und Pässe üben, bis wir alle völlig ausgepowert sind. Als ich in der Umkleide meine Turnschuhe ausziehe, sehe ich sie sofort: zwei wunderschöne, glasig-blasige Blasen an der linken Ferse und am großen Fußzeh.

Blasen entstehen, weil sich durch andauernden Druck oder Reibung die obersten Hautschichten von den darunterliegenden ablösen. Der so gebildete Hohlraum füllt sich mit Gewebeflüssigkeit – was tierisch brennen kann. Ein Pflaster schützt vor weiteren Reizungen, die Blase darf nicht geöffnet werden, bevor sie ausgetrocknet ist.

Wie bringe ich das Mama nur schonend bei, dass ich schon wieder neue Turnschuhe brauche! Jetzt bin ich schon bei Größe 40! Auf dem Rückweg halte ich kurz an der Drogerie, um Blasenpflaster zu kaufen. Als ich am Regal mit den Haarpflegeprodukten vorbeisause, habe ich DIE Idee: Ich werde Mama mit einem Geschenk milde stimmen, damit sie über den Schuhschock besser hinwegkommt. Außerdem finde ich ihren grauen Ansatz äußerst peinlich. Ich taste nach dem Schein in meiner Rocktasche, den ich vorhin sicherheitshalber aus meiner Sparbüchse genommen habe, für eine jugendlich blond strahlende Mama ist mir nichts zu teuer. Aber nehme ich nun besser eine Coloration oder eine Tönung oder nur eine Aufhellung? Als Schaum, als Maske oder als Spray?

Ratlos stehe ich vor dem Regal: Color suprême, Dia-Triacolor Richesse, Premium Color topchic, Living Colors Intensiv, Tönungswäsche mit Vitalfarben ... Mmh. Und welche Farbe soll ich bloß wählen: Hellblond, Mittelblond oder Dunkelblond? Goldblond, Aschblond, Lichtaschblond, Karamellblond, Kupferblond oder Honigblond? Dummblond?! Hätte Mama braune Haare, wäre es auch nicht leichter: Pflaume, Kastanie, Mahagoni, Noisette, Herbstrot ... und welche Farbe verbirgt sich um Himmels willen hinter Toscana?

Eine **Haartönung** verändert die eigene Haarfarbe um wenige Nuancen und ist eine milde wie kurzfristige Angelegenheit. Eine Tönung enthält Farbmoleküle, die nicht ins Haar eindringen, sondern sich wie ein Film ums Haar legen. Nach acht bis zehn Haarwäschen sind die Farbstoffe wieder abgewaschen, die eigene Haarfarbe wird dadurch nicht verändert.
Ganz anders verhält es sich bei einer Coloration: Beim **Haarefärben** werden die natürlichen Farbpigmente durch ein Oxidationsmittel zerstört, die Schuppenschicht des Haares geöffnet, damit danach die neue Farbe richtig eindringen kann. Eine Coloration besteht also immer aus zwei Komponenten und ist eine dauerhafte Angelegenheit. Nachteil: Das Haar wird in seinen natürlichen Eigenschaften extrem angegriffen und muss mit speziellen Haarkuren gepflegt werden, damit es nicht trocken und spröde wird. Colorationen gehören in Profihände, während du mit Haartönungen, Strähnchen oder Blondiercremes getrost nach Packungsanleitung selbst mal experimentieren darfst. Willst du kein „blaues" oder „orangerotes" Wunder erleben, teste die Wirkung vorher an einer Nackensträhne – und frage deine Eltern um Erlaubnis. Sicher hat deine Mutter ihre ganz eigenen Erfahrungen zum Thema Haarefärben – frage sie danach.

Die Verpackungen sind diesmal leider auch keine Hilfestellung, sie sind allesamt gleich dämlich. Überall grinst mich so eine Perückentussi mit nachgeweißten Zähnen an, überall steht superschonend drauf, überall ist gleich viel drin. Ich wähle schließlich „Viva Color-Coloration, goldblond" in einer dunkelroten Dreieckspackung mit Goldschrift, sehr edel, damit meine Mutter auch merkt, wie viel sie mir wert ist.

Meine Familie sitzt schon beim Abendessen und Mama zickt mich prompt an, warum ich so spät komme. Sofort spüre ich, wie die Wut in mir hochsteigt. Ich zische etwas von Blasen und zu kleinen Turnschuhen und füge hinzu, dass nicht jeder wie Leon das Glück hat, wöchentlich neue Schuhe zu bekommen, worauf Mama hörbar nach Luft schnappt. Papa tätschelt ihren Arm, um sie zu beruhigen, und wirft mir einen strengen Blick zu. Wütend lasse ich mich auf meinen Platz fallen. Klaro, dass Mama ihr Geschenk vergessen kann. Aber sie hat wohl ganz andere Probleme. Sie säbelt wie immer ewig an ihrem Knäckebrot rum und zählt jede Kalorie einzeln aus. Wie ich dieses scheinheilige Getue hasse! Dabei müsste sie sich doch in ihrem Alter endlich mal damit abfinden, dass ihre Haut nicht mehr so knackig frisch ist wie meine. Immerhin waren in ihrem Bauch mal drei Babys, das muss doch Spuren hinterlassen. Und ihre Beine stehen doch auch schon viel länger als meine rum, da ist es doch klar, dass die Haut ein wenig geknautscht ist, oder? Ich finde das nicht schlimm.

Weil Frauenhaut viel weicher und dehnungsfähiger (Schwangerschaft!) ist als herbe Männerhaut, kann leicht **Cellulite** an Oberschenkel und Po entstehen. Werden Fettzellen vom Bindegewebe nicht mehr in der Unterhaut festgehalten und an der Oberfläche sichtbar, entsteht eine noppige Struktur, die auch Orangenhaut genannt wird.

Und Papa liebt sie trotzdem, da bin ich mir sicher. Er verstreicht stillschweigend Butter auf seinem Schwarzbrot, um dann den Bierschinken doppelt und quer draufzulegen, damit auch ja jede Ritze abgedeckt ist.

Eigentlich kann ich meinen Papa gut leiden, auch wenn er in vielen Dingen so pingelig ist. Leider ist er bezüglich Körperpflege eher nachlässig, oder wie würdest du seine gewellten Nasenhaare erklären? Gestern habe ich sogar welche auf seinen Ohren bemerkt. Wenn ich wieder ins Internet darf, recherchiere ich mal nach einer goldenen Nasenhaarschere.

Nachdem ich pflichtgemäß geholfen habe, den Tisch abzudecken, schließe ich mich im Bad ein. Während ich auf dem Klo hocke, studiere ich gründlich die Packungsanleitung der Coloration, die ich eigentlich ja für Mama gekauft habe. Interessant! In der Packung befinden sich ein Fläschchen Entwickler wie aus dem Fotolabor, die Blondiercreme in einer goldenen Tube, eine Pflegekur für danach sowie Handschuhe und eine Plastikhaube. Hä, was soll ich denn damit? Skeptisch falte ich die Haube auseinander und lege sie zur Seite. Ich bin jetzt neugierig geworden. Mutig schraube ich die Tube mit der Färbecreme auf und drücke sie langsam in den Entwickler. Dann schüttele ich, bis eine geschmeidige Masse entstanden ist. Bäh, das stinkt! Davon bekomme ich ja Nasenkrebs! Ich reiße das Badezimmerfenster weit auf, aber der Gestank treibt mir fast die Tränen in die Augen. Die hätten lieber eine Nasenklammer statt Handschuhe beigelegt. Soll ich? Wär doch mal einen Versuch wert, oder? Wer nicht wagt, der nicht gewinnt! Zögernd schmiere ich mir das Zeug in die Haare, erst die Spitzen, dann den Ansatz, schließlich Strähne für Strähne. Mit zugekniffenen Augen bastele ich mir die Haube drüber und dann noch ein Handtuch, damit die Farbe mithilfe der Wärme besser einwirken kann. Wie lange soll das Zeug eigentlich draufbleiben? Auf der Packung steht was von 15 Minuten, aber dummerweise habe ich meine Uhr in meinem Zimmer gelassen. Wie lang sind 15 Minuten? Ich zähle langsam eine Minute, einundzwanzig zweiundzwanzig, dreiundzwanzig … irgendwann kriege ich einen Vogel und halte es fast nicht mehr aus. Zur Abwechslung gehe ich noch mal aufs Klo, feile meine Fingernägel oder zumindest die Reste, die davon übrig sind, und beschließe dann, als ich das höllische Brennen auf dem Kopf nicht mehr aushalte, dass die Zeit für ein Goldblond reiflich abgelaufen ist. Ich reiße mir das Handtuch vom Kopf und wasche das Zeugs mit warmem Wasser runter, bis keine Farbe mehr kommt. Ob ich schnell einen kurzen Blick in den Spiegel wage? Sina, ermahne ich mich, für ein goldblond glänzendes Ergebnis muss erst noch die Pflegekur drauf! Also massiere ich vorsichtig die Packung in mein Haar und lasse diese noch mal fünf Minuten einwirken. Und dann – tataa! – wage ich einen Blick in den Spiegel. Skeptisch fasse ich eine Haarsträhne an, sie sieht aus wie vorher. Sieben Euro, einfach futsch? Diese ganze Stinkerei und Brennerei für nichts? Keep cool, sage ich, jetzt föhn erst mal deine Haare richtig trocken. Ich föhne also, blicke in den Spiegel und – ahhhhh! – sehe die Katastrophe: Meine Haare sind nicht goldblond, sondern goldorange!!!

Was soll ich sagen: Ein verlorenes Basketballmatch gegen aufgetakelte Tussis ist nichts gegen meinen Spießrutenlauf am nächsten Morgen. Mama hat mir gleich abends noch eine Megaszene gemacht, obwohl ich heimlich heulend in mein Zimmer verschwunden bin, ohne Gute Nacht zu sagen. Natürlich hat sie die Schweinerei im Bad sofort bemerkt und mich rundgemacht, weil ausgerechnet ihre kostbaren Flauschhandtücher Flecken abbekommen haben. Leider hat mein Lieblings-Top auch gelitten, das finde ich viel schlimmer, weil man das nicht mal eben nachkaufen kann. Als Mama dann noch meine orangefarbenen Haare gesehen hat, ist sie völlig ausgetickt. Mein Vater, von ihrem Geschrei angelockt, hat nur was von Möhre gemurmelt und Leon hat so lange „Will auch, will auch" geplärrt, bis Mama ihm versprochen hat, morgen seine blonden Locken mit Zitronensaft zu spülen.

Mit 2–3 Esslöffeln **Zitronensaft** bringst du Glanz in dein Haar, ebenso mit einem gequirlten Ei (gut ausspülen!). Mit **Kamillentee** kannst du goldene Schimmer in blondes Haar zaubern, mit Schwarztee hell- bis dunkelbraunes Haar ein bisschen dunkler färben. Mit **Henna** erreichst du je nach Zusammensetzung alle Rot- und Brauntöne, auch Schwarz.

Vielleicht hätte ich doch vorher eine Probesträhne testen sollen, vielleicht hätte ich mal genauer auf die Packung schauen sollen, vielleicht hätte ich meine Finger komplett von diesem Färbezeugs lassen sollen, vielleicht hätte ich einfach nie Pickel bekommen sollen! In meiner Verzweiflung habe ich abends noch Irene angerufen, die den Tipp gab, die Haare mit Aspirin-C-Wasser zu spülen. Das hat zwar ein bisschen geholfen, aber bei meiner Verfärbung hätte ich ein komplettes Röhrchen auflösen müssen. Der Anschiss von Mama hat mir schon gereicht, ich wollte nicht noch einen von Papa riskieren, wenn er nach dem nächsten Männerabend seine Kopfwehtabletten sucht.

Mama hat es heute Morgen dann augenscheinlich genossen, mich mit meinem Möhrenkopf in die Schule zu zwingen. Sie hat erst für heute Nachmittag einen Termin beim Friseur ausgemacht, die alte Hexe, und so lange muss ich jetzt die Lästereien meiner Mitschüler ertragen:

„Hey, seit wann bist du Holland-Fan?", lästert Yannis. „Wusste ich ja gar nicht!"

„Sieht voll cool aus", meint Jolina. „Wie hast du denn den tollen Effekt hingekriegt?" Ich fürchte, sie meint es ernst.

„Hoffentlich bekommst du davon keinen Spliss wie Ashley!", gibt Julia ihren Kommentar ab.

„Du musst wohl immer eins draufsetzen, was?", sagt Kleo und in ihren Augen blitzen Tränen. „Immer musst du im Mittelpunkt stehen!"

Hä??? Nur ganz langsam kapiere ich, was sie meint. Sorry, aber ich habe wirklich null Interesse daran, ihr die Show zu stehlen, schon gar nicht mit verfärbten Haaren. Ich fürchte, ab morgen wird sie richtig sauer auf mich sein: Da werde ich nämlich wie sie einen fetzigen Kurzhaarschnitt in meiner Original-Haarfarbe haben – mit einer orangefarbenen Strähne.

Schäm dich nicht

Im Schwimmunterricht am Montag fällt es mir das erste Mal richtig auf: Julia hat bereits Haare unter den Achseln. Und Jolina und Friederike auch, Kleo natürlich nicht, aber Yannis, Marco und Sebastian. Anton hat sogar ein paar Haare auf dem Bauch, aber bei dem ist ja sowieso alles viel stärker entwickelt. Und ich? Heimlich schiele ich unter meine Achsel, als wolle ich Kraultechnik üben. Aber da ist nichts, niente, nothing. Na ja, reicht ja auch, wenn ich Pickel habe, die übrigens das Chlorwasser überhaupt nicht mögen. Da muss ich heute Abend wieder extra pflegen, damit sie nicht mehr sauer auf mich sind und so doll sprießen.

Schlecht gelaunt ziehe ich meine Bahnen. Schwimmen kann ich nicht leiden, das ist immer so nass. Und vor allem langweilig, weil man sich dabei nicht so gut unterhalten kann. Der Ebli pfeift uns für ein paar Lockerungsübungen zusammen. Mit geschwellter Brust stolziert er durch die Schwimmhalle, keine Ahnung, worauf er so stolz ist, auf seine Rückenbehaarung vielleicht? Julia, Kleo und ich gucken uns an und dann prusten wir wie auf Kommando los und saufen beinahe ab.

Eigentlich hat unsere Körperbehaarung heute keine Funktion mehr. Das Vellushaar bekommen wir schon als kleine Kinder und es ziert wie ein farbloser Pfirsichflaum unseren Körper. Je nach Veranlagung wandelt es sich dann in der Pubertät zum festeren Terminalhaar und verändert seine Farbe, vor allem bei den Jungs an den Beinen und am Oberkörper. **Schamhaare** sind total gekräuselt und sind meist dunkler als die Kopfhaare.

In der Umkleide dann kann ich nicht anders, ich muss wie ein GPS peilen, welche Mädchen aus unserer Klasse auch schon Schamhaare auf ihrem sogenannten „Venushügel" haben. Friederike hat nur ein paar, Julia nur ein bisschen und Kleo gar keine, wie ich. Dafür hat Melanie einen Vollbüschel-Urwald, von dem ich heute Nacht garantiert träume.

In vielen Kulturen gilt eine üppige Schambehaarung als Zeichen der Fruchtbarkeit. In Japan tragen Frauen mit wenigen Schamhaaren sogar Perücken, nennt sich dann „Blume der Nacht." In islamischen Kulturen dagegen gilt Schambehaarung wie Körperbehaarung überhaupt als unhygienisch. Auf den Südseeinseln wollen sie das vertikale Lächeln der Schamlippen sehen und rasieren sich deshalb gänzlich. Hierzulande rasieren sich inzwischen die meisten Frauen wenigstens die Beine und die Bikinizone.

„Was glotzt du denn so?", fragt Jolina und baut sich provozierend vor mir auf. „Noch nie was von Irokese gehört?"

Schluck! Alle starren erst zu mir, dann auf ihre Intimfrisur, die so rot gefärbt ist wie ihre neue Seitensträhne.

Also, das muss mir jetzt mal einer erklären, wieso man jetzt auch noch Stress mit der Frisur seiner Schamhaare haben muss?! Reicht es nicht, dass sie eines Tages sprießen wie blöd und eventuell aus dem Bikini hervorblitzen? Muss ich mich jetzt auch noch darüber informieren, ob meinem Venushügel ein Blitz, ein Irokese oder eine Hochsteckfrisur mit Glitzerklemme besser steht? Am besten gleich noch in drei verschiedenen Farben?

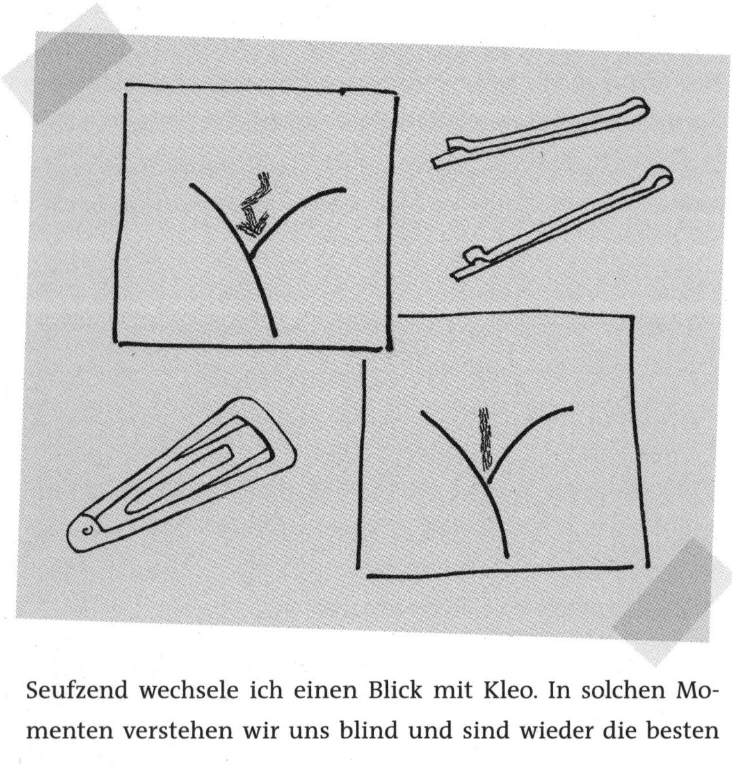

Seufzend wechsele ich einen Blick mit Kleo. In solchen Momenten verstehen wir uns blind und sind wieder die besten

Freundinnen der Welt. Garantiert denkt sie dasselbe wie ich, während Julia total begeistert von diesem „Iro“ ist.
„Meine Schwester trägt zurzeit Amerikanisch“, erzählt sie. „Das findet sie besser als Brasilianisch“, fügt sie noch hinzu, als sie merkt, dass keiner von uns kapiert, was sie uns sagen will. Französisch habe ich in diesem Zusammenhang schon mal gehört, aber das meint wohl etwas anderes.

Im Bus auf dem Weg zurück zur Schule sitzen Kleo und ich dann ganz schweigsam nebeneinander. Scheinbar ist meine Freundin wie ich gedanklich hin- und hergerissen zwischen Jolinas Irokesenschnitt und Melanies Wuschelhügel, denn sie fragt mich heute ausnahmsweise nicht, ob ich nach der Schule mit ihr und Zarafira Frisurenkämmen spielen will. So verbringe ich den Nachmittag gelangweilt zu Hause, spiele ausnahmsweise mit Leon im Garten und frage mich beim Baggerschaufeln, ob er wohl eines Tages blond gelockte Schamhaare entwickelt.
Plötzlich taucht auf dem Nachbargrundstück Yannis' großer Bruder Malte auf. Mit nacktem Oberkörper in Buggyjeans kommt er an den Zaun. „Hallo Sina“, ruft er zu mir rüber. „Kannst du mir mal Milch leihen? Unsere ist alle!“
Ich kann gar nicht richtig hinsehen, denn über seiner linken Brustwarze kräuseln sich genau fünf Haare. Ob ihm auch schon welche am Penis wachsen? Immerhin hat er am Kinn auch einen leichten Flaum. Ich werde knallrot und flüchte ins Haus. Als ich mich wieder beruhigt habe, bringe ich ihm eine Packung Milch an den Zaun.
„Dafür mixe ich dir einen Erdbeershake mit, das magst du doch, oder?“, grinst er mich an.

Aber nur, wenn du dein Shirt wieder anziehst, denke ich. Warum müssen Haare auch immer an den peinlichsten Stellen sprießen?
„Ich habe nämlich Besuch“, erklärt Malte. „Von Sophie. Kennst du sie?“ Er wird ein bisschen rot dabei und ich frage mich, ob er das mit dem Erdbeershake für mich ernst gemeint hat.
„Nö, ich glaub nicht“, murmel ich abwesend. „Ich muss mich jetzt um Leon kümmern.“ Der steht nämlich, wie ich entsetzt feststellen muss, splitterfasernackt in der Sandkiste und strullert in ein Förmchen. Warte nur, bis du mal Schamhaare hast, denke ich, dann pinkelst du nicht mehr einfach so überallhin!
„Ach, lass ihn doch!“, lacht Malte. „Der ist doch noch so klein.“
Eben, und der ungezogenste Bengel weit und breit.

Als wir beim Abendbrot sind, ruft mich Julia an. Ob ich mir schon mal die Beine rasiert hätte, will sie wissen. Als ob das um diese Uhrzeit noch so wichtig ist! Aber scheinbar hat sie das haarige Erlebnis heute im Schwimmbad auch beschäftigt.
„Ehrlich gesagt: nein“, antworte ich. „Wieso sollte ich?“
„Weil sie so dunkel sind und das ungepflegt wirkt“, klärt mich Julia auf.
„Aber meine sind doch ganz blond“, rufe ich. Und das ganz ohne Färberei, füge ich in Gedanken hinzu.
„Da hast du aber Glück.“ Julias Stimme klingt neidisch. „Meine sind ganz dunkel, das sieht voll doof aus.“
„Und was machst du jetzt?“, will ich wissen. „Rasierst du sie dir tatsächlich?“
„Weiß nicht“, antwortet meine Freundin ehrlich. „Ich frage dann doch mal Ashley.“ Und *Klick!*, schon hat sie eingehängt.

Ich bin doch nicht blöd und rasiere mir die Haare weg, wo ich doch sowieso kaum welche habe! An Melanies Stelle würde ich es vielleicht tun, vielleicht auch an Jolinas. Aber dann habe ich ja nur noch Stress im Bad: Gesicht waschen, klären, cremen, Beine einschäumen, rasieren, cremen – was denn noch? Unauffällig mustere ich Mamas Beine, die unter einer hellen Bermuda hervorlugen. Scheinbar ist ihre letzte Rasur eine Weile her, denn auf ihrem Schienbein wachsen tausend kleine Borstenhaare. Angewidert starre ich zwischen Mamas Stoppelfeld und dem sprießig-gesprossenen Kressebrot auf meinem Teller hin und her. Irgendwie ist mir der Appetit vergangen.

Eine Stunde später ruft Julia schon wieder an, diesmal klingt ihre Stimme total jammerig. „Stell dir vor, was passiert ist!“, ruft sie atemlos ins Telefon und ich ahne nichts Gutes.
„Deine Schwester hat dein Schamhaar-Toupet geklaut“, rate ich.
„Blöde Kuh“, faucht Julia. „Dann lege ich eben auf.“
„Schon gut, erzähl halt“, versuche ich sie zu beruhigen. Immerhin brenne ich darauf, zu erfahren, was los ist.
„Meine Schwester hat mir geraten, meine Beinhaare mit Heißwachs zu entfernen“, beginnt sie.
„Und dann?“, frage ich tonlos.
„Dann habe ich es aufgetragen und eine Weile gewartet, damit es besser wirken kann, wie sie es gesagt hat!“
„Oh nein“, rufe ich entsetzt.
Auf der anderen Seite fängt Julia an zu heulen. „Die ist so was von fies, das kannst du dir gar nicht vorstellen! Und das alles nur, weil ich Papa gepetzt habe, dass sie seinen Rasierer für ihre Achseln benutzt hat.“

Heißwachs wird nur warm gemacht, dünn aufgetragen, mit einem Stoffstreifen abgedeckt und sofort wieder abgezogen. Beim schnellen Entfernen des Streifens gegen die Haarwuchsrichtung werden die Haare samt Wurzel entfernt und du hast bis zu 4 Wochen babypopoglatte Haut. Inzwischen gibt es auch einfache, viel stressfreiere Produkte mit Kaltwachs, die besonders einfach anzuwenden sind.

Das wird ja immer besser! „Und was ist jetzt mit deinen Beinen?", will ich wissen. Am Ende muss Julia für den Rest ihres Lebens mit eingewachsten Beinen durch die Gegend laufen!
„Als sich das Wachs nicht runterziehen ließ, habe ich versucht, es abzupulen", erzählt Julia. „Aber das hat höllisch geziept. Als ich mir ein Messer aus der Küche holen wollte, um das Wachs runterzuraspeln, hat Mama Wind von der Sache bekommen und sich erst mal halb totgelacht."
„Typisch!", rufe ich aus. „Das würde meine auch glatt machen, jede Wette! Und dann?"
„Dann hat sie mit einem Föhn das Wachs vorsichtig wieder erwärmt und wir konnten es Stück für Stück abziehen. Ich schwöre dir: nie wieder Heißwachs", erklärt Julia entschieden.
„Und wie willst du dann deine Haare entfernen?", frage ich. Scheint ja doch eine Wissenschaft für sich zu sein.
„Keine Ahnung", sagt Julia ehrlich. „Von mir aus sollen sie doch wachsen. Flechte ich mir eben Zöpfe, das hatte noch keine."
Und dann lästern wir noch eine Weile über Melanies Schamhaare ab und überlegen, ob wir ihr morgen eine Minihaarklemme aus Kleos Haarschmuckbeutel spendieren sollen. Als ich später im Bad bin, entdecke ich, ganz zufällig, in Mamas Schublade eine Tube Enthaarungscreme.

Enthaarungscremes gibt es in Tuben, als Spray oder Mousse (bitte nicht essen!), überall enthalten sind die Salze der Thioglycolsäure, die nicht nur die Haare entfernen, sondern auch starke allergische Reaktionen der Haut hervorrufen können. Also, Vorsicht, wenn du empfindlich bist – am besten erst mal an einer kleinen Stelle ausprobieren! Und so geht es: Du trägst die Creme auf die zu enthaarende Stelle auf und lässt sie einige Minuten einwirken. Dann werden die angelösten Haare mitsamt der Creme abgespült. Vorteil gegenüber dem Rasieren: Die Haare wachsen langsamer und weicher nach.

Genial, dann kann ich das ja einfach mal austesten, ohne dass ich wieder in die Drogerie muss! Doch plötzlich wummert Leon an die Badezimmertür, weil er wie jeden Abend vorm Schlafengehen noch zehn Mal aufs Klos muss. Ich mache ihm auf und lasse die Tube achtlos am Waschbecken liegen – ein Fehler, wie sich am nächsten Morgen herausstellt, denn Leon sitzt heulend als Halbirokese am Frühstückstisch.

„Das war Sinas neues Haargel", versucht er meiner entsetzten Mutter zu erklären, worauf sie einen hysterischen Lachanfall der Extraklasse bekommt. Und ich mal wieder eine Woche lang kein Taschengeld, weil ich heimlich in ihrem Badezimmerschrank herumgeschnüffelt habe.

Julia erscheint in der Schule mit langen Hosen, wen wundert's. „Tut noch total weh, die ganze Haut ist rot", tuschelt sie mir hinter vorgehaltener Hand zu. Kleo guckt ganz grün vor Neid zu uns rüber, tja, Süße, da kannst du leider nicht mitreden. Oder sollen wir Zarafira zur Abwechslung mal epilieren?!

Epilieren ist neben dem Rasieren und dem Enthaaren mit Enthaarungscreme eine weitere Möglichkeit, sich unerwünschter Haare zu entledigen. Mit einem **Epiliergerät** werden die Haare nicht an der Oberfläche wie beim Rasieren abgeschnitten, sondern durch rotierende „Pinzetten-Walzen" samt Wurzeln entfernt. Schmerzhaft, aber dauerhaft (bis zu 4 Wochen babypopoglatte Beine). Nicht zu empfehlen für Achsel- und Intimbereich.

„Kommst du heute Nachmittag zu mir?", fragt mich Julia und ich sage mit Blick auf Kleo genüsslich Ja. Doch bevor wir dazu kommen, einen Plan auszuhecken, wie wir Ashley einen Streich spielen können, müssen wir Frau Tuszynskis Biostunde über uns ergehen lassen. Sie erzählt uns was vom Ersten Weltkrieg und wie sehr die Soldaten unter den Kriegsbedingungen gelitten haben. Typisch Tuszynski, anstatt über Millionen tote Menschen zu berichten, die in einem sinnlosen Stellungskrieg gestorben sind, erzählt sie uns von den mangelnden hygienischen Zuständen und darüber, dass sich die Soldaten die Schamhaare rasiert haben, um Sackläusen vorzubeugen.

Kopfläuse hatte ich das letzte Mal in der Grundschule,
und zwar dreimal in drei Monaten.
Mama war völlig verzweifelt,
weil sie alles geschrubbt,
gereinigt und desinfiziert hat und trotzdem gingen
die Viecher nicht weg. Wie wir später herausgefunden haben,
lag es an der Mütze, die ich mir von meiner
damaligen besten Freundin Mika
ausgeliehen hatte ...

Weil es mich plötzlich grässlich in der Unterhose juckt, bitte ich Frau Tuszynski, aufs Klo gehen zu dürfen. In der Mädchentoilette checke ich dann sehr genau meinen Venushügel. Keine Laus – aber drei winzige Schamhaare. Jippie! Jetzt geht es also weiter, denke ich, und weil ich mich sowieso eingeschlossen habe, ziehe ich auch gleich mein T-Shirt aus: Tatsächlich, unter den Achseln sprießen ebenfalls kleine Härchen. Sehr langsam kleide ich mich wieder an. Als ich wieder zur Klasse zurückgehe, fühle ich mich plötzlich sehr erwachsen.

Hänki Pänki mit Stinkepanks

Wie lange muss man warten, bis man sich zum ersten Mal unter den Achseln rasieren kann? Regt eine Rasur den Haarwuchs an? Und womit rasiert man sich da überhaupt? Ich traue mich nicht, diese Frage mit Julia zu besprechen, mit Kleo erst recht nicht. Jeden Morgen und jeden Abend schaue ich jetzt im Anschluss an die Pickelpflegerei nach meinen neuen Achselhaaren, die sehr dunkel und sehr schön wachsen. Fast zu schade zum Wegrasieren! Wer sagt denn auch, dass sie rasiert werden müssen! Schließlich unterstützt die Behaarung die Temperaturregelung der Haut, weil so der Schweiß leichter verteilt werden kann. Ich finde das logisch und von der Natur ziemlich schlau, was soll ich da diesem beknackten Modetrend folgen und alles wegraspeln? Nur weil Jolina mit ihrem rosa Venus-System-Mystique-Rasierer angibt und uns alle heiß auf ladyliken Rasierschaum in pinken Sprühflaschen mit Glimmeretikett macht, muss ich da noch lange nicht mitmachen. Oder? Was Mutter Natur allerdings nicht so schlau eingerichtet hat, ist der fein säuerliche Schweißgeruch unter meinen Achseln.

Schwitzen ist eine Klimafunktion des Körpers. Weil dieser am besten bei Körpertemperatur (um die 37 Grad) funktioniert, „ordert" er bei hohem Fieber, sportlicher Anstrengung oder großer Hitze Schweiß zum Kühlen, der aus unzähligen Schweißdrüsen durch die Poren dringt (davon haben wir bis zu 3 Millionen!). Bleibt die Kühlung aus oder fehlt dem Körper Flüssigkeit (2–3 Liter Wasser täglich!) zum Nachtanken, können Fieberdelirium, Hitzschlag oder Kreislaufversagen die Folgen sein, der Körper dehydriert.

Als Sportlerin fand ich Schwitzen bisher normal und nach jedem Spiel umarmen wir uns immer jubelnd, egal, wie verschwitzt und verstunken Milli, Kleo, ich und die anderen sind. Aber als sich Billa jetzt in der Umkleide neben mir das Trikot auszieht, haut es mich glatt aus meinen neuen Basketballschuhen. Voll die Geruchswolke! Sofort schnüffele ich an meinen eigenen Achseln, die heute mehr müffeln als sonst, wie ich leider eingestehen muss. Ob das an den zehn neuen Haaren liegt? Oder daran, dass ich jetzt mitten in der Pubertät stecke? Wie ich dieses P-Wort hasse!

Schweiß besteht zu 99 % aus Wasser, außerdem aus Kochsalz, Zucker, Ammoniak, Fettsäuren und anderen Inhaltsstoffen. Normalerweise schwitzen wir einen halben Liter pro Tag, Sportler schaffen schon mal 6 bis 10 Liter, nachts schwitzen wir 1 Liter Wasser in unser Schlafzeug (deswegen ist die Morgendusche so wichtig).
Die gute Nachricht: Frischer Schweiß riecht nicht! Die schlechte: Verschiedene Bakterien, die auf der Haut vorkommen, bauen den Schweiß ab, dabei entsteht unter anderem Buttersäure (riecht ein bisschen nach Kotze) und Ameisensäure (stechender Geruch!). Wie sehr man beim Schwitzen riecht, ist ein bisschen Veranlagung, ein

bisschen Ernährung, ein bisschen Hygiene, ein bisschen Einstellungssache. Denn: Was kann am eigenen Körpergeruch denn sooo Schlimmes dran sein?

Vielleicht sollte ich Billa mal im Vertrauen von ihrem auffälligen Körpergeruch berichten und dass sie vielleicht nach jedem Training ihr Trikot waschen sollte. Nur, wie stelle ich das an? Ich kann ihr doch nicht einfach sagen, dass sie stinkt! So wie sie es gestern in der Schule mit Melanie gemacht haben: Die müffelt halt leider vor sich hin – ist ja klar, wenn sie trotz Hitze immer in so Polyesterteilen rumläuft, und das drei Tage lang. Juri, Sebastian und Marco haben voll fies abgelästert und pausenlos „Melanie – stinkt wie nie" gerufen, nur Yannis hat sich da rausgehalten. Scheinbar kennt er das Müffelproblem von seinem großen Bruder Malte und ahnt, dass es auch ihn bald erwischt. Mir wird jetzt langsam klar, wieso Mama so viel wert darauf legt, dass ich jeden Tag ein frisches T-Shirt anziehe. Das hat wohl weniger mit den Kakao- oder Joghurtflecken zu tun – sondern eher was mit Buttersäure. Und wozu gibt es eigentlich die Deos?

Deodorant (lat. Entriecher) überduftet unangenehme Körpergerüche, tötet Stinkebakterien ab und kann helfen, die Schweißbildung zu verhindern. Das beste Deo hilft jedoch nichts, wenn du dich nicht regelmäßig unter den Achseln wäschst und saubere Wäsche trägst.

Und schon weiß ich, was ich gleich nach dem Training mache. Ich werde nicht mit Kleo „Die Tiersprechstunde" gucken und schon gar nicht mit Julia gemeinsam den Selbstbräuner ausprobieren, den sie Ashley geklaut hat. Einmal verfärbte Haare haben mir gereicht, da brauche ich nicht auch noch orangefarbene Haut! Also stehe ich wieder mal in meiner Lieblingsdrogerie und studiere das Regal mit den Deodorants, ich habe die Wahl: Deospray, Deotuch, Deogel, Deobalsam, Deocreme, Deopuder, Deospray, Deopumpspray, Deoroller ...

Lustige Erfindung, so ein Deoroller: Funktioniert wie ein Kugelschreiber, nur nicht mit Tinte, sondern mit Anti-Stink-Flüssigkeit. Fühlt sich unter den Achseln bestimmt ulkig an. Leider, leider haben all die bunten knubbeligen Flaschen kein Etikett zum Ablösen, dafür brauchen sie garantiert hundert Jahre zum Recyceln.

Wähle ich einen proaktive oder einen sensitive Deobalsam? Lieber Invisible Dry oder Silk Dry? Compact Soft oder Sensitive Soft? Doppelt aktiv Deo für lebendige Frische oder Pink Paradise mit Cocos-Mango? Ein luxuriöses Samt-Deo? Alles Deo?! Ich teste heimlich den Pearl-Beauty-Cashmere-Extrakt für sinnliche Frische. Boah, stinkt das widerlich süß, kein Wunder, dass da die Bakterien lieber abhauen! Ob ich lieber zu einem keimabtötenden Spray greifen soll? Voll fies, die armen Dinger! Ein Lässt-dich-nicht-im-Stich-Deo hört sich allerdings auch klasse an, stay by me, yeah! Ich frage mich: Welches Deo würde meine duftige Drogeriefreundin wählen? Doch leider lässt die sich diesmal nicht blicken.
Und dann mache ich DIE Entdeckung: ein Deokristall! Sieht zwar nicht so hübsch bunt aus wie das Happiness-steht-auf-dem-Kopf-Deo, dafür ist dieser Kristall von einer klaren, kuppeligen und erhabenen Schönheit und strahlt mich einfach an.

Einfach nach dem Waschen oder Duschen mit dem Alaunstein über die nasse Achselhöhle fahren. Es bildet sich ein feiner Kristallfilm, der 24 Stunden wirkt. Die natürlichen Kristallsalze des Alaunsteins wirken antibakteriell: Sie verhindern die Geruchsbildung bei der Zersetzung des Schweißes, weil sie die Stinkebakterien geruchlos machen. Der Alaunstein ist frei von Konservierungsstoffen und sehr gut hautverträglich.

Dieses Deokristall ist 100 % parfumfrei, sprich: Ich kann weiterhin wie Sina riechen, ohne zu stinken wie Jolina oder Ashley. Genial! Das Beste an diesem Kristall ist, dass er mindestens zwei Jahre hält (wenn er nicht runterfällt oder Leon ihn zum Eskimospielen benutzt) und nur knapp zwei Euro kostet. Ich gönne mir deshalb noch ein neues Duschgel (in Rosa, extrafresh für Sportlerinnen, dann kann ich Billa einen heißen Tipp geben!) und stürme beglückt zur Kasse, wo meine blonde Lieblingskassiererin heute mit großen nassen Flecken unter den Armen die Waren über den Scanner zieht. Dabei hat sie doch die Deos direkt vor der Nase, einfacher kann man es ja gar nicht haben! Als ich mein Fahrrad aufschließen will, werde ich fast vom Blitz getroffen. Ein Unwetter der besonders grollenden Art tobt über unserer Stadt, vor lauter Deostudien habe ich gar nicht bemerkt, dass sich der Himmel draußen dunkel zugezogen hat. Der Regen prasselt in Riesentropfen und ich bin sofort durchweicht. Macht nichts, denke ich, dann schwimm-radel ich eben nach Hause, nasser als nass kann ich ja nicht werden! Vor unserer Gartenpforte begegne ich Yannis, der ganz irritiert auf mein nasses T-Shirt starrt. Als ob es da so viel zu gucken gäbe! Ich sage wie immer Hallo und schiebe mein Fahrrad auf unser

Grundstück, doch Yannis steht nur mit offenem Mund da und sagt gar nichts. Mir egal, soll er doch Regenfass spielen und draußen stehen bleiben.

Statt des üblichen Donnerwetters erwartet mich Mama diesmal nicht mit Vorwürfen, sondern in Gummistiefeln und mit verzweifelter Miene.

„Wo bleibst du denn?“, schimpft sie matt. „Der ganze Keller steht unter Wasser und Papa ist auf Dienstreise.“ Überall liegen tropfnasse Handtücher rum, während Leon in Schwimmflügeln und Taucherbrille durch das Wohnzimmer stapft.

„Aber hier ist doch alles trocken!“, wundere ich mich, als ich pflichtgemäß den Keller inspiziere. Nur an den durchweichten Kisten sieht man, dass hier das Wasser ziemlich hoch gestanden haben muss.

„Klar, weil ich das Wasser abgepumpt und weggewischt habe“, meint meine Mutter und streicht sich eine verschwitzte Strähne aus der Stirn. Ihr T-Shirt ist ebenfalls ganz nass. Vom Regen wie bei mir oder vom Schweiß? Ich will lieber nicht wissen, wie viele Stinkebakterien bei ihr unterwegs sind und was sich nach ihrem Arbeitseinsatz im Keller noch so auf ihrer Haut tummelt (Spinnen?! Kellerasseln?!).

Unsere Haut lebt! Wer's nicht glaubt, sollte sich mal unter dem Elektronenmikroskop die vielen kleinen nützlichen Lebewesen anschauen, die sich dort so tummeln: Bakterien, Pilze, Haarbalgmilben ... wer jetzt sofort zu Schrubber und Seife greift, um die kleinen Tierchen zu töten, schadet nur sich selbst. Diese Hautwächter sorgen nämlich dafür, dass keine schädlichen Keime in unseren Körper eindringen. Auch wenn's sich vielleicht eklig anhört: Je weniger du mit

Seife das natürliche Hautmilieu störst, desto gesünder bleibt sie. Am besten also nur unter den Achseln und im Intimbereich mit Seife oder Duschgel waschen, für den restlichen Körper reicht Wasser.

Ich begebe mich lieber selbst ins Bad und unter die Dusche, mein neues Duschgel ausprobieren. Als ich vorm Badezimmerspiegel stehe, trifft mich der Blitz dann doch. Auch wenn ich noch keinen richtigen Busen habe: Unter meinem nassen Shirt zeichnen sich spitz und sehr deutlich meine beiden Brustwarzen ab. Peinlichkeit! Was denkt Yannis jetzt bloß von mir?
Die heiße Dusche tut mir gut. Danach rubbele ich mich sorgfältig trocken, auch zwischen den Fußzehen, inspiziere meine Scham- und Achselhaare und will sie zählen – aber es sind schon zu viele! Dann probiere ich meinen Deokristall aus, der wie von selbst über meine Achsel flutscht, was sich sehr angenehm anfühlt. Soll ja Mädels geben, die sich nach dem Rasieren die empfindlichen Achseln mit Deo verätzen, jaul! Das wird mir garantiert nicht passieren. Erstens weil ich mich nicht rasiere und zweitens weil ich nicht so blöd wie Jolina bin.
Ich verstecke meinen Kristall diesmal besonders gut vor Mamas neugierigen Blicken zwischen meinen Glitzerstiften in meiner Schreibtischschublade. Am Ende hält sie ihn für eine esoterische Kristallkugel und stellt mich wegen Okkultismus zur Rede. Dann schlüpfe ich in meine olle Bollerhose und will es mir gerade auf meinem Bett gemütlich machen, da steht meine Mutter wutschnaubend in meiner Tür.
„Kannst du nicht anklopfen?“, sage ich. Irgendwie ist es mir schon peinlich, dass sie mich beim Tagebuchschreiben erwischt.

„Kannst du nicht die Dusche sauber machen, wie es sich gehört", meckert sie. „Sina, so geht das nicht, du wohnst hier nicht alleine."
Was sie nur immer hat! Ich finde es totale Energieverschwendung, mit diesem Fensterwischer die Duschkabine sauber zu ziehen, wenn nach mir sowieso wieder jemand alles nass macht. Und genau das erkläre ich Mama jetzt, die daraufhin einen Schreianfall der Extraklasse bekommt. Also tue ich ihr den Gefallen und wische das Bad trocken, immerhin hat sie ja schon den ganzen Keller aufwischen müssen. Dabei entdecke ich Papas Rasierapparat. Fachmännisch begutachte ich das Gerät. Sollte ich mich eines Tages doch dazu entschließen, mir die Beine zu rasieren, probiere ich es garantiert zuerst mit einer Trockenrasur. Bin doch nicht blöd und zersäbele mir die Beine mit einer Klinge!

Es gibt Rasierapparate für Frauen – Ladyshave oder Damenrasierer –, die speziell für die weichen Frauenhaare und die empfindliche Haut entwickelt wurden. Sie machen das Rasieren unter den Achseln, an den Beinen oder in der Bikinizone leichter. Einfach Apparat anschließen und rasieren, fertig. Für eine Nassrasur musst du Haare und Haut vorher weich machen und einschäumen – mit Rasierschaum oder einfach nur Duschgel. Mit der Klinge dann vorsichtig gegen den Haarstrich rasieren. Nie mit stumpfen oder verrosteten Klingen arbeiten, das erhöht die Verletzungsgefahr.

Am nächsten Morgen scheint wieder die Sonne, auch Mama hat wieder gute Laune, garantiert hat ihr Papa gestern noch am Telefon einen schick renovierten Keller mit neuen Regalen versprochen. Selig lächelt sie vor sich hin, weil sie gleich zu Ikea fahren darf, um neue Möbel und Dekokram auszusuchen. Ich dagegen quäle mich einen heißen Schultag lang durch den Unterricht. Meine Haut schwitzt wie nie und ich muss mich ständig kratzen. Heimlich schiele ich zu Friederike, deren Haut bei der Hitze ebenfalls rot blüht. Am Ende habe ich auch ein Trockenheitsekzem und muss wie Zarafira täglich in einer Pflegelösung baden! Und dann keimt in mir ein entsetzlicher Verdacht auf: Das pinky Sportlerinnen-Duschgel extrafresh! Ich habe mich gestern großzügig dreimal hintereinander damit eingeschäumt (obwohl ich es ja besser weiß!) und Mamas Peeling-Handschuh dabei in kreisenden Bewegungen verwendet (für eine sanfte Durchblutung). Schließlich kann es ja nichts schaden, wenn überall auf dem Körper porentiefe Reinheit herrscht, dachte ich, aber scheinbar war genau das ein Riesenfehler, denn meine Haut leuchtet mittlerweile so pink wie die Flasche. Mist, warum habe ich auch vergessen, mich hinterher wie immer einzucremen? Mittlerweile juckt meine Haut so sehr, dass ich ernsthaft überlege, zu Dr. Gottstein zu fahren. Aber zur Untersuchung müsste ich mich ausziehen, das bringe ich nicht, am Ende bemerkt er noch meine neuen Schamhaare und will mich aufklären.

Willkommen in der Pflegespirale! Weil die Haut trocken ist, brauche ich Feuchtigkeitscreme, worauf wieder Pickel sprießen, worauf ich wieder Anti-Fett-Zeugs brauche, worauf meine Haut wieder trocken wird. Aber irgendwie muss die Haut es doch schaffen, sich selbst zu regulieren?

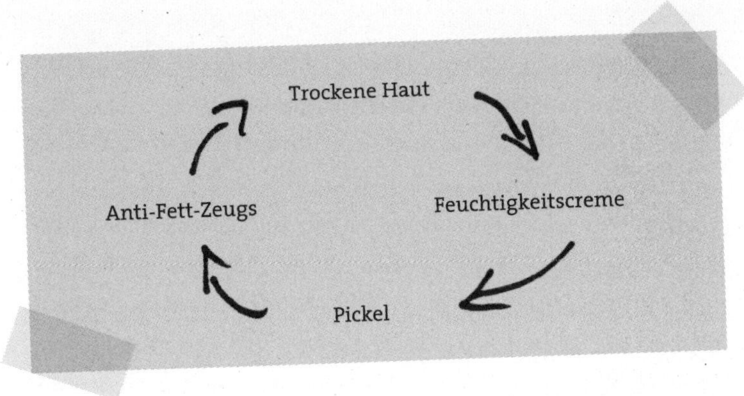

Ich werde also nach der Schule schnellstmöglich nach Hause radeln und unter der Dusche mit viel klarem Wasser versuchen, meine Haut zu neutralisieren, und mich dann aufs Sorgfältigste eincremen. Und dann passiert während des Biounterrichts bei Frau Tuszynski in der letzten Stunde etwas sehr Lustiges: Sie zeichnet gerade eine Haarbalgmilbe an die Tafel, da rutscht ihr eine weiße Binde unter dem modischen Leinenhemd hervor.
„Sie haben da was verloren", ruft Juri aus der letzten Reihe und grinst sich einen ab, während fast alle Mädels mit knallroter Birne den Kopf senken. Wieso trägt Frau Tuszynski Binden unter der Bluse, die gehören doch woandershin?!
Einzig Melanie ist so hilfsbereit und schnellt von ihrem Platz hervor, um das Teil aufzuheben. Die Tuszynski nimmt es dankend entgegen, um sofort wieder an der Tafel weiterzuschreiben. Dabei hält sie „es" mit der linken Hand einfach fest. Kleo und ich gucken uns verwundert an, Julia zuckt mit den Schultern, so was hat sie garantiert noch nicht mal bei Ashley gesehen. Glücklicherweise klingelt es in diesem Moment und wir stürmen alle aus der Klasse. Eigentlich will ich nix wie unter die Dusche, doch alle bestürmen jetzt Melanie, was das eigent-

lich war, was sie da aufgehoben hat. Immerhin hat sie sich hinterher noch nicht mal die Hände gewaschen.
„Ach, ihr macht euch ja doch nur darüber lustig“, meint sie lahm, packt ihre Tasche unter den Arm und walzt einfach davon.
„Achselpads“, sagt Friederike, als wir alle gerade stillschweigend unsere Räder aufschließen „das waren Achselpads gegen übermäßigen Schweiß.“ Ihre Haut glüht noch roter als sonst, weil sie sich ausnahmsweise mal getraut hat, etwas zu sagen.
„Achselpads?“, fragt Kleo und rollt die Augen. „Du meinst, die Tuszynski trägt so Saugnäpfe unter den Armen, damit keiner sieht, wie sehr sie schwitzen muss?“

Natürlich sehen Achselpads nicht wie Saugnäpfe aus, sondern eher wie überdimensionale Pflaster. Aus hygienischen Gründen nur einmal verwendbar, am besten regelmäßig wechseln (kostet!) und mit Lieblingsduft einsprühen. Achselpads sind für Menschen gedacht, die übermäßig schwitzen (Hyperhidrose).

„Mmh.“ Mehr Worte hat Friederike scheinbar nicht mehr auf der rissigen Lippe.
„Genial“, ruft Julia, „das muss ich sofort Ashley erzählen. Die stresst sich immer so rum, weil ihr Glitzershirt so hässliche Schweißränder nach dem Tanzen hat. Mit so Saugpads wäre das Problem doch gelöst!“ Schon sitzt sie im Sattel und radelt davon. Kleo und ich gucken uns nur fassungslos an und schütteln den Kopf. Kann ja sein, dass es Menschen gibt, die viel schwitzen, aber das ist doch alles normal! Ich kann mir nur vorstellen, dass es für Menschen, die in der Öffentlichkeit stehen, sehr unangenehm sein muss, mit solch lenkradgroßen nassen Flecken unterm Arm rum-

zulaufen. Vielleicht sollte unsere Bundeskanzlerin beim nächsten Opernbesuch auch welche tragen! Und Ashley sollte lieber mal das Lässt-dich-nicht-im-Stich-Deo probieren – oder meinen Deokristall, mit dem ich tausend Prozent zufrieden bin. Am Ende fällt ihr noch so ein Pad mitten auf der Tanzfläche aus dem Shirt – das wäre doch peinlicher als alle Schweißflecken auf einmal!

Nachdem ich zu Hause in Ruhe geduscht und mich mit einer pH-neutralen Körperlotion eingecremt habe, fühlt sich meine Haut wieder nach Sina an und riecht auch so.

> Unsere Hautoberfläche ist schwach sauer (pH-Wert um die 5,5). Wird dieses saure Milieu gestört (weggeschrubbt, weggepeelt, weggecremt) und hat keine Chance, sich zu regenerieren, reagiert die Haut mit Trockenheitsekzemen oder schuppiger Haut, spannt, juckt – du fühlst dich sprichwörtlich nicht wohl in deiner Haut. Am besten also die Haut in Ruhe lassen, sie weiß schon, was sie tut. Ab und zu darfst du auch mal nachhelfen, aber dann in Maßen und mit den passenden Produkten.

Extrem duschen = Extrem trocken = Extrem cremen = Extrem teuer

„Sina, ich muss dich mal was fragen“, sagt Kleo ein paar Tage später feierlich zu mir, als wir zu zweit auf der Bank am Ständchen sitzen, „aber du darfst mich nicht auslachen, okay?“ Meine Freundin schaut mich treuherzig an.
„Na, rück raus mit der Sprache!“ Ich stupse sie aufmunternd mit der Schulter an. Innerlich bin ich gespannt wie meine Eiterpickel kurz vorm Platzen.

Kleo rückt noch ein bisschen dichter an mich heran. „Es ist mir ein bisschen peinlich ...", beginnt sie. Und ich ahne das Schlimmste: Zarafira hat ihre Tage bekommen!
„Sag schon", ermuntere ich sie, dabei hämmert mein Herz auf 300 Sachen, alle 370 Schweißdrüsen pro Quadratzentimeter auf meinen Handflächen beginnen zu schwitzen und mein Magen grummelt los wie neulich nach den Pommes.
„Ich ... also ...", stammelt sie. Dann senkt sie ihre Stimme und flüstert: „Quietschen deine Füße in deinen Sneakers auch immer, wenn es so heiß ist?"
„Wie?" Vor Enttäuschung falle ich beinahe rücklings von der Bank. Jetzt wittere ich die Sensation und Kleo erzählt mir was von Quietschfüßen!

Ich tue meinen Füßen den Gefallen und laufe so oft wie möglich barfuß, das fühlt sich nicht nur gut an, sondern stabilisiert jeden Senk-Spreiz-Platt-Fuß, wie Onkel Ösi sagt. Und der als Orthopäde muss es ja schließlich wissen.

„Ich bin gestern Nachmittag durch die Fußgängerzone gelaufen, weil ich noch frische Knabberli für Zarafira besorgen musste. Und bei jedem Schritt hat es in meinen Schuhen solche Schmatzer gegeben." Sie schnalzt extralaut mit der Zunge und kichert plötzlich los. „Vor mir liefen Malte und Yannis, die haben sich ständig umgedreht und gedacht, ich würde hinter ihnen hersülzen!"
Ausgerechnet Kleo schmatzt hinter Malte her! Das kann doch nicht ihr Ernst sein!
„Und was hast du mit deinen Schmatzer-Sneakers gemacht?", frage ich, als wir uns endlich wieder beruhigt haben.

„Mama hat Semmelbrösel reingetan“, sagt Kleo finster, „gegen den Geruch!“

„Spinnt die?“ Dass Kleos Mutter einen an der Klatsche hat, weiß ich, aber Kleos tolle Trendschlappen sind doch keine Kartoffelklöße! Wir gucken uns an und prusten wieder los. Manchmal bin ich wirklich froh, dass Mama Leon hat, da kommt sie bei mir wenigstens nicht auf so komische Ideen.

„Und weißt du, was sie daraufhin beim Teleshopping geordert hat?“ Kleo guckt mich herausfordernd an.

„Zimtsohlen vielleicht?“, überlege ich. „Die krümeln wenigstens nicht so.“

„Du bist doof.“ Kleo schneidet eine Grimasse. „Nein, viel schlimmer: ein Schuhdeodorisierungsgerät zum Desinfizieren!“

„Ein bitte was?“ Jetzt liege ich wirklich unter der Bank vor Lachen, macht nichts, dass ich Kleos Käsefüße auf Augenhöhe habe, sie sind ja desinfiziert.

Brevibacterium lines gibt dem Limburger die spezielle Note, auf dem Käsefuß siedelt *Brevibacterium epidermis* und lässt Füße unangenehm riechen. Im Sommer dann barfuß in geschlossenen Turnschuhen: Das ist ein Schwimmfest für die Füße, so sehr schwitzen sie. Bakterien finden das feuchte dunkle, warme Klima auch gemütlich und vermehren sich ... Kein Wunder, dass die Füße dann zum Himmel stinken, wenn die Schuhe endlich ausgezogen werden. Soforthilfe: Fußbad mit viel Schaum. Außerdem Einlegesohlen waschen oder erneuern und täglich frische Socken anziehen, am besten so oft wie möglich die Schuhe wechseln und zum Auslüften an die frische Luft stellen. Ganz wichtig: Füße auch in den Zehenzwischenräumen gut abtrocknen, sonst kommt zu den Stinkebakterien auch noch ein fieser Fußpilz.

Drittes Kapitel, in dem aus Sinas Rosenmüllerknospen ein richtiger Busen wächst

Ein Knubbel kommt selten allein

Es ist mir richtig peinlich und superunangenehm, aber seit drei Tagen zieht und kneift mein linker Busenknubbel tierisch. Ich mache mir wahnsinnige Sorgen, Brustkrebs und so, aber garantiert hat das nur wieder was mit diesem P-Wort zu tun: Mein Busen beginnt zu wachsen.

> Man sagt: Der **Busen,** gemeint ist aber DIE weibliche Brust und bedeutet von seinem germanischen Wortursprung her so was wie Bucht oder Schwellung. In der Pubertät entwickeln sich bei Mädchen die Brüste, je nach Veranlagung dauert es bis zum 20. Lebensjahr, bis sie ihre endgültige Größe und Form erhalten haben. Gewichtsveränderungen, Sport oder Schwangerschaft verändern das Aussehen des Busens.

Muss ich mich jetzt darüber freuen? Und meine Brüste in so ein enges Top schnüren, dass alles oben rausquillt wie bei Ashley? Bisher habe ich mich eigentlich ganz wohlgefühlt in meinem Körper, die kleinen Knubbel-Hubbel zählten nicht richtig.

Aber was da jetzt abgeht, ist etwas völlig anderes.

Mein Körper verändert sich, und wie! Es ist nicht mehr der kleine, weiche Sina-Körper, den ich seit fast zwölf Jahren kenne und wo alles seinen angestammten Platz hat. Selbst mit meinen Giga-Latschen hatte ich mich abgefunden. Doch die Sache mit dem Busen bringt mich völlig aus dem Takt. Keine Lust darauf, dass mir alle in den Ausschnitt glotzen, reicht doch, wenn sie auf meine Pickel starren.

Bin ich jetzt eine Frau? Ich habe ja noch nicht einmal meine Tage, wie Melanie oder Jolina, aber die sind ja auch älter. Aber Lust auf so Kinderspiele à la Kleo verspüre ich auch nicht mehr, die geht mir neuerdings ziemlich auf den Zeiger mit ihrer Zarafira. Kleos neustes Hobby ist es nämlich, einen passenden Romeo für ihr heiß geliebtes Rosettenmeerschweinchen zu finden, weil sie unbedingt kleine Babys haben will. Sie hat doch tatsächlich im Supermarkt eine Kontaktanzeige für sie aufgegeben! Jede Wette, wenn Kleos Mutter Wind von der Sache kriegt, ist Kleo Zarafira los. Diese Busenwachserei nervt mich tierisch, so sehr, dass ich mich vorhin wieder mal mit Mama gezofft habe. Und alles nur, weil sie mir einen Push-up-Bikini aus der Stadt mitgebracht hat. Ich konnte mich kein bisschen darüber freuen, obwohl sie es ganz lieb gemeint hat und das Teil garantiert richtig teuer war. Hätte sie mich mal lieber vorher gefragt, dann hätte ich ihr gesagt, dass ich dieses Jahr nur im Schlabber-T-Shirt an den Strand gehe oder höchstens mal einen Badeanzug trage. Aber einen Push-up? Ich heiß doch nicht Ashley!
Ich stehe mit nacktem Oberkörper vor unserem Badezimmerspiegel und betrachte mich ausgiebig. Halt, stopp: Wächst mein

Busen etwa einseitig? Wenn ich ganz genau peile, ist der linke Knubbel ein winziges Stück größer. Tut er deshalb so grässlich weh? Ich streiche vorsichtig darüber, er fühlt sich ganz fest an. Ich kneife die Augen zu und stelle mir vor, wie ich wohl mit großem Busen aussehe. Bei der Vorstellung wird mir ganz schlecht und schwindelig, ich lege mich schnell auf den Duschvorleger, damit ich nicht wieder so unsanft auf die Kacheln knalle wie neulich. Das habe ich in letzter Zeit öfter, dass mir der Kreislauf einfach wegsackt. Mama hat mich deswegen sogar zu Dr. Gottstein geschleift, Himmel, war das peinlich! Er hat mir Blutdruck gemessen, den Puls gefühlt und mich ganz sorgfältig abgehorcht. Für meinen Geschmack hat er etwas zu lange auf meine Busenknubbel gestarrt, die sich unter meinem Unterhemd abgezeichnet haben. Dann hat er irgendwas von wegen „hormoneller Wachstumsschub" genuschelt, irgendwelche Kreislauftropfen aufgeschrieben und mich wieder nach Hause geschickt. Also, ist ja wohl klar, dass ich wegen Knubbelschmerzen nicht zu Dr. Gottstein gehen werde!

Bin tatsächlich in den letzten drei Wochen gewachsen!
Jetzt habe ich nicht nur große Füße,
sondern auch Hochwasser in meinen Lieblingsjeans,
dafür ist mein Babyspeck verschwunden.
Wegen dieser ganzen Wachserei tun mir sämtliche
Knochen weh, sodass ich kaum
Basketball spielen gehen kann. Aber ich nehme
extra Kalzium (morgens!) und Magnesium (abends!)
als Brausetabletten, das hilft ein bisschen.

Langsam stehe ich wieder auf, atme tief durch und trinke einen Schluck Wasser aus meinem Zahnputzbecher. Ich bin gleich noch mit Kleo und Julia im Eiscafé Antonio verabredet. Eigentlich wollten wir schwimmen gehen, doch leider regnet es seit Stunden. Vorteil: Ich kann einen weiten Pulli tragen, dann fällt dieser pochende Knubbel nicht so auf. Nachteil: Ich muss die Hochwasserjeans anziehen.

Ich sage nur kurz „Tschüss, bis später", was Mama nicht weiter registriert, weil sie gerade mit Leon „Mallorca" spielt: Leon trägt stolz seine neue Bob-der-Baumeister-Badehose, sie ihren schwarzen Tankini und beide liegen mit Apfelsaft-Drinks unter unserer Wohnzimmerpalme.

Wie immer bin ich vor meinen Freundinnen da, macht nichts, dann kann ich mich schon mal unauffällig umschauen. Antonios Eiscafé gibt es, seit ich denken kann, und ist immer gut besucht. Hinten in der Ecke sitzt eine junge Frau und hält ihr Baby an die Brust, die bleich und üppig unter ihrem offenen Hemd hervorblitzt. Boah, ist das peinlich, muss die ihre Titten in aller Öffentlichkeit so raushängen lassen?! Und dann auch noch mit so spitzen Brustwarzen! Ich mag gar nicht richtig hinschauen und trotzdem bin ich fasziniert: Erst hat man so einen Winzknubbel wie ich und dann so eine Brust im XXL-Format. Und Milch kommt da auch noch raus!

Durch die Schwangerschaft erhält die Milchdrüse in der Brust das Signal, Milch zu produzieren. So sind die Babys gleich nach der Geburt bestens versorgt und können drauflossaugen (Säugetiere eben). Das ist bei uns Menschen genauso wie bei Katzen, Hunden oder Kühen.

Gebannt beobachte ich, wie sich das Baby wohlig in ihren Arm kuschelt und ganz entspannt mit seinen Füßchen strampelt.
„Süß, oder? Bald hat Zarafira auch welche", klingt Kleos Stimme in meinem Ohr. Sie wurschtelt sich umständlich auf die Sitzbank und schaut wie ich fasziniert zu dem Baby rüber. „Und wenn ich verheiratet bin, will ich auch Kinder haben, mindestens drei!" Sie lächelt der Frau freundlich zu und guckt mich dann erwartungsvoll an. „Und du?"
„Äh, ich?" Typisch Kleo! Sie muss immer alles ganz genau wissen. „Das weiß ich doch heute noch nicht!" Im Moment kann ich mir noch nicht mal vorstellen, eines Tages eine richtige Brust zu haben. Ich mag diese Vorstellung nicht sonderlich. Wie soll ich denn mit so einem Busen Basketball spielen? Da wabbelt doch beim Rennen alles hin und her! Mit Grauen erinnere ich mich an ein Basketballturnier gegen richtige Brutalo-Mädchen, die uns mit voller Wucht ihre Oberweite entgegengedonnert haben.
Wir bestellen jede bei Antonio einen Schoko-Eisbecher, den ich missmutig in mich reinlöffele, während Kleo immer wieder selig lächelnd zu dem Baby rüberstarrt. Träumt sie von Kindern oder von großen BHs, frage ich mich gerade, da kommt Julia an unseren Tisch gestürmt. Sie trägt ein hautenges Oberteil, unter dem sich sehr deutlich und sehr hübsch ihr kleiner Busen abzeichnet. Hallo, habe ich da was verpasst? Hat Julia jetzt schon mehr Busen als ich?

Komme mir schon vor wie die Jungs, die angeblich auch ständig über ihre Penislänge quatschen. Was ist nur los, dass ich meinen Freundinnen in den Ausschnitt schiele? Heute in der Schule musste ich auch ständig zu Jolina gucken, die ein süßes Rüschentop über ihren Busen geschnürt hatte.

Und Friederike sah auch so gerundet aus, dabei trägt sie sonst nur hochgeschlossene Sachen, weil sie so ein verkratztes Dekolleté hat. Nur Kleo und Milli haben so gut wie gar keinen Busen. Und ich natürlich, aber ich will ja auch gar keinen, zumindest keinen halben.

„Hey, stellt euch vor, was mir passiert ist!", ruft Julia, lässt eine vollgestopfte Tasche fallen, schnappt Kleo den Löffel aus der Hand und klaut ihr die Sahne vom Eis.

„Keine Ahnung", sagt Kleo und nimmt ihr den Löffel einfach wieder ab. „Bestell dir doch dein eigenes. Bist du wieder pleite oder was?"

„Nee, eben nicht!" Julia fischt umständlich zwischen einem Netz Apfelsinen und einer kleinen verkruschtelten C&A-Tüte ein rotes Portemonnaie aus ihrer Filztasche. Dann senkt sie den Kopf und flüstert: „Das habe ich auf der Straße gefunden, schaut mal, was da drin ist." Sie öffnet den Reißverschluss.

„Boah, hundert Euro!", ruft Kleo.

„Schrei noch lauter", ermahnt Julia. „Das lag vor *Patrizia*."

„Und da hast du es nicht abgegeben?", frage ich. „Das hat garantiert jemand verloren, der dort eingekauft hat."

„Ich hab mich nicht getraut, alleine reinzugehen", meint Julia und zuckt mit den Schultern.

Ich gucke sie verwundert an. „Was hast du da überhaupt gemacht?", will ich wissen. Soweit ich weiß, liegt dieser Luxuswäscheladen nicht gerade auf ihrem Weg.

„Ich ... äh", stammelt sie und ich ahne es: Julia hat heimlich Dessous ausspioniert. Aber warum geht sie da nicht einfach in

ein Kaufhaus, wo sie zwischen den Klamottenständern undercover ermitteln kann?
Antonio kommt und fragt nach Julias Bestellung. Und was macht Julia? Drückt den Rücken durch und streckt ihm ihren Ausschnitt entgegen!!! Mir ist das grässlich peinlich, doch Julia klimpert nur mit den Augen und bestellt ein Spaghetti-Eis wie immer.
„Wohl zu viel Flirt-Talk geguckt oder was?", macht Kleo sie an, nachdem Antonio wieder verschwunden ist. „Du kannst den doch nicht einfach so anbaggern!"
Anbaggern! Keine Ahnung, wo Kleo dieses Wort aufgeschnappt hat. Ich finde es nur peinlich, wie meine beiden Freundinnen sich verhalten, und würde am liebsten im Boden versinken.
„Also, was machen wir jetzt damit?", frage ich und tippe auf das rote Portemonnaie, um von Antonio abzulenken.
„Ist doch wohl klar", meint Kleo, „wir bringen es wieder zurück."
„Wir? Du meinst doch wohl nicht, dass wir alle zusammen in diesen Laden gehen?" Prompt wird mir wieder ein bisschen schwindelig.
„Klar", kichert Kleo, „dann können wir uns gleich mal ein paar Objekte auschecken!"
„Spinnst du?" Ich tippe mir entsetzt an die Stirn. „Da gibt es nur teure Edelwäsche, die darfst du garantiert nicht einfach so angucken!"
„Jetzt stell dich mal nicht so tantenhaft an", meint Kleo. „Wer redet denn von angucken? Wir wollen echte Dessous anprobieren, oder? Das ist doch *die* Gelegenheit!" Sie blinzelt Julia verschwörerisch zu, die wiederum Antonio anblinzelt, der ihr gerade ihren Eisteller kredenzt.
„Ohne mich", sage ich entschieden. Bei der Vorstellung, mit

meinem pochenden Busenknubbel in so einem Dessousladen zu stehen, wird mir ganz anders.

Dessous bedeutet eigentlich „Unterseite" und ist dem Französischen entlehnt. Bezeichnet elegante Damenunterwäsche mit viel Spitze und Seide.

„Ist doch nur Spaß", sagt Kleo, „wir erzählen denen, dass wir was für meine Mutter zum Geburtstag suchen!"

„Super Idee", meint Julia, aber so ganz wohl ist ihr bei der Sache offensichtlich nicht.

Ihr Kichern klingt künstlich. Natürlich verschluckt sie sich an ihrem Spaghetti-Eis und fängt an zu husten. Glaube ich's: Da steht Antonio sofort neben ihr und klopft auf ihrem Rücken rum! Julia muss daraufhin noch doller husten, aber Antonio bearbeitet so lange ihre Schulter, bis sie schließlich nach etwa einer halben Stunde damit aufhört.

„Danke!" Julia lächelt ihn hingebungsvoll an. Was ist nur heute in die gefahren? Hat sie sich das bei Ashley abgeguckt? Antonio nickt ihr noch einmal kurz zu und verschwindet grinsend hinter seinem Tresen.

„Also, gehen wir jetzt endlich?" Kleo kann es kaum erwarten und zappelt ungeduldig rum.

„Aber das Portemonnaie gebt ihr doch zurück?", frage ich.

„Was denkst du denn?", fragt Kleo zurück. „Oder?" Sie schaut zu Julia rüber, die jetzt neugierig in dem roten Lederetui herumstöbert und eine Kreditkarte herauszieht.

„Scheiße, Mann", ruft Julia plötzlich und wird knallrot. „Das gehört der Tuszynski!"

„Was???“ Kleo starrt sie ungläubig an. Dann schlägt sie sich an die Stirn. „Logo, darauf hätten wir ja gleich kommen können, dass jemand wie die nur so Edelzeugs untendrunter trägt.“

Soll die Tuszynski doch froh sein, dass sie überhaupt Unterhosen tragen darf. Immerhin gibt es Unterhosen für Frauen erst seit etwa 150 Jahren! Und dann hatten die alle erst noch einen Schlitz, damit sie besser pinkeln konnten. Denn unter all dem Strumpf-, Korsett- und Rockkram war es nicht sehr praktisch, eine Unterhose runterzufuddeln. Dann lieber durch den Schlitz gestrullert und den Rock hochgehoben. Unterwäsche, wie wir sie kennen, gibt es nämlich gerade mal seit dem letzten Jahrhundert.

Ratlos gucken wir uns an.
„Und jetzt?“, fragt Kleo. „Wenn wir das Portemonnaie abgeben, wollen die doch bestimmt unsere Namen wissen. Und dann denkt die Tuszynski, dass wir ihr hinterherspionieren.“
„Ach, Quatsch“, sage ich, „die wird froh sein, dass sie ihr Geld und ihre Karten wiederhat. Weißt du, was das für ein Aufwand ist, sich das alles wieder neu ausstellen zu lassen?“ Ich kenne das von Onkel Ösi, der hat seine Brieftasche mal in Wien im Prater verloren.
„Relax“, meint Julia jetzt ganz cool. „Ich habe eine geniale Idee. Lasst mich nur machen. Ihr könnt ja schon mal bezahlen.“ Und mit diesen Worten verschwindet sie samt ihrer Riesentasche auf der Damentoilette.
Kleo und ich gucken uns verwundert an, machen aber brav, was sie gesagt hat, und bezahlen für sie mit. Das ist typisch Julia, die

schnorrt sich immer und überall durch! Auf dem Weg zum Ausgang kommen wir an der Mutter mit dem Nuckelbaby vorbei. Inzwischen sitzen noch mehr Mütter in der Reihe und halten ihre glucksenden Babys an ihre Busen.

Muss ja toll sein, sich gegenseitig in aller Öffentlichkeit die prallen Stillbrüste zu präsentieren. Ob das schon Gruppensex ist? Kein Wunder, dass mein Busenknubbel schmerzhaft zwackt ...

„Wo Julia nur wieder bleibt", stöhnt Kleo, während sie ihr Fahrrad aufschließt. Plötzlich spüre ich ihren Ellenbogen in meinen Rippen. „Da!"
Eine aufgedonnerte Tussi mit Riesenbrüsten und Riesenbrille stolziert auf uns zu.
„Julia?!", sage ich vorsichtig. „Bist du das?"
„Genial!", kreischt Kleo. „Du siehst klasse aus!"
„Findest du?" Julia dreht sich im Kreis und lässt die Hüften wackeln. Dann fasst sie sich an ihren Busen. „Fühl mal, der ist auch genial."
„Je größer der Busen, desto kleiner das Hirn", ätze ich. Dieses Busengedöns ist ja widerlich! Ich will mein Fahrrad schnappen und einfach nur verschwinden, doch Kleo hält mich am Ärmel fest.
„Hey, was ist denn los, jetzt hab dich doch nicht so. Ist doch nur Spaß", meint sie. „Julia hat sich verkleidet, damit sie unerkannt Frau Tuszynskis Geldbörse wieder zurückgeben kann. Das ist doch klasse." Sie kichert sich halb kringelig. „Was hast du denn da reingetan?" Andächtig streicht sie über Julias Pseudo-Busen.
„Apfelsinen", verrät Julia und grinst mich verschwörerisch an.

„In Ashleys BH. Den sollte ich eigentlich für sie bei C&A umtauschen. Jetzt kommt er doch noch mal zum Einsatz. Klappt total gut."
„Na, dann pass auf, dass unterwegs nicht O-Saft draus wird", lästere ich und schwinge mich auf mein Fahrrad. Die Show, wie Julia mit ihrer Apfelsinenbrust im Dessousladen rumstöbert, will ich mir jetzt doch nicht entgehen lassen.
Ein paar Minuten später stellen wir ein paar Meter vor *Patrizia* unsere Räder ab. „Ihr wartet hier", befiehlt Julia. „Lasst mich nur machen."
Grinsend verschwindet sie im Laden, während Kleo und ich uns die Schaufensterauslage anschauen.
„Komm, lass uns auch reingehen", meint Kleo und zieht mich am Ärmel.
„Spinnst du?" Doch bevor ich mich wehren kann, stehe ich auch schon in dem Laden zwischen Spitzen-BHs, die auf lauter Winzbügeln an den rosafarbenen Wänden drapiert sind.
„Kann ich euch helfen?", fragt eine freundliche Dame.
Ich schaue mich unauffällig nach Julia um, die bereits hinten am Tresen einer anderen Verkäuferin das Portemonnaie reicht.
„Äh ... wir ...", stammle ich.
„Ich suche etwas Besonderes für meine Mutter", erklärt Kleo, ohne auch nur einmal die Miene zu verziehen. „Zum Geburtstag."
Ich beiße mir auf die Zunge. Die Vorstellung von Kleos Mutter im Spitzenbody treibt mir glatt die Tränen in die Augen.
„Und hast du da an etwas Bestimmtes gedacht?", fragt die Verkäuferin. „Ein Dessous-Set vielleicht? Oder lieber eine BH-Slip-Kombination?"
Sehr professionell die Dame! Aus den Augenwinkeln bemerke

ich, wie Julia den Ständer mit den Stringtangas extrem sorgfältig prüft. Bügel für Bügel schiebt sie die Höschen zur Seite und lässt fachmännisch den Stoff zwischen ihre Finger gleiten. Spinnt die jetzt total? Die will sich doch nicht etwa einen String kaufen?

Weiß doch jeder, wie peinlich so ein Whale Tail aussieht, wenn der Bund der Unterhose beim Sitzen unter der Jeans herausblitzt. Julia und ich lästern doch immer über Jolina ab, die mit ihren knappen Hüfthosen in Bio vor uns sitzt und ihre „Walfluke" zeigt. Mal abgesehen davon, dass ich es mir total eklig vorstelle, wenn so ein String in der Poritze reibt …

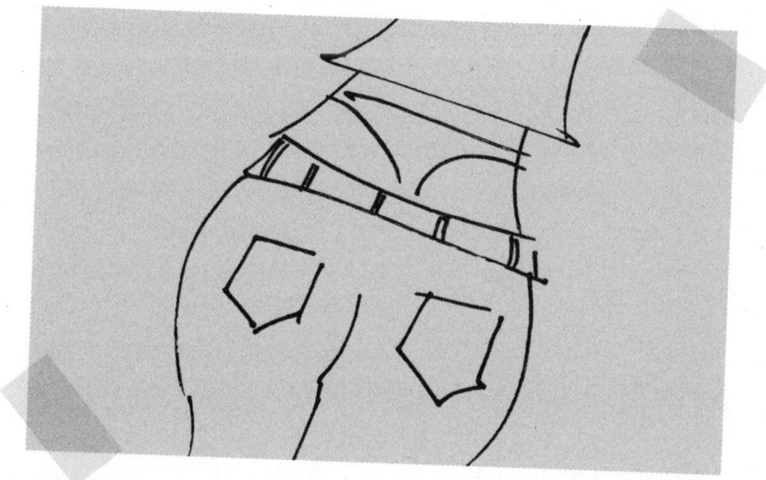

„Nein, eher an eine hübsche Nachtwäsche", höre ich Kleo sagen. Sie wird noch nicht einmal rot dabei.

Die nette Verkäuferin führt uns zu einem Regal. „Welche Größe hat denn deine Mutter?"

Unterdessen ist Julia bei den BHs angekommen und jetzt ist sie es, die knallrot wird. Kein Wunder, da hängen ja auch die schrägsten Teile rum! Rot-schwarze Korsagen mit Bügel, transparente Halbschalen, bestickte Perlen-Push-ups. Voll die Reizwäsche, würde meine Mutter sagen: Spitze, wohin das Auge reicht. Ich wechsele einen kurzen Blick mit Julia, die so rot wie der BH in ihrer Hand geworden ist. Nix wie raus hier!, heißt das, und wir machen Kleo verzweifelte Zeichen. Die aber ist so in das Nachthemdengespräch mit der Verkäuferin vertieft, dass sie uns gar nicht beachtet. Als Julia jetzt auch noch mit ihrem Apfelsinenbusen an einem Ständer hängen bleibt und einen bauchfreien Stringbody aus schwarzer Seide herunterreißt, können wir nicht mehr anders. Ehe die verdutzte Kleo noch was sagen kann, sind Julia und ich vor dieser Ansammlung von duftig luftiger Spitzenwäsche geflüchtet. Kichernd schließen wir unsere Fahrräder auf und rasen wie die Bekloppten los. Keine Ahnung, ob Kleo immer noch Spitzennachthemden aus Seide prüft, wir flitzen inzwischen am Main entlang. Und während ich vor Lachen fast vom Rad fliege, wühlt Julia in ihrem Top und befördert nacheinander zwei kugelrunde Apfelsinen in den Fluss. Und Ashleys BH fliegt gleich hinterher ...

In dieser Nacht kann ich nicht einschlafen. Erstens habe ich ein schlechtes Gewissen wegen Kleo, die ich einfach so im Stich gelassen habe, und zweitens tut jetzt auch noch mein rechter Busenknubbel weh.

Ich mache mir ernsthaft Sorgen, ob das noch normal ist.
Ständig dieses Gezwacke! Ob ich doch mal zu Dr. Gottstein gehe? Aber Brustkrebs mit noch nicht mal zwölf Jahren wäre nun wirklich noch zu früh!

Außerdem habe ich beim Abendessen erfahren, dass Irene dieses Jahr nicht mit uns an die Nordsee kommt, weil Onkel Ösi einen wichtigen Kongress in China hat und sie ihn begleiten möchte. Wie soll ich das ohne sie aushalten: zwei Wochen Sommerurlaub mit Mama, Papa und Leon in dieser kleinen Ferienwohnung. Da kann ich abends noch nicht einmal Tagebuch schreiben, ohne dass sie es merken. Ganz zu schweigen von meiner Pflegestunde im Bad, die ich jetzt morgens immer brauche. In diesem ollen Bad hält man es bei dieser mickrigen Beleuchtung doch keine zehn Minuten aus!

Neuster Geheimtipp von Irene: eine Gesichtsbürste. Einfach nur mit Wasser oder Reinigungsschaum in kreisenden Bewegungen übers Gesicht fahren. Macht meine Haut glatt und rein und die Pickel werden weniger.

Ich liege frustriert in meinem Bett und kann mich gar nicht mehr auf die bevorstehenden Ferien freuen. Mal abgesehen von den vielen Tests, die wir noch schreiben, muss ich ja auch noch für Mathe lernen und das Hautreferat für Bio fertig schreiben. Eigentlich wollten wir es gemeinsam mit Kleo machen, aber nach der Aktion heute können Julia und ich das wohl knicken. Ich beschließe, mir einen Einschlafkakao zu gönnen, und schleiche leise in die Küche runter. Aus Mamas und Papas Schlafzimmer dringen knarzende, eindeutige Geräusche. Ich beeile mich, runter in die Küche zu kommen. Ich will gar nicht wissen, was sie da machen. Allein der Gedanke daran ist unerträglich. Morgens nach solchen Knarznächten sind meine Eltern dann immer so betont fröhlich-locker drauf, das ist ein-

fach nur peinlich. Merken die das denn nicht? Ich öffne den Kühlschrank, um die Milch herauszunehmen, da fällt mein Blick auf Leons Fruchtzwerge. Wirkt Quark nicht kühlend? Letzten Sommer hat Mama damit meinen Sonnenbrand auf dem Rücken kuriert, weil ich beim Muschelsuchen viel zu lange in der Sonne war. Warum sollte das jetzt nicht meine pochenden Knubbel beruhigen? Ich zögere einen Moment, dann nehme ich die bunten Becherchen heraus und betrachte sie ausgiebig. Nein, das kann ich nicht bringen. Erstens enthält so ein Fruchtzwerg mindestens sechs Stück Würfelzucker und hat mit Quark somit nicht mehr viel zu tun. Und zweitens habe ich dann morgen Stress mit Mama, weil Leon kein Steak zum Löffeln hat. Leon. Immer geht es nur um Leon! Der hat's gut, der kann einfach so bleiben, wie er ist. Wenn er mal in die Pubertät kommt, wird sich Leons Körper mal nicht so verändern wie meiner: Kein Busen, keine Tage, er wächst einfach nur ein bisschen, bekommt eine tiefere Stimme wie Paul und das war's.
Plötzlich muss ich weinen. Ich weiß nicht, warum, aber ich schluchze los und kann mich gar nicht mehr beruhigen, will es auch gar nicht. Wütend pfeffere ich die Fruchtdinger in den Kühlschrank zurück. Die Lust auf Kakao ist mir gründlich vergangen!
„Sina, was hast du denn? Geht es dir nicht gut?“ Auf einmal steht meine Mama im Spitzennachthemd neben mir und zieht mich in den Arm. „Ist dir was passiert? Tut dir was weh?“ Sie hält mich ganz fest und drückt mir kleine Küsschen ins Haar, so, wie sie es sonst eigentlich nur noch bei Leon tut.
Obwohl sich alles in mir sträubt, lasse ich mich an ihre Brust sinken und lasse meinen Tränen freien Lauf. Meine Mutter

fragt nicht weiter, sondern streichelt mir nur sanft über den Rücken. Langsam beruhige ich mich wieder, doch ich bleibe einfach in dieser Haltung, weil es so schön ist. Eng an Mamas Busen geschmiegt, fühle ich mich warm und geborgen, als ob mir nichts passieren kann. Unvermittelt kommt mir das Bild aus dem Eiscafé in den Sinn, wie die Mutter ihr Stillbaby an ihren prallen Busen gezogen hat. Busen! Sofort fange ich wieder an zu schluchzen.

„Psst, willst du nicht erzählen, was los ist?", fragt meine Mutter und schiebt mich ein Stück von sich, damit sie mir besser in die Augen schauen kann.

Vielleicht ist das keine schlechte Idee, denke ich und nicke. „Aber nur, wenn du mir einen Kakao machst", schniefe ich unter Tränen grinsend und schiebe mich auf einen Stuhl. Während Mama mit Topf und Tassen hantiert, mustere ich heimlich ihren Aufzug. Ihr Busen zeichnet sich unter dem leichten Spitzennachthemd (garantiert von *Patrizia!)* deutlich und rund ab, Mama hat eine sehr hübsche Brust, die nicht so runterhängt wie die von Kleos Mutter. Aber sieht der Busen bei jeder Frau nicht sowieso anders aus? Hat nicht sowieso jede Frau den Busen, der zu ihr passt? Wie wird meiner aussehen, wenn er mal nicht mehr so schmerzhaft und knubbelig klein ist? Und während ich den dampfenden Kakao schlürfe, erzähle ich Mama von meinen Busensorgen.

Deine Gesichtshälften sind ebenso wenig symmetrisch wie deine Hände oder Füße: Kleine oder größere Unterschiede gibt es immer. Und beim Busen ist es ganz genauso: Je nach Veranlagung entwickelt sich deine Brust eher gleichmäßig oder nicht. Ganz selten kommt es vor, dass der Busen so extrem ungleichmäßig wächst, dass mithilfe von Hormonen, die der Arzt nach einer gründlichen Untersuchung verschreibt, geholfen werden muss. Wenn du dir Sorgen machst, suche ein offenes Gespräch mit deiner Mutter, deiner Freundin oder deiner älteren Schwester. Das hilft dir mit Sicherheit immer weiter, denn ganz bestimmt kennen sie deine Sorgen aus eigener Erfahrung. Trau dich, schau dich beim nächsten Schwimmbadbesuch mal genauer um, wie unterschiedlich Busen überhaupt aussehen können – und wie schön sie sind!

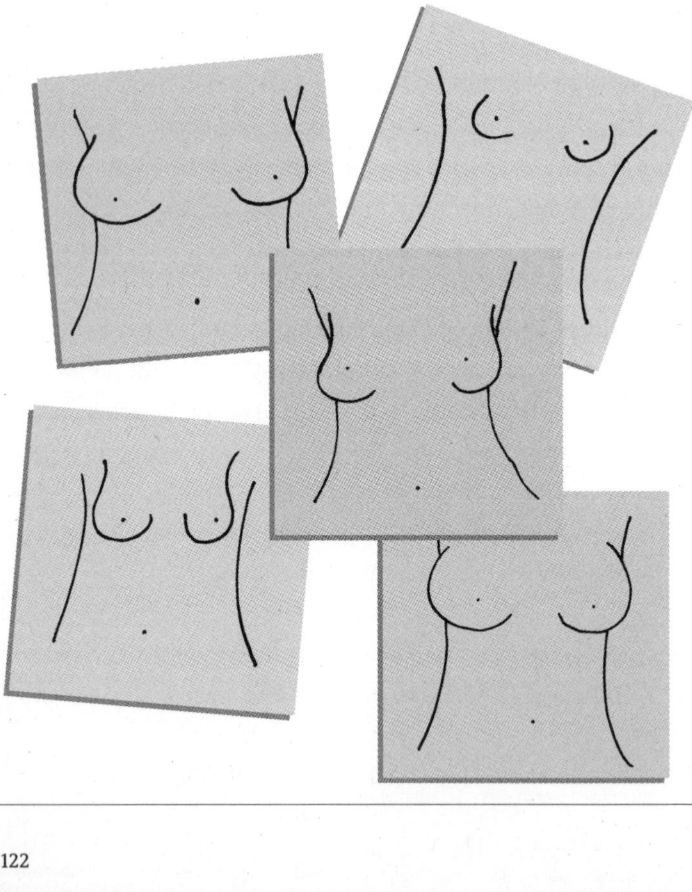

Von Melonen, Birnen und Apfelsinen

Am Wochenende haben wir wieder ein Outdoor-Basketballturnier und das erste Mal, seit ich im Verein spiele, habe ich keine Lust dazu, mitzumachen. Erstens bin ich kaum im Training und zweitens habe ich irgendwo gelesen, dass der Schweiß die Poren zusätzlich verstopft. Und mir reicht es endgültig mit Porenverstopfung! Meine Stirn ist mal wieder streuseliger als Irenes üppigster Streuselkuchen. Jetzt esse ich nur noch einmal Fleisch pro Woche und meide Milch in allen Variationen und meine Haut wird trotzdem nicht weicher. Vielleicht sollte ich Leon das Gesichtsbürstchen wieder abluchsen, das ich ihm neulich in einem Anfall von schwesterlicher Liebe zum Laufradputzen geliehen habe.

Neuer Tipp von Irene:

Schüßler-Salz Nr. 9. *Natrium phosphoricum* ist das Schüßler-Salz des Stoffwechsels, hat also eine entgiftende Wirkung und kann helfen, Hautprobleme speziell in Verbindung mit fettiger

Haut zu lindern. Gibt es nur in der Apotheke: Potenz D6, 3 x 5 Tabletten täglich auf der Zunge zergehen lassen, 3–4 Wochen lang. Keine Nebenwirkungen – außer einem klareren Hautbild. Außerdem: viel trinken, keine süßen Limos und wenig Säfte, sondern Wasser und Kräutertee.

Weil ich Angst habe, dass die Sonne mein Pickelproblem verstärkt, creme ich mich am Spieltag extradick mit Sonnenmilch ein. Dafür habe ich dann abends neben einer satten Niederlage und einer fetten Knöchelprellung die Katastrophe: Auf meinem Dekolleté sprießen unzählige Knötchen und Pusteln und jucken wie blöd. Mama guckt mich nur mitleidig an.

„Mallorca-Akne", nickt sie mit Kennermiene und schickt mich erst mal unter die Dusche. Danach schmiert sie mir ein kühlendes Gel über die Pickelchen, aber was erst so angenehm kühlt, juckt drei Sekunden später wie Hölle.

Mallorca-Akne entsteht durch Zusammenwirken von UV-Strahlung und Bestandteilen fetthaltiger Sonnenschutzmittel oder des körpereigenen Talgs. Außerdem verdickt sich die Haut durch die UV-Strahlung und verdeckt die Pickel, danach sprießen sie umso mehr. Also lieber fettfreie Sonnencreme verwenden und mit der Sonne aufpassen.

Hätte ich doch nur ein Ganzkörperzelt zum Verstecken! Neidisch denke ich an Songül in meiner Klasse, wenn die mal eines Tages Hautprobleme und Pickel bekommt, kann sie sich einfach die Burka ihrer Mutter schnappen. Ich stehe vor dem Spiegel und mag gar nicht richtig hingucken, so fies sehen die roten Pusteln auf meinem Dekolleté aus. Aber noch fieser ist die Entdeckung untendrunter: Mein Busen ist gewachsen, und zwar einseitig! Groß (na ja, größer halt). Prall sticht mir meine linke Brust mit einer (für meine Verhältnisse) riesigen Brustwarze entgegen. Mir wird schwindelig.

Wie wann was bei uns wächst, ist von Geburt an programmiert.
Es liegt also in meinen Genen, ob mein Busen irgendwann
mal so riesig wird wie der von Oma Doris,
so rund wie der von Mama oder einfach einseitig bleibt.
Das wäre dann der Sina-Busen.
Aber Mama hat mich beruhigt: Normal ist eine
ungleiche Brust, hat sie gesagt (ich konnte gerade noch
verhindern, dass sie ihr T-Shirt hochhebt und mir
ihre lebenden Beweise entgegenreckt).

Als ich aus meiner Ohnmacht wieder zu mir komme, liege ich in meinem Bett und fühle einen kalten Waschlappen auf meiner Stirn. Meine Mutter sitzt besorgt neben mir und murmelt was von „Sonnenstich“, ich weiß aber ganz genau: Das war ein Busenstich, und zwar ein ganz besonderer.
„Mama“, flüstere ich leise. „Bleibt das so?“
Statt einer Antwort schüttelt sie einfach nur den Kopf und grinst mich lieb an. Seit unserem mitternächtlichen Frau-zu-Frau-Gespräch verstehen wir uns wieder ganz gut und ich bin froh, dass ich sie ab und zu etwas fragen kann und sie meinen Wunsch nach viel Alleinsein respektiert.

Oder auch: Meine Intimsphäre ist mir seit Neuestem heilig! Meine innerste Gedanken- und Gefühlswelt und alles, was mit mir und meinem Körper zu tun hat, geht niemanden etwas an. Nur jemand, dem ich vertraue und dem ich es erlaube, darf daran teilhaben. Aber ich kann mir nicht vorstellen, Kleo oder Julia von meinem einseitigen Busenproblem zu erzählen. Oder sollte ich es endlich doch mal tun? Vielleicht geht es ihnen ja genauso?

Ganz anders bei Kleo: Ihre Mutter hat sie doch neulich glatt zum Jugendarzt geschleift, nur weil Kleo noch so gar nicht entwickelt ist. Sicher ist es etwas seltsam, dass sich bei Kleo noch so gar nichts tut: kein Pickel, kein Schamhaar, kein Knubbel. Nichts. Kleo leidet ein bisschen darunter, das weiß ich, auch wenn sie nichts sagt. Denn wieso spielt sie ständig mit Zarafira Vater, Mutter, Kind?

Ich finde aber, ein fehlender Busen oder fehlende Schamhaare sind noch lange kein Grund, seine Tochter vor einem Arzt dermaßen bloßzustellen! Das muss man sich mal klarmachen: Meine Lieblingsfreundin Kleo musste sich nackt ausziehen und sich von einem wildfremden Arzt begaffen lassen! Das werde ich Frau Kleinschmidt ewig nachtragen. Denn es ist doch wohl völlig normal, dass sich jedes Mädchen anders und in seinem Tempo entwickelt. Sie müsste nur mal in unsere Klasse gucken: Da sitzt neben der vollbusigen Melanie die brettflache Milli. Jolina trägt Wonderbra in Körbchengröße C und Julia gibt mit ihren kleinen runden Kugeln an. Was würde Kleos Mutter denn mit mir und meinem einseitigen Wunderbusen tun: Mich zum Schönheitschirurgen schicken?

Ist doch klar: Kleo war danach völlig fertig und erst mal drei Tage krank, weshalb sie dann noch mal zum Arzt musste. Dooferweise hat sie dadurch unseren Klassenausflug auf dem Maindampfer verpasst, der sehr lustig war, weil Julia und ich uns die ganze Zeit über die Jungs geärgert haben. Sebastian, Juri und Yannis hatten sich nämlich die T-Shirts ausgezogen und sich auf dem Achterdeck in die Sonne gelegt und wir haben die ganze Zeit gerufen „Achtung, Möwenkacke“. Melanie haben wir dann gesagt, dass Juri auf sie wartet und ihr was sagen will. Die Gute hat es glatt geglaubt und sich mit erwartungsfroher Miene auf den Weg gemacht. Als sie dann die halb nackten Jungs gesehen hat, ist sie schreiend davongelaufen!

> Genau genommen haben Jungs auch einen Busen. Ursprünglich bezeichnet dieses Wort nämlich die Vertiefung zwischen beiden Brüsten. Und als Baby im Bauch hat jeder männliche Embryo auch eine Milchleiste, aus der sich später die Brustwarzen bilden. Erst in der Pubertät bilden sich durch die hormonelle Veränderung nur bei den Mädchen die Milchdrüsen und der Busen wächst.

Ich überlege, ob ich Kleo anrufen soll, um ihr meine Misere mit dem einseitigen Hügel anzuvertrauen, lasse es dann aber lieber sein, mit ihrer Mutter muss sie genug fiese Horrorstorys aushalten. Zur Entspannung blättere ich mal wieder in einer alten Mädchenzeitschrift und stoße auf eine Doppelseite über Schönheitsoperationen. Interessiert lese ich – während ich zwischendurch immer mal wieder an meinem Dekolleté rumkratzen muss –, dass ich nicht die Einzige bin, deren Brust einseitig wächst. In dem Bericht ist außerdem die Rede von einem

Mädchen, das mit 13 Jahren bereits einen Busen wie eine erwachsene Frau hat und von ihren Mitschülern deswegen gehänselt wird. Ein paar Jungs aus ihrer Klasse haben ihr sogar aufgelauert, sie festgehalten, um ihren Busen anzufassen und damit rumzuspielen. Ich muss an Melanie denken und habe prompt ein schlechtes Gewissen. Darüber habe ich mir ja noch nie Gedanken gemacht, dass sie es vielleicht nicht so prickelnd findet, jetzt schon so große Brüste zu haben! Und dass ihr Rücken unter dem Gewicht leidet und sie deshalb vielleicht an eine Brustverkleinerung denkt. Ich dachte, sie findet das gut, immerhin trägt sie ja auch einen BH. Genau wie Jolina. Die zwängt sich immer in so enge Tops, dass ihr Busen darüberquillt – als ob er noch größer sein sollte, als er ist. Ob Jolina ihn künstlich vergrößern lassen würde? Und was mache ich, wenn mein Busen für immer so einseitig bleibt? Lasse ich mir dann ein Silikon-Kissen verpassen? Garantiert ist das eine medizinisch-kosmetische Indikation, die jeder Arzt einsehen würde.

Nie, nie, nie, nie würde ich mich freiwillig unter ein Skalpell legen. So eine Vollnarkose ist doch kein Schlummercocktail, den man mal so eben nimmt. Außerdem hätte ich wahnsinnige Angst davor, an mir herumschnippeln zu lassen, nachher hängt der Busen noch schiefer da als vorher. Und so Silikonkissen im Körper fühlen sich doch garantiert auch doof an, ganz zu schweigen davon, wenn die mal platzen und auslaufen. Oder ich habe so knallharte Monstertitten wie diese Filmstar-Busenwunder aus Hollywood und kann nicht mehr auf dem Bauch schlafen. Nee, ich glaube, dann halte ich lieber meinen einseitigen Busen aus.

Ich schließe die Augen und atme tief durch. Warum ist das auch alles so schwierig? Warum kann nicht einfach alles so bleiben, wie es ist? Ich versuche in mich hineinzuspüren, lege meine Hände auf meine Brüste. Fühlt sich irgendwie noch so neu an und irgendwie gut. Ich massiere sanft meine Brustwarzen und stelle mir vor, dass mein Busen eines Tages so hübsch aussieht wie der von Mama. Wozu bin ich schließlich ihre Tochter? Und mit diesem beruhigenden Gedanken knipse ich das Licht aus und schlafe ein.

Die volle Busenwucht prallt mir um die Ohren, als wir am nächsten Sonntag Oma Doris besuchen und sie mich zur Begrüßung freudig an ihre Brust zieht. Danke schön auch, sie ist die Mutter von Mama, und wenn dieses Üppigkeits-Gen in meinem Blut fließt, bin ich bedient. Inzwischen habe ich mich ja damit angefreundet, dass ein bisschen Busen ganz nett ist, aber müssen es gleich Melonen sein? Als wir am Kaffeetisch sitzen, gucke ich mir Oma Doris ganz genau an und stelle mir vor, wie sie wohl mit Apfelbrüstchen aussähe.

In der Dusche neulich nach dem Training habe ich mal genauer hingeschaut und eine kleine Typologie festgelegt: Es gibt Äpfel (die kleinen festen), Apfelsinen (die runden, weichen), Birnen (die hängen so), Melonen (die sind riesig schön). Ich glaube, die meisten Mädchen und Frauen möchten schöne, runde Apfelsinenbrüste haben, das ist ein bisschen mehr wie Apfel und deutlich weniger als Melone. Also ein Mischding zwischen beiden Formen, bloß nichts

zum Auffallen, sondern etwas Mittelmäßiges, Angepasstes,
das ins Einheitskörbchen passt. Aber wer bestimmt
eigentlich, ob so ein Busen besonders schön ist?
Oder wieso sieht man diese Form besonders oft,
vor allem in der Werbung?

„Ist was?", fragt Oma Doris prompt, als sie meinen kritischen Blick bemerkt. „Habe ich was in meinem Ausschnitt? Gefällt dir das Kettchen?"

Kettchen ist gut! In ihrem üppigen Ausschnitt baumelt ein fettes Medaillon an einer schweren Goldkette.

„Sina hat jetzt auch einen Busen", ruft Leon, bevor ich etwas erwidern kann. „Aber nicht so einen großen wie du!"

Am liebsten würde ich vom Stuhl rutschen, während Mama und Papa peinlich berührt schweigen. Oma Doris sagt gar nichts, sondern verschwindet einfach, ohne einen Ton zu sagen, in der Küche, um einen Stapel Waffeln zu backen.

„Kannst du nicht mal deine blöde Klappe halten?", fauche ich Leon an, der mit unschuldiger Miene seine Papierserviette zerrupft. Hoffentlich kommen bald Tante Irene und Onkel Ösi, dann können wir endlich das Thema wechseln. Glücklicherweise wechselt das Thema schneller, als gedacht, denn Leon verbrennt sich seine gierige Zunge dermaßen an seiner heißen Waffel, dass wir uns vor lauter Sirenengeheul sowieso nicht weiter unterhalten können. Dankbar über diese Ablenkung, stopfe ich mindestens fünf Puderzuckerwaffeln in mich hinein, bis ich das Gefühl habe, ich platze. Vielleicht hilft es ja was und die Kalorien setzen sich in meinem rechten Busen fest. Nach einer Stunde fehlt von Irene und Onkel Ösi immer noch jede Spur.

Bevor ich vor Langeweile verschimmele, beschließe ich, lieber in der Küche beim Abwasch zu helfen. Ein fataler Entschluss, denn während ich mit dem Anti-Fett-Zitronen-Spüli großzügig die Teller einschäume (vielleicht wäre das was für meine Pickel?!), kommt Oma Doris in die Küche und mustert mich unauffällig auffällig von der Seite.

„Als ich so alt war wie du ...", beginnt sie zögernd und nimmt sich ein Küchenhandtuch zum Abtrocknen, „... da haben wir über all diese Dinge nicht so offen reden können."

Hilfe, was gibt das denn? Aufklärung in der dritten Generation? Ich atme tief durch und bin sehr gespannt, was Oma mir jetzt zu sagen hat. Hoffentlich gibt das nicht wieder so eine Nachkriegsgeschichte und wie sie mit den Marken angestanden haben. Erstens kenne ich diese Geschichten schon, zweitens habe ich immer den Verdacht, man will mir damit ein schlechtes Gewissen machen.

„Weißt du, mein Busen fing damals an zu wachsen – und hörte einfach nicht mehr auf." Oma Doris stapelt klirrend die sauberen Teller aufeinander. „Ich war ziemlich groß und dünn für mein Alter und hatte plötzlich das Gefühl, ich müsste vorüberkippen." Sie schaut mich verschmitzt an und klopft sich auf ihre Schürze. „Zum Ausgleich habe ich mir ein Bäuchlein angefuttert, da musste mein Rücken nicht mehr alleine so viel tragen."

„Und was haben deine Freundinnen dazu gesagt?", rutscht es mir raus. Unwillkürlich muss ich an Melanie denken, über die wir dauernd lästern und die sich von den Jungs blöde Sprüche anhören muss.

„Gar nichts, wie gesagt, wir haben nicht viel darüber gesprochen", erwidert meine Oma. „Aber ich habe schon gemerkt, wie mich alle angestarrt haben. Vor allem die Männer." Sie senkt den Kopf und nestelt an ihrem Medaillon. „Es ist nicht immer toll, so angeguckt zu werden. Manche Mädchen finden das gut und ziehen sich extra so ... so ..."

„... so mit Spitzen-BHs an?", helfe ich ihr auf die Sprünge. Ich weiß genau, was sie meint: die Jolinas und Ashleys dieser Welt, die mit Push-ups und tiefen Dekolletés um jeden Preis auf sich aufmerksam machen wollen.

„Ja, genau." Oma Doris nickt. Dann guckt sie mich ganz ernst an, als wolle sie mir etwas sehr Wichtiges mitteilen. „Aber du musst dich nicht wie Freiwild von den Kerlen begaffen lassen. Es ist dein Körper, du bestimmst, wer dich anschaut – und wie tief derjenige dabei in deine Seele dringt."

Ich verstehe nicht ganz, was sie mir damit sagen will. Wie soll ich denn verhindern, dass mich andere angucken? Und so ein Busen kann doch auch ganz hübsch sein, wieso sollte man da nicht hinschauen?

Soll ja Mädchen geben, die legen es darauf an, angegafft zu werden, weil sie sich erst dann richtig schön finden, so nach dem Motto: Wenn andere sagen, dass ich hübsch bin, bin ich es auch. Julias Schwester Ashley ist so eine: komplett geschminkt und aufgetakelt stolziert sie auf ihren goldenen Stilettos durch die Gegend, wackelt mit dem Po unterm Mini und knutscht einen Typ nach dem anderen. Julia ist das voll peinlich. Ich finde Ashley einfach nur dämlich im Hirn, weil sie nicht rafft, dass die Jungs über sie ablästern und sie ausnutzen.

„Und wie war das mit Opa Dieter?“, traue ich mich zu fragen. „Hat der nicht so blöd gegafft wie all die anderen?“

Oma ist einen Moment lang still. Opa Dieter ist vor zehn Jahren nach einer Herz-OP nicht mehr aufgewacht. Weil ich damals kaum zwei Jahre alt war, habe ich so gut wie keine Erinnerung mehr an ihn und kenne ihn nur aus ihren Erzählungen.

„Nein, Opa war ganz anders“, sagt Oma jetzt. „Ganz zurückhaltend. Er hat mich respektiert, so wie ich war, und hat mich nicht nur geliebt, weil ich einen großen Busen hatte.“

So richtig kapieren tue ich immer noch nicht, denn das würde im Umkehrschluss ja bedeuten: Manche Männer lieben Frauen nur wegen ihrer großen Brüste! Und das mag ich nicht glauben. Vor Empörung knallt mir glatt der Spülschwamm ins Wasser, da schwingt die Küchentür auf.

„Hallo, da seids ja!“, begrüßt mich Onkel Ösi im breiten Wienerisch und drückt mir ein Busserl links und rechts auf die Wange. „Hübsch schaust aus!“ Anerkennend pfeift er durch die Zähne, während er völlig ungeniert auf mein T-Shirt starrt, wo sich heute leider sehr deutlich meine einseitig vergrößerten Knubbel abzeichnen.

Da macht es plötzlich *Pling!* in meinem Hirn. Was hat Oma gerade noch gesagt: *Du bestimmst, wer dich wie angucken darf.* Und ehe mein Lieblingsonkel noch „bist narrisch worn“ sagen kann, hat er den Spülschwamm im Gesicht.

Um es kurz zu machen: Wir hatten noch eine lange Familiendiskussion über mein freches Verhalten im Allgemeinen und mein vorlautes Benehmen im Besonderen. Papa hat mir einen Vortrag über respektvolles Verhalten gegenüber Erwachsenen gehalten und dass ich bitte meine Gefühle unter Kontrolle zu halten hätte. Natürlich waren wir da längst wieder zu Hause und Oma Doris hatte keine Möglichkeit, mir zur Seite zu stehen. Mama hat einfach ihren Mund gehalten und mich die ganze Zeit über nur so komisch angeschaut. Habe ich Oma wirklich so gründlich missverstanden? Oder traut sich hier keiner, die Wahrheit zu sagen?

Husch, husch ins Körbchen

Die Sache mit Onkel Ösi hat mich so sehr beschäftigt, dass ich mich mit Julia darüber unterhalten musste. Sie fand seine Bemerkung völlig normal und auch noch witzig. „Freu dich doch", hat sie gesagt, „das ist doch ein nettes Kompliment!"

Also, ich weiß nicht, was daran nett sein soll! Habe ich also vorher nicht toll ausgesehen? Gehört zum Toll-Aussehen unbedingt ein Busen dazu? Ich bin immer noch genervt, wenn ich daran denke. Meine Busenknubbel gehen nur mich was an (Intimsphäre!!!) und keinen sonst. Wenn Julia das anders sieht, ist es ihr Ding. Sie ist von ihrem neuen Busen so begeistert, dass sie sich jetzt sogar einen BH kaufen will. Ich frag mich nur: Warum? Will sie ihn stützen oder verstecken? Und wer sagt überhaupt, dass Frauen einen BH tragen müssen, sobald der Busen da ist?

Der **Büstenhalter** soll, wie der Name sagt, den Busen halten und stützen. Schon im antiken Griechenland haben Frauen mit Leinenbinden ihre Brust bedeckt. Allerdings weiß man nicht, ob sie damit aussehen wollten wie Männer oder sich damit vor ihren Blicken geschützt haben. Später kamen dann Brustleibchen und Brustverbesserer hinzu und erst 1895 wurde in Dresden von einem Fräulein Christine Hardt das erste verstellbare „Frauenleibchen als Brustträger" aus Taschentüchern und Hosenträgern zum Patent angemeldet. Heute gibt es BHs in vielen Formen, Größen und Funktionen, aber der Grundaufbau ist bei allen gleich:

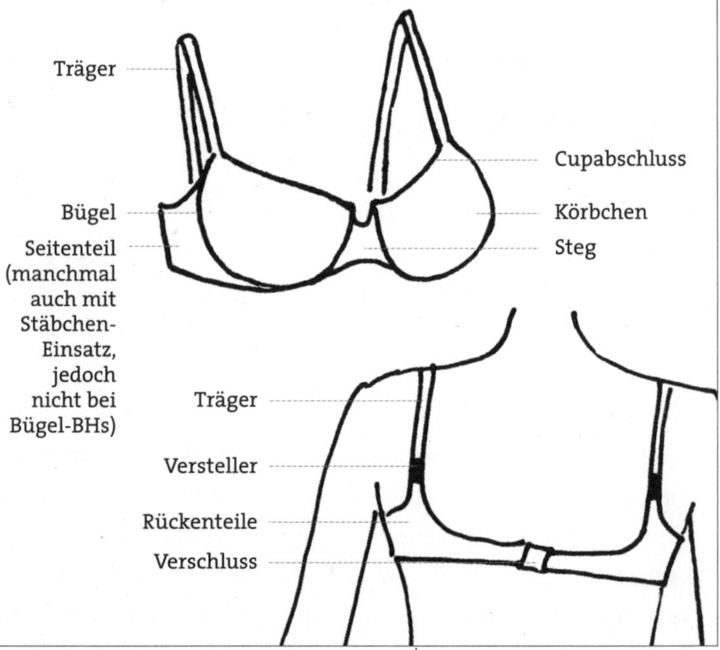

Zu allem Überfluss hat Julia Kleo und mich gefragt, ob wir mitkommen und sie beraten wollen. „Natürlich nicht zu *Patrizia*", hat sie schnell hinzugefügt. Sie weiß, dass mich nach unserem peinlichen Fluchtversuch keine zehn Pferde mehr in diesen Laden bringen würden.

Mich hat dieser Wunsch aber noch aus anderen Gründen in grässliche Gewissensnöte gebracht: Ausgerechnet ich, Sina Rosenmüller mit den winzigen Knospen am Strauch (haha, selten so gelacht!), soll BH-Beraterin werden. Mit Pickeln und Deos kenne ich mich jetzt ja aus, aber mit Büstenhaltern?

Übrigens: Habe eine neue Geheimwaffe gegen Pickel: Teebaumöl. Ein paar Tupfen helfen und das Ding heilt rascher ab. Überhaupt habe ich meine Pickel dank regelmäßiger Pflege jetzt gut im Griff. Was nicht heißt, dass sie mich nicht immer noch tierisch nerven.

Weil ich keine vernünftige Ausrede parat hatte, kam ich um die BH-Aktion nicht drum rum und so schlappe ich jetzt mit Kleo und Julia gemeinsam durch das Einkaufscenter.

„Eigentlich wollte Mama mir meinen ersten BH kaufen", erzählt Julia, während wir auf der Rolltreppe stehen. „Aber Ashley konnte sie gerade noch davon abhalten, damit ich meine eigenen Erfahrungen in Sachen Weiblichkeit machen kann. Manchmal ist es doch ganz gut, eine große Schwester zu haben."

„Wieso willst du überhaupt so ein Ding?", fragt Kleo, die sich offensichtlich bei dem Ganzen noch unwohler fühlt als ich. Wahrscheinlich befürchtet sie, dass sie die Erfahrung, die sie hier beim BH-Kauf sammeln kann, niemals anwenden wird. Oder wenn, dann erst in tausend Jahren.

„Weil es dazugehört, wenn man eine Frau wird", erwidert Julia und streicht sich mit einer sehr erwachsenen Geste eine Strähne aus dem Haar. „Und weil ich keinen Hängebusen bekommen will."

BH oder nicht BH, das ist die Frage, über die sich Wissenschaftler (nicht die Frauen!) streiten. Fakt ist: Die Brust an sich besteht aus Fettgewebe, Milchdrüsen und Haut und folgt umso mehr den Gesetzen der Schwerkraft, je größer sie ist. Nur die seitlichen Brustmuskeln sind trainierbar und können den Busen zu einem gewissen Maß stützen. Mit diesen Übungen hältst du deinen Busen in Form. Führe sie regelmäßig durch!

Butterfly: Halte die Arme angewinkelt auf Schulterhöhe und führe die Ellenbogen langsam vor deinem Körper zusammen. 10 bis 20 Wiederholungen.
Liegestütz auf den Knien: Stütze die Hände im Vierfüßlerstand schulterbreit auf den Boden. Verschränke die Füße und führe die Nasenspitze mit gebeugten Armen zwischen deinen Händen zu Boden – und wieder zurück. 15 Wiederholungen.
Handpresse: Halte die Arme angewinkelt in Schulterhöhe und presse die Handinnenflächen fest gegeneinander. Zähle langsam bis 8, bevor du die Spannung wieder löst. 5 Wiederholungen.

Boah! Wie ist Julia denn heute drauf? Ich mustere sie argwöhnisch von der Seite, worauf sie prompt einen kicherigen Lachanfall kriegt. Uff! Und ich dachte schon, meine Freundin wäre auch so eine, die sich diktieren lässt, was sie anzieht! Kleo guckt nur belämmert, sie lacht noch nicht einmal mit. Wir laufen zielstrebig durch die Wäscheabteilung, prima, zwischen all den Schlafanzügen und Nachthemden fallen wir gar nicht auf und können ungestört rumstöbern. Aber wo hängen nun die BHs?
„Schaut mal, ist der nicht süß?“ Um vom Thema abzulenken, hält Kleo eine weiße Teddybär-Pants in die Höhe, die sie von einem Wühltisch gefischt hat.

„Total niedlich“, meint Julia, aber an ihrer Miene merke ich, dass sie es nicht ehrlich meint. „Gibt es auch den passenden Strampelanzug dazu?“ Sie wühlt gelangweilt in dem Haufen Unterwäsche rum und Kleo starrt sie finster an.

„Komm, dahinten gibt es mehr Auswahl!“ Jetzt hat auch mich das BH-Fieber gepackt und ich ziehe Julia am Ärmel zu einem dicht behängten Wäscheständer.

„80 B, 75 A, 75 C ... äh-hä?“, macht Kleo und studiert aufmerksam die Etiketten. „Was hat das denn nun wieder zu bedeuten?“ Mit angewiderter Miene zieht sie einen fleischfarbenen BH heraus, der mindestens 90 D hat. „Das ist doch wohl nicht euer Ernst? So was trägt ja noch nicht mal meine Mutter!“

Julia guckt mich ratlos an. Wegen der Körbchengröße oder wegen Kleo?

„Am besten, du probierst dich mal durch“, schlage ich vor und fische ein paar BHs vom Bügel. „Was hältst du von dem?“

„Ich heiß doch nicht Ashley“, meint Julia. „Einen Push-up habe ich nicht nötig. Und dieses Bügel-Teil kannst du auch stecken lassen.“

„Okay, okay, war ja nur ein Vorschlag“, grinse ich. „Aber dieses Modell hier, das trifft hundertpro deinen Geschmack!“ Ich halte ihr einen pinkfarbenen Spitzen-BH unter die Nase.

„Spinnst du?“ Gleich ist Julia sauer, das merke ich an ihrer Stimme. „Verarschen kann ich mich selber.“

„Jetzt krieg dich halt ein, war doch deine Idee, dass wir hier sind“, mischt Kleo sich jetzt ein. „Du willst doch unbedingt so ein Teil. Da musst du eben durch.“

Meine Kleo! Ich liebe sie für ihren Pragmatismus. Und wie sie jetzt zielsicher lauter unterschiedliche BHs vom Ständer fischt, weiß ich: Das Thema Busen ist ihr alles andere als egal.

Unterbrust-umfang cm	Größe
63–67	65
68–72	70
73–77	75
78–82	80
83–87	85
88–92	90
93–97	95
98–102	100
103–107	105
108–112	110
113–117	115
118–122	120
123–127	125

Alles klar? Total verwirrend, weil die Körbchen von Hersteller zu Hersteller auch anders „gebaut“ sind. Da hilft nur: Alle Formen und Formate austesten und probieren, probieren, bis was passt. Wichtig: Für einen perfekten Sitz Träger passend einstellen! Mit viel Glück triffst du auf eine nette, hilfsbereite, ehrliche, freundliche, verständnisvolle Verkäuferin, die sich auskennt und dich gut berät.

Bandeau: Trägerloser BH (für schulterfreie Kleider oder Shirts)
Balconett: BH mit Außenträgern (betont Brust und Dekolleté)
Bügel: BH mit eingenähten Bügeln (stützt, hebt und formt)
Bustier: bauchfreie, eng anliegende Trägertops (toll für Mädchen)
Haftschalen: selbst haftende Stützen (für enge Kleider perfekt)
Minimizer: Lässt große Brüste kleiner wirken (gute Idee für Melanie!).
Push-up: Lässt kleine Brüste größer wirken (wie Maximizer, Wonderbra).
Sport: nicht verrutschbare Träger und funktioneller Schnitt (für volle Bewegungsfreiheit)
Triangel: Dreiecks-BH (komfortabel und schön für kleine Brüste)

Brustumfang/Oberweite in cm								
Cup AA	Cup A	Cup B	Cup C	Cup D	Cup E	Cup F	Cup G	Cup H
75–77	77–79	79–81	81–83	83–85				
80–82	82–84	84–86	86–88	88–90	90–92	92–94		
85–87	87–89	89–91	91–93	93–95	95–97	97–99	99–101	
90–92	92–94	94–96	96–98	98–100	100–102	102–104	104–106	106–108
95–97	97–99	99–101	101–103	103–105	105–107	107–109	109–111	111–113
100–102	102–104	104–106	106–108	108–110	110–112	112–114	114–116	116–118
105–107	107–109	109–111	111–113	113–115	115–117	117–119	119–121	121–123
	112–114	114–116	116–118	118–120	120–122	122–124	124–126	126–128
	117–119	119–121	121–123	123–125	125–127	127–129	129–131	131–133
	122–124	124–126	126–128	128–130	130–132	132–134	134–136	136–138
		129–131	131–133	133–135	135–137	137–139	139–141	141–143
		134–136	136–138	138–140	140–142	142–144	144–146	146–148
		139–141	141–143	143–145	145–147	147–149	149–151	151–153

„Hier, probier mal an", sagt sie zu Julia und zieht sie Richtung Umkleide. „Ein guter BH muss perfekt sitzen. Und zieh dein T-Shirt wieder drüber, damit wir sehen, wie er wirkt."

Huch, was ist denn mit der los, Kleo als BH-Spezialistin ist ja ganz was Neues! Julia zockelt brav mit und zieht den Vorhang hinter sich zu. Kleo grinst mich verschwörerisch an. „Mal sehen, welcher BH-Typ sie ist!" Wir kichern uns kringelig, vor allem, als jemand mit einem schwarzen Spitzen-Korselett in der Kabine nebenan verschwindet. Moment mal, war das nicht die gut duftende Tussi aus der Drogerie?

„Julia?", frage ich, nachdem wir keinen Pieps von ihr hören. „Alles klar?"

Vorsichtig ziehe ich den blauen Samtvorhang zurück. Da sitzt unsere Freundin mit tränenverschmiertem Gesicht und nacktem Oberkörper. Ihr Busen ist, das muss ich ehrlicherweise zugeben, sehr schön und sehr rund anzusehen. Vorwurfsvoll hält sie uns einen apricotfarbenen Bügel-BH entgegen. „Der passt nicht", sagt sie leise. „Und der und der auch nicht." Dabei zieht sie nacheinander einen schwarzen Wonderbra, ein grünes Spitzen-Bustier und einen Baumwoll-BH vom Stapel. „Keiner!" Dann lieber nur einen Busenknubbel anstatt die totale Verzweiflung, denke ich.

„Komm, mach dir nichts draus, die wachsen ja noch", versucht Kleo sie zu trösten. „Du bist eben noch nicht so weit." Seelenruhig fischt sie die BHs zusammen und hängt sie wieder nacheinander auf die winzigen Bügel.

Julia angelt nach ihrem T-Shirt und zieht es sich wieder über. „Aber der von Ashley hat mir doch ganz gut gepasst", schluchzt sie.

„Stimmt nicht", sagt Kleo trocken. „Du hast mit Apfelsinen nachgeholfen."

„Du bist fies", rutscht es mir raus. „Voll fies. Komm, Julia, mach dir nichts draus, wir finden schon noch einen, der zu dir passt." Ich greife nach ihrer Hand und ziehe sie mit aus der Umkleide. „Ich habe dahinten einen Ständer mit Teeny-Unterwäsche gesehen."

„Bist du blöd? Ich will nicht so ein Girl-Teil, sondern einen richtigen BH", ruft Julia empört. „Ihr habt doch keine Ahnung!" Wutentbrannt zischt sie Richtung Ausgang davon und lässt uns einfach stehen.

„Schrei noch lauter", rufe ich ihr hinterher. „Dann kauf doch deinen blöden BH alleine!"

Was bin ich eigentlich so dumm und hänge ich mich in das Busenproblem anderer? Kleo steht da wie eingemeißelt und sagt keinen Ton. Klar, sie hat ein schlechtes Gewissen, weil sie für Julia eiskalt Körbchengröße C rausgesucht hat, dabei hat Julia höchstens B. Und die ist auch noch so blöd und fällt drauf rein! Ich gucke zu Kleo rüber und sehe, wie sie nur grinsend mit den Schultern zuckt. Meine Kleo! Wenn Julia so rumzickt, ist sie doch selber schuld. Oder?

„Komm“, sagt Kleo zu mir. „Jetzt schauen wir nach einem Sport-BH für dich. Wäre doch schade, wenn dein neuer Busen durch die Erschütterung seine Formvollendung verlieren würde!“

„Blöde Kuh!“, grinse ich zurück, finde ihre Idee aber gar nicht so daneben. „Kriegen wir den hier oder müssen wir dazu in die Sportabteilung?“

Bevor wir uns weiter darüber streiten können, drückt uns eine freundliche Verkäuferin ihre Beratung auf. Was soll ich sagen: Dank ihrer Hilfe habe ich binnen weniger Minuten ein perfekt modellierendes, kaum auftragendes Blümchenbustier, dass ich garantiert nicht nur zum Basketballspielen anziehen werde. Denn es sitzt so perfekt, dass meine eineinhalb Busenknubbel nicht weiter auffallen, sondern wohlgeformt unterm T-Shirt verschwinden. Kleo wird ganz grün vor Neid, weshalb ich sie mindestens drei Stunden lang überreden muss, sich auch eins zu kaufen. Zwar gibt es bei ihr weder was zu modellieren noch zu retuschieren, aber sie ist so glücklich mit dem Bustier, dass ich inständig hoffe, sie bekommt deswegen keinen Stress mit ihrer Mutter.

Stress haben wir dann genug in den nächsten Tagen mit Julia, die völlig eingeschnappt ist und so tut, als seien Kleo und ich Luft. Wir sehen sie jetzt öfters mit Jolina gemeinsam im Eiscafé abhängen, um den süßen Antonio anzuschmachten, und hören sie über Dessous, Lingerie und Unterwäsche-Sets diskutieren. Soll sie doch mit Jolina BH-Tipps austauschen, ich habe andere Sorgen.

Wir stecken im Schuljahresendspurt und haben irrsinnig viel zu lernen. Die letzten Arbeiten stehen bevor und am Wochenende haben wir auch wieder ein Basketballturnier. Mein Busen wächst jetzt scheinbar stillschweigend und glücklicherweise einigermaßen gleichmäßig vor sich hin, zumindest hat er aufgehört zu ziehen und fühlt sich auch viel weicher an.

Aus lauter Dankbarkeit habe ich angefangen, nicht nur regelmäßig meine Brustmuskulatur zu trainieren, sondern meinen Busen auch zu pflegen. Die Tipps habe ich heimlich aus Mamas Lieblingsfrauenzeitschrift rausgespickt, wahrscheinlich würde sie sich totlachen, wenn ich mit meinen Winzknubbeln Busen-Intensivpflege betreibe. Aber wie sagt Irene immer: Von nichts kommt nichts. Und so bleibt mein Busen wenigstens straff und knackig.

Abbrausen mit kaltem Wasser: eine halbe Minute je Seite! Schock! Alternativ: Eiswürfel-Abreibung.

Zitronen-Maske: Zitrone in Scheiben schneiden, auf den Busen drapieren, nach 10 Minuten abspülen.

Feuchtigkeitsmaske: Busen mit Lieblingsöl, Honig-Quark oder Feuchtigkeitslotion eincremen, mit Klarsichtfolie abdecken und einziehen lassen.

Ehrlicherweise mache ich das nicht jeden Tag, denn für die ganze Pickelpflegerei und Duscherei brauche ich sowieso schon immer eine Stunde extra im Bad. Und da ich mit Mama zurzeit mal wieder Krach habe, will ich mir (nicht ihr!) eine Busendiskussion ersparen. Ganz zu schweigen, dass sie wahrscheinlich den Superschock bekäme, wenn sie mitkriegt, wie ich im Bad eine Flasche Franzbranntwein über meiner Brust entleere, wie es mir Tante Irene empfohlen hat, weil es so schön die Durchblutung anregt und für knackig durchblutete Haut sorgt ...

Am letzten Schultag vor den Sommerferien herrscht in unserer Klasse ausgelassene Stimmung. Milli ist total happy, weil sie für zwei Wochen in Reiterferien geht, Yannis ist superaufgeleiert, denn seine Eltern haben im gleichen All-inclusive-Hotel auf Mallorca gebucht wie Julias. Jetzt braucht er ihr nicht mehr heimlich Liebesbriefe zu schicken, wie er es seit Neuestem tut, sondern trifft sie gleich im Pool. Selbst Friederike hat gute Laune und gibt allen von ihren glukosefreien Gummibärchen ab. Ich bekomme welche extra, für meine Sammlung. Nicht dass ich sie darum gebeten habe, aber ich glaube, Friederike wäre gerne mit mir befreundet. Nur leider finde ich sie grässlich langweilig und deprimierend. Okay, tut mir ja auch leid mit ihrer Haut und so, aber ich kann mir nicht vorstellen, dass es Spaß macht, mit ihr gemeinsam etwas zu unternehmen. Kleo freut sich auf die Ferien, die sie auf dem Hundeplatz verbringen wird. Sie hat nämlich eine neue Liebe: Ambra. Eine Hoverwarth-Hündin, die sie von einem hundert Jahre alten Onkel vererbt bekommen hat – zum Leidwesen ihrer Mutter, die jetzt ständig mit Hundehaarewegsaugen beschäftigt ist. Muss man sich da wundern, dass Zarafira aus lauter Eifersucht das Fressen verweigert und ebenfalls Haarausfall hat? Hätte sie doch bloß einen Romeo!

Apropos Onkel: Mein Onkel Ösi hat sich bei mir in aller Form für seine herzhafte Bemerkung entschuldigt und gesagt, er fände es halt klasse, dass ich jetzt eine Frau würde und dass es durchaus ein nettes Kompliment war und nicht frauenfeindlich und so. Die Entschuldigung habe ich angenommen. Aber ob ich das mit dem Frauwerden so toll finden soll, weiß ich immer noch nicht ...

Viertes Kapitel,
in dem Sina ihre Erdbeerwochen
mit Himbeertee feiert

Rhythmus-Zyklus

Was soll ich sagen, seit ich mit diesem P-Virus infiziert bin, habe ich rhythmisch-zyklisch Dauerstress, weil alle ihre schlechte Laune an mir auslassen. Oder will etwa jemand behaupten, ich wäre diejenige, welche pickelpestartig schlechte Pubertätslaune hätte? Mama ist genervt, weil Leon im Kindergarten ständig seine Hot Wheels verschenkt, Papa ist sauer auf seinen Chef, weil der ihm den bevorstehenden Urlaub zu streichen droht, und ich habe Trouble mit Kleo, weil ich gesagt habe, dass Ambra aus dem Maul stinkt. Also bitte, das kann mir ja wohl niemand verübeln, schließlich ist es die Wahrheit! Als gute Freundin habe ich mich brav bei ihr entschuldigt und Ambra beim nächsten Besuch sogar Minz-Drops mitgebracht, aber Kleo ist trotzdem vergrätzt. Komisch, bei Zarafira hat sie sich nie so angestellt.

Soll ja auch Menschen geben, die sich ständig die Zähne putzen und trotzdem grässlich aus dem Mund riechen. Oder keine Zahnpasta mehr haben, weil sie die auf ihre Pickel schmieren ...

Manchmal liegt's am Magen, manchmal am Essen, meistens helfen tatsächlich Minz-Drops. Aber nicht die für Hunde. Ich ertappe mich dabei, wie ich seit Neuestem auch dreimal am Tage Zähne putze und eine Mundspülung verwende, aber schließlich trage ich eine feste Zahnspange, da ist das etwas anderes.

Gute Laune macht mir dagegen der Gedanke an mein Zeugnis. Das ist nämlich in diesem Jahr erstaunlich gut ausgefallen, außer in Englisch habe ich überall gute Noten, in Mathe sowieso und in Bio sogar eine Eins (wegen des superguten Haut-Referats, das ich gemeinsam mit Julia und Kleo erarbeitet habe). Mama hat zur Belohnung sämtliche Taschengeld- und Internetverbote aufgehoben und mir sogar einen Portable versprochen. Der Haken: zu Weihnachten. Mir doch egal, ich hätte sowieso viel lieber eine richtige Playstation, da könnte ich nämlich auch SingStar spielen. Julia hat so eine, und als wir neulich bei ihr waren, um die letzten Seiten für unser Haut-Referat zu schreiben, haben wir im Anschluss noch lange rumgesungen und getanzt. Ausnahmsweise war der Nachmittag mit ihr und Kleo ganz nett und beinahe so wie immer, wenn nur nicht dieser peinliche Zwischenfall im Bad gewesen wäre.
Als ich nämlich auf Püttners Gästetoilette war, ist mir beim Händewaschen aus Versehen die Schachtel mit den Tampons vom Regal gefallen. Ausgerechnet! Die sind zwar hygienisch einwandfrei eingetütet, aber trotzdem war es ein doofes Gefühl, sie alle einzeln in die Hand zu nehmen. Als ich mir die Verpackung genauer angeschaut habe, habe ich zu meinem Entsetzen gelesen, dass es Julias waren. „Für meine kleine große Schwester von Ashley" stand da drauf. Na, das ist ja wohl so

was von eindeutig, Julia hat ihre Tage! Wieso hat sie uns nichts davon erzählt? Aber ich kann mir die Antwort schon denken: Nach der BH-Aktion neulich war sie mehr als bedient und hatte keine Lust, uns Details über ihren Zyklus anzuvertrauen. Dabei hätte uns das einige Diskussionen und Lästereien erspart, denn Kleo und ich kommen mit Julia in den letzten Wochen kaum klar und haben uns schon gewundert, was mit ihr los ist. Andererseits kann ich das gut verstehen, denn mir ist das ganze Thema auch etwas peinlich. Ich bin zwar aufgeklärt und alles, trotzdem: Allein die Vorstellung, Monat für Monat da unten aus der Scheide zu bluten, ist mir sehr unangenehm. Mama sagt zwar, das sei völlig normal und überhaupt nicht schlimm, aber mal ehrlich: Findest du die Vorstellung besonders prickelnd?

Irene hat mir mal erklärt, dass unser Blut ein ganz besonderer
Saft ist und dass Bluten erst mal ein reinigender Vorgang ist.
Bei Verletzungen zum Beispiel bluten Wunden und spülen
damit Dreck und Keime raus, die Blutplättchen schließen sich
dann sozusagen über einer gereinigten Wunde.
Oder anders: Alles, was aus dem Körper fließt, ist immer besser,
als wenn es innen drin gestaut ist, sei es Blut,
Eiter oder wenn einem einfach zum Kotzen übel ist.
Auch wenn die Vorstellung eklig ist,
ein bisschen hat Irene recht, finde ich. Mir ist es lieber,
das überflüssige Babynest fließt aus mir raus, als dass es in
meinem Körper steckt und am Ende da drin vermodert.

Menstruation (lat. *mensis* = Monat und griech. *mene* = Mond), auch Tage, Regel, Periode oder Erdbeerwoche genannt ... viele Worte für eine regelmäßig wiederkehrende Sache (zyklisch wie der Mond!), die während deiner Pubertät beginnt und irgendwann in den Wechseljahren aufhört.

Monat für Monat reift in deinen Eierstöcken eine stecknadelkopfgroße Eizelle heran, die dann zurzeit des Eisprungs im Eileiter auf die Befruchtung wartet, um dann Richtung Gebärmutter zu wandern. Dort wartet bereits ein kuscheliges „Nest" in der Gebärmutterschleimhaut. Wird das Ei nicht befruchtet, braucht es kein Nest zum Einnisten und es macht sich dünne. Mit der nächsten Regelblutung räumt die Gebärmutter dann sozusagen auf und schmeißt das überflüssige Babynest raus – und baut im nächsten Zyklus in freudiger Erwartung ein neues, merkt, dass sie es nicht braucht, räumt wieder auf und so weiter und so weiter. So ein Zyklus dauert zwischen 28 und 32 Tagen.

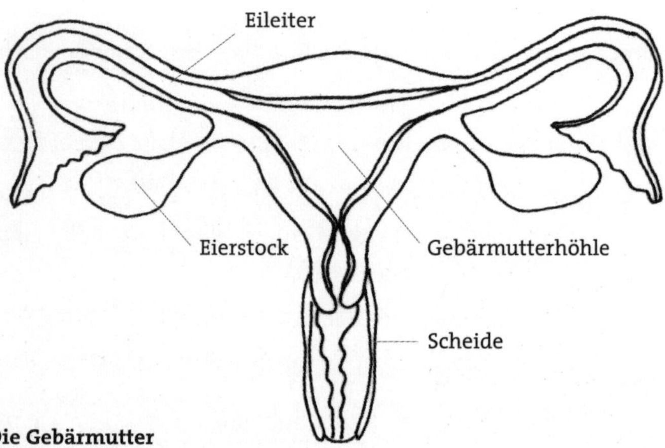

Die Gebärmutter

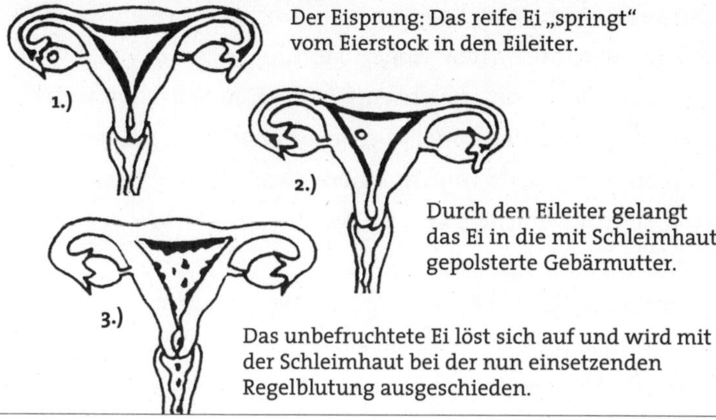

Was hätte ich gemacht?, habe ich überlegt, während ich mir beim Händewaschen im Spiegel zuzwinkerte. Ausnahmsweise hatte ich an dem Tag nur drei Pickel, dafür glänzten um meine Nase tausend Mitesser. Hätte ich Kleo und Julia erzählt, dass ich jetzt meine Tage habe? Wahrscheinlich schon. Aber nicht so laut und in aller Öffentlichkeit, wie Jolina das getan hat, als es bei ihr so weit war. Sie hat überall ganz stolz ihren „Mondring“ gezeigt, den sie von ihrer Mutter bekommen hat. „Weil wir Frauen im Einklang mit den Mondphasen leben“, hat sie erklärt. Ich bin mir sicher, Jolina kennt noch nicht einmal den Unterschied zwischen Neumond und Mondfinsternis. Und sie hat damit angegeben, dass ihr Vater sie extra zum Essen ausgeführt hat. Die Vorstellung, mit meinem Vater alleine in einem piekfeinen Restaurant zu sitzen, finde ich an sich schon gruselig genug. Muss er dann auch noch wissen, dass ich meine Tage habe? Geht das andere überhaupt etwas an?, frage ich mich. „Das ist etwas Besonderes“, hat meine Mutter mir erklärt, als wir eins unserer berühmten Mutter-Tochter-Gespräche hatten,

„du reifst vom Mädchen zur Frau. Du wirst erwachsen." Na, danke auch, ansonsten wollen sie mir noch alles verbieten, aber gratulieren mir gleichzeitig zum „Frau-Sein", nur weil ich irgendwann während der Pubertät anfange, zu mens-tru-ie-ren (was ein Unwort, da vergeht einem doch alles!). Soll ich darauf stolz sein? Vielleicht ... Aber auf was?

Dein Körper beschließt also irgendwann zwischen dem 10. und 15. Lebensjahr, Monat für Monat Eizellen in deinem Eierstock heranreifen zu lassen und in der Gebärmutter ein Babynest zu bauen. Im Klartext: Von jetzt auf gleich erklärt dich dein Körper für geschlechtsreif, du kannst Kinder kriegen und bist, zumindest biologisch gesehen, eine richtige Frau, was in manchen Kulturen besonders gefeiert wird.

Als ich in Julias Zimmer zurückkam, musste ich mir meine Freundin ganz genau anschauen. Stimmt, sie sieht ganz verändert aus, irgendwie erwachsener und gleichzeitig viel verletzlicher.
„Warum hast du mir nichts erzählt", ist es mir sofort rausgerutscht und ich habe mich ganz dicht neben sie aufs Bodenkissen neben die Playstation gesetzt.
„Wovon?", hat sie ganz unschuldig gefragt. Dabei hat sie mich verschwörerisch angegrinst, während Kleo wieder mal blöd aus der Wäsche geschaut hat. Wie gesagt, sie ist in allem etwas langsam.
„Sag schon", habe ich neugierig nachgebohrt. „Wie fühlt sich das an?"
„Willst du es wirklich wissen?" Mit einer völlig entspannten Geste hat sich Julia lässig auf dem Kissen gerekelt. „Großartig. Endlich gehöre ich dazu!"

Julias Antwort beschäftigt mich immer noch. Ich gehöre also noch nicht dazu, Milli ebenfalls nicht und Kleo auch nicht, und wenn die so weitermacht, wird das bei ihr auch noch eine Weile dauern. Bei mir zeigen sich immerhin diverse Symptome einer waschechten, ehrlichen Pubertät (Pickel! Schamhaare! Busen!) und einen leichten Ausfluss habe ich auch schon seit einer Weile.

> Dieser Ausfluss nennt sich Weißfluss und ist völlig normal, beim einen Mädchen ist er stärker, beim anderen schwächer. Damit durch die Scheidenöffnung keine Bakterien in das Innere deiner Gebärmutter wandern, wird sie von einem zähen Schleimpfropf geschützt. Im Laufe deines Zyklus verändert sich die Beschaffenheit dieses Schleims, den du manchmal als weißlichen Ausfluss in deiner Unterhose findest. Zum Arzt musst du damit, wenn deine Scheide juckt, dann ist es nämlich kein „normaler" Weißfluss, sondern du hast dir dann mit großer Wahrscheinlichkeit einen Scheidenpilz eingefangen. Das ist nicht schlimm – das holt man sich leider öfters mal im Schwimmbad oder auf fremden Toiletten –, muss aber mit Medikamenten behandelt werden. Auch wenn es dir megapeinlich ist: Vertraue dich lieber jemandem an, als dass du deine Gesundheit gefährdest.

Jolina hat neulich ganz laut damit angegeben, dass sie supersofte Slipeinlagen benutzt. Ich kenne so was von Mama, finde das aber ehrlich gesagt ganz schön gestört. Schließlich wechsele ich meine Unterhose jeden Tag, wozu soll ich mir dann so ein Klebevlies antun? Das ist doch nichts Schlimmes, so ein Ausfluss, immerhin gehört er zu mir und ist so normal wie ein Pickel während der Pubertät (kotz!). Wozu brauche ich dann eine

Flexi-Form-Tanga-Extra-Thin-Slipeinlage in Maxi-Large mit Aloe-Frischeduft?
Selbst Kleo war ganz entrüstet, sonst hält sie sich ja bei solchen Diskussionen lieber zurück, aber sie hat doch glatt angefangen, lautstark über die Umweltbelastung durch Slipeinlagen zu referieren und dass diese Dinger Toiletten (wo sie eindeutig nicht hingehören) und Kläranlagen verstopfen.

Mehr Sauberkeit und Komfort, dass ich nicht lache! Als ob ich so eine schmutzig-stinkige Unterhose hätte! Irgendwelche alten Opis sollten mal solche Einlagen verwenden, dann würde man ihre peinlichen Pinkelflecken nicht mehr sehen. Ob Jungs jemals darüber nachdenken, ihre Unterhosen vor Körperausscheidungen jedweder Art zu schützen? Warum ist das ausgerechnet bei uns Mädchen so schlimm?

Jetzt bin ich am Packen (ich nehme für vierzehn Tage vierzehn Unterhosen mit!). Heute Nacht fahren wir los Richtung Nordsee, wo wir wie immer unseren Sommerurlaub verbringen, um Leons „asthmatöser" Dauer-Bronchitis vorzubeugen. In Wahrheit hustet mein kleiner Bruder nicht mehr und nicht weniger als andere Kinder, aber für meine Mutter bedeutet eine normale Erkältung mindestens Tuberkulose. Was macht sie eigentlich, wenn Leon mal wirklich krank ist?
Sorgfältig packe ich meine Klamotten und Bücher in meinen neuen Trolley-Rucksack, stecke mein Tagebuch in das Seitenfach und lege mir mein Gesichtswaschzeug zurecht. Schließlich gibt es für Pickelpflege keinen Urlaub! Ob die Sonne meiner Haut guttut, wird sich noch zeigen, Salzwasser allerdings

lässt die Entzündungen schneller abheilen, habe ich in meiner Mädchenzeitschrift gelesen. Nach diesem Mallorca-Akne-Anfall von neulich bin ich da eher skeptisch, aber ich freue mich trotzdem auf die Zeit am Strand und habe mir extra eine fettfreie Sonnencreme besorgt. Garantiert gibt es dort wieder Volleyball-Turniere ohne Ende (Basketball kommt ja auf dem Sand leider nicht so gut ...) und ich bin den ganzen Tag in der Sonne. Ganz obendrauf lege ich meinen neuen Bikini, dessen Triangel-Oberteil meinen Busen sehr hübsch umfängt. Selbst Mama musste zugeben, dass dieses Push-up-Oberteil daneben war, und hat es bereitwillig umgetauscht.

Ich könnte ja auch einen Badeanzug tragen, aber ehrlich gesagt fühle ich mich im Zweiteiler viel freier. Kaum zu glauben, Bikinis gibt es gerade mal seit 60 Jahren, damals traute sich kein Model, ihn anzuziehen, und heute gibt es superknappe Teile, die gerade mal die Poritze bedecken.

Endlich sitzen wir im vollgepackten Family-Van und rauschen über die Autobahn. Leon ist zum Glück gleich eingeschlafen, Papa schnarcht auch vor sich hin und Mama fährt konzentriert durch die Dunkelheit. Nachts fahren ist sooo langweilig! Vor lauter Langeweile futtere ich erst mal meine Süßigkeitenbox leer (meine Pickel werden es mir danken!). Ein iPod wäre jetzt cool, aber den hat mir Mama aus lauter Angst vor elektromagnetischen Strahlen verboten (wahrscheinlich sind die harmloser als die fiesen Fette meiner Schokoriegel). Vielleicht sollte ich lieber was lesen, Kleo hat mir für den Urlaub eins ihrer Lieblingsbücher ausgeliehen. Damit ich überhaupt etwas sehen kann, befestige ich mühsam den Clip meiner Leselampe am Buchdeckel und ebenso mühsam ziehe ich mir die Geschichte von Sprotte, Frieda, Trude und Melanie rein. Liegt es an mir oder wieso finde ich all die Aufregung nur wegen ein paar Hühnern total langweilig? Vielleicht hätte ich doch gleich den fünften Band, wo es um Liebe geht, mitnehmen sollen. Irgendwie fühle ich mich zu alt für diese Hühnerbandenstory, auch wenn sie klasse geschrieben ist. Typisches Kleo-Buch, denke ich und überfliege gähnend mit halb geschlossenen Augendeckeln die nächsten Seiten. Ein Fehler, denn plötzlich grummelt mein Bauch los und mir wird grässlich übel. Schnell knipse ich das Lämpchen aus und lege das Buch zur Seite. Tief durchatmen, Sina, denke ich, gaaanz tief. Ich öffne mein Fenster und hänge meinen Kopf nach draußen. Der Nachtwind lässt meine Haare flattern.

„Spinnst du?", macht mich meine Mutter an. „Du kannst uns doch hier nicht alle in den Durchzug setzen. Leon holt sich den Tod!"

Jetzt übertreibst du aber, denke ich, vor lauter Übelkeit bringe ich aber keine passende Antwort raus.

Übel ist mir, übel, übel, übel, aber irgendwie
ist es eine andere Übelkeit als sonst,
mehr aus dem Unterbauch heraus.

„Mir ist schlecht", sage ich nur, worauf Mama prompt den nächsten Parkplatz ansteuert und mich ohne weiteren Kommentar aussteigen lässt. Leon ist wach geworden und plärrt los, aber Mama ignoriert ihn einfach.

„Geht's wieder?", fragt sie mich besorgt. „Hast du etwas Falsches gegessen?"
Stumm schüttele ich den Kopf. Okay, drei Schokoriegel und eine Tüte Gummibärchen sind nicht ohne, aber sooo schlecht wird einem davon nicht. Oder doch?
Die frische Luft tut mir gut. Papa reicht mir einen Becher Tee und schaut mich ganz besorgt an. „Meine Kleine", meint er zärtlich. „Das kennen wir von dir ja gar nicht. Beim Autofahren ist dir ja noch nie übel geworden!"
„Hier, nimm das." Mama reicht mir ein paar Globuli. „Die hat mir Irene extra gegeben. Kockelskörner haben schon den Seeleuten bei Reiseübelkeit geholfen."
Skeptisch lasse ich die fünf Kügelchen in meinem Mund zergehen. Ein Kaugummi wäre mir ja lieber, aber Irene kennt sich in solchen Dingen besser aus.
„Willst du lieber vorne sitzen?", fragt Papa.
Was ist denn plötzlich mit meinen Eltern los? Überschütten mich mit Aufmerksamkeiten und vergessen dabei komplett den tropfnass geschluchzten Leon?
„Gerne", strahle ich und pflanze mich neben Mama auf den Beifahrersitz. Langsam beruhigt sich mein Magen, entspannt lehne ich mich zurück, wage es aber nicht, die Augen zu schließen.
„Das ist mir früher auch immer passiert", fängt meine Mutter an zu erzählen, als sie sich jetzt wieder in den Verkehr einfädelt. „Als ich so alt war wie du, kam es immer öfter vor, dass mir mit einem Mal so schlecht war."
Was gibt das denn jetzt? Danke, Mama, ich bin aufgeklärt und ja, ich weiß auch, dass das eventuell mit meiner bevorstehenden Periode zu tun haben könnte. Wobei die Betonung auf

KÖNNTE liegt. Ehrlich gesagt, verspüre ich nicht gerade große Lust, mit ihr darüber zu reden. Andererseits ...

„Und was hat Oma Doris dann mit dir gemacht?", rutscht es mir heraus.

Mama seufzt. „Oma hat mit mir ausführlich darüber gesprochen und mir alles erklärt", sagt sie, „so, wie ich dir auch alles erklärt habe."

Na prima, denke ich, was nützt mir die ganze Theorie von Eisprung, Zyklus und Monatsblutung, wenn sich in der Praxis alles in meinem Bauch ganz grässlich übel anfühlt?

„Bei Oma war das früher noch mal ganz anders", erzählt sie weiter. „Stell dir vor: Ihre Mutter hat ihr gar nichts erklärt. Und eines Tages hatte sie Blut in der Unterhose und wusste von nichts. Die Arme war völlig schockiert!"

„Wie fies!", sage ich und muss mich bei der Vorstellung schütteln. „Wieso haben die damals nicht darüber geredet?"

„Das war nicht üblich, peinlich, tabu, keine Ahnung. Damals hieß es nur: ‚Ach je! Das kriegst du von jetzt an alle vier Wochen. Und komm mir ja nicht mit einem Baby nach Hause.'" Mama kichert. „Oma wusste natürlich auch nicht, wie sie zu einem Baby kommen konnte. Sie hat sogar gedacht, sie könnte vom Küssen schwanger werden ..."

„Musst du nicht die Autobahn wechseln?", unterbreche ich meine Mutter, froh über die Ablenkung. Nichts ist peinlicher, als wenn sie mit mir über „Geschlechtsverkehr" und solche Sachen sprechen will. Dabei haben wir schon oft genug darüber gesprochen und ich glaube, ich weiß jetzt wirklich Bescheid. Theoretisch zumindest. Und Sexualkundeunterricht bei Frau Tuszynski hatten wir schließlich auch.

Vom Küssen allein wirst du nicht schwanger, wohl aber, wenn du mit einem Jungen schläfst. Auch wenn das für dich jetzt noch nicht so aktuell ist und du dir nicht vorstellen kannst, dass ein Junge mit seinem Penis in deine Scheide eindringt, denke immer daran: **Making love makes babys!** Verhüte immer!

Noch 400 Kilometer bis zur Fähre! Ich schließe die Augen und versuche, an den Strand und die Dünen zu denken, aber Mama textet mich weiter zu. Sie erzählt, wie sie als junges Mädchen ihre Periode herbeigesehnt hat, weil die meisten Mädchen in ihrer Klasse sie schon hatten und sie nicht die Letzte sein wollte. Wie Kleo, denke ich, bei der wird es wohl auch schon noch eine Weile dauern, während wir anderen sie schon längst haben.
Ich tue so, als sei ich eingeschlafen, keine Lust, mir ständig diese Periodengeschichten anzuhören und zu welchem Zeitpunkt einem was wie zwackt und rausblutet. Reicht doch, wenn ich sie bald kriege, da muss ich sie doch nicht noch herbeiquatschen!

Und auf so ein Menarchefest (echt, heißt so!)
habe ich auch keinen Bock. Mag ja zu Indianerinnen und
Afrikanerinnen passen, dass sie in Bambushütten fünf Tage
lang bei Mondschein feiern oder sich in Lehm eingraben,
aber zu mir als aufgeklärtes, westeuropäisches Mädchen
passt das nicht. Ich finde, das ist ganz alleine meine
persönliche Sache, die ich mit anderen Frauen (jawohl!)
teilen möchte, OHNE ständig darüber zu diskutieren,
wie toll oder nicht toll es ist, ein Mädchen zu sein.
Stille Übereinkunft, weibliche Solidarität. Frauenpower. Oder so.

Beim Wegdösen fühle ich allerdings in mich rein, ob ich mich freue und ob ich vielleicht stolz darauf bin, bald eine richtige Frau zu sein?! Pah! Was heißt das schon? Mich bringt das einfach nur alles ganz fürchterlich durcheinander. Mein Bauch fühlt sich immer noch klumpig an, mein Busen spannt, mir ist eigentlich zum Heulen zumute und überhaupt ist das nicht der Sina-Körper, den ich so gut kenne. Der beim Training die meisten Bälle fischt und konzentriert über den Platz trippelt, immer wachsam und darauf bedacht, den richtigen Moment abzupassen, und der vor lauter Freude die größten Luftsprünge hüpft. Der fröhlich und gut gelaunt mit den Freundinnen Quatsch macht und Eis um die Wette essen kann ... Eine Träne löst sich, ich wische sie verstohlen mit dem Handrücken weg. Mama sagt ausnahmsweise (glücklicherweise!) keinen Ton und fährt schweigend weiter durch die dunkle Nacht.
Irgendwann muss ich dann doch eingeschlafen sein, denn als ich aufwache, fahren wir bereits auf den Parkplatz, auf dem unser Auto die nächsten zwei Wochen auf uns warten muss, weil wir mit der Fähre auf eine autofreie Insel übersetzen. Ich fühle einen bitteren Geschmack im Mund, der sich aber fix verliert, als ich gemeinsam mit meiner Familie beim Frühstück im Café Fähranleger sitze. Heute Morgen geht es mir ausgezeichnet, trotz der anstrengenden Nacht. Auch meine Eltern haben gute Laune, ganz zu schweigen von Leon, der sich fröhlich ein Nutelladöschen nach dem anderen vom Buffet fischt. Vielleicht, denke ich, als ich später an der Reling stehe und in die Wellen schaue, vielleicht werden das ja doch ganz schöne Ferien.

Ebbe oder Flut?

Im Strandkorb neben uns liegt seit ein paar Tagen ein dunkelhaariges Mädchen, das ich auf Anhieb ziemlich seltsam finde. Sie ist nicht viel älter als ich, hat schwarz gefärbte Haare, trägt einen schwarzen Bikini unter ihrem schwarzen T-Shirt und überhaupt ist so ziemlich alles an ihr ziemlich schwarz: ihr Badehandtuch, ihre Umhängetasche, ihre schwarze Stoffkatze, die sie offenbar als Maskottchen bei sich trägt. Sie hängt die ganze Zeit mit ihrem iPod (schwarz-rote Hülle!) rum oder streitet lautstark mit ihrer Mutter darüber, in welche Richtung der Strandkorb gedreht werden soll, damit sie im Schatten liegt. Bloß keine Sonne, scheint ihre Devise, dabei ist sie so blass wie ein Mozzarella.

Sonnenstrahlen machen warm (UV-A-Strahlen) und braun (UV-B-Strahlen), können aber Sonnenbrand und Hautkrebs verursachen, weil die langwelligen UV-B-Strahlen sprichwörtlich unter die Haut gehen. Deswegen musst du deine Haut mit Sonnencreme schützen: Je heller und jünger die Haut, desto höher sollte der Lichtschutzfaktor sein.

Ob sie auch an Mallorca-Akne leidet?, überlege ich, während ich gelangweilt zum tausendsten Mal mit Leon eine Sandburg baue. Oder ist sie etwa so eine von diesen Gothic-Girls? Zumindest ätzt sie wegen jedem Sonnenstrahl rum, der ihre bleiche Haut trifft, die zugegebenermaßen porzellanrein ist. Eigentlich könnte ich mich ja mit ihr anfreunden und sie aushorchen, wie sie das macht, so eine blütenweiß reine Haut zu haben. Vielleicht hat sie ja auch Lust, nachher beim Beach-Volleyball mitzumachen, dann könnten wir zwei gleich eine Mannschaft bilden. Doch als ich ihr grinsend zuwinke, dreht sie sich demonstrativ weg und nimmt ihre schwarze Stoffkatze auf den Arm. Ganz schön strange, die Tante!

„Ich will schwimmen", ruft Leon und hält mir seine Schwimmflügel entgegen. „Du sollst mitkommen."

„Ich hab aber keine Lust", maule ich, „frag doch Papa."

„Papa schläft", antwortet Mama unter ihrem Sonnenkäppi hervor. „Du kannst dich ruhig mal um deinen kleinen Bruder kümmern, junge Dame."

Spinnt die jetzt total? Wer baut denn die ganze Zeit mit dem Knirps eine Burg nach der anderen, während sie faul in der Sonne döst? Wer sammelt denn tütenweise Muscheln, nur damit er Eisverkäufer spielen kann? Wer schleppt denn Eimer für Eimer Nordseewasser in sein Helikopter-Planschbecken?

„Immer ich", sage ich so ruhig wie möglich, mit schlitzigen Augen, denn ich weiß genau, was jetzt passiert. Und richtig, Mama kriegt einen Ausraster der Windstärke zwölf, denn das Thema hatten wir heute Morgen schon mal in unserer Ferienwohnung: Mama hat sich darüber aufgeregt, dass wir zu wenig aufräumen und ihr nie in der Küche helfen. Das ging eindeutig an meine Adresse, denn Leon hält sie dafür zu klein und Papa für untauglich (wieso eigentlich?). „Das ist voll fies", habe ich zurückgeschrien, „immer ich! Die anderen können auch mal!" Aber Mama hat mir eine ihrer üblichen Standpauken von wegen Pflichten und Verantwortung gegenüber der Gemeinschaft gehalten und rumgetobt wie ein Klabautermann. Unter Androhung von Taschengeldentzug (mal wieder, was Besseres fällt der echt nicht ein!) hat sie mich dann dazu verdonnert, die Spülmaschine auszuräumen und die Wohnung zu saugen. Als ob ich etwas dafür könnte, dass Lieblings-Leon seine Muschelsammlung auf dem Wohnzimmerteppich ausgebreitet hat! Sand zwischen den Fußzehen gehört nun mal im Urlaub dazu, oder? Aber Mama sieht das leider anders.

„Lass mich doch in Ruhe!", schreie ich jetzt zurück, egal, dass Papa aufschreckt und das Mädchen von nebenan nun doch grinsend zu mir rüberguckt. „Dann macht doch alleine Urlaub." Wütend schnappe ich meine Klamotten samt Umhängetasche und haue ab. Blöde Mama! Blöde Insel! Blöder Urlaub!

Ich renne, so schnell ich kann, den Strand entlang. Die Wellen spritzen unter meinen Füßen, das Wasser klatscht an meine Beine und die Sonne brennt die Tränen in meinem Gesicht weg. Langsam lockere ich das Tempo und trabe nur noch am Wassersaum entlang. Irgendwann dann ist alle Wut aus mir draußen, ich fühle nur noch meinen Atem, nur noch Müdigkeit, nur noch Sina. Ein gutes Gefühl, das ich lange nicht mehr hatte ... Ich weiß nicht, wie lange ich gelaufen bin, aber als ich mich umdrehe, ist von den Strandkörben nichts mehr zu sehen. Ich lasse mich rücklings in den Sand plumpsen und starre in den blauen Himmel über mir, ich, Sina, alleine am Meer, zwischen Ebbe und Flut. Würden über mir nicht die Möwen kreischen und ein Propellerflugzeug vorüberdröhnen, könnte es zum Heulen idyllisch sein.

Später dann gönne ich mir beim Schaufensterbummel im Dorf eine Extraportion Schoko-Eis. Sicher warten Mama und Papa längst auf mich und wundern sich, wo ich bleibe. Selber schuld, denke ich, sollen sie sich wie vernünftige Eltern verhalten, dann sage ich ihnen auch, was ich vorhabe. Andererseits: Bis gerade eben wusste ich es ja auch noch nicht.

Muss ich ja ehrlich mal zugeben: Auch wenn Mama TIERISCH nervt, in puncto Absprachen, Abmachungen, Ausgehzeiten ist mit ihr immer zu reden. Einzige Bedingung: Sie will wissen, wo ich stecke und wann ich nach Hause komme. Das finde ich fair und deswegen halte ich mich – normalerweise – auch daran.

Was ich bis gerade eben auch nicht wusste: Ich muss unbedingt diese süßen Sandalen mit Schleife haben, die mich da im Schaufenster vor mir anblinzeln. Ich checke das Preisschild: 50 Euro, genauso viel, wie mir Oma Doris als Ferientaschengeld spendiert hat. Yepp! Selbstbewusst wie nie marschiere ich in den Laden und gebe alles, um extra erwachsen zu wirken. Schließlich trage ich nur mein gestreiftes Long-Shirt über meinem Bikini und meine riesigen Füße stecken in ausgelatschten Flipflops.

„Kann ich Ihnen helfen?“, fragt mich eine freundliche Verkäuferin.

„Ja, gerne“, strahle ich sie an, erfreut darüber, dass ich wie jeder vernünftige Mensch gesiezt werde. „Ich hätte gerne die roten Sandalen aus dem Schaufenster.“

„In welcher Größe?", fragt sie ganz professionell zurück, ohne auch nur mit der Wimper zu zucken.
„Äh ..." Jetzt bloß keine Blöße zeigen. „In Größe 40", antworte ich mit fester Stimme.
Sie zockelt ab und kommt keine Minute später mit diesen traumhaft schönen Schuhen aus dem Keller. Ich schlüpfe hinein, nachdem ich vorher artig den Sand zwischen meinen Zehen herausgepult und ein Probesöckli übergestülpt habe. Was soll ich sagen, es fühlt sich aschenputtelmäßig genial an, sie passen wie angegossen!
„Die nehme ich", sage ich strahlend und laufe ein paar Schritte auf und ab, locker, federnd, als hätte ich nie andere Schuhe getragen. „Und am besten lasse ich sie gleich an." Lachend deute ich auf meine ollen Flippis, die die nette Verkäuferin jetzt in eine gar nicht so nette Tüte steckt. „Schuh-Fiete" steht da in knallblauen Lettern drauf. Prompt muss ich an Kleo denken und wie wir vor nicht allzu langer Zeit in allen schicken Geschäften schicke Tüten geschnorrt haben. Ich reiche die 50 Euro über den Tresen und verstaue die fiese Fiete-Tüte in meiner Umhängetasche. Gut gelaunt und völlig beschwingt ob meiner tollen neuen Schuhe, marschiere – ach was: schwebe – ich aus dem Laden, die kleine Straße entlang Richtung Ferienwohnung. Ein blonder Typ pfeift mir hinterher, ich winke übermütig zurück und fühle bewundernde (neidische?) Blicke in meinem Rücken. Selbstsicher wie nie laufe ich nach Hause – wo mich ein Hurrikan erwartet. Meine Mutter sagt nicht: „Wo bist du gewesen!" Auch nicht: „Was fällt dir ein?" Sondern, und so laut habe ich sie noch nie rumschreien hören: „Diese nuttigen Türkenschlappen bringst du sofort zurück!"

Mir ist das grässlich peinlich, nicht weil wir so lautstark streiten, dass es die ganze Insel hören kann, sondern weil sie gleich doppelt diskriminierend unterwegs ist: Was haben Nutten und Türkinnen mit meinen Schuhen zu tun? Ich finde das nazimäßig und völlig ungerecht und unpassend und das sage ich auch, und zwar völlig sachlich und mit schlitzig-schmalen Augen. Woraufhin meine Mutter sich komplett beherrschen muss, um mir nicht eine zu scheuern, das merke ich an der Art, wie sie jetzt Luft holt.
„Die habe ich von *meinem* Geld gekauft", erkläre ich entschlossen, „und die bringe ich *nicht* zurück."
„Junge Dame", mischt sich mein Vater jetzt ein, „so geht das aber nicht."
„Wieso?", erwidere ich herausfordernd. „Mit meinem Geld kann ich schließlich machen, was ich will. Und ihr könnt mir nicht verbieten, damit rumzulaufen."

Vom siebten bis zum vollendeten 18. Lebensjahr giltst du als beschränkt geschäftsfähig. Das bedeutet, dass nur bestimmte von dir abgeschlossene Geschäfte ohne Zustimmung deiner Eltern gültig sind, in der Regel kleinere Anschaffungen wie eine CD, ein T-Shirt oder Süßigkeiten. Altersunübliche Rechtsgeschäfte wie der Kauf oder die Finanzierung eines teuren Computers (Playstation!) bedürfen der Zustimmung deiner Eltern.

„Können wir schon", sagt mein Vater ganz beherrscht und vermittelnd, und das ist wohl die Art, weshalb er es zum Vertriebsleiter in seiner Maschinenbau-Firma gebracht hat. „Wollen wir aber nicht. Wir hätten lieber, du würdest einsehen, was es mit diesen Schuhen auf sich hat."

Äh – was ist das denn jetzt für eine Masche? Meint er, er könnte mir meine Traumschuhe ausreden? Auf die Argumente bin ich aber gespannt. Ich muss mich dafür extra aufs Sofa setzen und die Sandalen vor uns auf den Couchtisch stellen.

„Was siehst du?", beginnt mein Vater. Mama will schon tief Luft holen, doch er fasst sie sanft am Arm. „Lass sie, Andrea, warte einfach ab."

„Tolle rote, bequeme Schuhe", sage ich trotzig.

„Und was noch?", hakt mein Vater nach.

„Wie was noch?"

„Na ja, wie sieht zum Beispiel der Absatz aus?", fragt er.

„Rund und schön und hoch, eine kultige Plateausohle mit Absätzen halt", erkläre ich. Schließlich kenne ich mich in Sachen Mode besser aus als er.

„Und aus welchem Material ist der Rest?", will er wissen.

„Langsam nervt's", rutscht es mir raus. „Aus rotem Lackleder. Und dann hat der Schuh noch Schnüre und eine große Schleife für den Knöchel", zähle ich brav auf.

„Richtig", strahlt mich mein Vater an. „Und wer trägt solche Schuhe?"

„Ich", antworte ich. Wenn man mich lässt, füge ich in Gedanken noch hinzu.

„Um Himmels willen, Sina, was denkst du dir denn dabei? Warum müssen es denn ausgerechnet diese Schuhe sein?", fragt mich Mama verzweifelt und sie hat tatsächlich Tränen in den Augen. Ich kapiere wirklich nicht, warum sie solch einen Aufstand machen. Die braunen Strass-Sandaletten von Swarowski waren viel ausgefallener als diese soliden Sandalen!

„Sina!", seufzt jetzt auch kopfschüttelnd mein Vater. Und das erste Mal, seit ich in dieser pickeligen, pubertären, plöden Phase bin, nimmt er sich Zeit und erzählt mir von Frauen, die Männer aufreißen wollen (er benutzt tatsächlich dieses Wort: aufreißen!) und deshalb ebensolche Schuhe tragen.

Kleider machen Leute, heißt es, und bestimmte Kleidung und bestimmtes Verhalten senden bestimmte Signale. Das ist nun mal so, und dessen solltest du dir bewusst sein, wenn du ultrakurze Röcke oder High Heels trägst, auch wenn du ansonsten selbstbestimmt und selbstbewusst unterwegs bist. Das wirkt so ähnlich, wie wenn Ambra den Schwanz hochhebt und ihrem Hundefreund signalisiert: Du darfst. Was du vielleicht superschön findest, wirkt auf Jungs und Männer vielleicht supersexy und wird einfach ganz falsch verstanden: Du denkst dir nichts dabei und sie denken halt nicht mit dem Kopf! Natürlich gibt das ihnen noch lange nicht das Recht, dich anzufassen oder zu belästigen! Trotzdem – schütze dich und vermeide Kleidung und Gesten, die Signale senden, die du gar nicht so meinst.

Allmählich dämmert mir, was er meint, auch wenn ich das total ungerecht finde. Nur wegen irgendwelcher sexgeilen Männer muss ich auf Schuhe verzichten, die ich total klasse finde. Aber sicher ist sicher, da hat Papa – ausnahmsweise! – mal recht und ich werde das beherzigen, Ehrenwort. Aber ob ich die Schuhe zurückbringe, weiß ich trotzdem nicht ...

Als ich am nächsten Morgen nach dem Frühstück aufs Klo gehe, entdecke ich in meiner Unterhose einen dunkelroten Fleck. Schluck. Einen braunen Streifen in der Unterhose hatte ich neulich mal, da habe ich mir nichts bei gedacht, kann ja mal vorkommen, wenn man sich nicht ordentlich den Popo abwischt, oder? Aber als ich so auf dem Klo hocke, fällt es mir wie Schuppen vom Hering: *Blubb!* Am liebsten würde ich Kleo anrufen, aber die kriegt bestimmt die Krise und will das gar nicht wissen. Julia? Mit der habe ich mich vor den Ferien in letzter Sekunde leider so verkracht, die kann ich noch nicht mal fragen, welche Tampons Ashley verwendet. Da ich aber sowieso kein Handy habe, brauche ich mir auch nicht meinen Kopf darüber zu zerbrechen, wen ich anrufen würde, um mitzuteilen, dass ich soeben dabei bin, eins von den 300.000 bereitstehenden Eiern abzustoßen.

Deine weiblichen Geschlechtsorgane, also Gebärmutter und Eierstöcke, hast du bereits von Geburt an, sogar Eizellen (etwa 600.000 Stück) sind bereits vorhanden. Zum Zeitpunkt deiner „Menarche", also wenn du zum ersten Mal deine Periode bekommst, sind es 300.000 Eizellen, von denen allerdings nur 400 heranreifen. Bei der Menopause, also mit etwa 50, wenn die Periode aufhört, hast du nur noch 1.000 Eizellen, die im Eierstock bleiben.

Wie gesagt, außer Gummibären ist auch Mathe meine große Leidenschaft und endlich ist der Zeitpunkt gekommen, wo sich beides aufs Beste vereint: Ich werde von heute an 12 Mal pro Jahr meine Periode haben und das jeweils 5–7 Tage (so lange dauert die Regel in der Regel), also mindestens 60 Tage im Jahr. Bis zur Menopause 40 Jahre lang, macht 2.400 Tage, die ich meine Tage haben werde. Oder anders: 6–7 Jahre meines Lebens werde ich mit meinen Tagen verbringen. Ganz schön viel! Tröstlicher Gedanke: Das ist etwa genau die Zeit, die wir Frauen im Schnitt länger als Männer leben! Zur Feier des Tages (haha!) werde ich meine Gummibären-Sammlung auf 0 datieren und ab sofort jeder Regel ein Gläschen widmen und jedes Mal durchnummerieren, mit Datum und so.

Mal sehen, wie weit ich komme!

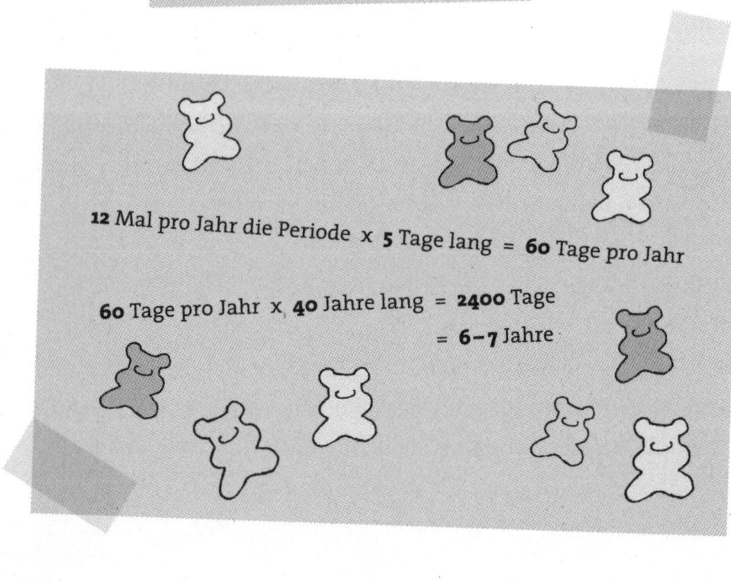

Sehr ruhig und sehr vorsichtig ziehe ich mich wieder an, nicht ohne vorher einige Lagen Klopapier in meine Unterhose zu stopfen. Ich drücke die Spülung, atme tief durch und möchte am liebsten alleine sein. Und genau das mache ich, auch wenn ich mich eigentlich um eine Binde oder so was kümmern sollte. Ich melde mich kurz bei Mama ab und laufe barfuß an den Strand, der zu dieser frühen Morgenstunde fast menschenleer ist. Ich atme die salzige Meeresluft (Pickel, spürt ihr sie?) und lasse mich vorne am Meer mit ausgebreiteten Armen gegen den Wind fallen, sodass ich nicht umkippe. Der Wind stützt mich, es ist ein wunderbar leichtes Gefühl, auf diese Weise gehalten zu werden. Ich könnte stundenlang so stehen.

Ich bin kein Mädchen mehr, denke ich, ich, Sina Rosenmüller,
die kleine, inzwischen nicht mehr ganz so pummelige Sina
mit den großen Füßen und der Zahnspange, ein paar Pickeln
und dem neuen Busen, bin kein Mädchen mehr, ich habe
jetzt meine Tage. Aber wer bin ich jetzt? Eine Frau?
Eine andere Sina? In diesem Moment will ich gar nicht
wissen, wer ich eigentlich bin, ich lasse nur einfach alle
Mädchengedanken aus mir herauswehen, fühle mich ganz
und bin doch nichts anderes als Sina im Wind.

Irgendwann fühle ich mich durchgepustet genug und laufe zurück, Richtung Ferienwohnung. Aus den Augenwinkeln bemerke ich oben in den Dünen das schwarzhaarige Mädchen aus dem Strandkorb. Ob sie mich die ganze Zeit beobachtet hat?, frage ich mich. Zu Hause angekommen, verspüre ich eine unbändige Lust auf Nutellabrötchen. Glücklicherweise hat mein verfressener

Bruder noch was vom Frühstück übrig gelassen und ich haue rein wie schon lange nicht mehr.
„Alles in Ordnung mit dir, Sina?", fragt meine Mutter verwundert. „So kenne ich dich ja gar nicht."
„Ich mich auch nicht", antworte ich grinsend. „Das liegt wohl daran, dass ich meine Tage bekommen habe."
„Echt?" Mama kommt mit spülnassen Händen auf mich zu und schaut mich ganz lieb an. „Willkommen im Klub, meine Süße!"
Plötzlich liegen wir uns in den Armen und heulen – frag mich mal, wieso, ich kann's dir nicht erklären.

Wissenschaftler würden jetzt über typisch weibliche Hormonschwankungen philosophieren und biochemische Analysen machen. Aber mal ehrlich: Muss man immer alles erklären? Reicht es nicht, dass es sich einfach superschön anfühlt, wenn Mama für mich da ist und einfach blind versteht, wie ich mich gerade fühle? Ausnahmsweise ohne zu meckern!

„Was ist denn hier los?", wundert sich mein Vater, der mit der Zeitung unterm Arm in die Küche geschlurft kommt. Meine Mutter macht ihm lächelnd ein Zeichen und er scheint zu kapieren.
Plötzlich zwackt mein Bauch grässlich, noch schlimmer als bei unserer Herfahrt. Und das liegt garantiert nicht an den zwei Nutellabrötchen!
„Alles klar, Sina?", fragt meine Mutter besorgt. „Du bist plötzlich so blass ..."

„Mir ist schlecht, einfach nur schlecht", stöhne ich, während ich mich wieder auf die Sitzbank quetsche und meinen Bauch halte. „Ist das jetzt etwa immer so?"
„Ach, Quatsch", meint meine Mutter, „muss gar nicht sein."
„Komm, trink das." Mein Vater angelt nach dem Malteser im Kühlschrank und schenkt mir ein Schnapsglas ein.
„Spinnst du? Das ist doch Alkohol!" So schwach bin ich ja nun doch nicht, dass ich Frau Tuszynskis Anti-Alkohol-Projekt vergessen könnte.
„Aber das hilft", meint er, prostet mir zu und lächelt mich verschmitzt an. „Ausnahmsweise!"
Ich fasse es nicht! Erst halten sie mir einen ultralangen Vortrag über aufreizendes Verhalten und sexy Klamotten und was ich tun und lassen soll, und dann verführen sie mich zum Alkohol!
„Nein, danke", antworte ich mit fester Stimme. „Ich lege mich lieber eine Runde ins Bett." Langsam stehe ich auf, kämpfe mit dem aufsteigenden Schwindel, schaffe es dann aber bis zu meinem Bett, ohne umzukippen. Ich ziehe mir noch fix eine gemütliche Hose an, die nicht im Bund kneift, und kuschele mich dann tief in die Decke.
„Hier", sagt Mama, die hinter mir hergekommen ist, „die Wärme tut deinem Bauch jetzt gut."
Und mir tut gut, dass sie nicht so ein großes Aufsehen macht, sondern mir einfach nur eine Wärmflasche auf den Bauch packt.
„Schlaf ein bisschen und ruh dich aus", meint sie. Sanft streicht sie mir die Haare aus meiner verschwitzten Stirn. „In ein paar Stunden fühlst du dich besser. Soll ich dir noch einen Tee machen?"

Mach Pause und lass es dir an deinen Tagen gut gehen! Eine ehrliche Auszeit ist besser, als wenn du dich tagelang mit schlechter Laune rumschleppst. Genieße die Zeit für dich, tu dir gut, danach bist du wieder die Alte und für jeden Scheiß zu haben. Du musst es ja auch nicht an die große Glocke hängen, ein selbstbewusstes „Ich brauche heute ein bisschen Zeit für mich" wirkt Wunder und hält Lästermäuler auf Distanz.

Ich spüre, wie die Wärme durch meinen Unterleib wandert und meine Organe sich entspannen. Zur Antwort drücke ich einen ordentlichen Pups ab und nicke Mama verschmitzt zu. Irgendwie fühlt es sich auch ein bisschen gut an, dieses Tage-Haben, so eingekuschelt und bemuttert.

Bauchkrämpfe und Übelkeit während der Periode müssen nicht sein, schon gar nicht beim ersten Mal. Aber weil jedes Mädchen anders ist, jeder Körper einzigartig gebaut ist, gibt es für die Regel keine Regel, außer vielleicht dieser: **Je entspannter du bist, desto weniger Unwohlsein und Schmerzen hast du dabei.** Die meisten Mädchen spüren ein Zwicken und das war's, manche fühlen sich dabei ein bisschen übel, nur wenige haben richtig fiese Krämpfe oder Kopfweh.
Gegen Unwohlsein während der Periode hat sich Folgendes bewährt, probiere aus, was dir hilft und was zu dir passt:

- Vermeide blähende Nahrungsmittel wie Hülsenfrüchte oder Hefegebäck, das entlastet deinen Bauch, achte generell auf eine gesunde und ausgewogene Ernährung mit viel Vollwertigem, frischem Obst und Gemüse.
- Wärme tut gut und entspannt! Spendiere dir deine Extra-Kuschel-Wärmflasche für deine persönlichen Stunden und sorge für warme Füße (Fußbad oder dicke Socken!).
- Krämpfen kannst du durch magnesiumhaltige Nahrung vorbeugen (Spinat, Brokkoli, Fisch, Fleisch, Obst) oder ein Zusatzpräparat verwenden. Wird's zu doll, hilft auch mal eine Schmerztablette aus der Apotheke, zum Beispiel Buscopan (ein harmloses krampflösendes Mittel) oder Paracetamol oder Ibuprofen (frei verkäufliche Schmerzmittel). Vorsicht mit Aspirin, das kann die Blutung verstärken. Sind die Schmerzen unerträglich, lass sie sicherheitshalber von einem Frauenarzt abklären, ansonsten gibt es keinen Grund für einen Frauenarztbesuch, nur weil du deine Tage hast.
- Fühlst du dich schlapp, können deine Eisenwerte im Keller sein (Eisen ist wichtig für die Blutbildung). Auch hier hilft gesunde Ernährung (Fleisch, Gemüse, Hirse) oder eine Kur mit Kräuterblutsaft aus der Apotheke. Fühlst du dich extrem matt, lass lieber eine Blutuntersuchung vom Arzt machen.
- Bewährt hat sich Schüßler-Salz Nr. 7 (Magnesium phosphoricum, D6) gegen kolikartige Bauchkrämpfe. 10 Tabletten in heißem Wasser auflösen und in kleinen Schlucken trinken. Nennt man „Heiße 7" und wirkt auch bei beginnenden Erkältungen Wunder.
- Bei Kopfschmerzen massiere deine Schläfen mit Pfefferminzöl. Oder drücke die beiden Akupressurpunkte links und rechts von der Nasenwurzel Richtung Augenbrauen für etwa eine Minute.

Entspannungsübungen: Je nachdem, wie du dich fühlst, können folgende Übungen guttun. Führe sie jeweils 10–15-mal durch.

Einigeln: Du sitzt/liegst auf deinen Knien und bringst deine Arme seitlich vom Körper, die Handinnenflächen zeigen nach oben. Lege den Kopf vorsichtig auf dem Boden ab, bis es angenehm (!) im unteren Rücken zieht.

Katzenbuckel: Gehe in den Vierfüßlerstand und mache deinen Rücken so rund wie eine Katze, zähle langsam bis 8, der Kopf guckt zu deinem Bauch. Strecke dann den Rücken wieder durch und lege den Kopf in den Nacken.

Schaukel: Ziehe im Liegen deine Knie auf den Bauch und mache dich so klein wie möglich. Schaukel dich jetzt von links nach rechts und von rechts nach links hin und her.

Ein paar Minuten später stellt Mama einen dampfenden Becher neben mein Bett. Ich nippe an dem heißen Tee und verziehe angeekelt das Gesicht.
„Bäh, was ist das denn?“
„Frauentee“, grinst sie mich an. „Bist doch jetzt eine, oder?“
Sofort nehme ich alle liebevollen Gefühle für meine Mutter zurück. „Du bist fies!“, rufe ich. „Das ist nicht dein Ernst!“

Frauentee bezeichnet spezielle Teemischungen für die speziellen Tage, je nach Hersteller sind sie unterschiedlich zusammengestellt und du erhältst sie in der Drogerie oder im Reformhaus. Alle enthalten krampflösende und wohltuende Kräuter wie Kamille, Melisse, Frauenmantel oder Schneeball. Probiere aus, welcher dir schmeckt (und hilft!), vielleicht gemeinsam mit deiner Mutter oder Schwester oder Freundin. Manche Mädchen ertragen an ihren Tagen keinen speziellen Geschmack, hier hilft auch einfach warmes Wasser als Energiespender und Wärmemacher.

„Doch, meine kleine Große, das ist mein Ernst", antwortet Mama und setzt sich zu mir auf die Bettkante. „Jetzt trink mal, ich hab ja extra Honig reingetan. Der Tee wirkt krampflösend ... Und glaube nur nicht, dass mir mein Bauch nie wehtut."

Besonders lecker schmeckt Himbeertee, mit oder ohne Honig: 4 frische Himbeeren (gefrorene kurz auftauen) zerdrücken und zusammen mit 2 Teelöffeln getrockneten Himbeerblättern (Apotheke) und ¼ Liter heißem Wasser überbrühen. Nach zehn Minuten abseihen. Der Tee enthält viele Vitamine (A, B, C, E), außerdem Kalium, Phosphor und Eisen, wirkt krampflösend und leicht stopfend (bei Bauchkrämpfen kommt Durchfall schon mal vor). Am besten 3 Tassen über den Tag verteilt davon trinken.

„Ach ja?“ Interessiert horche ich auf. Davon hat sie ja noch nie erzählt. Ich dachte, nur junge Mädchen haben Periodenschmerzen.
„Klar, jede Frau spürt, wenn sie ihre Tage kriegt, die eine mehr, die andere weniger. Schließlich passiert da im Unterleib ja auch eine ganze Menge, aber das weißt du ja!“ Mama guckt mich schulterzuckend an, als wolle sie sich dafür entschuldigen.
Ja, das weiß ich! Und wir haben auch schon so oft darüber gesprochen. Aber die Praxis fühlt sich jetzt ganz anders an. Ich lasse mich wieder in die Kissen zurückgleiten, schließe die Augen und lege die Hände auf meinen Bauch – dorthin, wo ich in etwa meine Gebärmutter vermute, die sich gerade von diversen Schleimschichten trennt (grrr!). Mein Unterleib ist hart und angespannt, doch unter der Berührung meiner Finger entspannt sich die Bauchdecke merklich, meine Aufmerksamkeit scheint ihr gutzutun. Ich atme tief durch, fühle mit einem Mal eine besondere Kraft aus mir heraus, fühle, dass es gut und richtig ist, hier zu sein, eine Frau zu werden ...
Als ich aufwache, fühle ich mich deutlich besser, muss aber pinkeln, weil ich ja doch noch, brave Tochter, die ich bin, den ganzen Tee ausgetrunken habe. Als ich mir einen abstruller, fällt mir die grüne Packung Binden ins Auge, die auf dem Waschbecken steht. Sind das Mamas? Oder hat sie die extra für mich hingestellt? Ich studiere gründlich den Aufdruck. „Mini“, steht da drauf, „für die ersten Tage.“ Na, wer sagt's denn, Mama war besser auf meine Tage vorbereitet als ich! Binden finde ich natürlich tausendmal besser als den Stapel Klopapier, die halten wenigstens dicht. Hoffe ich. Aber wie rum werden die überhaupt montiert?

Binden werden heute nicht mehr wie zu Oma Doris' Zeiten mithilfe eines Hüftgürtels zwischen die Beine geschnürt, sondern haften (glücklicherweise) selbstklebend in deiner Unterhose und fangen dort, außerhalb deines Körpers, das Blut auf. Das ist supereasy, aber auch supergewöhnungsbedürftig, schließlich sieht so eine vollgesaugte Binde nicht gerade lecker aus (der reinste Farbkreis: von Dunkelrot bis Hellrot, alles drin!) und kann unangenehm riechen. Am besten wechselst du sie regelmäßig je nach Bedarf alle 2–6 Stunden. Die meisten Binden sind heutzutage in Plastikhüllen verpackt, du kannst die jeweils alte Binde in der Plastikhülle von der neuen Binde einrollen und in den Mülleimer werfen. Binden gehören nicht in die Toilette, sie verstopfen die Kanalisation.

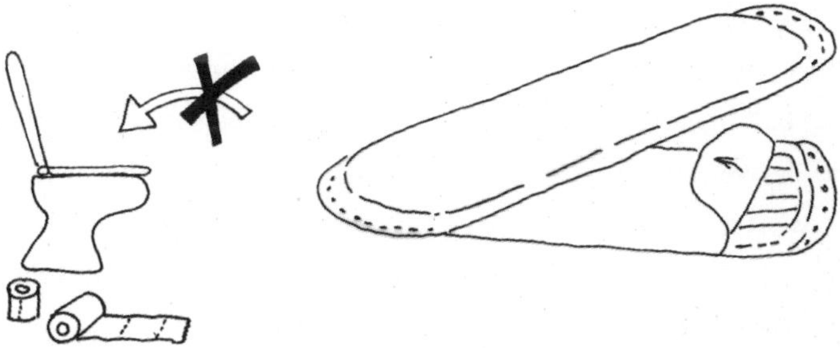

Ich entsorge meine versiffte Unterhose, stelle mich unter die Dusche und wasche mich gründlich, das wird ja hoffentlich nicht verboten sein. Während ich mich großzügig einschäume, kommt mir Jolinas fiese Aktion von neulich in den Sinn. Sie hat nämlich behauptet, dass Melanie aus dem Schritt stinkt, und ihr zu Intimlotions geraten. „Die sind extra dafür gemacht", hat sie lautstark erklärt, „probier's mal, hat bei mir auch geholfen."

Melanie hat nur den Kopf gesenkt und nichts weiter dazu gesagt, ein paar Tage später habe ich sie allerdings dabei beobachtet, wie sie sich ständig zwischen den Beinen kratzen musste. Als ich dann mitbekommen habe, wie sie sich mit Friederike über juckende Ekzeme im Intimbereich ausgetauscht hat, ist mir einiges klar geworden. Ich bin mir sicher, Jolina hat genau gewusst, dass diese ständige Wascherei alles andere als gesund ist.

Scheidenspülungen, Intimlotions, parfümierte Binden – kosten viel Geld und sind überhaupt nicht nötig (kein Mensch kommt dir so nahe, dass er wirklich deinen „Schritt" riechen kann!). Übertriebene Hygienemaßnahmen können das normale Scheidenmilieu schädigen und Scheideninfektionen begünstigen, also wasche dich lieber morgens und abends und wenn es sein muss zwischendurch mit deinem Lieblings-Duschgel (manchmal verklebt das Blut halt die Schamhaare und das kann etwas riechen) und wechsle bei Bedarf einfach öfters die Unterhose. Weißfluss und Monatsblutung sind nichts Ekliges, sondern völlig normale Ausscheidungen deines Körpers. Schließlich hast du ja auch regelmäßig Stuhlgang und keinen Stress deswegen!

Ich trockne mich sorgfältig ab. Mist, ich habe das Handtuch verschmiert. Peinlich! Jetzt weiß unsere Vermieterin auch, dass ich meine Tage habe.

Wirklich peinlich?

Eigentlich nicht, schließlich ist die Vermieterin auch eine Frau, sicher sieht sie das nicht so eng und bei der nächsten Kochwäsche geht der Fleck garantiert wieder raus.

Ich klebe eine Binde in meine Unterhose und wage ein paar Schritte mit dem Ding zwischen den Beinen im Badezimmer auf und ab. Fühlt sich irgendwie komisch an, irgendwas stimmt da nicht. Ich ziehe die Binde noch mal ab, klemme sie diesmal bequem zwischen meine Beine und ziehe dann die Unterhose hoch. Wer sagt's denn, passt doch! Aber saugt diese Binde überhaupt alles auf, was da ab heute so aus mir rausfließt?

Die Periode verläuft bei jedem Mädchen, jeder Frau unterschiedlich stark und dauert zwischen 3 und 7 Tage. Auch wenn es dir mehr vorkommt, meistens ist es nicht mehr als eine halbe Tasse voll Blut, die du verlierst, zu Beginn der Periode mehr, gegen Ende immer weniger. Nachts kann es passieren, dass du „ausläufst". Nimm eine saugfähige Nachtbinde, die sind extra dafür gemacht. Und für ein ganz sicheres Gefühl: Lege ein Handtuch auf dein Bettlaken, das lässt sich leichter wechseln, sollte doch mal ein Malheur passieren.

Als ich meine Shorts drüberziehe, kriege ich sofort Bedenken: Sieht auch keiner, dass ich eine Binde trage? Plötzlich verstehe ich, warum es in der Werbung immer heißt: sauber & diskret. Diskret meint, keiner sieht was, keiner merkt was. Ich drehe mich vor dem Spiegel hin und her. Also, mal ehrlich, eher sieht jemand die Abdrücke von meiner Unterhose, als dass man ahnen kann, dass da drin eine Binde steckt! Gut gelaunt marschiere ich in die Küche, angle mir einen Apfel aus der Obstschale (Vitamine!) und checke die Lage. Fühlt sich großartig an, dieses Frau-Sein! Oder liegt es daran, dass ich die ganze Ferienwohnung für mich alleine habe? Bei dem schönen Wetter würde ich allerdings lieber in der Nordsee schwimmen ...

Schwimmen während deiner Periode ist erlaubt, aus hygienischen Gründen und aus Rücksicht gegenüber anderen solltest du allerdings lieber einen Tampon verwenden (Binden weichen auf!), auch um Infektionen zu vermeiden. Badewanne ist auch okay, wobei das warme Wasser die Blutung verstärken kann.

Gibt es in der Nordsee eigentlich Haie? Aber dann müsste ich einen Tampon (o.B. = ohne Binde) benutzen und dafür fühle ich mich noch nicht bereit.

Tampons (frz. Tampon = Stöpsel) sind eine geniale Erfindung und wurden schon damals von den Ägypterinnen verwendet (okay, die hatten Papyrus-Stöpsel). Das zusammengerollte Viskosevlies wird in die Scheide eingeführt und saugt dort die Blutung auf.

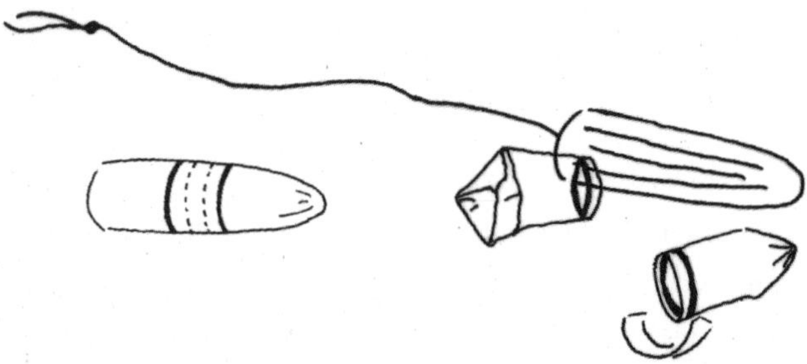

Denn die Vorstellung, sich da unten einen Baumwollstopfen einzuführen, finde ich ein bisschen seltsam. Meine Scheide ist zwar wie alles an mir gewachsen und sicher groß genug für so ein Ding, aber trotzdem ... Wir haben so einen Tampon neulich im Sexualkundeunterricht genau unter die Lupe genommen (getrennt von den Jungs natürlich), doch Frau Tuszynski hat uns ausnahmsweise nicht alles bis zum letzten Detail erklärt.

Also hatte ich mich nach dem Unterricht zu Hause im Badezimmer eingeschlossen und so lange rumprobiert, bis dieser Tampon in meine Scheide passte. Das war gar nicht so einfach, und als der „Stöpsel“ endlich saß, wusste ich nicht, ob ich das gut oder schlecht finden sollte.

Hier also für alle, die es ausprobieren wollen, eine ausführliche Schritt-für-Schritt-Anleitung, weil es wirklich nicht so einfach ist, aber mit ein bisschen Übung klappt's garantiert.

- Bevor du den Tampon einführst, fühle am besten erst mal mit einem sauberen (!) Finger ohne kratzige Fingernägel vor. Wenn du einen Finger in deine Scheidenöffnung stecken kannst, geht das auch mit dem Tampon. Diese Trockenübung ist in der Tat trocken, wenn du deine Tage hast, ist das alles viel „flutschiger“. Zum Üben kannst du – damit es flutschiger wird – Allzweckcreme (z. B. Nivea) benutzen, wenn du deine Tage hast, ist das allerdings nicht zu empfehlen, weil der Tampon dann nicht mehr saugfähig ist.
- Entferne die Verpackung und stecke den Zeigefinger in die kleine Kuhle am Ende des Tampons. Halte das Rückholbändchen mit den anderen Fingern fest.
- Stelle einen Fuß auf die Toilette oder auf den Badewannenrand, damit entspannst du die Muskeln rund um die Scheide. Führe dann den Tampon ein, dabei fühlst du zuerst einen leichten Widerstand, doch dann gleitet er leicht und wie von selbst in die Scheide.
- Der Tampon sitzt richtig, wenn du ihn nicht spürst. Drückt irgendwas, hast du ihn nicht tief genug eingeführt. Keine Sorge, er kann nicht verschwinden!

- Normalerweise wechselst du einen Tampon alle 3–6 Stunden, er kann ruhig auch über Nacht in deinem Körper bleiben. Wenn du am Rückholbändchen ziehst, kommt er dir meist wie von selbst entgegen. „Flutscht" er nicht, ist es noch zu früh zum Wechseln.
- Keine Sorge, du musst nicht jedes Mal den Tampon wechseln, wenn du aufs Klo gehst. Halte das Bändchen zur Seite, damit es nicht nass wird.
- Manchmal ist die Blutung so stark, dass der Tampon „überläuft". Hier kannst du sicherheitshalber zusätzlich eine Slipeinlage oder eine Binde verwenden, nachts zum Beispiel.
- Mit einem Tampon hast du eine größere Bewegungsfreiheit als mit einer Binde, er trägt nicht auf und ist viel leichter mal eben in der Hosentasche verstaut.
- Probiere aus, was zu dir passt. Viele Mädchen benutzen tagsüber, wenn sie unterwegs sind, einen Tampon, zu Hause und nachts eine Binde.
- Beide Hygieneartikel musst du regelmäßig wechseln und gehören, in Klo- oder Zeitungspapier verpackt, in den Hausmüll, nie in die Toilette.

Barfuß laufe ich den schmalen Dünenweg Richtung Meer, wo meine Familie bereits im Strandkorb hockt und diesmal Papa dabei ist, mit Leon „eine eschte" Ferrari aus Sand zu bauen. Mama hat schlechte Laune, das sehe ich sofort, aber sie ringt sich ein Lächeln ab, als ich mich jetzt neben sie setze.
„Alles klar, Sina?", fragt sie mich, erwartet aber nicht wirklich eine Antwort. „Übrigens: eine Emily hat nach dir gefragt."
„Emily?" In meinem Gesicht stehen tausend Fragezeichen.

„Ja, dieses seltsame, schwarz gekleidete Mädchen von nebenan.“ Sie deutet mit dem Kopf zu unserem Nachbarstrandkorb, der allerdings völlig leer und verwaist ist.

„Sie wollte dir nur Tschüss sagen“, erklärt meine Mutter, „und dir das hier geben.“ Sie hält mir ein paar rote Schnürsenkel hin. „Du wüsstest schon, wieso.“

Verwundert nehme ich die roten Bänder entgegen, auf denen lauter schwarze Katzen drauf sind. Die hat mich also beobachtet und sich eins und eins zusammengezählt, denke ich und grinse ich mich hinein. Rote Schnürsenkel kann ich ja noch verstehen, aber was soll ich mit schwarzen Miezekätzchen? Ich bin doch keine Hexe!

„Sina, so geht das nicht“, macht mich meine Mutter jetzt an, „du kannst dich nicht einfach von irgendwelchen fremden Leuten beschenken lassen!“

„Was kann ich denn dafür“, meckere ich zurück. Typisch Mama, wenn sie schlechte Laune hat, ist sie unausstehlich. Ohne ein weiteres Wort zu sagen, stecke ich die Schnürsenkel in meine Hosentasche und stapfe den Weg zurück. Vielleicht hätte ich ihr lieber noch sagen sollen, dass ich mir einen Zehneuroschein aus ihrem Portemonnaie geliehen habe, jetzt muss ich ihn leider ohne ihre Erlaubnis ausgeben. Aber Mama wird hoffentlich Verständnis dafür haben, dass ich unbedingt in Sachen Hygieneartikel selbst recherchieren muss und nicht einfach irgendwelche Binden verwende, schließlich geht es um meine Tage. Ich habe nämlich beschlossen, erst mal Binden zu tragen, das fühlt sich für mich besser an, wenn ich nichts *im* Körper tragen muss. Außerdem habe ich noch ein paar Eizellen zum Tampon-Üben übrig ...

Und so stehe ich wenig später in der Inseldrogerie und staune über die gut sortierten Regale: Binden, wohin mein Auge reicht! Mini, maxi, supersoft und superlang, ultradünn und/oder maxistark – das kann ich ja alles noch verstehen, weil die Periode bei jeder Frau – äh, bei jedem Mädchen – individuell verläuft und jede von uns etwas anders gebaut ist (dünn, dick, schmales Becken, breites Becken ...). Aber wozu bitte brauchen Binden Flügel?!

„Flexi-Flügel", „Cleanfeel-Technologie", „Silk Comfort", „Aerodynamischer Rillenabfluss" – das hört sich eher nach einer Betriebsanleitung für Flugzeuge an als nach einem sensiblen Produkt für uns Frauen, das uns während der „kritischen" Tage begleitet. Wer denkt sich bloß so was aus? Ich brauche eine Binde, die zu mir passt und hält (haha!), was sie verspricht, basta. Aber so langsam kapiere ich, dass ich wohl mein gesamtes Frauen-Leben dafür opfern muss, wenn ich sämtliche ultra-maxi-classic-long-light-plus Binden testen will, um die passende für mich herauszufinden. War früher vielleicht doch alles leichter? Da gab es nur eine diskrete himmelblaue Verpackung und Frauen reichten verschämt einen Zettel über den Tresen, auf dem stand: *„Bitte geben Sie mir eine diskret verpackte Packung Camelia."*

Na super! Seufzend greife ich zu einer kleinen, bunt bedruckten Packung mit Mini-Binden „für die erste Periode", die einfach witzig bunt aussieht und zu meiner Etikettensammlung passt.

Ich gönne mir noch eine neue Körperlotion (silk bronzé, als ob ich noch nicht braun genug wäre) und gehe zur Kasse, wo ich mit einem blonden Jungen zusammenrausche, der gerade nach Kaugummis angelt. Dabei segelt dummerweise das Päckchen mit den Binden auf den Boden. Als wir uns beide wie auf Kommando bücken, knallen natürlich prompt unsere Köpfe aneinander. Ich weiß nicht, was mir peinlicher ist, der Zusammenstoß oder die Tatsache, dass der Typ mir jetzt grinsend mein Bindenpäckchen hinhält. Peinlichkeit in Packungen, das ist ausgerechnet auch noch der, der mir auf meinen High-Heel-Sandalen nachgepfiffen hat! Vielleicht war die Zeit mit dem Zettel am Tresen doch nicht so doof ... Ich konzentriere mich voll auf die Kassiererin (blond gefärbt, was sonst!) und sehe zu, dass ich schnell verschwinde. Bloß weg hier!

In der Ferienwohnung dann beichte ich meiner Mutter erst mal die Sache mit den zehn Euro, was sie erstaunlich gelassen aufnimmt. Neugierig befragt sie mich nach dem Produkt meiner Wahl und grinst sich einen ab, als sie mir ihre Binden zeigt, die von derselben Firma stammen. „Wie die Tochter so die Mutter!", meint sie und zieht mich fest in ihre Arme. „Meine Große!" Zärtlich drückt sie zwei Küsschen in meine Haare. „Eigentlich sollten wir deinen besonderen Tag feiern", sagt sie und schaut mich prüfend an. „Hast du Lust?"

Oh no! Meint sie das im Ernst? Wird das von Müttern heutzutage als emanzipatorische Erziehungseinheit empfohlen oder was soll das? Jolina hat ja diesen Ring von ihrer Mutter geschenkt bekommen und Julia hat uns ausgiebig von einer Zeremonie erzählt, bei der sie in den Kreis von Ashley und ihren Freundinnen aufgenommen wurde. Sie musste dabei wie alle

Mädchen, die ihre Tage haben, ein rotes Gewand tragen und wurde dann durch einen Blütenkranz in ihrer Mitte als richtige Frau begrüßt. „Ihr hättet ja dabei sein können", hat Julia ziemlich hochnäsig zu mir und Kleo gesagt, „aber ihr hättet weiße Gewänder tragen müssen." Jetzt weißt du, warum wir verkracht sind.

„Nee, lass mal", versuche ich sie abzuwimmeln. „Mir ist nicht danach." Mama guckt beleidigt, aber ich habe wirklich keine Lust, den ganzen Abend über diesen Frauenkram zu reden. Für mich ist das alles so neu, da muss ich mich erst mal selbst dran gewöhnen, da will ich nicht ständig darüber quatschen! Heiße doch nicht Ashley, die ach so frei jedem die neusten News aus ihrer Unterhose erzählt. Wie war das noch mit der Intimsphäre?! Ab sofort werde ich beim Pinkeln die Tür abschließen. Nicht auszudenken, wenn Leon mal reinspaziert, während ich meine Binde wechsele! Als Mama immer noch nicht lockerlässt, habe ich glücklicherweise einen Geistesblitz: „Aber nur, wenn ich meine roten Sandalen anziehen darf ...", sage ich so selbstbewusst wie möglich und schaue sie herausfordernd an.

Um es kurz zu machen: Wir waren natürlich nicht essen, worüber ich wirklich nicht unglücklich war, nachher wäre ich noch dem blonden Drogerie-Typ begegnet und er hätte eins und eins zusammengezählt, weil er vielleicht auch eine Schwester hat ... So habe ich den Abend und die nächsten Tage mit seligem Nichtstun verbracht, viel gelesen (nichts mit Hühnern, sondern fünf rosarote Mädchengeschichten) und ein bisschen Volleyball gespielt, was meinem Körper sehr gutgetan hat. Und es sehr genossen, dass Mama mich wenigstens für fünf Tage wie eine erwachsene Frau behandelt hat, die ausnahmsweise nicht mit Leon spielen musste.

Während deiner Periode kannst du ohne Bedenken Sport treiben, vorausgesetzt, du fühlst dich fit und gesund. Höre auf deinen Körper und trainiere an diesen Tagen nur so viel, wie dir auch wirklich guttut. Ein leichter Dauerlauf, ein sanftes Training lockern deine Muskeln und entspannen dich, dein Körper ist gut mit Sauerstoff versorgt – und dein Unterleib auch.

PS: PMS und SMS

„Na, wie war euer Urlaub?“, begrüßt uns Oma Doris drei Tage später, als wir braun gebrannt und pflichtgemäß unseren Wiederda-Besuch bei ihr abstatten.

„Sina ist eine Frau geworden!“, ruft Leon fröhlich, während er ihre Glasschale nach Kaubonbons durchwühlt.

„Stimmt das?“, fragt mich Oma strahlend.

Ich nicke, mit hochroter Glühbirne. Eine Frau, wie sich das anhört! Wo Leon das nur wieder aufgeschnappt hat! Aber glücklicherweise geht Oma Doris nicht weiter darauf ein und erspart mir Details aus ihrer Jugend, wo man noch mit Bindengürteln und Spülapparaten hantieren musste. Und glücklicherweise fragt sie auch nicht weiter nach, was ich mit ihren fünfzig Euro Ferientaschengeld gemacht habe.

Irgendwann um 50 herum haben Frauen ihre letzte Regel, man spricht von Menopause. Die Eierstöcke melden Feierabend, kein Eisprung mehr, keine Blutung. Die hormonelle Umstellung (es werden eben keine Hormone mehr in den Eierstöcken produziert!), führt bei vielen Frauen zu Hitzewallungen und Verstimmungen. Hat sich der Körper auf die veränderte Situation eingestellt, fühlen sich die Frauen wieder besser. Das ist sozusagen Pubertät rückwärts!

Natürlich sind wie immer auch Irene und Onkel Ösi da, doch der erspart sich diesmal jeglichen Kommentar.

Am Ende sagen die in Österreich gar nicht Erdbeerwoche sondern Johannisbeerwoche („Ribislwochn“) und schon haben wir wieder ein Völkerverständigungsproblem. Also: Ich habe ab sofort meine Tage, und zwar regelmäßig unregelmäßig, und gut ist's.

Irene schenkt mir eine supersüße rosa-puschelige Herzwärmflasche und einen Zykluskalender. Ich schaue sie verwundert an. Wofür die Wärmflasche ist, kann ich mir ja schon denken, aber was soll ich mit einem Zykluskalender?!

Die Regel verläuft alles andere als regelmäßig! Im Schnitt kommt sie alle 28 Tage, ein Rhythmus zwischen 25 und 35 Tagen ist normal und muss sich erst einpendeln, gerade bei jungen Mädchen. Mal findet ein Eisprung statt, mal nicht, und dann kommt der ganze Hormonhaushalt durcheinander, weil die Gebärmutter von den Eierstöcken kein klares „Kommando“ zum „Aufräumen“ erhält. Schuld daran ist die erste Zyklusphase bis zum Eisprung, die je nach Befindlichkeit (Stress, Krankheit, Ärger) und Veranlagung variieren kann. Danach dauert es ziemlich genau zwei Wochen bis zum Eintritt der nächsten Periode. Aber mit der Zeit pendelt sich das ein, die meisten Frauen haben einen eher unregelmäßigen, aber normalen

Zyklus, schließlich bist du keine Maschine, die sich genau programmieren lässt! Um ein Gefühl für dich und deinen Körper zu bekommen, ist es hilfreich, wenn du den ersten Tag deiner Periode notierst.

Also werde ich nicht mehr meine Gummibärengläser datieren, sondern brav einen Menstruationskalender führen. Typisch Irene, auf so Ideen kann nur sie kommen, aber eigentlich ist das nicht blöd, ist ja auch so eine Art Tagebuch, nur schneller: Ich krakel ein Bildchen rein und schon weiß ich, wie ich an dem und dem Tag drauf war, so bekomme ich ein Gefühl für meinen Zyklus (25, 28, 32 oder 35 Tage). Vielleicht finde ich mit ein bisschen Übung auch die Zeit meines Eisprungs heraus, dann kann ich nachschauen, an welchem Tag meine Periode kommt, und sicherheitshalber eine Binde dabeihaben.

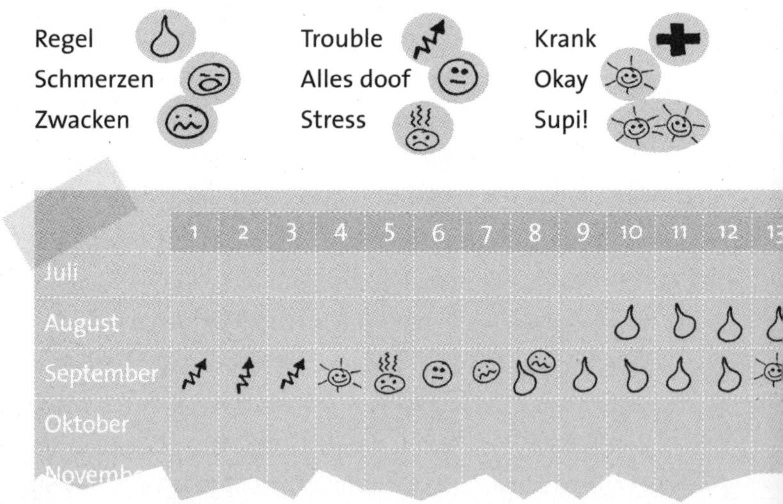

Ich fühle mich fast so wie an meinem Geburtstag, irgendwie ist es doch ganz schön, so gefeiert zu werden. Ich mampfe glückstrahlend vier Erdbeertörtchen und verzeihe sogar Leon, dass er mir die letzten zwei Erdbeeren runterklaut. Abends dann im Bett habe ich ein bisschen Bammel vor morgen. Der erste Schultag nach den Ferien ist immer ein bisschen blöd und aufregend zugleich, neuer Klassenraum, neuer Stundenplan, neue Lehrer ... Sonst habe ich mich während der Ferien auch mit meinen Freundinnen getroffen, aber auf Julia hatte ich diesmal keine Lust und Kleo war auf einem Intensivhundetrainingskurs und nicht ansprechbar. So überlege ich beim Einschlafen, ob ich ihr trotzdem erzählen soll, dass ich jetzt meine Tage habe.

Am nächsten Morgen ist es in der Schule so wie immer – und doch ganz anders. Julia und Jolina ziehen Arm in Arm laut lästernd über den Schulhof und beachten mich gar nicht weiter. Kleo steht abseits und hält sich zurück, mit verschränkten Armen steht sie da und starrt zu mir rüber, macht aber keine Anstalten, auf mich zuzukommen. Nachdem sie die letzten Tage keine Zeit für mich hatte, habe ich jetzt auch keine Lust, sie

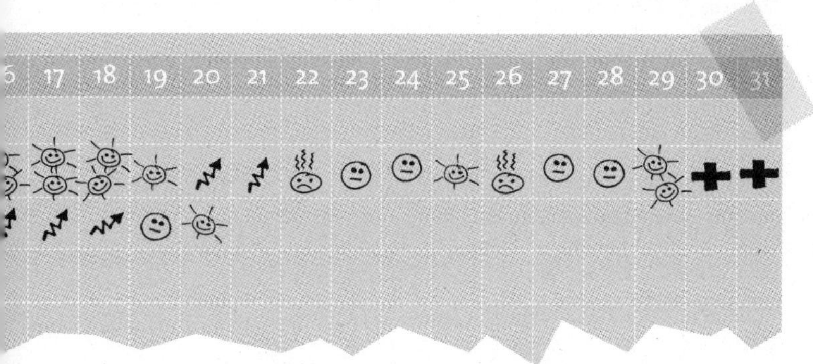

anzusprechen. Als Milli mich dann fragt, ob wir in diesem Schuljahr zusammensitzen wollen, sage ich einfach Ja. Fröhlich nicke ich ihr zu. Kleo guckt zwar belämmert, sagt aber keinen Ton und hockt sich neben Melanie.

Milli hat sich während der Ferien total verändert und kommt mir trotzdem wahnsinnig vertraut vor. Ihr knabenhaft schlanker Körper hat jetzt breitere Hüften und rundere Oberschenkel. Und da, wo vorher alles brettflach war, steckt jetzt ein kugeliger Busen in einem BH. Würde mich nicht wundern, wenn sie auch schon ihre Tage hätte, vielleicht frage ich sie später mal im Vertrauen danach. Auch die Jungs in unserer Klasse sehen ganz anders aus als noch vor sechs Wochen: Sebastian spricht nur noch in Kieksern, Juri ist ganz schlaksig geworden und hat einen dünnen Bartflaum über der Oberlippe, Anton hat noch mehr Pickel und noch breitere Schultern bekommen. Yannis sitzt drei Tische weiter und genau neben Julia, die er ständig anstarrt. Seine dunklen Haare trägt er jetzt kinnlang und seine Augen sehen wahnsinnig traurig aus und irgendwie tut er mir plötzlich furchtbar leid. Scheinbar ist er immer noch in Julia verknallt, aber die hat totalen Liebeskummer wegen ihres Urlaubsflirts auf Mallorca und will von Yannis nichts wissen. Friederike dagegen strahlt ganz glücklich vor sich hin. Sie war in den Ferien in einer Hautklinik und scheint endlich ihre Neurodermitis im Griff zu haben. Selbst die Tuszynski ist noch besser drauf als sonst. Sie strahlt und funkelt mit ihrem neuen Glasstein-Armband um die Wette. Garantiert ist sie frisch verliebt. Gleich in der ersten Stunde überhäuft sie uns mit Hausaufgaben und ich ahne: Dieses Schuljahr hat es in sich!

Vor lauter Ambra hat Kleo überhaupt keine Zeit mehr für mich. Oder ist es nur eine Ausrede? Sie kommt kaum noch zum Basketballtraining oder zu Antonio ins Eiscafé. Ich bin jetzt öfters mit Milli verabredet: Mal gehe ich mit ihr zu den Pferden, mal kommt sie nach dem Basketballtraining mit zu mir oder wir bummeln gemeinsam durch das Einkaufscenter. Trotzdem fehlt mir Kleo und heute bin ich endlich nach langer, langer Zeit mal wieder mit ihr verabredet, aber nur, weil ich zähneknirschend einem Spaziergang (mache ich noch nicht mal mit meinen Eltern!) mit der Hündin zugestimmt habe („Ambra braucht das, sie ist das gewöhnt"). Zarafira ist nur noch ein Schatten ihrer selbst. Arme Meersau! Vor wenigen Wochen noch hätte Kleo alles dafür getan, Aufbauspritzen und Vitaminpräparate zu besorgen, aber jetzt hat sie das arme Tier scheinbar völlig abgeschrieben.

„Und? Hast du schon deine Tage?", fragt mich Frau Kleinschmidt, als wir bei Quarkwaffeln mit Apfelmus bei ihr in der Küche hocken.

„Mama!", ruft Kleo empört. „Das geht dich doch nichts an!"

„Na ja, Sina ist immerhin deine beste Freundin, da wird man ja wohl mal fragen dürfen!"

Wie ist die denn drauf? Frau Kleinschmidt ist ja schlimmer als Julias Mutter, die auch überall rumerzählt hat, dass sie jetzt zwei „große" Töchter hat. Ich bin doch nicht so blöd und binde jedem auf die Nase, wie und wann ich „unpässlich" bin! Danke, für diese Storys sind Julia und Jolina zuständig, sie erzählen jedem, der es wissen will oder nicht, wie genau ihr Zyklus verläuft.

„Komm, wir gehen mit Ambra spazieren, hier hält es ja keiner aus", schlägt Kleo jetzt vor, wirft ihre zerknüllte Serviette einfach auf den Tisch und springt auf. Dabei fegt sie jede Menge Krümel vom Tisch und wirft beinahe ihren Becher um. Meine Mutter würde mir wieder Internetverbot erteilen, wenn ich so wie Kleo alles stehen und liegen lassen würde. Brav, wie ich bin, stelle ich meinen Teller und meine Tasse ordentlich zusammen und nicke Frau Kleinschmidt freundlich zu, die mit knallrotem Kopf anfängt, alles aufzuwischen.

„Die geht mir voll fett auf den Keks", macht sich Kleo draußen Luft, als wir mit Ambra durchs Feld marschieren. „Ständig ist sie an mir dran und will wissen, ob ich schon Achselhaare oder Weißfluss habe. Als ob sie das was anginge."

„Und, hast du?", frage ich neugierig. Ich finde, mich geht das schon was an.

„Was denkst du denn, bin doch kein Baby mehr." Kleo streicht sich ihre Locken zurück, die mittlerweile wieder in ihrer alten Pracht nachgewachsen sind. Nur trägt sie jetzt an der Seite einen langen afrikanischen Perlenzopf. Sie guckt mich verschwörerisch an. „Aber weißt du, ich rasiere mich jeden Tag und trage heimlich Slip-Einlagen, damit sie nichts mitkriegt. Soll sie doch denken, ich sei unterentwickelt, ich weiß es besser!" Sie tritt ein Stück an mich ran, so dicht, das Ambra eifersüchtig versucht, zwischen uns zu springen. „Schon gut, Süße." Kleo streichelt ihren Kopf. Sie zieht ihren Ausschnitt auf und zeigt mir ein eng anliegendes Bandeaux. „Gute Tarnung, was? In Wirklichkeit ist es schon fast B!" Sie lässt das weite T-Shirt wieder zuschnappen – und ich schnappe nach Luft. Arme Kleo, dabei kann dieses Bemuttertwerden doch auch guttun. So wie beim letzten Mal, als ich mich total beschissen fühlte. Das Bauchweh hielt sich sogar in Grenzen, ich kann noch nicht mal sagen, dass ich Schmerzen hatte, aber ich fühlte mich einfach supermatt-schlapp und supermüde. „Komm, bleib zu Hause und mach mal Pause“, hat Mama da einfach gesagt und mich für den restlichen Tag gänzlich in Ruhe gelassen (abgesehen von der Herzwärmflasche und dem obligatorischen Sina-Himbeertee, den sie mir mit einem verschmitzten Lächeln hingestellt hat).

Und sie hat recht gehabt, am nächsten Tag ging es mir schon viel besser.

Ich bin doch nicht krank, nur weil ich meine Tage habe! Am liebsten würde ich so tun, als sei alles so wie immer, aber in Wirklichkeit fühle ich mich viel zu schlapp für eine Show und bin froh, wenn ich nicht durchpowern muss. Schließlich ist nicht jeder Tag gleich. Aber anderen auf die Nase binden, dass ich „Erdbeerwoche“ habe, tue ich deswegen noch lange nicht. Ich finde, es ist mein ganz persönliches Geheimnis, das nur wenige etwas angeht. Sollen die anderen einfach akzeptieren, dass ich an manchen Tagen nicht so gut drauf bin wie sonst. Basta.

„Aber deine Tage hast du noch nicht?“, frage ich Kleo vorsichtig und überlege, wie sie das wohl vor ihrer Mutter geheim halten will.

„Nee, zum Glück noch nicht“, sagt Kleo und schüttelt sich. „Womöglich werde ich so wie Mama und verfalle immer, kurz bevor ich meine Tage kriege, dem Putzfimmel!“

PMS = Putz-Muss-Syndrom – oder eigentlich richtig: prämenstruelles Syndrom – ist bei jeder Frau anders und bezeichnet die Tage vor den Tagen. Die einen putzen oder meckern, die anderen heulen, viele kriegen einen Extrapickel, manchen schmerzt der Kopf oder die Brust oder beides, viele leiden unter Kreislauf- und Schlafproblemen, die meisten spüren jedoch gar nichts. Warum das so unterschiedlich ist, weiß keiner so genau, immerhin passiert in deinem Gehirn vor, während und nach deiner Regel eine Menge. Fakt ist: Je größer der körperliche oder seelische Stress ist, desto stärker können die Beschwerden sein.

„Außerdem verstehe ich all die Aufregung um dieses Tage-Thema gar nicht", erklärt Kleo und wirft den Fun-Mot für Ambra, die sofort das knallrote Spring-Ding apportiert. „Mir ist das alles zu doof." Ich verstehe sofort, was sie meint, mir ist dieses ganze Gedöns ja auch zu viel: Diese verständnisvollen Blicke von Tante Irene zum Beispiel oder von Papa, wenn ich ihn kreidebleich begrüße. Einerseits bin ich schon stolz darauf, dass ich jetzt meine Tage habe und eine Frau bin/werde/sein soll, andererseits ist mir manchmal alles zu viel, weil ich mich nach dem alten Sina-Körpergefühl sehne. Nach der Sina, die kraftvoll und stark über das Basketballfeld geflitzt ist und nicht, wie jetzt manchmal, Konzentrationsschwierigkeiten und schlechte Laune hat. Oder die einfach im Sportunterricht auf der Bank sitzen muss, weil es ihr nicht gut geht. Es ist ja noch gar nicht so lange her, da hatte ich von all dem noch keinen blassen Schimmer!

Frau Leineweber, unsere Basketballtrainerin, hat natürlich längst geschnallt, was mit uns los ist und uns ein spezielles

Bauchtraining verordnet. Ganz ehrlich: Seit ich die Übungen regelmäßig durchführe, kommt es mir so vor, als wäre meine hysterische (!) Gebärmutter völlig relaxed, weil der Bauch um sie herum so gut in Form ist.

1. **Übung:** Sit-ups (so viele du schaffst, mindestens 30)

2. **Übung:** Im Stehen Popo zusammenkneifen, Scheide bis zum Bauchnabel ziehen und wieder loslassen.
10-mal anspannen und locker lassen.

3. **Übung:** Im Liegen Beine angewinkelt hinstellen, Schultern bleiben auf dem Boden, Popo hochheben und zusammenkneifen, 10-mal wiederholen.

Was mir am meisten auf den Zeiger geht, ist das Geläster und Getue in der Schule, zum Beispiel, wenn Julia plötzlich anfängt, die Superreife raushängen zu lassen. Dass sie sich seit Neuestem so schminkt wie Jolina, kann ich ja noch irgendwie akzeptieren. Aber dass sie ständig lautstark über ihre Periode quatschen muss, nervt mich total. Was geht mich das an, dass sie Tampons ohne Einführhilfe verwendet? Wen interessiert das denn, dass sie drei Tage vorher Heißhunger auf tausend Schokoriegel hat? Wer will wissen, dass sie dann bei jedem Kitschfilm sofort losheulen muss? Manchmal glaube ich, sie hat eine Liste aller PMS-Symptome (Krämpfe, empfindliche Brüste, Kopfschmerzen, Rückenschmerzen, Gefühlsschwankungen, Gelüste ...) auswendig gelernt und arbeitet sie jetzt ab! Auch die Jungs reagieren genervt und lästern nur noch über Julia, wenn sie mal wieder Migräne hat oder damit angibt, dass ihre Brüste spannen. „Die spinnt, die hat ihre Tage", hat Juri neulich lapidar festgestellt, als Julia im Sportunterricht total ausgerastet ist, als er sie aus

Versehen angerempelt hat. Na, danke auch für das Vorurteil: Mädchen sind verrückt, nur weil sie einmal im Monat bluten. Hallo, wir schreiben das 21. Jahrhundert, da gibt es doch diese Vorurteile nicht mehr! Oder doch?

Früher durften Frauen während ihrer Tage noch nicht mal das Blumenwasser wechseln, weil man dachte, die Blumen würden dann sofort verwelken. Inzwischen ist es sogar chemisch bewiesen, dass es „Menotoxin“ nicht gibt und wir Frauen nicht „giftig“ sind, wenn wir unsere Periode haben. Aber wenn ich mir Julia so anschaue, finde ich, dass sie mehr als Gift streut: Wie sollen uns die Jungs denn ernst nehmen, wenn wir unsere Periode ständig als Ausrede missbrauchen? Da nimmt sie einerseits Tampons, um „frei und gleichberechtigt zu sein“, wie sie lautstark in der Umkleide erklärt hat, und andererseits tut sie mädchenhaft-verletzlich und erwartet, dass jeder Rücksicht nimmt. Wenn ich neben Melanie oder Milli auf der Bank sitze, ist das immer lustig, weil wir dort im stillen Einverständnis hocken und es einfach okay finden. Ohne große Diskussion.

Ich seufze. Alles ganz normal. Alles ganz schön kompliziert. Und Kleo wird immer komplizierter. Schweigend mustere ich meine Lieblingsfreundin von der Seite, wie sie jetzt angestrengt vor sich hin starrt. Was ist nur mit ihr los? Früher mal wollte sie eine richtige Frau und Mutter mit mindestens drei Kindern werden. Und jetzt? Es gibt einen leichten Stich in meinem Herzen, als ich fühle, dass sie gar nicht mehr meine Lieblingsfreundin ist und ich viel lieber mit Milli zusammen sein möchte, mit der ich seit Neuestem SMS-Briefchen tausche. Ich habe ja immer noch kein Handy, deswegen stecken wir uns Kärtchen mit kleinen Freundinnen-Botschaften zu, was total süß ist.

Schweigend marschieren wir zurück, ich habe keine Lust mehr, Frau Kleinschmidt über meine Triple-P-Probleme Rede und Antwort zu stehen, und verabschiede mich so schnell wie möglich noch draußen an der Gartenpforte von Kleo. „Wir sind noch auf einer Grillparty eingeladen", erkläre ich und das ist noch nicht einmal gelogen, auch wenn wir Mitte Oktober haben. Yannis' Eltern haben immer so komische Ideen und Kleo muss ja nicht wissen, dass wir erst in drei Stunden dort sein müssen.

Ich stehe vor dem Spiegel und „rüsche mich auf", wie Tante Irene sagen würde: Das erste Mal in meinem Leben benutze ich Wimperntusche, die ich gestern beim Stadtbummel mit Milli erstanden habe. Dabei ist mir eigentlich zum Heulen zumute: Meine Lieblingsjeans passt mir überhaupt nicht mehr, sie ist mir eindeutig zu eng geworden, doch ich ächze mich mit aller Gewalt rein. Scheinbar bin ich in alle Richtungen gewachsen, denn mein Lieblingsshirt kommt mir plötzlich am Oberkörper viel zu eng vor. „Fesch", würde Onkel Ösi sagen und genau deswegen wähle ich einen weiten schwarzen Pulli, der auch ganz lässig den kniffelig engen Hosenbund kaschiert. Weil auch ich einsehe, dass bei einem bevorstehenden Grillabend mit herbstlichen Temperaturen die roten Sommer-Sandalen unangebracht sind, greife ich zu meinen neuen Boots, die mir Mama für den Winter spendiert hat und die ganz klasse zu meiner Short-Cut-Jeans passen. Vielleicht etwas übertrieben für heute Abend, minus zehn Grad sind nicht angesagt, aber warme Füße sind immer besser als kalte. Ich fädele die roten Schnürsenkel von dieser Emily ein, was zu der halblangen Jeans und dem schwarzen Pulli ziemlich cool aussieht. Meine Haare hängen runter. *Bad-hair-day*, was soll's, ich binde sie einfach zu einem Zopf zusammen. Den obligatorischen Partypickel (PP = Periodenpickel? Pubertätspickel? Pickelpickel? Pausenlospickel!) überdecke ich mit dem Abdeckstift. Irgendwie habe ich mich damit abgefunden, dass die P-Sina bei allem etwas nachhelfen muss, will ich nicht strähnig-pickelig vor die Haustür. Zum Schluss streife ich noch mein kugeliges Rosenmüller-Rosenquarz-Armband an, das mir Tante Irene geschenkt hat.

Vielleicht ist es esoterischer Schnickschnack, aber ich glaube schon, dass manche Steine eine heilende Wirkung besitzen. Rosenquarz zum Beispiel wirkt harmonisierend (wäre auch was für Mama!) und ausgleichend, hilft bei körperlichen wie seelischen Herzschmerzen (wegen Kleo!), baut Stress (Schule!) und Aggressionen (gegen Julia!) ab und lindert schmerzhafte Menstruationen (bitte!). Mal sehen, ob's hilft, schön aussehen tut's auf alle Fälle.

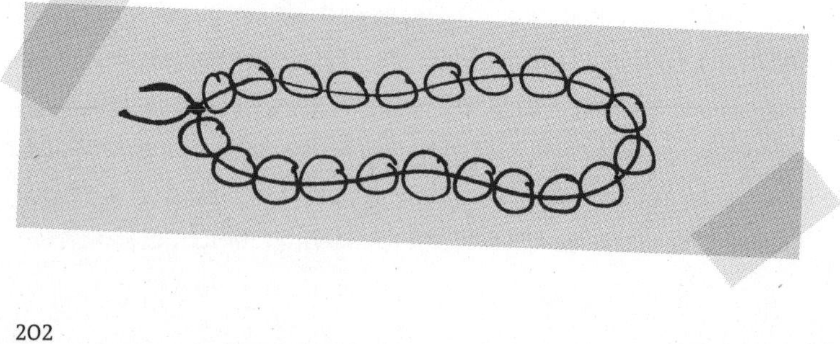

Die Party bei Dietrichs ist schon voll im Gange, als Mama, Papa, Leon und ich endlich auftauchen. Ausnahmsweise war es Mama, die stundenlang das Badezimmer blockiert hat und nicht wusste, was sie anziehen soll, was Papa mit genervter Miene ertragen hat. Jetzt trägt sie wie ich eine Dreiviertel-Jeans und einen schwarzen Pulli. Soll mich das freuen? Am Ende leiht sie sich noch mein Himbeerlipgloss aus! Wie war das mit dem Schneewittchen-Konflikt?

„Du hast dich aber verändert, Sina", begrüßt mich Yannis' Mutter staunend, während sie Mama und Papa abschmatzt und Leon durchwuschelt. „Yannis ist dahinten irgendwo." Sie deutet Richtung Gartenecke, wo früher mal der Sandkasten war, in dem wir gemeinsam gespielt haben. Heute steht da eine gigantische Hollywood-Schaukel und wer hängt kichernd drin? Yannis und Julia! Habe ich es mir doch gedacht, nach seiner Anschmachtaktion. Ich weiß nicht, warum, aber es gibt einen leichten Stich in meinem Herzen, immerhin waren Yannis und ich auf diesen Grillfeten sonst immer Verbündete gegen die caipitrinkenden Erwachsenen. Warum hat er Julia überhaupt eingeladen?

Julia winkt mir fröhlich zu. „Geile Party, was!", ruft sie. „Meine Eltern sind auch da. Komm doch rein, hier ist jede Menge Platz!"

Nein, danke, denke ich, lieber spiele ich mit Leon Verstecken, als neben dir in der Hollywood-Schaukel an Parfumvergiftung zu sterben. Julia blinzelt Yannis hingebungsvoll mit ihren rosa glitzernden Augendeckeln an. Dabei hat sie ihn heute beim Sportunterricht voll ignoriert, als er sie in seine Mannschaft gewählt hat. Armer Yannis, was lässt er sich von dieser blöden

Kuh bloß so verarschen! Ich mache auf dem Absatz kehrt und will Richtung Grillbuffet verschwinden, da spüre ich, wie mich jemand am Ärmel festhält. Yannis!

„Warte doch, Sina!“, sagt er und schaut mich an. „Du ... du hast da was.“

Er schiebt mich sanft zur Seite und zupft mir vorsichtig etwas von der Wange. Mist, verdammt! Es ist ein Fetzen Klopapier, den ich mir vorhin noch schnell auf einen aufgekratzten Pickel geklebt habe, der nicht aufhören wollte zu bluten. Und niemand hat mich gewarnt. Niemand hat mich überhaupt davor gewarnt, was alles passiert, wenn man erst mal Pickel hat.

„Was willst du, lass mich los“, fauche ich ihn wütend an. „Geh ruhig zu deiner Julia, ich kenne mich ja bei euch aus, ich brauche keinen Babysitter.“ Schon gar keinen, der mir in meinem Gesicht rumpult, füge ich in Gedanken noch dazu.

Yannis guckt verwundert. „Äh ... die ... äh ... ist mir doch egal ... so war das doch gar nicht gemeint“, stammelt er. „Mir ist das auch schon mal passiert.“ Er tippt auf sein Kinn, wo drei wunderschöne eitrige Exemplare blühen. „Die nerven so was von total ...“ Verlegen senkt er den Kopf und ich spüre, er meint es ernst. Yannis ist der einzige Junge, bei dem ich mir vorstellen könnte, dass es nicht peinlich wäre, sich über Pickelpads und antibakterielle Waschgele auszutauschen. Und dass es am nächsten Tag nicht in der Schülerzeitung steht ...

„Komm, wir holen uns was zu futtern.“ Ich nehme ihn einfach an die Hand und ziehe ihn Richtung Grill. Wenig später sitzen wir mit voll beladenen Tellern neben Julia in der Hollywood-Schaukel und futtern wie immer Würstchen um die Wette.

„Äh, das Ketchup stinkt“, ätzt Julia und meint eindeutig mich, denn Yannis hat Mayo auf seinem Teller. Welches Spiel spielt die denn? Yannis zuckt grinsend mit der Schulter und weiß nicht, was er sagen soll. Ist er wirklich nicht in sie verknallt? Ich mampfe seelenruhig mein Würstchen weiter und tunke es genüsslich in die Tomatenpampe.

„Hier, probier mal, schmeckt lecker“, sage ich und halte Yannis mein Würstchen hin. Plötzlich weiß ich, welches Spiel wir spielen. Er zwinkert mir zu – und beißt ab.

„Hier“, sagt er und tunkt seins in die Mayo, „schmeckt auch lecker.“

Und so füttern wir uns unter den giftigen Blicken von Julia immer abwechselnd, bis unsere Teller leer sind.

„Das hält ja keiner aus!“, ruft sie empört. „Da kann ich ja gleich nach Hause gehen.“ Sie rutscht so schwungvoll aus der Hollywood-Schaukel, dass ich das Gleichgewicht verliere und mein Kopf volle Kanne an Yannis’ Schulter donnert. Für einen Moment atme ich den Duft seiner Achseln (männlich-herb-activ-fresh?!) – und finde es überhaupt nicht schlimm. Im Gegenteil, dieser Geruch lässt meinen Bauch kribbeln, so doll, dass ich einfach mit meinem Gesicht an seiner Schulter liegen bleibe, weil es sich so gut anfühlt.

„Hast du dir wehgetan?“, höre ich wie durch Watte seine Stimme, die etwas rauer klingt als sonst.

Ich schaue ihn an. Unsere Gesichter sind sich ganz nah, neben fünfundzwanzig Mitessern zähle ich vierzig Sommersprossen auf seiner Nase, aber das zählt jetzt nicht, denn ich blicke in Yannis’ Augen, die so blitzeblank leuchten, dass ich mich darin spiegeln kann ... Da entdecke ich in seinen Pupillen meinen abgedeckten Party-Pickel.

Wenn ich dich nicht hätte, säße ich nicht hier, durchzuckt es mich. Ohne Pickel wäre ich nur die zahnspangentragende Sina mit den großen Füßen, ohne Pickel hätte ich zwar einige Probleme weniger – aber auch nicht dieses kribbelige Gefühl im Bauch, dass sich jetzt langsam und genüsslich nach oben bewegt und auf meinen Lippen landet – zum Küssen?!

Seufzend schließe ich die Augen. Ich merke, wie Yannis seinen Arm um mich legt und die Hollywood-Schaukel langsam anfängt zu wippen ...

Ende

HerzSchmerzZeiten und ich

Ilona Einwohlt

Inhalt

Erstes Kapitel,
in dem Sina, Jolina, Kleo, Julia und Milli von rosaroten Wackelpuddinggefühlen erzählen 212

Funkelsterne – Sinas Bin-ich-verliebt?-Geschichte 212
Erdbeerküsse – Jolinas Flirtgeschichte 232
Blitz ohne Donner – Kleos heimliche Liebesgeschichte 248
Bon Noël, chérie! – Julias Date-Geschichte 263
Schwindelfrei – Millis Kussgeschichte 281
Flaschenpost – Sinas Liebesgeschichte 296

Zweites Kapitel,
in dem Sina, Kleo, Jolina, Milli und Julia von den Herzschmerzseiten der Liebe erzählen 314

Eisherz – Sinas Liebeskummergeschichte 314
Letzte Chance – Kleos Ich-will-mich-ihm-zuliebe-ändern-Geschichte 330
Rachefee, entliebt – Jolinas Wutgeschichte 348
Allein, alleine, alleinsam – Millis Frustgeschichte 362
Au revoir, chéri! – Julias Schlussmachgeschichte 377
Sonne in mir – Sinas Ich-bin-wieder-da-Geschichte 391

Sina

ERSTES KAPITEL,
IN DEM SINA, JOLINA, KLEO, JULIA UND MILLI VON ROSAROTEN WACKELPUDDING-GEFÜHLEN ERZÄHLEN

Funkelsterne – Sinas Bin-ich-verliebt?-Geschichte

Blubberdiblubb. Ich sitze in einem brodelnden Kochtopf und fühle mich auf angenehmste Weise durchgewirbelt. Die Düsen strudeln an meine Beine, meinen Rücken und machen, dass ich mich komplett entspanne. Zudem hat das Wasser eine angenehme Badewannentemperatur, und säßen mit mir nicht noch acht andere im Whirlpool, könnte ich es richtig genießen. Ich halte die Augen geschlossen und versuche, mich auf den Rhythmus des Wassers zu konzentrieren. Blubberdiblubb. Blubb. Blubb.

Es war ausgerechnet Millis Idee gewesen, mit unserer Clique an diesem letzten verregneten Herbstferientag ins Königsbad zu gehen. Dabei besitzen ihre Eltern den besten Whirlpool überhaupt. Aber Milli hatte Lust auf eine große Gemeinschaftsaktion (und auf Marco, für den sie seit Neustem schwärmt), weshalb sie jetzt zusammen mit Yannis, Kleo, Jolina, Julia, Juri, Sebastian und ihm auf der Treppe für die Riesenrutsche ansteht. Meine Sache ist das nicht, ich bin genau zweimal gerutscht, einmal mit Milli, aber nur aus Allerbestenfreundinnen-Gründen, und einmal mit Yannis, der nicht lockergelassen hat. Aber Yannis darf das, schließlich ist er mein bester Kumpel aller Zeiten. Wir kennen uns schon ewig – und wenn mich jemand kitzeln und ärgern darf, dann er.

„Hey, Sina, rück mal ein Stück!“ Juri quetscht sich neben mich und lässt sich ins warme Wasser gleiten. „So ein Whirlpool ist einfach der Hammer! Wenn ich groß bin, wünsche ich mir auch einen.“

„Mmh.“ Unwillig mache ich ihm Platz, gerade war ich für eine Sekunde weggedöst und hatte vergessen, dass der Typ links von mir so grässlich viele Haare auf dem Rücken hat. Blubberdiblubb. Ich habe nichts gegen Juri, er ist ein witziger, lieber Kerl, der immer coole Sprüche auf Lager hat, aber gerade nervt er mich. Muss er mich stören? Milli hätte sich lächelnd neben mich gesetzt und die Klappe gehalten. Und mit Yannis hätte ein stillschweigender Schulterrempler genügt.

„Blöd, dass Montag die Schule wieder anfängt“, meint Juri und legt wohlig seufzend den Kopf in den Nacken. „Ich könnte ewig hier so liegen.“

„Musst du damit anfangen? Montag ist erst übermorgen ...“ Ich verziehe mein Gesicht. Die Herbstferien waren zwar nicht der Knaller, weil es in den letzten vierzehn Tagen pausenlos geregnet hat. Aber immerhin ohne Schule und Ausschlafen bis zum Mittagessen, Chillen bis zum Abwinken, Chatten, Fernsehen ... Blubberdiblubb. Blubb.

„Ich finde, das war eine tolle Idee von Milli, uns alle zusammenzutrommeln", plappert Juri weiter.
„Klar, wir sehen uns ja auch sonst so selten", kontere ich fix.
„Stimmt doch!", antwortet Juri. „Ich kann mich nicht daran erinnern, wann wir das letzte Mal alle gemeinsam bei Antonio im Eiscafé waren. Und du bist doch diejenige von uns mit den meisten Terminen!"
„Na und? Was gehen dich meine Termine an?" Ich setze mich bequem zurecht und versuche, Juris Dauergeplapper zu ignorieren. Was hat der nur plötzlich, dass er mich hier zusülzt und sich einen Kopf über meine Termine macht. Kann der nicht einfach still sein und genießen? Immerhin ist der Gorilla neben mir inzwischen ausgestiegen.
„Ich mache mir halt so meine Gedanken", meint er und klingt ganz sanft dabei. „Ich an deiner Stelle könnte das nicht, dreimal in der Woche Basketball, dann Gitarre ...
„... die Mathe-AG und die Schülerzeitung, das Seniorencafé in der Gemeinde", vollende ich seine Aufzählung. „Mir macht das Spaß. Und zurzeit klappt es mit der Schule ja auch ganz gut."
„Aber wann hast du denn mal Zeit?"
„Wie, Zeit? Wofür?"
Ich erfahre leider nicht mehr, was Juri genau damit meint, denn in diesem Moment quetscht sich Yannis mit einem „Arschbombe!!!" zwischen uns. „Rück mal!" Mehr sagt er nicht, aber es reicht, dass Juri

sich mit einem genervten „Blödmann!“ aus dem Whirlpool verabschiedet. Kaum habe ich wieder in meine wohlig warme Entspannung zurückgefunden, kommt Milli an meine andere Seite.

„Herrlich!“, ruft sie, rekelt sich genüsslich und fängt erst wieder an zu reden, als sich die Düsen ausschalten.

Blubber... diblubb... Blubb.

„Was wollte denn Juri von dir?“, will sie wissen, als wir später müde und träge in unseren Badeschlappen zur Damendusche schlurfen, unsere Handtücher in der Hand.

„Ach, weiß nicht“, winke ich ab. „Hat jemand noch was zu essen dabei? Mir knurrt der Magen!“, versuche ich, vom Thema abzulenken.

„Schokokekse, im Spind!“, meint Jolina, während sie großzügig Duschgel auf ihren Armen und Beinen verschäumt. „Flirten macht wohl hungrig, was?“

„Du wieder!“ Kleo rollt genervt die Augen. „Nur weil du die Knutschkugel vom Dienst bist und mit jedem flirtest. Sina steht doch nicht auf Spargeltarzan Juri! Wenn Sina jemals jemanden küsst, dann Yannis!“

Prompt fangen alle an zu kichern. Allen voran Julia, die blöde Kuh, die gerne so gut mit Yannis befreundet wäre wie ich und sich in seine Nähe schleicht, wann immer sich die Möglichkeit dazu bietet. Er hat aber für ihr Rehaugengetue und Glamourstyling herzlich wenig übrig, genauso wenig, wie er sich für Kleos Ringel-Ringel-Locken interessiert, die er zum Lachen komisch findet. Zumindest sagt er das.

„Ihr seid mir tolle Freundinnen“, fauche ich, kann aber nicht verhindern, dass ich unter dem warmen Wasserstrahl rot anlaufe.

Schließlich gelten Yannis und ich wegen unserer großen Vertrautheit fast wie ein altes Ehepaar. Ich habe mir im Gegensatz zu Jolina, Kleo, Julia und Milli allerdings darüber noch keine Gedanken gemacht, ob ich ihn jemals wirklich heiraten würde ...

„Jetzt gib dem armen Juri doch eine Chance!", stichelt Milli weiter. Sie ist mittlerweile dabei, sich ihr braunen Locken trocken zu rubbeln. „Immerhin bemüht er sich aufrichtig um dich."

„Hä?" Ich stelle ebenfalls meine Dusche ab. „Davon habe ich noch nichts bemerkt."

„Du bist ja auch blind wie ein Maulwurf, wenn es um Jungs geht!" Jolina schüttelt heftig ihren Kopf, sodass ihr kunstvoll drapierter Handtuchturban beinahe verrutscht. „Jetzt sag bloß, dir ist nicht aufgefallen, dass er ständig in deiner Nähe ist und besonders coole Sprüche reißt? Wenn Juri Arbeitsblätter austeilt, gibt er dir als Erste, Juri schenkt dir seine Apfelsafttüte, Juri wählt dich sofort in seine Mannschaft, Juri spendiert dir ein Eis, Juri ..."

„Schon gut", winke ich ab. „Na und?"

Statt einer Antwort prusten meine Freundinnen wie auf Kommando los. Na super, all die schöne Entspannung aus dem Whirlpool ist futsch! Das habe ich nun davon, dass ich mich habe bequatschen lassen, den ganzen Nachmittag im Badeanzug durch die Gegend zu rennen. Da hätte ich auch gemütlich zu Hause auf meinem Bett chillen und mir das neue Hörbuch von John Green reinziehen können.

Ich lasse die blöden Hühner einfach stehen und gehe zum Umziehen demonstrativ in eine Einzelkabine. Was haben die nur plötzlich, dass sie mich mit Juri verkuppeln wollen? Überhaupt:

Dauernd geht es nur um Jungs. Nach den Sommerferien fing es an, dass Jolina und Julia ständig die Köpfe zusammensteckten und über Jungs quatschten. Von Jolina, die ein Jahr älter ist als wir alle, wissen wir längst, dass sie gerne ausprobiert. Vor Kurzem hat sie mit einem aus der achten Klasse Schluss gemacht und ist aktuell unsterblich in den Drummer unserer Schulband verliebt. Jolina hat sogar schon richtig geküsst! Aber Julia ... die hatte im Feriencamp eine romantische Romanze und hält sich seitdem reif genug für einen festen Freund. Nur – wer der Glückliche sein soll, davon hat sie uns noch nichts erzählt. Nur Jolina natürlich.

So kommt es, dass ich, Sina Rosenmüller mit den großen Füßen, keine fünf Minuten später missmutig und schlecht gelaunt im Foyer auf die anderen warte, die sich natürlich noch stundenlang stylen müssen. Und während ich mich gerade frage, ob Sebastians Vater wenigstens diesmal pünktlich ist, um uns alle in seinem Supervan abzuholen, kommt Juri fröhlich winkend durch das Drehkreuz zu mir angeschliddert. Leider stolpert er dabei und stürzt mir sprichwörtlich zu Füßen. Völlig benommen rappelt er sich wieder auf, murmelt irgendeine Entschuldigung und beginnt dann mit hochrotem Kopf, den Inhalt seiner Schwimmtasche wieder einzusammeln, der in alle Richtungen verstreut auf dem Boden liegt.

„Wie oft habe ich dir gesagt: Mach deine Tasche zu!“, rufe ich mit gespieltem Ernst. Prompt müssen wir beide loskichern. „Warte, ich helfe dir!“

Als wir beide beim gleichzeitigen Aufstehen unsere Köpfe aneinanderstoßen, müssen wir abermals lachen, dabei ist Juri anzumerken,

dass es ihm unendlich peinlich ist, dass ich sein Deo, Haargel, Pickelwaschzeug und seine alte Unterhose samt Socken in den Händen habe.
„Hier“, sage ich, plötzlich wieder ernst geworden, und packe ihm die Sachen in die aufgehaltene Tasche.
„Danke, Sina“, antwortet er ebenso leise. Dabei berührt er wie zufällig meine Hand.
Da treffen sich unsere Blicke und ich kann hinterher nicht mehr sagen, was genau passiert ist. Aber seine lächelnden grünen Augen lassen in meinem Bauch lauter kleine Blubberbläschen aufsteigen, die mich seltsam befangen machen und zum Träumen bringen. Die Rückfahrt verbringe ich dann schweigend, den Kopf versonnen an die Fensterscheibe gelehnt. Juri, ausgerechnet Juri, blubbert es in meinem Bauch und in meinem Herzen. Von wegen ich heirate mal Yannis ... Julia neben mir plaudert in einer Tour von den kommenden Schulwochen und Terminen bis zu den Weihnachtsferien und schmiedet jetzt schon Pläne für unseren ersten Weihnachtsmarktbesuch.
„Ich hasse Weihnachtsmärkte“, murmele ich vor mich hin, die Regentropfen betrachtend, die außen langsam an der Scheibe herunterrutschen.
„Ich auch“, höre ich Juris leise Stimme hinter mir und sie macht, dass ich mich noch tiefer in meine warme Jacke kuschele, so wohl ist mir auf einmal zumute.
„Aber als Nächstes feiern wir erst mal Sinas Geburtstag“, tönt Julia jetzt neben mir.
„Geil“, ruft mir Jolina vom Vordersitz aus zu. „Machst du ’ne Party?“
„Hihi, bei euch im Keller!“ Yannis vor mir dreht sich um und kriegt sich vor Lachen überhaupt nicht mehr ein. „Dann können

wir aus der Feuerlöscherzapfanlage deines Vaters Cola bis zum Abwinken saufen ..."

Normalerweise wäre das das Stichwort, zu dem Juri die passenden Sprüche liefern würde, *Bier und Wein, das lass sein,* aber diesmal rührt er sich nicht, es ist, als ob ich ihn hinter mir schweigen höre. Als ob er nicht sicher wär, ob ich ihn zu meiner Feier einladen würde ... Mein Herz macht einen Hüpfer. Natürlich lade ich ihn ein! Plötzlich sind die Blubberdiblubbblasen in meinem Bauch wieder da.

Und in diesem Moment weiß ich, was ich will.

„Klar feiere ich eine richtige Party!", rufe ich. „Schließlich werde ich dreizehn!"

„Ich helfe dir beim Dekorieren", meint Julia sofort beflissen und ich denke nur, lass gut sein. Bei ihrer letzten Geburtstagsfeier hatte sie überall kleine Papierblümchen dekoriert.

„Ich checke die Musik", sagt Sebastian. „Mit dem iPad kann ich sogar mehrere MP3s übereinanderlegen ..."

„Und ich bringe Knabberzeug mit", ruft Kleo und ich frage mich, seit wann sie sich so fürs Essen interessiert, wo sie doch seit Neustem ständig nur Zwieback isst.

„Hey, Leute, das ist *meine* Party!", winke ich müde ab, doch meine Freunde stecken bereits mitten in der Diskussion darüber, wie so eine Party abzulaufen hat.

„Du musst eine Motto-Party machen", findet Jolina. *„Schwarz-Weiß* oder passend zur Jahreszeit *Halloween* ..."

„Süßes oder Saures", grölt Yannis, „dann nehme ich einen von den ausgehöhlten Kürbisköpfen meiner Mutter, die sie immer als Deko herumstehen hat."

„Prima, und ich gehe als Gespenst!", ulkt Milli, die wie immer für jeden Spaß zu haben ist. Dabei schielt sie Marco an, der bisher kaum etwas gesagt hat. Aber ich weiß, dass Milli ihn gerade deswegen unglaublich süß findet. Doch dann erwischt sie einen genervten Blick aus meinen Augen und schweigt. „Okay, okay, vergiss das mit dem Gespenst. Ich komme ganz normal und langweilig in Jeans und Sneakers zu deiner aufregenden Chipsletten-Party", singt sie und prustet wieder los, mit ihr natürlich der ganze Bus. Nur Juri nicht.

„Na, das wird sicher einer tolle Fete", meint Jolina grinsend, als wir uns eine halbe Stunde später alle verabschieden. Sie macht dabei eine leicht nickende Kopfbewegung Richtung Juri, der unschlüssig an der Seite steht, während wir anderen uns fröhlich und lachend mit Küsschen-Küsschen verabschieden.

„Blöde Kuh", murmele ich in ihr Ohr, während wir uns umarmen.

„Der arme Yannis", flüstert sie zurück, aber zur Antwort zucke ich nur mit den Schultern. Ich weiß nicht, was sie meint.

„Hoffentlich erlauben dir das deine Eltern, fände ich geil, so eine richtige Party", sagt Kleo. Kleo war mal meine allerbeste Freundin, bevor sie so komisch geworden ist und nur noch Äpfel und Zwieback nagt. Deswegen weiß sie, dass meine Eltern ordentlich streng sein können, wenn ihnen etwas nicht in den Kram passt. Und bisher sind sie davon ausgegangen, dass ich meinen dreizehnten Geburtstag wie immer nachmittags mit Kakao und Kuchen feiere oder mit meinen Freundinnen eine Übernachtungsparty mache. Aber eine richtige Fete mit Jungen *und* Mädchen?

„Eine Party bei uns im Keller? Niemals!", lautet auch prompt Mamas klare Antwort, als ich ihr beim Abendessen den Vorschlag mache, meinen Geburtstag dieses Jahr nicht mit Muffins & DVD zu feiern, sondern richtig cool mit Musik. Wie man das eben mit dreizehn so macht. Sie schüttelt energisch den Kopf und guckt mich skeptisch an. „Und am liebsten noch abends, was?“

„Klar, was denkst denn du?“, mischt sich glücklicherweise mein Vater ein und legt seinen Arm um mich. „Lass sie doch, dafür haben wir doch unseren Partykeller! Dann wird er endlich mal wieder benutzt.“ Er zuckt vielsagend mit den Schultern und schaut meine Mutter herausfordernd an.

„Und wie viele willst du einladen?“, fragt Mama und daran merke ich, dass sie bereits umgestimmt ist.

„Na ja, alle ... Milli, Kleo, Jolina, Julia, Marco, Sebastian, Yannis ... äh, und Juri“, presse ich hervor. Himmel, hoffentlich bin ich gerade nicht rot geworden.

„Aber um halb zehn ist Feierabend“, sagt mein Vater.

„Einverstanden!“, fügt meine Mutter hinzu. „Und diesmal hilfst du bei den Vorbereitungen.“

„Mama! Das wird eine Party und kein Kindergeburtstag“, sage ich vorwurfsvoll und schüttele mich insgeheim bei der Erinnerung an das letzte Mal. Da hatte sie sich eine aufwendige Eulendekoration ausgedacht und von Girlande bis Konfetti überall Eulen drapiert. Selbst die Muffins waren eulig ...

„Ich mache diesmal alles selbst!“, füge ich energisch hinzu. „Versprochen!“

Die nächsten Tage verbringe ich in fieberhafter Aufregung. Erstens, weil ich tatsächlich meine erste, richtige Party plane und überlegen muss, was ich alles brauche. Aber gründlich und ordentlich, wie es nun mal meine Art ist, habe ich mir eine To-do-Liste angelegt und alles notiert.
Zweitens, weil ich nicht weiß, wie ich in unserem tollen Partykeller mit dieser öden Holzvertäfelung coole Stimmung zaubern soll. Doch Milli hat die geniale Idee, die Wand mit Tüchern und Alufolie abzuhängen und Teelichter aufzustellen, damit die Neonröhre an der Decke ausbleiben kann.
Und drittens, das ist der allerkribbeligste Punkt: weil ich unglaublich aufgeregt bin und mich frage, ob Juri wirklich kommt. Seit unserem Schwimmbadbesuch verhält er sich nämlich sehr seltsam, und als ich ihm meine Geburtstagseinladung überreicht habe, hat er kaum reagiert. Ich dagegen muss seitdem ständig an ihn denken und bekomme Juris grüne Lächelaugen nicht mehr aus meinem Kopf. Sogar während des Unterrichts träume ich immer wieder davon, wie wir gemeinsam im Whirlpool nebeneinandergesessen haben. Ich hirnvernebelte Nuss, warum habe ich diesen Augenblick nicht intensiver ausgekostet? Wenn meine Gedanken dann abschweifen und ich heimlich unter meinem Pony Juris Blick suche (und ihn dabei erwische, wie er versonnen zu mir hinüberstarrt), gibt es immer wieder kleine Freudenhüpfer in meinem Herz. Trotzdem redet er nur das Nötigste mit mir und ist wie ausgewechselt und ich frage mich, ob ich etwas Falsches gesagt oder getan habe.
„Klare Sache, du hast dich in ihn verknallt", meint Milli lapidar, als wir am Samstagmittag den Tisch mit den Knabbbersachen vorbereiten und auf der Theke ein kleines Buffet herrichten.

Statt Cola aus dem Feuerlöscher gibt es Bionade. Und Mama hat es sich nicht nehmen lassen und extra Blümchenmuffins gebacken. „Warte es nur ab, er kommt bestimmt und gibt dir einen fetten Geburtstagskuss!", Milli schaut mich an. „Aber was ist mit Yannis? Alle denken, dass er und du ..."

„Yannis ist mein bester Kumpel", unterbreche ich sie harsch. „Mit Juri ist das etwas völlig anderes ..." Ich lächele vor mich hin. Das passiert mir in den letzten Tagen öfters, dass ich „so ein leuchtendes" Lächeln im Gesicht trage, wie mein Vater sich ausgedrückt hat. Ihm ist es aufgefallen, weil ich trotz Nieselwetters freiwillig die Straße gefegt habe.

„Na, dann warten wir's ab ..." Milli zuckt mit den Schultern. „Bin auch gespannt, wie Marco sich verhält. Eigentlich bin ich mir ziemlich sicher, dass er auch in mich verliebt ist. Im Schwimmbad hat er wie selbstverständlich seinen Arm um mich geschlungen, als wir gemeinsam gerutscht sind. Aber vorgestern, als wir gemeinsam bei dieser Halloween-Kürbis-Aktion vom Supersupermarkt waren, hat er überhaupt keine Anstalten gemacht, mich zu berühren. Noch nicht einmal, als ich gesagt habe, dass ich kalte Hände habe ..."

„Guter Trick", grinse ich.

„Hat aber nicht funktioniert." Meine ABF guckt enttäuscht. „Vielleicht traut er sich nicht und ich muss den ersten Schritt wagen und ihn ..."

„Du meinst: küssen?!"

„Mmh." Milli läuft rot an.

Ich traue mich nicht, ihr zu gestehen, dass ich seit Tagen von nichts anderem träume. Ich habe in meinem Leben noch nicht richtig geküsst und kenne nur jene verknäulten Szenen aus

diesen romantischen Hollywoodfilmen, wenn sie sich gegenseitig in den Armen liegen und die Welt stillzustehen scheint. Immer wieder habe ich mir ausgemalt, wie es sein wird, wenn Juri kommt und mich zur Begrüßung küsst. Noch besser: Wenn er mir vor allen anderen seine Liebe gesteht und wir uns glücklich und jubelnd umarmen ...
„Ach ja“, seufze ich. Selbst ein winzig kleiner Kuss von Juri wäre das größte Geburtstagsgeschenk überhaupt! Wenn er denn überhaupt käme!
Aufgeregt verbringe ich die restlichen Stunden mit zweimal duschen und dreimal Haare waschen, viermal umziehen und fünfmal aufs Klo gehen. Milli, die bei mir geblieben ist, tockt sich an die Stirn, wirkt aber längst nicht so cool, wie sie es wohl gerne wäre. Dann ist es endlich so weit. Es klingelt Sturm. Es sind Julia und Jolina, die mit lauten „Ahs“ und „Ohs“ die Deko unseres Partyraums bewundern. Milli und ich haben überall bunte Tücher und Alufolie drapiert.
„Lässig!“, meint Jolina, während ich mich beeile, die unzähligen Teelichter anzuzünden. Die rote Stimmungsfunzel meiner Eltern wollt ich nun doch nicht anmachen.
„Und wer kommt noch so?“, fragt Julia und zupft sich ihren Minirock zurecht. Sie trägt Glitzerpuder im Gesicht und riecht nach Parfumerie.
Ich komme nicht dazu, ihr zu antworten, denn abermals klingelt es an der Tür. Es sind Sebastian, Marco und Jolina, die laut lärmend die Treppe hinunterstürmen. Hoffentlich gibt das keinen Ärger mit meinen Eltern – nichts peinlicher, als dass die Party aufhört, bevor sie überhaupt angefangen hat.

„Fehlen noch Kleo, Yannis ... und Juri“, murmele ich vor mich hin. Vor lauter Aufregung verschütte ich meine Bionade beim Einschenken.

„Relax, der kommt bestimmt“, versucht mich Jolina zu beruhigen, die Hand bereits voller Salzstangen.

„Wahrscheinlich hat er Probleme, dein Geschenk einzupacken“, ruft Sebastian und kichert. „Die Schleife um sein Herz verrutscht ständig, weil es so heftig für dich schlägt ...“

„Du bist blöd!“ Ich widerstehe dem Impuls, nach ihm zu treten. Stattdessen gehe ich hoch an die Tür, um nach den restlichen Gästen Ausschau zu halten. Denn erst wenn alle da sind, darf ich meine Geschenke auspacken – ein Ritual, das wir alle lustigerweise aus Grundschulzeiten beibehalten haben. Aber natürlich geht es mir nicht um die Geschenke, sondern um Juri. Doch der lässt sich leider immer noch nicht blicken. Es ist Kleo, die jetzt mit dem Fahrrad angerauscht kommt und mich liebevoll umarmt.

„Herzlichen Glückwunsch, Sina!“, sagt sie und ich ziehe sie ebenfalls fest an mich. Für einen kurzen Moment würde ich mich am liebsten an sie kuscheln und mich ordentlich ausheulen. So, wie ich das früher zu unseren innigsten Freundinnenzeiten immer gemacht haben, wenn eine von uns traurig war – weil es keine neue Puppe zum Geburtstag gab, weil mein Meerschweinchen gestorben war, weil ich nicht alleine ins Kino durfte. Aber wie soll ich ihr erklären, dass ich so kribbelig und weinerlich bin, weil ich nicht weiß, ob Juri kommt oder nicht? Und, noch schlimmer, ob er genauso für mich empfindet wie ich für ihn? Tausend Mal schon bin ich die Szene im Schwimmbad durchgegangen, immer wieder, wie wir uns gemeinsam gebückt und intensiv anblickend wieder aufgestanden sind. Wie all die Blubberdiblubbblasen in meinem Bauch gestrudelt sind. Wie seine grünen Augen dabei so lieb leuchteten und er so süß lächelte ...

„Hallo Sina“, reißt mich da eine bekannte Stimme aus meinen Gedanken. Kleo verabschiedet sich mit einem vielsagenden „Ich geh schon mal ...“ und knufft mich liebevoll in die Seite.

Es ist tatsächlich Juri, der verlegen vor mir steht und offensichtlich nicht weiß, was er sagen soll.

„Hi!“ Mehr bringe ich auch nicht heraus. Stattdessen spüre ich, wie mir die Verlegenheitsröte ins Gesicht schießt und mein Herz vor Aufregung explodiert.

„Hier, für dich.“ Er hält mir einen weißen Umschlag hin.

„Für mich?“ Etwas Geistreicheres fällt mir nicht ein.

„Jetzt mach schon auf.“

Mit zittrigen Händen öffne ich das Papier, egal, dass das Geschenke-Auspacken erst später angesagt ist.

„Ein Gutschein? Fürs Schwimmbad?“ Verwirrt und enttäuscht zugleich ziehe ich die Eintrittskarte hervor. Schon wieder Badeanzug tragen! „Heißt das ...“

Jetzt wird Juri rot. „Ich dachte ... nur wir zwei, einen ganzen Tag lang ... freust du dich?“ An der Art, wie er es fragt, merke ich, wie wichtig ihm meine Antwort ist.

„Wie lieb von dir!“ Wir gucken uns an und ich denke: Gleich beugt er sich zu dir und küsst dich, da poltert Yannis in den Eingang.

„Hey, Sina, altes Haus, alles Gute!“, ruft er, umarmt mich und wirbelt mich wild umher, als hätten wir uns seit Jahren nicht mehr gesehen. Als hätten wir nicht erst gestern Abend noch gemeinsam den Eisfreihalter für Dietrichs Goldorfenteich installiert.

„Danke!“, antworte ich verwirrt, als ich wieder festen Boden unter den Füßen habe. Bevor ich weiter über Yannis’ lauten Auftritt nachdenken kann, kommt mein kleiner Bruder Leon weinend angerannt.

„Uuuaaah, mein Knie!“ Er heult Rotz und Wasser, in seiner Hose klafft ein Loch.

„Komm schon, alter Jedi, ist halb so wild!“ Yannis streichelt ihm tröstend über den Kopf, meine Hand lässt er dabei nicht los.

Juri steht wie versteinert da, während ich in die Hocke gehe und behutsam Leons rechtes Hosenbein hochziehe. Yannis habe ich losgelassen. „Autsch, da hast du aber ’ne fiese Schürfwunde. Tut weh, ist aber nicht schlimm.“

„Ich bring dich rein!“ Yannis hebt den immer noch schniefenden Leon behutsam auf den Arm, ich halte die Tür auf, da kommt uns Mama schon mit einem „Um Himmels willen, was ist denn passiert?“ entgegen. Sie nimmt Yannis den plärrenden Leon ab, der jetzt natürlich erst richtig aufdreht, und verschwindet mit ihm Richtung Küche.

„Alter Stinker!“, murmele ich, halb besorgt, halb lachend. Juri verzieht immer noch keine Miene und tritt unschlüssig von einem Bein aufs andere.

„Komm, gehen wir deinen Geburtstag feiern“, sagt Yannis, greift abermals nach meiner Hand und zieht mich die Kellertreppe hinunter. „Bin gespannt, was du zu meinem Geburtstagsgeschenk sagst. Ich darf ja noch nichts verraten, aber ich sage nur: Sterne.“

Er lächelt mich verschmitzt an und mein Herz macht einen Hüpfer. „Echt, jetzt?“ Ich bleibe mitten auf der Treppe stehen. Juri hinter mir läuft beinahe in mich hinein, ich kann mich gerade noch an Yannis abfangen, ich stehe jetzt zwischen den beiden.

Yannis nickt, als er sich zu mir umdreht. Innerlich fange ich an zu jubeln, einen Exklusiv-Besuch auf unserer Sternwarte habe ich mir schon immer gewünscht.

„Freust du dich?“ Plötzlich sackt mir das Herz in die Hose. Diese Frage hat mir Juri vorhin auch gestellt und eigentlich war ich der Meinung, es gäbe nichts Größeres, als mit ihm gemeinsam einen Tag gemeinsam zu verbringen, egal wo, selbst im Schwimmbad und nur im Badeanzug. Aber jetzt?

Yannis guckt mich an und ich gucke Yannis an. Wie Yannis jetzt so dicht vor mir steht und mich aus seinen dunklen Augen fragend anschaut, fangen plötzlich lauter Sterne in meinem Bauch an loszufunkeln. Unsicher gucke ich zur Seite und sehe Juri, der mich immer noch mit unbeweglicher Miene anstarrt. Eigentlich wollte ich ja meinen ersten richtigen Kuss von ihm. Und bis gerade eben dachte ich, ich wäre in ihn verliebt und hätte lauter Blubberdiblubbblasen für ihn. Aber jetzt stehe ich hier mit Yannis, der mich immer noch so besonders anguckt. Yannis ... Bin ich etwa in meinen besten Kumpel Yannis verliebt?! Wie kann das sein?

„Ich freue mich auch Sina“, flüstert er so leise, dass nur ich es hören kann. „Happy Birthday!“

Voll verliebt

Alles kribbelt, alles flattert, du kannst nur noch an ihn denken, machst verrückte Dinge und deine Freunde halten dich für plemplem – klare Sache, du bist verliebt. Warum du von der Liebe verrückt wirst, liegt daran, dass in deinem Körper bzw. in deinem Gehirn gerade ein Feuerwerk an Hormonen explodiert. Sie sorgen dafür, dass du eine ganze Weile lang auf rosaroten Wolken schwebst und der Welt entrückt bist. Genauer gesagt, passiert Folgendes:

Dopamin sorgt dafür, dass du weder Hunger noch Durst noch Schmerz empfindest.
Adrenalin beflügelt dich und macht dich mutig.
Serotonin lässt dich schweben und macht dich unzurechnungsfähig.
Oxytocin macht dich liebessüchtig.

Nach etwa drei Monaten hat sich dein Gehirn an diese Veränderung gewöhnt. Dann ist die Zeit des Zuckerwolkentanzes leider vorbei und du beginnst, deinen Freund nicht mehr durch die rosarote Brille zu betrachten, sondern live und in Farbe. Der Liebesalltag stellt sich ein, ihr seid jetzt ein richtiges Paar mit vielen Gemeinsamkeiten und Ritualen.

Die Bin-ich-verliebt?-Checkliste

- □ Mein Herz bollert jedes Mal, wenn ich ihn sehe.
- □ Ich muss ihn ständig angucken.
- □ Ich denke morgens, mittags, abends nur an ihn.
- □ Ich merke mir jedes Wort, das er sagt.
- □ Ich träume von ihm.
- □ Ich muss immer lächeln, wenn ich an ihn denke.
- □ Ich kritzele überall und nirgends seinen Namen hin.
- □ Ich werde rot, wenn jemand seinen Namen erwähnt.
- □ Ich fange an zu stammeln, wenn er mich anspricht.
- □ Wenn ich im Unterricht neben ihm sitze, bekomme ich vom Thema rein gar nichts mehr mit.
- □ Ich habe ihm schon tausend Briefe geschrieben, aber keinen einzigen abgeschickt.
- □ Ich wähle seine Telefonnummer und lege auf, wenn er sich meldet.
- □ Ich habe unser Klassenfoto über mein Bett gehängt, nur weil er darauf so süß aussieht.
- □ Ich lache, wenn er einen Witz erzählt, selbst wenn ich die alte Kamelle schon aus dem Kindergarten kenne.
- □ Ich habe ihm einen Schal geklaut, den trage ich zu Hause und schnuppere an ihm.
- □ Ich habe mir das gleiche T-Shirt gekauft wie er und trage es als Nachthemd.
- □ Ich probiere seitenweise aus, wie unsere Namen nebeneinander aussehen.
- □ Ich habe mir das Album seiner Lieblingsband runtergeladen.
- □ Ich stehe am Sonntag extra früh auf, um ein Fußballspiel zu sehen, bei dem er im Tor steht.
- □ Ich stelle mir diese Frage gar nicht mehr ...

Jolina

Erdbeerküsse – Jolinas Flirtgeschichte

Mannomann, wer hätte das gedacht, dass ausgerechnet Malte mich so kribbelig macht? Aber wie er da jetzt so lässig am Tisch lehnt und Erdbeer-Drinks für die Sommerparty mixt, fühle ich mich magisch von ihm angezogen.

„Typisch Jolina", wird Sina bestimmt nachher sagen, „die lässt nichts anbrennen und flirtet mit jedem." Das sagt sie, weil sie selbst außer mit Yannis mit niemandem flirtet – seit sich die beiden endlich, endlich gefunden haben und ein Liebespaar geworden sind. Ich dagegen habe ja schon ein bisschen mehr Erfahrung ... gerade habe ich mit einem Typen aus der Zehnten Schluss gemacht, weil er mehr von mir wollte, als ich von ihm, wenn du verstehst, was ich meine.

Malte ist auch älter als wir – und der große Bruder von unserem allseits beliebten Yannis. Eigentlich ist Yannis der hübschere von den beiden: dunkle Augen, dunkle Haare, süßes Lächeln und ein Grübchen im Kinn. Wenn ich ehrlich bin, wohl auch der nettere, weil: gut in der Schule, hilfsbereit und sozial und so (deswegen ist er ja auch mit Sina so dicke, die beiden passen gut zueinander), was man von Malte nicht gerade behaupten kann.

Aber Malte hat eben dieses gewisse Etwas im Blick, wenn er dich anguckt. Er wirkt reifer und weiß genau, was er will. Nicht von ungefähr gilt er als Womanizer, Mädchenaufreißer, Casanova, Latin Lover, ständig hat er neue Freundinnen. Im letzten Jahr sollen es sogar zwölf gewesen sein! Die Gerüchteküche sagt, dass er sogar mal zwei Mädchen gleichzeitig hatte. Heute 'ne Blonde, morgen 'ne Dunkelhaarige, mal üppig, mal schlank, er ist da nicht so festgelegt. Das macht es einerseits leicht, weil theoretisch jedes Mädchen bei ihm eine Chance hat. Andererseits ist es eine echte Herausforderung, weil sich natürlich jede wünscht, sie wäre mehr als eine Eintagsfliege für ihn und länger als nur einen Monat mit ihm zusammen.

Deswegen setze ich jetzt mein charmantestes Lächeln auf und gehe möglichst langsam zu dem Tisch, an dem die Bar aufgebaut ist. Weil das Motto unserer Klassensommerparty „Weiß" ist, trage ich ein schwingendes weißes Trägerkleid mit kleinen Lochstickereien. Sehr sommerlich, sehr niedlich und absolut süß. Entgegen meiner sonstigen Gewohnheit habe ich mich auch kaum geschminkt, weshalb ich mich gerade ein bisschen nackt fühle. Sonst probiere ich gerne verschiedene Stylings aus, trage zum Beispiel schillernden Lidschatten und knallrote Lippen zum Tigertop. Oder beim glitzergrünen Kleid lila Fingernägel und türkise High Heels.

Kleo nennt mich deswegen Lady Gaga, aber in Wahrheit ist sie nur neidisch, weil sie sich selbst nicht traut, verrückte Dinge auszuprobieren. Sie hat eine dieser überbehütenden Mütter, die ihr alles verbietet. Wahrscheinlich sähe ich an ihrer Stelle auch so verhärmt und vergrätzt aus und würde ständig nur Zwieback muffeln, anstatt Spaß am Leben zu haben. Sandy dagegen, meine Mutter, sieht vieles nicht so eng und erlaubt mir eigentlich alles.

Kurz überlege ich, ob ich umdrehen und mir auf dem Klo einen Lidstrich ziehen soll, damit meine Augen besser zur Geltung kommen. Doch dann fällt mir rechtzeitig ein, dass mein Look ja heute „natural-nude" ist und ich drei Lagen Mascara auf meinen Wimpern trage. Die sollten eigentlich ausreichen für einen gekonnten Augenaufschlag, um mit Malte zu flirten ...

Mit Herzklopfen trete ich nun an den Tisch und warte geduldig, bis Malte für Sebastian und Juri aus meiner Klasse einen *Strawberry-Kiss* gemixt hat. Sebastian würdigt mich keines Blickes. Klar, der ist immer noch beleidigt, weil ich mit ihm Schluss gemacht habe. Er hat wohl noch nicht verkraftet, dass ich danach mit dem Typen aus der

Zehnten zusammen war. Kann ich verstehen, zumal ich ihm leider sagen musste, dass er kusstechnisch echt nicht der Bringer ist, wenn du verstehst, was ich meine. Ich habe mein Bestes gegeben und versucht, Sebastian beizubringen, wie man richtig küsst, aber keine Chance. Sosehr ich mich auch angestrengt habe, Sebastian hat kaum den Mund dabei aufgekriegt. Immerhin konnte ich ihm abgewöhnen, mit zu viel Spucke zu küssen, seine nächste Freundin wird es mir hoffentlich danken. Natürlich habe ich ihm das nicht so direkt gesagt, ich weiß ja schließlich, was sich gehört, sondern ihn ganz lieb und freundlich im Praxistest darauf hingewiesen. Trotzdem hat er sauer reagiert und mir vorgeworfen, ich sei ja nur mit ihm zusammen, weil ich bei Nicolas nicht landen konnte.

Ich fand diese Bemerkung unfair. Nicolas ist zwar ein oberleckerer Typ, aber auch ziemlich eingebildet, eine männliche Tussi, wenn du mich fragst. Von daher ist es ganz richtig, dass er mit Julia zusammen ist ... Den beiden verdanken wir übrigens diese Sommerklassenparty hier in Dietrichs Garten. Eigentlich sollte es ja eine Überraschung für Nicolas zum Abschied sein, der nach den Ferien wieder in Frankreich zur Schule gehen muss. Das war Julias Idee und sie hat gemeinsam mit Sina, Kleo, Milli und mir alles heimlich vorbereitet. Sina hatte die Idee, die Fete bei Yannis im Garten stattfinden zu lassen, weil Yannis' Mutter doch so eine Party-Queen war und dieser Garten einfach die beste Ausstattung für ein rauschendes Fest bot. Aber als dann alles geplant und organisiert war, hatte Nicolas für Julia ausgerechnet am selben Tag als Überraschung eine romantische Nachtbootsfahrt auf dem Main gebucht, sodass wir heute Abend leider ohne die beiden Turteltauben feiern müssen.

Auch gut, so bleiben uns Julias traurige Rehaugen erspart, die bereits schon vor lauter Abschiedsschmerz völlig rot geheult sind.

Endlich zockeln Sebastian und Juri mit ihren Drinks in der Hand ab, Juri hat mir immerhin kurz Hallo gesagt. Jetzt stehe ich vor Malte – und bringe mit einem Mal kein Ton heraus. Was ist nur mit mir los? Ich habe doch sonst keine Probleme, Jungs anzusprechen? Was sage ich nur?

„Hi, Jolina", begrüßt er mich nun stattdessen. „Willst du etwa auch Kinderlimo trinken?" Er zwinkert mir zu und ich bekomme glatt weiche Knie. Mannomann. Ich weiß tatsächlich nicht, was ich sagen soll.

„Seit wann hat es dir die Sprache verschlagen, du bist doch sonst nicht so?" Yannis angelt über meine Schulter hinweg nach einem Strohhalm. „Malte hat vorgesorgt, wende dich ruhig vertrauensvoll an ihn." Sagt es, pustet mich durch den Strohhalm an und ist schon wieder zu seiner Sina verschwunden.

„Hä, was meint er?", stammele ich. Himmel, etwas Geistreicheres hätte ich wohl kaum sagen können.

„Er meint die hier." Malte taucht unter dem Tisch ab, ist eine Weile darunter verschwunden und hält kurz darauf zwei Flaschen Wodka-Mix in der Hand. „Oder magst du keinen? Komm, ich lade dich ein." Abermals zwinkert er mir zu, ich nicke, was soll ich auch machen, wenn ich bei ihm landen will, habe ich gar keine andere Wahl, als mit ihm anzustoßen.

„D-d-danke", stottere ich und komme mir oberdämlich vor, wie ich jetzt mit schlotterweichen Knien vor Malte stehe, der lächelnd unsere Flaschen aneinanderknallen lässt. Ich habe noch nicht einmal die Gelegenheit genutzt, seine Finger dabei zu

berühren, wie ich das sonst immer mache, wenn ich mir einen Typ angeln will. Trotz der sommerlichen Temperaturen stehe ich wie eingefroren vor ihm und weiß nicht, was ich sagen soll.
Brauche ich auch nicht, Malte quasselt in einer Tour. Erzählt mir, dass er eigenhändig die unzähligen Lampions in die Büsche gehängt hat, wo er doch sonst nie hilft, und wie er ein paar Kisten „Zeugs", wie er es nennt, gekauft und eingeschmuggelt hat.
„Damit diese Party wenigstens ein bisschen Spaß macht", grinst er, zieht seine Flasche auf Ex und angelt sich die nächste. Ich widerstehe dem Impuls, es ihm nachzutun. Aus Erfahrung weiß ich, dass ich leider nicht ganz trinkfest bin und lieber aufpassen sollte, vor allem bei diesen Mix-Getränken. Die gehen nämlich runter wie Limo, du trinkst zwei, drei Flaschen davon und denkst dir nix dabei und bist ruckizucki völlig hinüber. Viel schlimmer aber als diese grässlichen Kopfschmerzen danach ist die bohrende Frage, was du alles gesagt und mit wem alles du rumgeknutscht hast ...
„Macht sie mir auch so", antworte ich lässig, „ich finde das eine süße Idee, so eine Abschiedsparty."
„Ach ja?" Malte guckt mich fragend an und mustert mich aufmerksam von oben bis unten. Ich spüre, wie ich rot werde, und bin insgeheim froh, dass ich heute einen ordentlichen BH unter meinem weißen Kleid trage und nicht so einen spitzenbesetzten Push-up wie sonst. Weiß doch jede, dass die Typen einem immer zuerst auf den Busen glotzen, bei mir sowieso, ich habe nämlich eine schöne Oberweite. Auf meinen Busen bin ich eigentlich richtig stolz und habe keine Probleme damit, angeguckt zu werden. Aber unter Maltes Blicken werde ich ganz wackelig und spüre, wie meine sonstige Selbstsicherheit einfach dahinschmilzt.

„Wir sollten lieber eine Willkommensparty daraus machen“, sagt er und prostet mir wieder lächelnd zu. „Willkommen bei Dietrichs auf der Feiermeile.“

Ich nicke kaum merklich und erwidere seinen Blick, während wir wie auf Kommando gleichzeitig unsere Flaschen ansetzen. Und wie wir uns so gegenüberstehen, merke ich, wie ich mit jedem Schluck mein Selbstbewusstsein zurückgewinne. Nein, nicht wegen des Alkohols, Mut antrinken – das brauche ich nicht. Es liegt vielmehr daran, dass wir im gleichen Rhythmus schlucken und uns dabei tief in die Augen sehen. Fast gleichzeitig setzen wir die Flaschen ab, ich widerstehe dem Impuls, mir über die Lippen zu lecken. Aber das wäre mir jetzt doch eine zu direkte Aufforderung an Malte. Stattdessen stelle ich die Flasche auf den Tisch, lächele ihn an und sage: „Bekomme ich noch eine?“ Dabei fahre ich mir wie zufällig durch meine langen blonden Haare, eine Geste, von der ich weiß, dass sie immer gut bei Jungs ankommt, weil meine Walle-Mähne einfach jeden fasziniert, vor allem, wenn ich sie so offen trage wie heute Abend.

„Gerne doch“, erwidert Malte und streicht sich ebenfalls eine Strähne aus dem Gesicht.

Gewonnen, das Spiel ist eröffnet. Diesmal berühren sich unsere Finger, als wir miteinander anstoßen. Ich atme tief durch und lächele ihn an. Obwohl ich noch stundenlang so neben ihm stehen und seinen männlichen herben Duft einatmen könnte, sage ich: „Ich geh mal gucken, wer sonst noch so da ist. Bis später.“

„Schau mal wieder vorbei!“, ruft er zurück und ich weiß genau, er guckt mir hinterher, wie ich jetzt möglichst lässig und grazil davonschlendere. Ich versuche, mir keine Gedanken darüber zu machen, ob mein luftiges Sommerkleid womöglich einen dicken Hintern macht. Malte weiß genau, dass ich eine sexy Figur habe – das weiß jeder, der mich je in meinen Zebraleggings zur Schule hat gehen sehen. Nach einigen Schritten stolpere ich über Milli und Marco, die gerade dabei sind, ihre Picknickdecke auszubreiten. Mitten auf der Wiese. Eine gute Gelegenheit, um stehen zu bleiben und unauffällig zu checken, ob mir Malte auch hinterherschaut. Tut er natürlich nicht, der Idiot, weil er gerade für Melanie Erdbeeren in den Mixer schaufelt. Na, der bietet er hoffentlich keinen Wodka-Mix an.

„Hey ihr zwei, ist bei euch noch Platz?", rufe ich gut gelaunt und lasse mich neben Milli auf den Boden gleiten. In Wahrheit habe ich überhaupt keine Lust, neben den beiden das fünfte Rad am Wagen zu spielen. Denn erstens ist Marco alles andere als gesprächig und zweitens haben sie seit Neustem nur noch Dauerknutschen im Sinn.

„Klar, setz dich", antwortet Milli fröhlich. „Tolle Party, oder? Und so ein geiles Wetter, da könnten wir heute Nacht glatt draußen schlafen ..." Sie lächelt Marco verträumt an, der sie prompt in seine Arme schließt und küsst.

„Ja, finde ich auch", beeile ich mich zu sagen und schaue den beiden noch ein bisschen zu, wie Milli langsam auf die Decke rutscht und Marco sich offensichtlich mit seiner Zunge immer tiefer in ihren Mund gräbt. Wenn ich nur mit Malte auch schon so weit wäre ...

„Na, willst du noch was lernen?“ Sina reißt mich aus meinen Gedanken, wie immer einen lockeren Spruch auf den Lippen.

„Blöde Kuh“, lache ich sie an und bedeute ihr, sich neben mich zu setzen. „Komm, mit vier Augen sieht man mehr.“

Sina kapiert sofort, worauf ich anspiele. Wir sind zwar nicht die allerdicksten Freundinnen, aber in Sachen Liebe bin ich ihre Vertraute. Deswegen weiß ich auch, dass außer zarten Küsschen bisher zwischen ihr und Yannis nichts gelaufen ist, also kein Züngeln oder Fummeln, wenn du verstehst, was ich meine.

Prompt läuft Sina rot an. „Na ja ...“, antwortet sie ausweichend. Dann erzählt sie mir mit flüsterleiser Stimme, dass sie mit Yannis neulich im Schwimmbad das erste Mal so richtig rumgeknutscht hat und sie beide seitdem auch nicht genug davon kriegen können. „Fast so wie Milli und Marco“, kichert sie und deutet auf das verknäulte Pärchen neben uns.

Ich nicke. Das Gefühl kenne ich, küssen kann ich endlos. Und irgendetwas in mir weiß, dass es heute Malte ist, der mich glücklich machen wird. Und ich ihn. Sein Blick vorhin war doch eindeutig ein Versprechen, oder?

Zaghaft drehe ich mich um, schaue Richtung Bar – und direkt in die Augen von Malte, der mich offensichtlich die ganze Zeit über beobachtet hat. Für einen kurzen Moment erwidere ich seinen Blick, dann wende ich mich wieder Sina zu, die mir jetzt von ihren Sommerferienplänen erzählt.

„Ich weiß nicht, wie ich es so lange ohne Yannis aushalten soll“, seufzt sie. „Diesmal wird es wirklich schlimm für mich.“

„Ach, komm schon“, versuche ich, sie zu trösten. „Ihr kennt euch jetzt schon eine Ewigkeit und werdet garantiert für immer zusammen sein, da sind zwei Wochen gar nichts!“

„Du hast recht, man muss ja nicht immer wie Marco und Milli aufeinanderkleben ...“ Plötzlich fängt sie an zu kichern. „Weißt du, was? Ich hätte nie gedacht, dass ich das sagen würde, ausgerechnet über Yannis, wo er sich doch auf meinem Geburtstag und in der Zeit danach so mega-bescheuert verhalten hat. Aber die Wahrheit ist: Am liebsten wäre ich Tag und Nacht mit ihm zusammen.“

„Dann muss es Liebe sein“, summe ich in ihr Ohr und umarme sie fest. „Ich freue mich so für dich, genieße es!“

„Danke, du bist echt ein Schatz!“ Sina springt auf und strahlt mich an. „Ich geh dann mal ... du weißt schon! Viel Spaß noch!“

Ich nicke ihr zum Abschied zu und blicke dabei wie zufällig in Maltes Richtung, der mir diesmal mit einer Flasche in der Hand zuprostet. Grinsend proste ich zurück, trinke einen Schluck, drehe dann aber meine leere Flasche um und zucke mit den Schultern. „Pech gehabt“, soll das bedeuten.

Malte macht hektische Zeichen und bedeutet mir, zu ihm zu kommen.

„Komm du doch und bring mir ’ne volle Flasche mit“, versuche ich, ihm zu signalisieren, doch dummerweise funkt uns die dicke Melanie dazwischen und Malte muss erneut Erdbeeren in den Mixer zählen. Also drehe ich mich wieder um und lasse mich rücklings auf die Picknickdecke gleiten. Milli und Marco haben offensichtlich genug geknutscht und sind verschwunden, weiß der Himmel, wohin.

„Was liegst du denn hier so alleine rum?“, reißt mich Kleos Stimme aus meinen Träumereien. Ich hatte mir gerade den Abendhimmel angeschaut und versucht, das Muster der Kondensstreifen zu deuten.

„Na, jetzt bist du ja da“, antworte ich. „Komm, Kleo-Schatz, leg dich neben mich, es ist so ein schöner Sommerabend ….“ Ich verkneife mir zu sagen, dass sie ja auch immer alleine in der Gegend herumsteht. Vor allem in jüngster Zeit ist mir aufgefallen, dass sich Kleo immer mehr von uns anderen absondert. Früher mal war sie so richtig dicke mit Sina, aber dann hat Kleo ihre Hovawart-Hündin Ambra bekommen und war nur noch auf dem Hundeplatz anzutreffen. Und seit Sina was mit Yannis am Laufen hat, ist zwischen den beiden sowieso Funkstille. Fast könnte man meinen, Kleo sei heimlich in Yannis verliebt, traut sich nur nicht, das irgendjemandem zu sagen.

Schweigend lässt sie sich neben mich auf die Decke gleiten, im Gegensatz zu uns anderen trägt sie nichts Weißes, sondern ein schwarzes T-Shirt mit der Aufschrift *The Power of Strange*. Dann schließt sie die Augen und schweigt vor sich hin. Ich tue es ihr nach, die Stimmen im Hintergrund verwirbeln in meinem Kopf, ich muss ein wenig weggedöst sein, denn ich werde wach, als mich etwas an der Wange kitzelt.

„Hallo, Dornröschen!“, flüstert Malte.

Verwundert blinzele ich ihn an. Bist du mein Prinz?!, liegt es mir auf der Zunge, aber ich verkneife mir diese dämliche Bemerkung, denn sein Blick spricht Bände.

Noch ein Punkt für mich.

Ich setze mich auf, tauche einfach in seine Augen ein und warte ab, was als Nächstes passiert. Malte hält mir grinsend ein Schüsselchen Erdbeeren hin.

„Ich dachte, du magst auch ein paar …“

„Ja, danke!“ Ich wähle mir die schönste aus. Und während ich genüsslich reinbeiße, frage ich ihn, ob der Barmann jetzt Feierabend hat.

„Kinderparty." Er zuckt und lässt sich neben mich auf die Decke gleiten. Unsere Schultern berühren sich leicht, ich merke, wie ich mich in seiner Nähe entspanne und gleichzeitig wie elektrisiert bin. Wir schweigen, während ich mir eine Erdbeere nach der nächsten nehme. Bei jedem anderen Jungen hätte ich damit angefangen, ihn zu füttern – ein typisches Flirt- und Anbeißspiel. Aber Malte kommt mir plötzlich viel zu erwachsen dafür vor, ich hätte Angst, dass er mich auslacht. Schweigend betrachte ich ihn von der Seite, er hat keine so langen, schwungvollen Wimpern wie Yannis, dafür ein paar Sommersprossen mehr im Gesicht. Egal, was die anderen über ihn sagen, ich finde Malte toll. Deswegen ziehe ich meine Hand auch nicht weg, als er anfängt, mich zu streicheln. Mannomann. Erst die Fingerspitzen, dann den Handrücken, sehr sanft, sehr zärtlich. Er kommt mit seinem Gesicht ganz nahe, schnuppert behutsam an mir, sein Atem kitzelt an meiner Wange. „Du riechst nach Erdbeeren ...", flüstert er in mein Ohr, bevor er mich küsst. So richtig. Heißt das, ich habe gewonnen – oder verloren?

Flirttipps

Für viele ist Flirten nur ein Spiel, andere wollen eine Schritt-für-Schritt-Anleitung mit Erfolgsgarantie, die meisten tun's einfach, ohne lange nachzudenken. Denn wenn dir jemand gefällt (und du ihm), läuft das Kennenlernen von ganz alleine. Grundsätzlich gilt: Je lockerer du bist, desto leichter ist es. Folgende Tipps können dir beim Flirten und Daten helfen.

1. **Kenne deine Schokoladenseiten!** Es ist wichtig, dass du um deine positiven Eigenschaften weißt. Tausch dich doch mal mit deiner besten Freundin aus: Was macht dich aus, ist besonders an dir? Das können Äußerlichkeiten sein (dein wunderbares Lachen, deine schönen Haare) oder Eigenschaften (vielleicht kannst du besonders gut zuhören oder bist herrlich schlagfertig). Wenn du dir dieser Schokoladenseiten bewusst bist, dann präsentiere sie. Denn wenn du dich toll findest, tun das auch andere.

2. **Sorge für ein gutes Körperfeeling!** Das geht sowohl innerlich mit ausreichend Sport, Schlaf, Entspannung und gesunder Ernährung als auch äußerlich. Denn klar willst du die Schönste sein! Also sorge für ein tolles Styling (berate dich im Zweifelsfall mit deiner Freundin, probiere Klamotten in der Umkleidekabine vor dem Spiegel aus), dusche und pflege dich regelmäßig mit entsprechenden Beautyprodukten, die zu deinem Hauttyp passen. Wenn du dich rundum wohl in deiner Haut fühlst, hast du eine positive Ausstrahlung.

3. **Checke dein Outfit!** Überlege dir genau, was du zum Daten anziehst. Wähle Klamotten, deren Wirkung du kennst und in denen du dich zu hundert Prozent wohlfühlst. Wenn du der sportliche Typ bist und am liebsten in Jeans und Sneakers rumläufst, dann siehst du im Mini und auf High Heels nicht sexy, sondern verkleidet aus. Das Gleiche gilt für dein Make-up: Rot geschminkte Lippen provozieren, lackierte Fingernägel wirken gepflegt und lange Wimpern lassen deine Augen strahlen. Aber schau dich genau an: Bist das wirklich du? Er muss das Mädchen wiedererkennen, mit dem er sich verabredet hat.

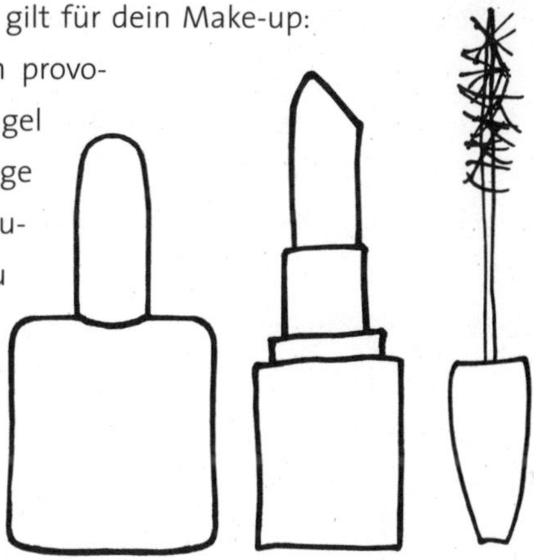

4. **Beherrsche deine Körpersprache!** Stehe sicher mit beiden Füßen fest auf dem Boden, mache dich groß und halte Blickkontakt mit den Menschen um dich herum – damit signalisierst du Offenheit und Selbstbewusstsein. Wenn du zudem dein Handy in der Tasche lässt und gute Laune ausstrahlst, hast du automatisch gewonnen.

5. **Mach ihn auf dich aufmerksam!** Er schaut dich an, du lächelst. Lächelt er zurück, beginnt das Spiel: hinschauen, wegschauen, lächeln, lächeln, immernochschauen. Na also!

6. **Komme ins Gespräch!** Nicht nachdenken, machen: Nutze die Gelegenheit (Schule, Sport, Club), geh auf ihn zu und sage „Hallo!", der Rest ergibt sich von selbst, vertraue dir und deiner Ausstrahlung. Bevor ihr euch anschweigt, solltest du für alle Fälle ein paar passende Fragen auf Lager haben, zum Beispiel: Welche Musik hörst du gerne? Wie gefällt dir der neue Kinofilm? Wann findet die nächste Party bei Pete statt? Wie kommst du mit dem neuen Lateinlehrer klar? Welches Hobby hast du? Erzähle auch von dir, vielleicht hast du dich gerade über etwas besonders gefreut oder besonders geärgert.

7. **Mache Komplimente!** Komplimente hinterlassen bei jedem ein angenehmes Gefühl, sag ihm, wenn dir sein Hemd gefällt oder die Art, wie er lächelt oder wie er dem blöden Typ die Meinung gesagt hat. Umgekehrt kannst du mit einem charmanten „Danke schön!" jedes Kompliment gerne annehmen und dich darüber freuen.

8. **Fühl dich wohl!** Die Zeit mit ihm verfliegt im Nu, du willst ihn unbedingt wiedersehen und er dich auch. Hurra, es passt! Jetzt gilt es, euch ein zweites Mal zu verabreden, bitte verbindlich, mit Ort und Uhrzeit. Vielleicht fragt er dich, vielleicht musst auch du aktiv werden. Ein ehrliches „Ich möchte dich gerne wiedersehen" sorgt für Klarheit. Und an seiner Reaktion merkst du, wie er dazu steht.

Was machen, wenn ...

... er auf deine Flirtversuche nicht reagiert? – Drei Chancen hat jede. Wenn nicht, bist du leider nicht sein Typ. Bitte akzeptiere es und laufe ihm nicht nach!!!

... er beim ersten Date total aufdringlich ist und du dich beinahe belästigt fühlst? – Verschwinde, so schnell es geht.

... er pausenlos von seiner Ex erzählt? – Sag ihm, wie sehr dich das nervt, und vergiss ihn. Denn er ist über seine alte Beziehung noch nicht hinweg und längst nicht offen für eine neue Liebe.

... sein Abschiedskuss nicht nach mehr schmeckt? – Schade, aber dann ist es so.

... er nicht anruft, obwohl er es versprochen hat? – Suche dir Klarheit, indem du 1× (!) anrufst und nachfragst. Akzeptiere, wenn er nicht will.

Kleo

Blitz ohne Donner – Kleos heimliche Liebesgeschichte

Alle haben einen Freund, nur ich nicht. Sina küsst Yannis. Julia ihren Nicolas. Milli knutscht sowieso nur noch mit Marco. Na ja, und Jolina hat sowieso ständig einen anderen. Wobei sie es neuerdings auf Malte abgesehen hat, aber ich fürchte, der ist ihr eine Nummer zu groß.

Alle wundern sich, warum ich plötzlich so still und schweigsam geworden bin. Aber niemand fragt mich, warum.

„Früher war Kleo lustiger!“ – „Mit Kleo ist gar nichts mehr los!“ – „Sie hat nur noch Ambra im Kopf!“ – das sind die Kommentare, die ich aufschnappe, wenn die anderen denken, ich höre es nicht.

Sina ist der Meinung, es hat etwas mit meiner Mutter zu tun. Ganz unrecht hat sie damit nicht, denn Mama geht mir in letzter Zeit gehörig auf den Keks. Wir haben nur noch Streit, sie hat ständig etwas an mir auszusetzen und findet immer einen Grund, mir etwas zu verbieten. Weil ich ihr einziges Kind bin und mein Vater als Kapitän selten zu Hause ist, bin ich ihr Lebensmittelpunkt und bekomme alles ab. Früher war das anders. Im Gegenteil, es gefiel mir, wenn Mama mir Röcke nähte oder Zimtwaffeln für mich und Sina gebacken hat. Wenn sie mich liebevoll von morgens bis abends umsorgte, während ich eine Erkältung auskuriert habe. Oder wenn sie mir mein Meerschweinchen Zarafira erlaubte, obwohl sie eine Tierhaarallergie hat – nur damit ich nicht hinter meiner besten Freundin Sina zurückstehen musste.

Aber seit ein paar Monaten habe ich das Gefühl, mich ständig gegen sie wehren zu müssen, Mama gängelt und kontrolliert mich, wo sie nur kann. Angefangen hat es damit, als sie zufällig mitbekam, dass Sina längst ihre Tage hat. Da kam sie plötzlich auf die Idee, mich von Dr. Gottstein durchchecken zu lassen, ob ich auch ja richtig entwickelt bin, weil sich bei mir diesbezüglich gar nichts tut, ich habe noch nicht einmal einen Brustansatz. Seitdem macht sie mir Stress. Einerseits will sie fast täglich wissen, ob ich jetzt auch eine „richtige" Frau bin, gleichzeitig schiebt sie Panik, dass ich womöglich heimlich einen Freund habe und ihr am Ende ein Baby nach Hause bringe.

Wenn sie wüsste, dass sich von den Jungs niemand für mich interessiert!

Wenn sie wüsste, dass sie ständig über meine Babyklamotten lästern.

Wenn sie wüsste, dass sie mich wegen meiner Haare Ringel-Ringel-Schwein nennen.

Das ist der wahre Grund, weshalb ich mich von den anderen zurückgezogen habe. Ich habe keine Lust mehr, Prellbock für Anfeindungen zu sein. Und ich ertrage es nicht, wie meine Freundinnen glückselig vor sich hin lächelnd ihre Liebschaften und Küssereien zum Besten geben, allen voran Sina. Ich kann da nicht mitreden. Soll Jolina Malte knutschen, wenn sie will. Auch dieser eingebildete Nicolas ist mir herzlich egal und Marco ist sowieso nicht mein Typ.

Aber Yannis.

So, jetzt ist sie endlich heraus, die schreckliche Wahrheit. Ich bin in den Freund meiner besten Freundin verliebt. Jedes Mal, wenn ich ihn sehe, knallt mein Herz durch. Yannis ist mein erster Gedanke, wenn ich morgens aufwache, und mein letzter, wenn ich abends einschlafe. Und ich weiß nicht, was ich dagegen machen soll.

Deswegen gehe ich auf den Hundeplatz, um mich abzulenken.

Deswegen bin ich lieber alleine.

Deswegen trage ich nur noch Schwarz.

Weil ich keinen Grund zur Freude habe.

Weil Yannis sich für Sina entschieden hat und nicht für mich.

Weil Yannis nicht mehr mit mir redet.

Dabei hatte alles so vielversprechend angefangen. Es war zu der Zeit, als Ambra zu mir kam und Sina ständig so viel für die Schule lernen musste, weil sie Stress mit ihren Eltern wegen ihrer schlechten Französischnote hatte. Zudem interessierte sie sich nicht sonderlich für meine neue Gefährtin, bis heute kann sie sich die Rasse nicht merken, geschweige denn, Hovawart richtig schreiben. Ich bin der Überzeugung, Sina hat Schiss vor Ambra, was sie im Leben nie zugeben würde. Ambra ist sehr

lebhaft, ein typischer Hovi eben, die springt einen schon mal zur Begrüßung vor lauter Freude an und legt einem die Pfoten auf die Schulter. Soll sie nicht, lässt sich aber nicht aberziehen (und ich finde es auch nicht so schlimm). Während sich Sina also damals hinter ihren Büchern vergraben hatte, bin ich mit Ambra durch Felder und Wiesen gestromert. Und einmal haben wir auf einen dieser endlosen Spaziergänge Yannis getroffen, der gerade vom Wurmsammeln kam. Ganz stolz hatte er mir seinen Eimer gezeigt, während in mir alles vor Aufregung glühte. „Reicht für zwei Anglertage“, hat er gemeint und mich freudestrahlend dabei angelächelt. Und genau in diesem Moment springt Ambra an ihm hoch, Yannis lässt erschrocken den Eimer fallen und Ambra macht sich, verfressen wie sie nun mal ist, kurzerhand über die Würmer her.
Und Yannis?
Anstatt zu meckern und sich zu ärgern, dass seine Würmer und all die Arbeit nun futsch sind, fing er an zu lachen und wünschte Ambra einen guten Appetit.

„Aus, Ambra!", rief ich erschrocken, voller Sorge, dass meine Hündin sich den Magen verdirbt. „Aus!"
„Jetzt weiß ich, wie Hunde zu Würmern kommen", grinste mich Yannis an, während er sich beeilte, seinen Eimer samt Inhalt wieder aufzusammeln. „Proteine haben noch nie geschadet ..."
„Du hast gut reden! Hoffentlich kotzt sie sie nicht wieder aus." Ich schüttelte mich bei dem Gedanken und machte mir Sorgen. Gleichzeitig war es mir unendlich peinlich, ausgerechnet mit Yannis über so ein Ekelthema sprechen zu müssen. Aber nachdem er seinen Eimer diesmal richtig verstaut hatte, tat er so, als sei nichts passiert, und fing an, mich über Ambra auszufragen. Wie lange ich sie schon hätte, wie oft ich mit ihr spazieren ginge, ob das Training auf dem Hundeplatz etwas bringen würde?! Richtig interessiert war er und aufmerksam zugehört hat er auch, das tat mir gut. Ganz anders als Sina, die sich, wenn überhaupt, immer nur aus Pflichtgefühl nach Ambra erkundigt.
Yannis hatte auch kein Problem damit, den angesabberten Fun-Mot für Ambra anzufassen, die es natürlich großartig fand, dass jemand das Springding so weit für sie warf.
„Hey, das hat Spaß gemacht!", sagte er zum Abschied. Er hatte mich und Ambra, die ich mittlerweile wieder angeleint hatte, fast bis vor die Haustür gebracht. Ich fand das einerseits total süß von ihm, andererseits bemerkte ich, wie bereits die Gardine hinter dem Küchenfenster wackelte. Garantiert würde mir Mama gleich wieder peinliche Fragen stellen ...
„Jederzeit gerne wieder", antwortete ich. Ganz bestimmt wurde ich dabei rot im Gesicht, so sehr freute ich mich.

„Warum nicht?“ Yannis lächelte mich an. „Ich habe mir auch immer einen Hund gewünscht, aber meine Mutter hat Angst um ihre Blumenzwiebeln.“

Von nun an begleitete Yannis mich regelmäßig auf unseren ausgedehnten Spaziergängen. Jedes Mal rechnete ich damit, dass er absagen würde, schließlich hatte er ebenfalls ein volles Schul- und Freizeitprogramm. Aber Yannis war immer pünktlich zur verabredeten Uhrzeit am Waldrand an der Bank, egal, ob es regnete oder bullig heiß war – und jedes Mal machte mein Herz einen Freudenhüpfer.

Manchmal unterhielten wir uns über Hundeerziehung oder Lehrer und quasselten in einer Tour, manchmal fragten wir uns gegenseitig Vokabeln bzw. Matheformeln ab, manchmal schwiegen wir. Ambra und Yannis wurden in jener Zeit echte Freunde. Und ich gewöhnte mich an seine Nähe, seine Aufmerksamkeit, sein Interesse an mir, fühlte mich unendlich wohl mit ihm. Jeden Abend beim Einschlafen freute ich mich bereits auf den nächsten Tag. Auf ihn.

Und dann passierte es.

Wir waren bereits über eine Stunde unterwegs und unterhielten uns über unsere absolvierten Schulpraktika und Berufschancen, als plötzlich ein heftiger Wind aufkam und die Blätter aufwirbelte. Wir waren so in unser Gespräch vertieft gewesen, dass wir überhaupt nicht bemerkt hatten, wie um uns herum ein Gewitter aufzog.

Wo war Ambra? Sie hatte die Angewohnheit vorauszulaufen, blieb aber normalerweise regelmäßig stehen und blickte sich

nach uns um. Jetzt war sie mit einem Mal verschwunden und ich hatte keine Ahnung, wo sie steckte.
„Ambra!“, rief ich laut, der Wind trug meine Worte davon.
„Ambra!“, rief nun auch Yannis, wir rannten wie auf Kommando los.
Insgeheim machte ich mir große Vorwürfe, dass ich nicht besser auf sie geachtet und nur Augen und Ohren für Yannis und seine Zukunftspläne hatte.
„Das hat keinen Sinn, wir müssen aus dem Wald heraus!“, keuchte Yannis neben mir, während über uns der Donner grollte und der Wind immer heftiger die Bäume schüttelte. „Dorthinten auf dem Feld kenne ich eine Schutzhütte, da sind wir in Sicherheit.“
„Und Ambra?“ Unmöglich konnte ich meine Hündin alleine im Wald zurücklassen, während ich im Trockenen saß.
„Die findet sich schon zurecht, mach dir keine Sorgen. Komm, schnell weg hier, solange das Gewitter noch nicht direkt über uns ist.“ Yannis griff nach meiner Hand und zog mich mit sich. Ich hatte keine andere Wahl, als hinter ihm herzuhechten.
Als wir am Waldrand ankamen, hatte sich der Himmel über uns bedrohlich dunkel gefärbt, ein unheimliches schwefelgelbes Licht lag über der Wiese, die unecht grün wirkte. Weiter unten am Hang konnte ich die Hütte erkennen, die Yannis offensichtlich meinte.
Abermals blieb ich stehen, um nach Ambra zu rufen, ich pfiff sogar. Verzweifelt wartete ich auf das vertraute Rascheln im Unterholz. Doch diesmal tauchte keine Hundeschnauze auf.
„Wie schnell bist du auf hundert Meter?“, versuchte es Yannis mit einem Scherz. „Wenn wir uns beeilen, schaffen wir es noch, bevor der Regen losprasselt.“

Ich wollte ihm antworten, dass ich mich ohne Ambra nicht fortbewegen würde, doch in diesem Moment krachte erneut ein Donner über uns, der Wind fegte durch die Bäume und wirbelte Sand in unsere Augen.

„Los, komm, wir dürfen keine Zeit mehr verlieren!"

„Nein, ich warte auf Ambra!", sagte ich entschlossen.

„Du bist verrückt, das kannst du nicht machen! Die hat sich ganz bestimmt irgendwo versteckt und in Sicherheit gebracht", versuchte er, mich zu beruhigen, wobei er gegen den Wind anbrüllen musste. „Hunde haben einen sicheren Instinkt."

„Ich lasse sie aber nicht im Stich!" Tränen schossen mir in die Augen, ich wollte nicht weinen und als Heulsuse vor Yannis dastehen. Ich wischte mir die Augen, der Sand darin brannte höllisch. Da krachte bei der nächsten Gewitterböe in unmittelbarer Nähe ein Ast zu Boden, ein Zweig streifte dabei schmerzhaft meine Wange.

„Jetzt aber!", rief Yannis, griff abermals nach meiner Hand und zog mich energisch mit sich.

Hatte ich eine andere Wahl, als ihm zu folgen? Wir jagten die Wiese hinunter, der Wind wurde immer stärker, das Donnergrollen war jetzt direkt über uns. Gerade als es anfing, wie aus Kübeln zu gießen, erreichten wir mit letzter Kraft die Scheune, ein alter, windschiefer Holzverschlag, der offensichtlich schon etlichen Unwettern getrotzt hatte. Doch die Tür war mit einem Vorhängeschloss verriegelt, die Fenster verschlossen. Mittlerweile prasselte der Regen in Strömen vom Himmel, es blitzte und donnerte und blitzte, alles auf einmal. Binnen kürzester Zeit waren wir klitschnass. Schnell liefen wir um die Scheune herum, irgendwo musste es doch eine Schutzmöglichkeit geben.

Zum Glück befand sich auf der Rückseite ein offener Unterstand, wir drückten uns dicht aneinandergeschmiegt in die hinterste Ecke, denn der Wind peitschte den Regen quer übers Feld. Yannis hielt meine Hand immer noch fest.

„Hier kann uns nichts geschehen“, murmelte er beschwörend vor sich hin, während es um uns herum blitzte und krachte. „Wenn der Blitz einschlägt, dann in den Baum dort drüben.“ Yannis deutete auf einen einsamen Kirschbaum mitten im Feld, keine fünfhundert Meter entfernt von uns.

„Klar, aber die Funken fliegen bis hier.“ Ich wollte mir aber lieber nicht ausmalen, was dann mit uns passieren würde. Und schon gar nicht wollte ich daran denken, wo und in welchem Zustand sich Ambra bei diesem schrecklichen Unwetter befand. Im Nachhinein weiß ich nicht mehr, wie lange wir dort so eng beisammenstanden, es dauerte eine gefühlte Ewigkeit, bis das Prasseln des Regens endlich nachließ und sich das Donnergrollen entfernte. Wir standen immer noch ganz eng beieinander, hielten uns fest an der Hand.

„Es zieht weiter“, nickte Yannis und es war, als würde er aus einem Traum erwachen. Ich spürte seinen Blick auf mir.

Er griff mir in meine kurzen Haare und spielte mit einer Strähne. „Fühlt sich nass an“, meinte er grinsend. „Und hier hast du eine fiese Schramme, lass mal gucken.“

Er umfasste mein Kinn und drehte meine Wange zu sich hin.

„Da muss mich vorhin der Ast getroffen haben ...“, stammelte ich. Ich fühlte mich plötzlich unbehaglich, so nah und dicht und vertraut mit Yannis. Dabei hatte ich mir in den letzten Wochen nichts sehnlicher gewünscht als das, von nichts anderem geträumt.

Da spürte ich, wie Yannis ganz zart mit seinen Lippen über meine Wange strich, genau an der Stelle, wo ich diesen Kratzer hatte. „Jetzt heilt es besser", flüsterte er mit rauer Stimme.
Eine zarte Gänsehaut rieselte meinen Rücken hinab. Oder lag es daran, dass ich völlig durchnässt und durchfroren war? Ich wagte es nicht, mich zu bewegen, zu kostbar war dieser eine Augenblick. Yannis und ich. Alleine.
Ich berührte seine Hand, die immer noch mein Kinn umfasste, wollte ihn daran hindern weiterzumachen und wünschte mir gleichzeitig nichts sehnlicher, als dass er mich richtig küsste. Yannis, verwuschelt und im klatschnassen Shirt, drückte jetzt lauter kleine Küsschen auf meine Wange.
Und dann erinnere ich mich an nichts mehr. Nur noch, dass wir eng umschlungen dastanden und mir abwechselnd heiß und kalt war, ich seine Lippen auf meinen spürte, während sich draußen langsam wieder die Sonne durch die Wolken schob. Wahrscheinlich hätten wir dort noch bis zum nächsten Unwetter gestanden, hätte uns nicht ein wohlvertrautes Bellen gestört.
„Ambra!" Wie auf Kommando ließen wir uns los und rannten nach draußen, wo meine Hündin uns vor Freude jaulend entgegenlief. Im Gegensatz zu uns war sie absolut trocken.
„Wo hast du nur gesteckt?", rief ich überglücklich und ließ es zu, dass sie aufgeregt an mir hochsprang. „Hey, ich freue mich auch, dich zu sehen." Überschwänglich kraulte ich sie durch und kramte in meiner Hosentasche nach ein paar Leckerli. Ich förderte leider nur noch feuchte Krümel zutage, aber Ambra störte sich nicht daran, sie leckte sie fröhlich von meiner Hand.
„Sag ich doch, ihr geht es gut!", murmelte Yannis, der ebenso wie ich erleichtert war, dass sie das Gewitter unbeschadet

überstanden hatte. Es war rührend zu sehen, wie glücklich er dabei aussah. Also hatte er sich doch seine Gedanken gemacht ...
„Dann müssen wir wohl jetzt nach Hause, komm!“, sagte ich und nahm Ambra an die Leine. Ich wollte nicht weiter darüber nachdenken, was alles hätte schiefgehen können. Jetzt, wo die Sonne einen Regenbogen malte und wir drei wieder glücklich zusammen waren. Diesmal griff ich nach Yannis' Hand und nach einem kurzen Zögern hielt er mich fest, sehr fest sogar.

Einige Wochen sind seitdem vergangen, es ist das letzte Mal gewesen, dass Yannis Ambra und mich auf einem Spaziergang begleitet hat. Gleich nachdem wir uns an jenem Abend mit einem verlegenen Kuss verabschiedet hatten, sagte mir eine innere Stimme, dass er nie wieder mitkommen würde. Schließlich war er Sinas Freund und ihr bester Kumpel seit allen Zeiten. Am Anfang habe ich mir noch eingeredet, es hätte etwas mit den vielen Arbeiten vor den Ferien zu tun, zumal er sich mir gegenüber weiterhin freundlich und so wie immer in der Schule verhalten hat. Aber natürlich liegt die Wahrheit woanders.
Als Ambra mich eines Tages vorwurfsvoll anguckt und einfach sitzen bleibt, als ich ihr das Springding nur schlappe drei Meter weit werfe, weiß ich, dass ich etwas klären muss. Das bin ich mir, das bin ich Ambra schuldig. Und Sina auch.
Yannis' Mutter Stefanie guckt kariert, als ich kurz darauf mit Ambra vor ihrer Haustür stehe, ich glaube, sie hat Schiss vor meinem großen Hund. Zumindest ruft sie Yannis runter und bittet ihn, mit uns draußen im Garten auf der Terrasse zu bleiben. Immerhin stellt sie uns zwei Flaschen Bionade hin, während sie sich diskret in die Küche verzieht, wo das Fenster

allerdings auf Kipp steht. Unmöglich, unter diesen Umständen ein offenes Wort mit Yannis zu reden.

„Wollen wir ein Stück spazieren gehen?“, schlage ich vor.

Zur Antwort zuckt er nur mit den Schultern, greift dann aber wie selbstverständlich nach Ambras Leine. Als ob er nicht erstaunt darüber wäre, dass ich ihn einfach so besuchen komme. Natürlich laufen wir nicht an Rosenmüllers Haus vorbei, sondern in die entgegengesetzte Richtung. Schweigend marschieren wir nebeneinanderher, aus dieser Reihenhaussiedlung heraus Richtung Feld. Yannis wirft mehr oder weniger halbherzig den Fun-Mot für Ambra, aber auch sie hat heute weniger Spaß als sonst, dem Ding hinterherzujagen.

Endlich kommt eine Bank in Sicht, wir setzen uns schweigend. Nach einer Weile halte ich es nicht mehr aus. „Der Spaziergang neulich, das Unwetter, also ... ich wollte dir noch sagen, dass ...“ Weiter komme ich nicht, denn Yannis fasst plötzlich nach meiner Hand und streichelt sie. Ganz sanft. Ich wage es nicht, ihn anzuschauen.

„Ich auch“, flüstert er rau.

„Warum kommst du dann nicht mehr mit?“

„Weil ... es ist schwierig zu erklären ...“ Er seufzt, lässt meine Hand aber nicht los und schweigt weiter vor sich hin, den Kopf immer noch gesenkt. Ich kann mir seine Antwort ja denken, aber ich will es von ihm hören.

Doch Yannis sagt nichts. Stummfisch.

„Ich weiß schon. Sina und du, ihr gehört einfach zusammen, richtig?“ Ich versuche, mir meinen Kloß im Hals nicht anmerken zu lassen. „Ich bin nur die Kleo, die ständig Äpfel isst und keine Lust auf Party hat.“ Und die alle nur als Ringel-Ringel verspotten, füge ich in Gedanken hinzu. Ohne den Kopf zu heben, spüre ich, dass er nickt.

„Es tut mir leid, Kleo“, flüstert er leise. „Aber es … es geht nicht mit uns.“ Abermals drückt er meine Hand. Es fühlt sich seltsam vertraut an, sofort kriecht die Erinnerung in mir hoch an jenen Moment, wie wir eng umschlungen gemeinsam im Gewitter gestanden haben. An seine Küsse, die noch tagelang auf meiner Wange gebrannt haben. Und wie zärtlich und nah er für mich war. Ganz anders als heute.

Während Yannis aufsteht, hält er meine Hand immer noch fest. Unentschlossen steht er da, traut sich nicht, mir in die Augen zu schauen.

„Es tut mir leid, ich wollte dir nicht …“ Er hat meine Hand immer noch nicht losgelassen, streichelt sie, wiegt gedankenvoll den Kopf hin und her.

Für einen kurzen Moment überlege ich, ob ich aufstehen und mich ihm an den Hals werfen soll, einen Krach mit Sina provozieren, endlich Klarheit schaffen, denn garantiert ahnt sie nichts von unserem Geheimnis. Aber so will ich es nicht. Ich will jemanden als Freund, der von sich aus zu mir und seinen Gefühlen steht.

Ich will Yannis.

Aber er will mich nicht.

Und jetzt haben alle einen Freund, nur ich nicht. Weil ich seine Hand losgelassen und nach Ambra gepfiffen habe. Weil ich verstanden habe, dass er sich nicht entscheiden kann. Weil ich ohne ein weiteres Wort an ihm vorbei Richtung Wald gelaufen bin. Weil ich nie im Leben jemand anderen lieben werde außer Yannis.

Unglücklich verliebt

Unglücklich verliebt sein kann man: in den viel älteren Lehrer oder Nachbarn, die nichts von dir wissen wollen, womöglich deshalb, weil sie sich strafbar machen, wenn sie sich mit dir (einer Minderjährigen) einlassen. In den süßen Popstar, der einfach unerreichbar weit weg ist. In den Freund deiner Freundin, was einfach ein No-go ist. Oder ganz simpel in den süßen Typ aus dem Bus, der dich einfach nicht beachtet. Wenn es dich tröstet: Du bist in dieser Situation nicht alleine, unglückliche Lieben gibt es zuhauf. Sonst gäbe es nicht so viele Filme und Romane darüber! Die laufen meist auf ein Happy End hinaus nach dem Schema „Mädchen ist hoffnungslos unglücklich in den smarten Typ A verknallt, der sich im Laufe der Handlung als Idiot (Betrüger, Krimineller, Schurke o. Ä.) entpuppt, während sie nicht kapiert, dass Typ B (nicht ganz so hübsch, dafür zuverlässig und ehrlich) der Richtige für sie ist".

Aber warte lieber nicht ab, bis du in einem hollywoodreifen Liebesdrama die passive Herzschmerzqueen spielen darfst, sondern werde aktiv und sorge für Klarheit. Dieses ewige Hin- und Hergerissen zwischen Er-liebt-mich und Er-liebt-mich-nicht fühlt sich nicht gut an und raubt dir zu viel Energie, die du für die schönen Dinge des Lebens besser gebrauchen kannst. Nur – was kannst du tun? Und wie bekommst du ihn aus deinem Kopf und deinem Herzen?

Nun, *warum* sich jemand NICHT in dich verliebt, wo du doch so hübsch, toll und einzigartig bist, oder *warum* sich an anderer Stelle zwei Menschen ineinander verlieben, dafür gibt es keine richtigen Erklärungen – zumindest keine, die dich zufriedenstellen. Die einen sagen, es passt einfach nicht – und meinen damit, dass soziale Herkunft und Charaktereigenschaften nicht zusammengehen. Andere erklären, dass man sich gegenseitig nicht richtig „riechen" kann, und meinen damit eine komplizierte hormonbedingte und instinktive Reaktion, die niemand beeinflussen kann, auch nicht mit viel Parfum.

Du denkst vielleicht, du kannst ein bisschen nachhelfen und andere Klamotten tragen oder an einem Charakterzug feilen. Klar! Du kannst ihn einladen, mit ihm flirten, und wenn du ganz mutig bist, ihm deine Liebe gestehen. Aber ganz bestimmt kannst du seine Liebe nicht erzwingen! Das ist unglaublich schwierig einzusehen und so schnell willst du ja auch nicht aufgeben, oder? Wenn du also trotzdem der Meinung bist: Er ist es und weiß es nur noch nicht, probiere Folgendes aus, um dich besser zu fühlen:

- Sorge für Klarheit, indem du ihn näher kennenlernst – sei öfters in seiner Nähe oder verabrede dich mit ihm. Dann merkst du erstens, ob er wirklich so toll ist, und zweitens, ob er sich auch für dich interessiert. Wenn du ehrlich bist, merkst du das ganz schnell. *Wenn Dinge klar sind, muss man keine Fragen mehr stellen!* Aber setze dir sicherheitshalber einen Zeitrahmen, damit du nicht unnötig lange leidest.
- Falls er sich dir öffnet und nur einen kleinen Schubs brauchte, um dich von sich aus anzusprechen: Glückwunsch!
- Falls er deine Einladung ablehnt und abweisend reagiert: Akzeptiere es, so schwer es dir fällt. Lerne, die Zeichen zu deuten und sein höfliches „Vielleicht“ als eine Absage zu interpretieren.
- Verbanne ihn aus deinem Herzen! (Tipps dazu findest du ab Seite 117.) Leichter gesagt als getan, muss aber sein. Nur so kannst du dich wieder neu und diesmal glücklich (!!!) verlieben.

Julia

Bon Noël, chérie! – Julias Date-Geschichte

„Morgen Kinder, wird's was geben, morgen werdet ihr euch freun ..." Seit Tagen trällert meine große Schwester Ashley dieses beknackte Weihnachtslied. Wann immer sie mich sieht, fängt sie wie eine elektronische Weihnachtsklappkarte damit an, weil sie genau weiß: Es macht mich rasend. Denn natürlich meint sie nicht Heiligabend mit stimmungsvollem Kerzenschein und vielen Geschenken, sondern den Ankunftstag von Nicolas. Am 24. Dezember um 12:58 Uhr wird mein französischer Freund am Hauptbahnhof ankommen und ich werde ihn endlich, endlich wieder in den Armen halten und dann heißt es: Bon Noël!

Wenn die Bahn pünktlich ist.

Wenn er eingestiegen ist.

Wenn er mich überhaupt sehen will.

Weil Ashley mich ärgern will, findet sie das mit mir und ihm schrecklich witzig. Haha, ich kann nichts Lustiges daran finden, dass ich nicht weiß, ob Nicolas überhaupt in diesem Zug sitzen wird oder nicht.
Weil wir uns das letzte Mal in den Herbstferien gesehen haben.
Weil wir am ersten Advent das letzte Mal gemailt haben.
Weil sein Anruf an Nikolaus so komisch war.
Als Nicolas damals zu uns in die Klasse kam, wusste ich sofort: den oder keinen. Alle Mädchen waren in ihn verknallt, allen voran Sina und Jolina. Aber Nicolas hat sich ganz klar für mich entschieden und schon ziemlich bald galten wir als unzertrennlich. Leider ist er ebenso schnell, wie er nach Deutschland kam, wieder zurück nach Paris verschwunden, sein Vater ist Diplomat, seine Mutter arbeitet wieder im Hotel ihres Bruders.
Seufzend binde ich jetzt meine Stiefel zu und ziehe meine dicke Winterjacke an. Wenn Nicolas eingestiegen ist, sitzt er bereits seit einer Stunde in dem Zug. Und ich habe fast drei Stunden Zeit, um an den Bahnhof zu fahren. Ob ich ihm zur Sicherheit nicht doch noch mal eine SMS schicke?
„Du spinnst", hat Kleo am letzten Schultag gesagt. „Du hast ihm doch schon mindestens hundert Stück geschickt. Warum soll er dir immer das Gleiche antworten?"
Kleo weiß nicht, wie doof sich diese Ungewissheit anfühlt. Kleo war noch nie verliebt, knutscht nicht auf Partys rum und geht garantiert eines Tages als Jungfer in Rente. Natürlich haben wir fest ausgemacht, dass Nicolas kommt und bei seiner deutschen Tante die Weihnachtsferien verbringt, was mache ich mich deswegen also so verrückt?! Ganz einfach: Weil diese Abmachung schon so lange her ist! Damals in den Herbstferien, als ich ihn

in Paris besuchte, habe ich herausgefunden, dass seine deutsche Tante ganz in der Nähe von uns wohnt und eins der angesagtesten Hotels unserer Stadt betreibt. Wenn das mal kein Zufall ist, habe ich innerlich gejubelt und alle Hebel in Bewegung gesetzt, damit Nicolas zu Weihnachten hier in Deutschland sein kann. Sein Vater war zunächst skeptisch, dann aber sofort einverstanden, als Nicolas versichert hat, dass er bei seiner Tante eine Art Praktikum machen würde. Nicolas' Mutter hat mich sowieso sofort in ihr Herz geschlossen, keine Ahnung, warum. Meine Eltern sind da etwas strenger, sie haben tausend Bedenken, aber das ist eine andere Geschichte.

„Julia, wo willst du denn hin?" Mama kommt mit rot verschwitztem Gesicht aus der Küche und hält mich am Jackenärmel fest. „Doch nicht etwa schon zum Bahnhof?" Skeptisch mustert sie mich von oben bis unten. „Du kannst mir noch ein bisschen helfen", meint sie und zieht mich in die Küche. „Immerhin wollt ihr heute Abend Kartoffelsalat essen. Und der Baum ist auch noch nicht geschmückt."

„Immer ich", maule ich, „Ashley ist ja auch noch da."

Trotzdem lasse ich mich von ihr in die Küche schieben, ziehe meine Jacke wieder aus und nehme das Messer in die Hand, das Mama mir jetzt hinhält. Aus den Augenwinkeln schiele ich zur Küchenuhr.

10:15 Uhr, noch zweidreiviertel Stunden.

Während ich gedankenverloren die Schale von den Kartoffeln pelle, erinnere ich mich daran, wie ich mit Nicolas in den Herbstferien Kartoffelgratin mit Sauce Béarnaise für hundert Personen zubereitet habe. Es war am ersten Morgen nach meiner Ankunft und wir haben die Nacht zuvor kaum geschlafen.

Natürlich habe ich in einem Einzelzimmer eingecheckt, aber, hey, das glaubt nur Kleo, dass es auch bei einer Einzelbelegung geblieben ist. Via SMS haben wir uns verabredet, Punkt Mitternacht, nachdem Nicolas seinen Küchendienst ordnungsgemäß beendet hat, kam er auf mein Zimmer. Mit einer Schale Erdbeeren und Vanilleeis mit Schokosoße. Sofort bekomme ich wieder eine Gänsehaut, wenn ich daran denke, wie wir uns gegenseitig die Schokosoße von den Fingern geschleckt haben. Natürlich haben wir uns schon oft geküsst, logo, aber so intensiv wie in dieser Nacht war es nie. Plötzlich wusste ich, dass er mich genauso vermisst hatte, wie ich ihn, ich war mir sicher, dass es etwas Ernstes, Richtiges zwischen uns ist. Und dass unsere Geschichte nicht nur ein Flirt von vielen war, wie mir Jolina weiszumachen versuchte. „Der wollte doch nur die Gelegenheit nutzen, sein Deutsch aufzubessern", hat sie erst gestern wieder gesagt, „garantiert lockt der jede nette Ausländerin in seine Küche. Oder warum reagiert er nicht auf deine Mails, hä?"

Schon damals nämlich, kurz vor unserem ersten Wiedersehen, wurde das mit den Verliebtheits-SMS und Mails Tag für Tag weniger, aber irgendetwas in mir weigert sich nach wie vor, das als schlechtes Zeichen zu sehen. Schließlich geht Nicolas zur Schule und hat neben Hausaufgaben und Schwimmverein noch seine Verpflichtungen im Hotel seiner Familie. Wie soll er mir da ständig simsen? In dieser Schokosoßen-Nacht habe ich ihm alles vergeben und vergessen, es war mir egal, ob er verliebt war so wie ich oder ob ich nur ein Ferienflirt für ihn war. Nicht egal war mir, dass ich mir am nächsten Morgen beim Kartoffelnschälen vor lauter Müdigkeit in den Finger geschnitten habe. Nicolas war sofort bei mir und hat mit geübten Griffen meine Wunde versorgt. „Tu reste ici, cherié“, hat er gesagt und mich energisch auf die Küchenbank gedrückt. „Du bist ja blass wie Sahne!“ Dann hat er mir einen französischen Kräuterschnaps eingeschenkt und zehn Minuten später standen wir wieder kichernd und küssend Schulter an Schulter über der Kartoffelschüssel.

„Julia, was ist los, geht es dir nicht gut?“ Mama guckt mich besorgt an. „Du bist so blass ...“ Zärtlich streicht sie mir eine blonde Strähne hinters Ohr.

Ja, Mama, ich weiß, das liegt daran, dass ich letzte Nacht vor Aufregung nicht schlafen konnte. Obwohl sich mir innerlich alles dagegen sträubt, muss ich den Tatsachen ins Auge sehen. Nicolas kommt vielleicht nicht, Nicolas hat mich vergessen oder, noch schlimmer: Nicolas liebt eine andere.

„Es ist schon okay!“, beeile ich mich zu sagen, „Es ist nur ... ich habe Nicolas so lange nicht gesehen und ich bin ein bisschen aufgeregt.“

„Das kann ich gut verstehen“, erwidert meine Mutter. „Das wäre ich auch, wenn mein Freund das erste Mal mit mir Weihnachten feiern würde.“ Sie strahlt mich an wie ihre Sternenlichterkette über der Gardinenstange. „Weißt du, er ist bestimmt genauso aufgeregt wie du.“

„Armer Kerl!" Grinsend schnippele ich jetzt die geschälten Kartoffeln klein. Mamas Salat ist legendär gut, aber nur, wenn die Kartoffeln in mundgerechte Stücke geschnitten sind.
„Heute, Kinder, wi-hird's wa-has geben, heute-he werdet ihr euch freun ..." Ashley kommt summend in die Küche. Sie hat knallrote Wangen von der eisigen Kälte draußen und eine dicke Metzgertüte in der Hand.
„Halt doch endlich die Klappe", fauche ich sie an und pfeffere wütend mein Messer in die Spüle. Soll Ashley-Schätzchen doch die Kartoffeln schnippeln, ich gehe jetzt zum Bahnhof. Dieses Grübeln halte ich nicht länger aus, ich muss endlich wissen, ob Nicolas mich wirklich nicht vergessen hat. Ein Blick auf die Küchenuhr reicht, um mich aus der Fassung zu bringen.
Nur noch zwei Stunden!
„Julia, du hast noch so viel Zeit ..." Mamas Worte hallen hinter mir her, während ich aus der Haustür hechte und zur U-Bahn sprinte. Der Wind bläst mir eiskalt ins Gesicht, plötzlich weiß ich nicht mehr, was ich fühlen soll: Bin ich aufgeregt? Bin ich verliebt? Oder bin ich einfach nur schrecklich enttäuscht, weil ich von Nicolas so lange nichts gehört habe? Skeptisch blicke ich in den Himmel, ob nicht vielleicht doch ein paar Flocken aus den Wolken tanzen. Weiße Weihnachten, das wäre es doch! Das kennt Nicolas garantiert nicht. Oh Nicolas, Nicolas, Nicolas, seufze ich innerlich zum hundertmillionsten Mal. Warum musstest du damals ausgerechnet zu uns in die Klasse kommen? Warum bist du so lustig und hast mit deinen witzigen Bemerkungen mein Herz erobert? Wieso kannst du auch so spannende Geschichten von deinen Großeltern und all den Menschen im Hotel erzählen, die bei euch die verrücktesten

Sachen erlebt haben? Ganz besonders diese eine Liebesgeschichte höre ich so gerne, weil dieses Paar so besonders war. Jeder von ihnen hat sein eigenes, unabhängiges Leben geführt, frei und fern voneinander, mitunter auch mit anderen Partnern – und doch waren sie ganz nah und innig zusammen, wie es nur bei wirklicher Liebe sein kann ...

Dann stehe ich am Bahnhof. 11:25 Uhr sagt die große Uhr über dem Haupteingang, noch gute eineinhalb Stunden. Unwillkürlich taste ich nach meinem Handy, Mist verdammt, vor lauter Kartoffelsalat habe ich es zu Hause liegen lassen. Meine Hosentasche ist an der Stelle schon ganz ausgebeult, weil ich es ständig mit mir herumschleppe aus Angst, ich könnte Nicolas' SMS verpassen. Und dann fällt es mir plötzlich ein, logisch: Nicolas hat sein Handy verloren! Liegt irgendwo in der Pampa, U-Bahn, Ecke und bimmelt vor sich hin. Oder, noch schlimmer, jemand hat es gefunden und liest jetzt ständig meine verliebten Mails. Abrupt bleibe ich stehen. Dass ich darauf nicht schon längst gekommen bin! Ich bin so erleichtert, dass ich gar nicht bemerke, wie mir ein Typ seinen Rollkoffer in die Hacken schiebt und mich laut verflucht. Was mache ich mich auch so verrückt!, schimpfe ich mit mir, innerlich grinsend. Bei eurem Abschied in Paris damals nach den Herbstferien hatte Nicolas sogar Tränen in den Augen – und nicht du, weil du dich schon so auf euer Weihnachtswiedersehen gefreut hast. Logisch vermisst er mich, logisch sitzt er längst im Zug.

Noch eineinviertel Stunden.

Seufzend blicke ich zu dem funkelnden Weihnachtsbaum vor mir, der groß und prächtig mitten in der Bahnhofshalle steht. Ich lege den Kopf in den Nacken, die Baumspitze berührt fast die Jugendstildecke. Wie viele Kugeln mögen das sein? Wie viele Lichter? *There are nine million bicycles* ... Mit schlechtem Gewissen denke ich daran, dass Mama nun alleine mit Ashley zu Hause den Baum schmücken muss, weil ich einfach abgehauen bin. Ich hätte ihr helfen müssen, schließlich war es meine Idee, dass mein Freund in diesem Jahr mit uns Weihnachten feiert ... aber mit dieser kribbeligen Ungewissheit im Bauch hätte ich mit Sicherheit sämtliche Glaskugeln zerdeppert und nie im Leben ordentliche Schleifen um die Tannenzweige binden können. Eine Lautsprecherdurchsage kündigt die Verspätung des ICEs aus Berlin an, der Zug aus Paris steht noch nicht einmal auf der Anzeigentafel.

Noch eine Stunde.

Hektisch rennen die Leute an mir vorbei, ich spüre Ellenbogen im Rücken, Fußtritte auf den Schuhen, immer dichter werde ich an den Weihnachtsbaum gedrängelt, der mir plötzlich noch höher erscheint. Mir wird schwindelig vom Hochgucken, so schwindlig wie damals auf dem Eiffelturm, am Tag vor meiner Abfahrt, als Nicolas und ich mit dem Fahrstuhl auf die zweite Plattform gefahren sind. Mein Magen flattert noch jetzt, wenn ich daran denke, aber die Aussicht war atemberaubend schön. Nicolas hat mir alles gezeigt: die Seine, die sich wie ein blaues Band durch die Stadt schlängelt,

den Montmartre mit der im Sonnenlicht leuchtenden Sacré-Cœur, den Jardin du Luxembourg ... aber ich habe an diesem Morgen nur eins verstanden: Ich bin verliebt, so verliebt wie noch nie in meinem Leben, und ich möchte, dass Nicolas mein Freund ist. Für immer. Scheinbar hat er die Intensität meiner Blicke und Küsse an diesem Morgen gespürt, denn er hat mich noch enger an sich herangezogen und meine Hand, die in seiner ruhte, noch fester gedrückt. Eng umschlungen sind wir dann noch stundenlang durch den Jardin spaziert, ohne ein Wort zu sagen, immer wieder sind wir stehen geblieben, um uns zu küssen, uns festzuhalten. Mit keinem Wort haben wir über den bevorstehenden Abschied geredet, kein Wort davon, dass wir uns ja in den Weihnachtsferien wiedersehen werden, kein Wort darüber, wie es mit uns weitergeht. Es war einfach nur traurig und schön zugleich. Traurig, weil ich gerne noch in Paris geblieben wäre, schön, weil seine Gefühle mich mit Wärme und Liebe füllten und ich die Gewissheit verspürte, dass er zu mir gehört. Deswegen bin ich auch voll Zuversicht und ohne Tränen am nächsten Tag in den Zug gestiegen. Partir, c'est mourir un peu, hat Nicolas mir noch ins Ohr geflüstert, aber ich fühlte mich voller Liebe.

Ich wusste, dass ich ihn wiedersehen werde.

Ich wusste, dass er mich genauso liebte wie ich ihn.

Ich wusste, dass er bei mir ist.

Und jetzt? Jetzt taumele ich herum, hin und her gerissen zwischen Vorfreude und Angst. Angst davor, dass er mich vergessen haben könnte. Als ich nach den Herbstferien damals wieder zu Hause war, fühlte ich mich so beflügelt, so erwachsen. Wie eine richtige Frau, die weiß, wo sie hingehört. Kleo hat mich nur ausgelacht und mir einen Vortrag über Selbstbewusstsein und Emanzipation gehalten, aber ich dachte nur: Rede du! Du bist nur neidisch, weil du keinen Freund hast, du weißt ja gar nicht, wie schön sich das anfühlt, wenn man zu zweit ist. Wenn man jemanden hat, mit dem man lachen kann. Mit dem man stundenlang die Zeit verbringt, ohne dass es langweilig ist. Mit dem man so wundervolle Stunden erlebt. Nicolas ist meine große Liebe, das weiß ich einfach.

Auch wenn er jetzt vielleicht nicht kommt.

Auch wenn ich ihn vielleicht nie wiedersehe.

Auch wenn er mir das Herz bricht.

Noch zweiundfünfzig Minuten.

Bratwurstduft steigt mir in die Nase, der Mann neben mir zieht sich gerade so ein fettiges Teil rein und mir dreht sich endgültig der Magen um. Seit Nicolas Fünf-Sterne-like für mich gekocht hat, bin ich in Sachen Essen etwas wählerisch geworden. Mama hat mich ausgelacht und meinte, „Haute Cuisine ist nicht drin", aber die leckeren Rezepte wie Coq au Vin, Bouillabaisse oder Potaufeu hat sie gerne nachgekocht. Das Grummeln in meinem Bauch lässt nicht nach, erinnert mich daran, dass ich seit Tagen nichts Richtiges essen konnte, nur etwas Tee und Joghurt, und ab und zu eine Reiswaffel, selbst Omas leckere Vanillekipferl, die ich sonst tellerweise verdrücke, konnten mich nicht locken. Mama hat mich glücklicherweise ganz in Ruhe gelassen, immer wieder hat sie mich mitfühlend angeschaut, sonst aber nichts gesagt.

Noch vierzig Minuten. Die Anzeigentafel rattert.

Der ICE aus Paris steht jetzt auch mit drauf, mein Herz macht einen Hüpfer. Tief durchatmen, Julia, sage ich mir, er kommt,

ganz bestimmt, denke doch nur mal an seinen letzten Brief. Anfang November hat er mir einen richtigen Liebesbrief geschickt, ganz romantisch auf edlem Papier und mit Tinte. Er hat mir geschrieben, wie sehr er die gemeinsame Zeit mit mir genossen hat, wie sehr er die Gespräche mit mir liebt und wie sehr er mich vermisst. Der Clou aber war die beigefügte DVD *Paris, je t'aime* und er hatte auf dem Cover das Wort Paris durchgestrichen und Julie daraus gemacht. Und genau das ist es ja, was mich so irritiert: Wenn Nicolas mich so sehr liebt wie ich ihn, wenn er sein Handy verloren hat, warum schreibt er mir dann nicht einen Brief? Warum lässt er mich nicht durch seine Tante auskundschaften? Oder ruft mich auf dem Festnetz an? Am Nikolaustag hat er es doch auch getan! Fast eine Stunde haben wir miteinander telefoniert, besser gesagt: uns angeschwiegen. Ich hatte die ganze Zeit über die Augen zu und habe mir dabei vorgestellt, wie ich auf seinem Schoß sitze, mich an seine Schulter lehne, seine Wärme spüre ... Irgendwie wusste ich nicht so recht, was ich sagen soll, er scheinbar auch nicht. Komisch war dann, dass er ganz schnell auflegen musste und auf meine Frage „Freust du dich auch so sehr, mich an Weihnachten wiederzusehen" nicht mehr geantwortet hat. Na ja. Seitdem mache ich mich verrückt. Freut er sich nun oder freut er sich nicht?
Kommt er oder kommt er nicht?

Liebt er mich oder liebt er mich nicht?
Tausend Szenarien habe ich mir in der letzten Zeit ausgemalt:
Nicolas, wie er in seiner spärlichen Freizeit verzweifelt meine Telefonnummer wählt und nicht durchkommt, weil das Netz überlastet ist.
Nicolas, wie er seine Tante verrückt macht, die aber meinen Namen falsch aufgeschrieben hat.
Nicolas, wie er einen Brief nach dem anderen schreibt, aber unser Postbote einer von denen ist, die ihre Sendung im Papiercontainer statt in Briefkästen entsorgen.
Natürlich habe ich selbst hundert Mal im Hotel probiert, ihn zu erreichen, aber der freundliche Portier hat jedes Mal behauptet, Nicolas sei nicht da, wäre auf einem Kochseminar, hätte Schule und so weiter.
Ich habe ihm kein Wort geglaubt. Immer, wenn ich das Telefon aufgelegt habe, war ich mir sicher: Er lässt sich verleugnen. Doch dann habe ich wieder seinen Brief in die Hände genommen und die DVD angeschaut – und alles war vergessen.
Noch eine halbe Stunde.
Nein, nichts ist vergessen, die Unsicherheit nagt an mir, so verzweifelt habe ich mich noch nie gefühlt. Natürlich gibt es ein Foto von Nicolas und mir, es steht auf meinem Schreibtisch. Es stammt von einem dieser verrückten Straßenfotografen vor dem Centre Pompidou, der uns abgelichtet hat, nachdem Nicolas mir gerade eine Kette gekauft hatte. Wäre die Linse nicht verregnet, das Foto sähe aus wie dieses berühmte Kuss-Bild von Doisneau. Aber dem Dauerregen an diesem Tag verdanke ich den wohl geilsten Anhänger der Welt! Stundenlang sind wir durch sämtliche Galerien und Kaufhäuser, haben geschaut

und probiert, gekichert und geküsst, bis wir endlich das gefunden haben, was zu uns passt: Ein Amulett, ein Herz natürlich, mit wild lodernden Flammen und einem kleinen, glitzernden Steinchen. Ich trage es an einem schwarzen Lederbändchen um den Hals, Nicolas als Armband. Logisch, dass ich es seitdem nicht mehr ablege. Sina, Jolina und die anderen ziehen mich schon damit auf, dass ich nur noch das Kettchen und überhaupt keinen anderen Schmuck mehr trage. Heute habe ich es natürlich auch an, außerdem habe ich mir alle erdenkliche Mühe mit dem Styling gegeben und sorgfältig mein Make-up aufgelegt. Wahrscheinlich bin ich trotzdem wieder blass wie Sahne, wie Nicolas sagen würde.

Nicolas.

Nicolas.

Nicolas.

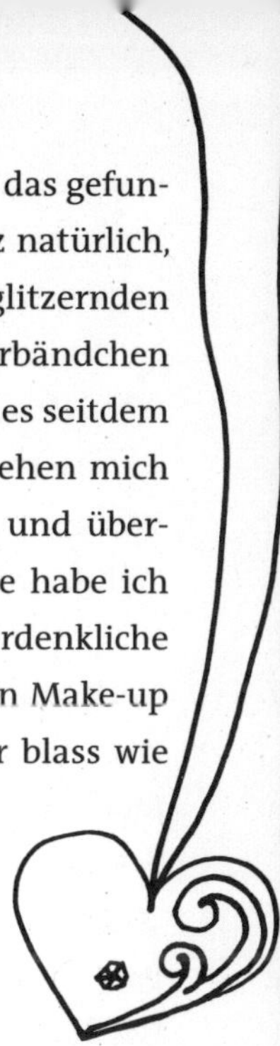

Noch fünfzehn Minuten.

Ob ich mich schon mal auf den Bahnsteig stelle? Aber dann verpasse ich ihn vielleicht im Gedränge. Nicht auszudenken! Der Bahnhof ist rappelvoll, die Menschen rennen hektisch durch die Gegend. Mühsam bahne ich mir den Weg zu Gleis sieben, aber es ist fast kein Durchkommen. An der Informationssäule steht ein knutschendes Pärchen in inniger Umarmung. Das könnten Nicolas und ich sein. Das waren Nicolas und ich, denke ich, damals, als ich ihn in den Herbstferien besucht habe und wir uns das erste Mal seit Wochen wieder in die Arme schließen konnten. Es gibt einen tiefen Stich in mein Herz. Wie wird das gleich sein, ihn nach so vielen Wochen endlich wiederzusehen? Sehe ich ihn überhaupt wieder? Neben mir stößt eine alte Omi einen Freudenschrei aus und rennt auf eine andere Frau zu, die ebenfalls laute Juchzer loslässt. Die beiden führen glückstrahlend ein Tänzchen auf, als hätten sie sich Jahrhunderte lang nicht gesehen. Wer weiß, vielleicht haben sie das auch ... Ein Vater schließt laut lachend seine beiden Kinder in die Arme, die fröhlich auf ihn zugelaufen kommen, über die Blondschöpfe hinweg zwinkert er seiner milde lächelnden Frau liebevoll zu.

Weihnachten, das Fest der Freude.

Weihnachten, das Fest des Wiedersehens.

Weihnachten, das Fest der Liebe.

Noch zehn Minuten.

Züge kommen an und fahren ab, ICEs spucken Unmengen Menschen aus, unglaublich, wie viele da reinpassen. An diesen Feiertagen muss Zugfahren doch die Hölle sein. Klack, klack! Tür zu und Abfahrt, hier kommen mindestens sechshundert Personen zum Weihnachtsbesuch. Klack, klack! Tür auf, großes Hallo, schon wieder habe ich einen Rollkoffer in meinen Hacken, werde unsanft durch die Gegend geschubst, ich habe keinen Halt.

Noch sieben Minuten.

Plötzlich finde ich mich neben dem Wagenstandsanzeiger wieder. Fährt Nicolas zweite Klasse? Hat er eine Sitzplatzreservierung? Bin ich auf dem richtigen Bahnsteig? Hektisch prüfe ich die Ankunftszeiten. Da, genau, das ist der Zug um 12:58 Uhr und das ist mein Standort.

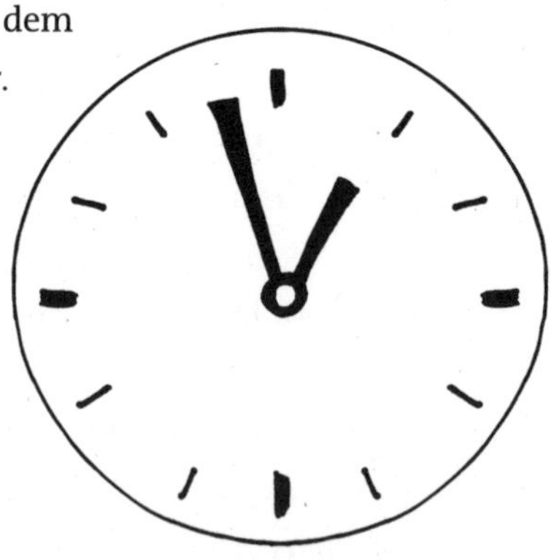

Während ich überlege, ob ich hier überhaupt stehen bleiben soll, rattert die Anzeige und kündigt die Ankunft des ICE aus Paris an.

Noch fünf Minuten.

Der Zug endet hier. Vielleicht ist gleich alles zu Ende, denke ich, alles. Alles, was in den letzten Wochen und Monaten so schön war, mich beflügelt und glücklich gemacht hat, endet gleich in diesem Bahnhof. Ich lehne mich an den Pfosten und schließe die Augen. Wenn er nicht im Zug sitzt, bin ich am Ende, dann weiß ich nicht mehr, was das alles soll.

Noch drei Minuten.

Die Lautsprecherdurchsage schreckt mich aus meinen verzweifelten Gedanken. Der Zug hat Verspätung und wird wenige Minuten später hier eintreffen. Ich halte das nicht mehr aus!!! Julia, ermahne ich mich, du wirst das schaffen, wegen eines Typen geht die Welt nicht unter. Ich muss an Jolina und ihre blöden Bemerkungen denken. An Sinas und Millis spöttische Lästereien. Werden mich meine Freundinnen trösten? Werden sie verstehen, wie ich mich fühle, weil die Liebe meines Lebens mich vergessen hat?

Noch zwei Minuten.

Jemand neben mir quatscht hektisch in sein Handy, eine Mutter zieht ihr plärrendes Kind hinter sich her. Die Lautsprecherdurchsage dröhnt durch die Halle, über die Gleise, ich verstehe kein Wort.

Noch eine Minute.

Tief durchatmen, Julia, er wird im Zug sitzen, plötzlich spüre ich wieder diese kraftvolle Zuversicht, bin mir ganz sicher, dass er eingestiegen ist, um gleich auszusteigen und mich in seine Arme zu schließen.

Und wenn nicht?

Ein Vibrieren der Gleise, gleich fährt der Zug ein.

Es kann sich nur noch um Sekunden handeln.

Bewegung kommt in die Menge, was, wenn ich ihn in diesem Gewühle nicht finde? Wenn er mich nicht sieht? Die Zugspitze biegt in den Bahnhof, Wagen huschen vorbei, ich spähe hinein, war er das? Hat da nicht jemand gewunken?

Bremsen quietschen, der Zug hält.

Mit einem leisen Zischen öffnen sich die Türen, Menschen drängen sich nach draußen, aber sosehr ich mir auch den Hals verrenke, ich kann Nicolas nirgends entdecken. Wie gelähmt bleibe ich stehen, unfähig, den Bahnsteig entlangzulaufen, vielleicht ist er ja ganz hinten ausgestiegen.

Da spüre ich, wie mir jemand sanft in den Nacken pustet.

„Bon Noël, chérie."

Richtig daten

Ein Date ist eine aufregende Angelegenheit. Egal, ob du ihn zum ersten oder hundertsten Mal triffst, denn Vorfreude ist die schönste Freude. Und gute Vorbereitung ist wie immer alles. Aber zunächst musst du ja ein Treffen mit ihm ausmachen! Das ist schwierig und einfach zugleich. Schwierig, weil du all deinen Mut zusammennehmen musst, um ihn anzusprechen, und vielleicht eine Absage in Kauf zu nehmen hast. Einfach, weil es keinen schlichteren Satz gibt, als „Ich möchte dich gerne wiedersehen. Wollen wir uns zum Inlinern (Eisessen, Klettern, Fußballgucken, Spazierengehen ...) verabreden?".

- Verabrede dich mit ihm an einem Ort, wo man sich nicht verfehlen kann, zu einer bestimmten Uhrzeit. Bitte sei pünktlich und mache keine Spielchen à la „zehn Minuten später machen mich spannender“. Das hast du nicht nötig!
- Denk dir für ein erstes Date einen besonderen Platz aus, der zu dir passt und dir Spaß macht: Fahrt zusammen im Bus durch eure Stadt, macht einen Spaziergang durch den Zoo, klettert gemeinsam auf einen Berg, geht auf ein Eishockey-Spiel, erkundet den neuen Badesee …
- Oder überrasche ihn für ein besonders romantisches Date mit einer verrückten Idee, einem Picknick, einem Abendspaziergang, einem Geschenk, wenn ihr euch schon näher kennt.
- Trage Klamotten, in denen du dich hundertpro wohlfühlst, also keine Pokneif-Jeans oder aufgepolsterte BHs. Klar ziehst du dich hübsch an – so wie immer!
- Auch wenn es schwerfällt: Bleibe natürlich wie sonst auch, schminke dich nicht übermäßig – sonst erkennt er dich nicht!
- Falls du superaufgeregt bist: Tröste dich, er ist es garantiert auch. Wenn du ganz mutig bist, gibst du es ihm gegenüber zu, dann könnt ihr beide darüber lachen und das Eis ist gebrochen.
- Fülle deine Handtasche mit guten Dingen, die dir Sicherheit geben wie beispielsweise Pfefferminzdrops, Geldbörse und Deo. Dein Handy solltest du dabeihaben, aber ignorieren.
- Bleibe bei alldem du selbst, verkleide und verbiege dich nicht.
- Fühle dich wohl mit ihm und genieße eure Gemeinsamkeiten! Und verabrede dich wieder …

Blind vor Liebe, aber nicht blöd

Hände weg von sogenannten Blind Dates, bei denen du nicht weißt, wer das ist, mit dem du dich da via Chatroom oder SMS verabredet hast. Das kann absolut gefährlich enden, erst recht, wenn euer Treffpunkt an einem abgelegenen Ort ist und du deinen Treffpartner via Internet kennengelernt hast. Wenn du es trotzdem prickelig findest, Mr Unbekannt zu treffen, beachte unbedingt Folgendes:

- Sag deiner Freundin (deinen Eltern?!) Bescheid, wo du verabredet bist, und vereinbart eine bestimmte Uhrzeit, wann du dich bei ihr meldest.
- Triff dich nicht an abgelegenen Orten oder menschenleeren Plätzen. Gute Blind-Date-Orte sind Cafés, von denen du gut und unbehelligt nach Hause gehen kannst.
- Nimm dein Handy mit.
- Höre auf dein Bauchgefühl und gehe, bevor es zu spät ist. Denn: **Jungs, die es ehrlich mit dir meinen, treffen dich dort, wo *du* es willst.**

Milli

Schwindelfrei – Millis Kussgeschichte

Ich bin süchtig nach Marcos Küssen. Nach seiner Nähe, nach seinem Duft. Ich könnte ihn stundenlang einatmen und würde doch nicht genug davon bekommen. Wenn ich neben Marco stehe, geht es gar nicht anders, als dass ich irgendwann in seinen Armen liege und wir uns hingebungsvoll küssen.

„Du bist ja richtig kusshungrig", hat Sina neulich gelästert. Da war sie seit Ewigkeiten mal wieder bei mir und wir haben wie zu alten Zeiten einen Freundinnen-Wellness-Badetag zelebriert.

„Stimmt", musste ich zugeben, auch wenn ich nicht so gerne darüber sprechen wollte. Schon gar nicht mit Sina, die kussmäßig keine Erfahrung hat – außer diesem grässlichen Knutschfleck von Yannis, den er ihr beim Wahrheit-oder-Pflicht-Spielen verpasst hat. Alle haben wir gedacht, jetzt nutzen die beiden die Gelegenheit und küssen sich endlich einmal richtig.

Aber was macht Yannis? Saugt sich an Sinas Hals fest, der Idiot. „Und das ausgerechnet mit Marco!“, hat Sina dann in der Badewanne weitergemacht. Eigentlich ist es sonst nicht ihre Art, über Leute zu lästern, aber wie die meisten Mädchen kann sie mit Marco nichts anfangen, sie findet ihn seltsam und ruppig. Dabei gefällt mir gerade seine männliche Art, er ist nicht so smart wie Nicolas und auch nicht Schwiegermamas-Liebling-like wie Yannis. Marco ist eher der handfeste Typ, kräftige Arme, coole Sprüche, nicht gerade eine Leuchte in der Schule. Deswegen sind meine Eltern auch alles andere als damit einverstanden, dass ich ihn treffe. Sie haben zufällig mitbekommen, wie er mich gestern nach Hause gebracht hat. Aber anstatt sich zu freuen, dass heutzutage ein Junge noch so charmant ist und seine Freundin zu später Stunde in der Dunkelheit begleitet, hat meine Mutter einen riesigen Aufstand gemacht. Wer er ist, wo er wohnt, was seine Eltern machen.
Letztere war die wichtigste Frage. Dazu muss man wissen, dass mein Vater zu den hundert Top-Managern Deutschlands zählt und meine Mutter eine erfolgreiche Marketing-Frau ist. Trotzdem gehe ich auf ein normales Gymnasium und nicht auf ein Elite-Internat in der Schweiz, damit ich die „Erdung“ und meine „Wurzeln“ nicht verliere. Umso verwunderlicher ist es eigentlich, dass sie ein Problem damit haben, wenn mein Freund keine Akademiker-Eltern hat. Aus unerklärlichen Gründen sind seine Eltern aber auch gegen unsere Verbindung, sodass wir oft genau austüfteln müssen, wo und wann wir uns treffen. Das ist einerseits stressig, weil wir ständig aufpassen müssen, beim Knutschen nicht erwischt zu werden. Andererseits aber auch sehr aufregend, weil wir so immer wieder neue Lieblingsliebesplätzchen entdecken ...

Sina hat ebenfalls ein Problem mit meinem Freund, aber aus anderen Gründen. Ich glaube, sie ist eifersüchtig, weil sie, wie gesagt, mit ihrem Yannis noch lange nicht so weit ist. Ich habe Sina nicht erzählt, wie es kam, dass Marco und ich uns von Kopf bis Fußzeh entdeckt haben, sie würde es doch nicht verstehen und deswegen schweige ich darüber.

Niemandem erzählt habe ich außerdem, dass Marco und ich uns heute seit genau einem Monat küssen und er für mich deshalb eine Überraschung geplant hat. Genauer gesagt, will er mich zu einem ganz besonderen Ort entführen, ich platze jetzt schon vor Neugier! Aber alles, was ich weiß, ist, dass ich mich so vornehm und so warm wie möglich anziehen soll, mehr hat er nicht verraten.

Marco ist wie immer pünktlich. Mit einem verschmitzten Lächeln steht er vor unserer Haustür.

„Bist du so weit?“, fragt er. Er trägt einen dunklen Mantel.

„Logo“, grinse ich zurück und drücke ihm einen Kuss auf die Wange, der Richtung Mund verrutscht.

„Hey, lass das, wir kommen sonst zu spät“, sagt er und schiebt mich lachend von sich weg.

„Wo gehen wir hin?“, frage ich Marco, während wir Hand in Hand und ausgelassen wie die Kinder Richtung Innenstadt rennen. Es ist ein spätherbstlicher Abend, ziemlich frisch.

„Warte es ab!“, antwortet er.

„Wir könnten auch hierbleiben“, schlage ich vor und deute auf eine Bank. Inzwischen haben wir unser Tempo verlangsamt und schlendern jetzt durch den Park.

„Nö, zu viele Zuschauer für meinen Geschmack“, antwortet er, „dauert nicht mehr lang, wir sind gleich da.“

„Wann denn?“, frage ich nach einer Weile.

„Hey, du nervst. Vertraust du mir nun oder nicht?"
Ich verziehe mein Gesicht. „Bin halt so neugierig ..."
„Ist ja schon gut. Du bist süß, wenn du so wütend bist, weißt du das?" Er stupst mich neckisch in die Seite, ich schubse zurück und prompt liegen wir uns küssend in den Armen.
„Also gut, überzeugt!" Er legt seinen Arm um meine Schulter und zieht mich mit sich. „In zehn Minuten sind wir da."
Wir laufen weiter durch die Stadt, über die sich langsam die Dunkelheit beugt.
„Bist du sicher, dass wir in der richtigen Richtung unterwegs sind?", versuche ich es mit einem Scherz. Vor Spannung halte ich es kaum noch aus. Was hat Marco vor? Wo führt er mich hin?
„Jetzt hör aber auf!", ruft er ehrlich empört. „Schau, siehst du das Schild dorthinten leuchten?" Er zeigt mit dem ausgestreckten Arm geradeaus.
Ich kneife meine Augen zusammen, Leuchtreklame flackert mir entgegen. Ich kann nichts erkennen.
„Aha."
Schweigend laufen wir weiter. Mein Herz klopft aufgeregt.
„Wir hätten uns ja auch eine Luxus-Suite auf deine Kosten gönnen können", meint Marco, als wir endlich vorm Ritz-Carlton stehen bleiben.
„Ach so?" Ich laufe rot an bei dem Gedanken. Dauerküssen mit Marco ist eine Sache, aber ein Doppelbett mit ihm teilen?!
„Dann hättest du womöglich deine goldene American-Express-Karte zücken müssen und deinen Daddy womöglich in Erklärungsnöte gebracht", rettet Marco galant das Thema und ich könnte ihn schon wieder küssen dafür. „Außerdem", fährt er fort, „habe ich eine viel bessere Idee ..."

„Also, wie ist dein Plan? Du willst mir doch jetzt nicht erklären, du hättest hier einen Tisch für uns reserviert …“

Marco winkt lässig ab. „Ich gehe durchs Restaurant und tue so, als suche ich jemanden …“, erklärt er umständlich. „Und du gehst in der Zwischenzeit vorne rein. Falls dich jemand fragt, wo du hinwillst, sagst du ‚Ins Restaurant‘. Aber wir treffen uns nicht dort, sondern im Untergeschoss vor dem Aufzug. Punkt 18:30 Uhr.“

„Und dann?“

„Dann fahren wir aufs Dach.“

„Du spinnst.“

„Nein.“

„Doch.“

„Kommst du mit oder kommst du mit?“

„Na, wenn ich die Wahl habe, dann … komme ich mit!“ Mein Herz bollert, diesmal vor Aufregung. Ich bin schon oft in solchen vornehmen Hotels gewesen, aber niemals heimlich. Und schon gar nicht mit meinem Freund.

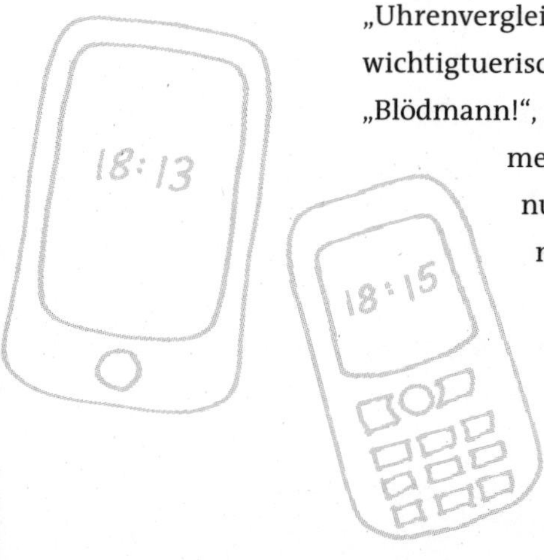

„Uhrenvergleich!“ Marco zückt mit wichtigtuerischer Miene sein Handy.

„Blödmann!“, lache ich ihn aus, stelle meine Uhr jedoch zwei Minuten vor, damit wir uns nicht verpassen.

Noch ein letzter Abschiedskuss und noch einer, dann trennen wir uns. Ich laufe um das Hotel herum,

gehe möglichst gleichgültig durch die Drehtür und nicke dem Portier freundlich zu. Er grüßt mich freundlich zurück und ich leiste insgeheim Abbitte an meine Eltern, denen ich zu verdanken habe, dass ich mich so sicher und wie selbstverständlich in einem Luxushotel wie diesem bewegen kann. Ein Blick in den Spiegel verrät mir, dass sich mein aufwendiges Styling für heute Abend gelohnt hat. Sonst bin ich zu Mamas Leidwesen eher sportlich unterwegs. Auf Marcos Anraten hin habe ich mir ihren schwarzen Armani-Hosenanzug ausgeliehen, der mir tadellos passt. Zudem trage ich einen Kunstfellmantel, der nicht nur angenehm warm hält, sondern auch superedel wirkt. Marco hat sich für seine Verhältnisse ebenfalls in Schale geschmissen, ich bin mir sicher, auch ihn wird man für einen teuer zahlenden Gast halten und nicht daran hindern, durch die Flure zu laufen.
„Danke“, nicke ich einem älteren Herrn mit grauen Schläfen zu, der mir jetzt galant die Tür zum Treppenhaus aufhält. Wie selbstverständlich schreite ich an ihm vorbei, während er mich aufmerksam mustert. Wer ist das? Der Hoteldetektiv oder ein geiler Opi? Eigentlich müsste ich nun ein Stockwerk tiefer gehen, um, wie verabredet, Marco zu treffen. Stattdessen finde ich mich vor den Aufzügen wieder. Nehme ich den linken oder den rechten? Der ältere Herr drückt auf den Knopf.
„In welchen Stock müssen Sie?“, fragt er, während die Türen aufgleiten und wir in die mahagonivertäfelte Kabine treten. Es ist der linke.
„In den dritten“, antworte ich geistesgegenwärtig und lächele ihn so charmant wie möglich an.
„Dann ist unsere gemeinsame Fahrt ja nur von kurzer Dauer“, meint er freundlich, „ich steige bereits im zweiten aus.“

Wenn du wüsstest, wie egal mir das ist, denke ich, froh darüber, als er sich umständlich von mir verabschiedet und endlich aussteigt.

Schnell drücke ich die Taste für das Untergeschoss, hoffentlich ist Marco noch da. Ein Blick auf die Uhr zeigt mir, dass ich drei Minuten zu spät bin.

Doch anstatt nach unten zu fahren, geht es nach oben, in den achten Stock, wie mir die Anzeigelämpchen verraten. Mist.

„Guten Abend“, begrüßt mich eine kurzhaarige Frau, die etwa in Mamas Alter sein muss. Sie guckt mich neugierig an, wahrscheinlich wundert sie sich, dass ein so junges Mädchen wie ich aufgebrezelt im Armani-Look alleine in einem Fahrstuhl unterwegs ist.

Am liebsten würde ich ein „Ist was?!“ in ihre Richtung fauchen, aber dann fällt mir ein, dass ich mich ja so unauffällig wie möglich verhalten muss. Also lächele ich hübsch vor mich hin ...

Als ich dann endlose zehn Minuten später – im Erdgeschoss kam ein Mann mit Krücken umständlich hereingehumpelt, wobei sich sein Mantelknopf im Türspalt verfing und es eine gefühlte Ewigkeit dauerte, bis seine Frau ihn wieder freigepult hatte – wie verabredet an unserem Treffpunkt ankomme, fehlt von Marco jede Spur. Ich checke mein Smartphone – hier unten habe ich keinen Empfang. Möglichst unauffällig blicke ich mich suchend um, ob er mir irgendwo ein Zeichen hinterlassen hat, einen Zettel, einen Wollfaden von seinem Mantel, aber nichts. Eine Horde Japaner kommt aus der Tiefgarage, sie gehen einfach an mir vorbei. Mist verdammt, wo steckt Marco nur?

Während weitere fünf Minuten verstreichen, gehen mir endlos viele Szenarien durch den Kopf: Marco, wie er von einem bulligen Türsteher hochkant rausgeworfen wird. Marco, wie ihn eine blonde Tussi anbaggert. Marco, der hilflos durchs Hotel irrt und mich sucht. Marco, der so verwuschelt süß ist und mich wie kein anderer küsst ... Ich muss ihn finden, unbedingt, ich kann unmöglich weitere fünf Minuten hier unten mit sinnlosem Rumstehen verplempern. Also drücke ich abermals den Fahrstuhlknopf, diesmal hält der rechte. Als die Tür aufgleitet, stockt mir der Atem: Drinnen steht kein anderer als der grauhaarige Herr von vorhin.

„Nanu, kennen wir uns nicht?", begrüßt er mich freundlich und mir schwant nichts Gutes. Gleich zückt er seine Marke und fordert mich auf, das Hotel schnellstmöglich zu verlassen. Oder schlimmer, er fragt nach meinem Namen und informiert meine Eltern, dass ich unerlaubterweise hier herumgeistere.

Aber nichts dergleichen passiert. Stattdessen steigt er einfach wieder im zweiten Stock aus. Ich atme tief durch und fahre weiter, drei, vier, fünf, abermals hält der Aufzug. Diesmal ist es ein Zimmermädchen mit einem Servierwagen. Sie grüßt mich knapp, dann checkt sie ihr Handy. Schweigend geht es weiter nach oben, im neunten Stock steigt eine ältere Dame ein, die grässlich nach Kölnischwasser riecht und natürlich nach unten möchte. Weil ich noch fünf Stockwerke vor mir und keine Lust auf weitere Gesellschaft habe, nutze ich den Halt in Etage zehn und steige aus.

Marco wollte mit mir aufs Dach. Ob ich den Rest zu Fuß gehe? Schnell verwerfe ich den Gedanken. Wenn etwas auffällig ist, dann eine junge Frau alleine unterwegs im Treppenhaus. Wieder schaue ich auf mein Handy, wieder habe ich keine Nachricht von Marco.

Der Hotelflur ist merkwürdig leise, es ist, als würde der Teppich an Boden und Wänden jeglichen Lärm aufsaugen. Ich wage es nicht, mich weiter umzuschauen, ich will hier so schnell wie möglich wieder weg. Zu Marco. Leise surrend hält erneut ein Fahrstuhl, diesmal der linke. Ich steige ein, drücke die Fünfzehn und bete, dass ich diesmal nicht wieder aufgehalten werde. Elf, zwölf, dreizehn, leise zähle ich mit, vierzehn, gleich geschafft. Mit einem sanften Ruck hält der Aufzug im fünfzehnten Stock. Ein Schild verrät mir, dass sich hier das Fitness-Studio und der hoteleigene Pool befinden, Zugang nur im Bademantel und natürlich, wen wundert's, ausschließlich für Hotelgäste. Unauffällig schiele ich zur Seite, ob hier womöglich Überwachungskameras installiert sind, kann aber nichts entdecken.

Unwillkürlich muss ich grinsen. Wer will denn so etwas Langweiliges wie den Pool, wenn man heimlich aufs Dach kommt? Ich laufe in die entgegengesetzte Richtung, hier geht es zum Notausgang, wie mir das Schild auf der Holzvertäfelung verrät. Wieder durch eine Tür, wieder im Treppenhaus. Von hier aus geht es weiter nach oben. Ich halte den Atem an, ob sich das Licht automatisch einschaltet, aber es bleibt dunkel. Plötzlich bekomme ich Schiss. Ich bin mutterseelenalleine in einem Hotel, niemand weiß, wo ich bin. Ich taste nach meinem Handy. Marco, bollert mein Herz, bitte, bitte sei da! Lass mich nicht alleine. Mit stockendem Atem gehe ich die halbe Treppe weiter nach oben. Ich habe gerade die Finger an der Klinke, als ich draußen etwas rascheln höre.

Das war garantiert eine Ratte, versuche ich, mich zu beruhigen, gleichzeitig weiß ich genau: Ratten laufen nicht auf Dächern herum. Ich fasse all meinen Mut zusammen, öffne die Tür, horche mit angehaltenem Atem in die Dunkelheit. Nichts.

„Marco", rufe ich leise. „Bist du da? Hörst du mich?"

Wieder höre ich etwas rascheln, diesmal lauter und eindeutig nicht von einem Tier. Wenn Marco hier oben wäre, hätte er mich doch sicher längst begrüßt. Oder nicht? Mein Herz bollert aufgeregt.
„Hallo, ist da jemand?“, rufe ich erneut. „Marco? Jetzt sag doch endlich was!“
Aber es bleibt ruhig, so angestrengt ich jetzt auch lausche. Langsam gewöhnen sich meine Augen an die Dunkelheit, ich erkenne die Schornsteine der Lüftungsanlage, weiter hinten die erleuchtete Dachkuppel des Wellness-Bereiches. Ich wage einen Schritt nach draußen, meine Füße tasten festen Untergrund. Hier oben weht ein kühler Wind, ich bin froh, dass ich den dicken Mantel trage. Suchend blicke ich mich um, von Marco keine Spur. Für einen kurzen Moment bereue ich, dass ich mich auf seine verrückte Idee eingelassen habe. Den Lichtern am Horizont nach zu urteilen, befinden wir uns hoch, sehr hoch. Doch dann atme ich tief durch, mache noch einen Schritt und noch einen, beginne, das Abenteuer zu genießen. Garantiert kommt Marco gleich die Treppe hinter mir hinaufgestürmt, weil er sich verlaufen hat, versuche ich, mir selbst Mut zu machen. Doch von meinem Freund fehlt jede Spur. Langsam gewöhne ich mich an die Geräusche hier oben, das Surren der Lüftung, von irgendwoher tief unten hört man den Verkehr.
Wenn er in fünf Minuten nicht da ist, kehre ich wieder um, schwöre ich mir und gucke auf mein Smartphone. Ich gehe ein paar Schritte weiter. Wenn es mir schon mal gelungen ist, unbehelligt auf das Dach vom Ritz zu kommen, will ich auch die Aussicht genießen. Zum Glück bin ich schwindelfrei.
Als ich dann aus dem Schutz des Mauervorsprungs hervortrete,

stockt mir der Atem. Genauer gesagt, macht mein Herz einen Freudenhüpfer. Eine Spur aus Windlichtern führt über das gesamte Dach! Langsam gehe ich weiter, blicke mich suchend dabei um. Kein Marco. Die Windlichter führen mich direkt zu einem Lüftungsschacht. Als ich um die Ecke biege, hält mir plötzlich jemand die Augen zu.

„Noch zwei Meter“, flüstert eine vertraute Stimme in mein Ohr.

Ich nicke unmerklich, einerseits froh, Marco endlich gefunden zu haben, aufgeregt andererseits, weil ich nicht weiß, was er ausgeheckt hat. Und entdeckt werden können wir immer noch, dieser grauhaarige Mann ...

„Was hast du vor?“, wispere ich.

„Psssst, vertraue mir einfach“, flüstert er zurück und schiebt mich sanft vor sich her.

„Und jetzt ... – Augen auf!“

Er nimmt die Hände von meinem Gesicht, haucht mir einen Kuss auf die Fingerspitzen und ich glaube zu träumen: Ein kuscheliges Matratzenlager voller Rosenblätter, um uns herum flackern Windlichter, leise Musik ertönt.

„Du bist verrückt!“, flüstere ich vor mich hin.

„Ein Zimmer im Ritz kann sich jeder leisten“, antwortet Marco mit einer lässigen Geste, während er mich in seine Arme nimmt und ganz fest an sich zieht. „Aber einen Platz auf dem Dach bekommt nicht jeder ... Und ich hatte solchen Schiss, dass du nicht kommst, sondern unten stehen bleibst und auf mich wartest!“, flüstert er in mein Ohr, während wir in einem endlosen Kuss versinken.

Ich merke, wie ich mich in seinen Armen langsam entspanne, ich rieche seinen vertrauten Duft, spüre seinen warmen Atem in meinem Haar, an meinem Hals. Marco verblüfft mich immer wieder. Für eine Weile stehen wir da, fühlen uns, spüren uns. Ich meine, unsere Herzen durch die dicken Mäntel klopfen zu hören. So viele Fragen brennen auf meinen Lippen – wie er den Ort entdeckt hat? Wann er das alles vorbereitet hat? Wie er es geschafft hat, unbemerkt zu bleiben? Ob es wirklich Bruno Mars ist, der *Marry you* singt? Warum ausgerechnet er mit einem Mal solch romantische Anwandlungen hat, wie sie selbst in *Twilight* nicht besser stehen könnten?

Stattdessen schweige ich, hebe meinen Kopf und schaue in seine verliebten Augen.

„Nur du“, flüstert er leise, streichelt meine Wange.

„Nur du“, flüstere ich leise zurück, bevor wir uns auf die Rosenblätter-Matratze sinken lassen und küssend aneinanderkuscheln. Jetzt ist mir doch schwindelig. Aber diesmal vor Glück.

Besser küssen

Küssen ist die intimste Art, sich gegenseitig seine Liebe zu gestehen – egal, ob es ein zärtlicher Wangenkuss oder ein intensiver Zungenkuss ist. Und Kuss ist nicht gleich Kuss. Deine Eltern küsst du anders als deinen Freund, Küsse auf den Mund sind anders als die auf den Bauch ...

Manche Küsse „schmecken" besonders: Deinen ersten Kuss von einem Jungen wirst du prickelnd in Erinnerung behalten, ein Wiedersehenskuss nach einer langen Trennung kann ganze Geschichten erzählen, manche Küsse verlangen nach mehr, andere nach einem Ende.

Fürs Küssen gibt es keine Anleitung, hier hilft nur küssen, küssen, küssen und ausprobieren, was und wie du es magst. Übe an deinen Ellenbogeninnenseiten, vor dem Spiegel ... wenn du mit deinem Schwarm zusammen bist und es Funken sprühend zwischen euch knistert, kommt ihr euch automatisch immer näher, bis sich eure Lippen wie von selbst finden. Öffne dich, lass es zu, genieße und fühle seine Nähe. Übrigens können auch deine Hände mitküssen, indem sie seinen Rücken streicheln. Absolutes No-go: Hände in den Hosentaschen!

Tipps für kussfeste Lippen:

- Über Nacht Honig auf die Lippen auftragen, morgens ablecken. Macht weich und geschmeidig.
- Trockene Lippen mit einer Zahnbürste sanft massieren, danach mit Honig oder einer fetthaltigen Creme pflegen.
- Wähle eine für dich passende Lippenstiftfarbe: Rosé für einen natürlichen Look, Knallrot, wenn du aufs Ganze gehen willst. Lipgloss schimmert sexy, klebt aber beim Knutschen ...
- Kussfester Lippenstift hinterlässt beim Küssen keine Spuren. Der Nachteil: Die Lippen trocknen rasch aus.
- Damit dein Lipgloss bzw. Lippenstift hält, grundierst du am besten deine Lippen mit Foundation und puderst sie ab. Ziehe dann mit einem farblich passenden Konturenstift deine Lippen nach, bevor du das Gloss bzw. die Farbe sorgfältig aufträgst. Wenn du zwischendurch die überschüssige Farbe mit einem Kosmetiktuch abnimmst und den Vorgang wiederholst, erhöhst du die Haltbarkeit.
- Gut zu wissen: Die meisten Jungs stehen auf natürliche Lippen und haben keine Lust auf Klebe- und Farbspuren am Shirt oder Hals. Style dich fürs Date, mach dich schön, aber wenn du dann beim Knutschen voll in Fahrt bist, verzichte aufs Nachschminken zwischendurch.

Was tun, wenn ...

... du einen Knutschfleck hast? – Tuch tragen, überschminken und mit Arnikasalbe oder Globuli behandeln, ist schließlich (medizinisch gesehen) nichts anderes als ein blauer Fleck.

... seine Zunge wie verrückt zwischen deinen Zähnen herumkurbelt? – Erst mal auf Distanz gehen und ihm dann mit viel Gefühl zeigen, wie es richtig geht.

... er zu den Sabberlutschern gehört? – Vorsichtig darauf hinweisen, schließlich muss er es auch erst lernen.

... seine Küsse einfach nicht schmecken? – Gegenfrage: Was machst du mit Essen, dass dir nicht schmeckt?

... du ihn überall küssen sollst? – Lass dich nicht unter Druck setzen und küsse nur dort, wo du auch möchtest.

Sina

Flaschenpost – Sinas Liebesgeschichte

Ich stehe an der Reling und schaue in das wirbelnde Wasser. Langsam legt die Fähre ab, wendet im engen Hafenbecken und zieht dann zügig an der Mole vorbei. Menschen, Häuser und Autos werden immer kleiner, der Fähranleger ist bald nur noch ein winziger Punkt und dann sind wir auf dem offenen Meer, volle Kraft voraus. Ein leichtes, beständiges Schaukeln erfasst das Schiff, der Wind lässt meine Haare wehen; mein Gesicht wird nass und ich schmecke Salz auf meinen Lippen – oder kommt es von den Tränen, die mir die Wange runterlaufen? Ich bin nämlich alles andere als begeistert davon, dass wir jetzt das Festland verlassen und auf eine Nordseeinsel fahren. Aber meine Eltern haben entgegen all meiner Proteste darauf bestanden, dass ich mit ihnen wie jedes Jahr zwei Wochen der Sommerferien an der Nordsee verbringe. Eigentlich hatte ich

mich darauf gefreut. Bis vorgestern. Da hatte ich mit Yannis einen doofen Streit. Alles nur wegen einer Luftpumpe. Wegen nichts. Und doch wegen allem, weil er ausgerechnet meine Profi-Luftpumpe dazu verwendet hat, um Julias Fahrrad zu flicken. Nicht bei mir oder bei ihm, nein, er ist extra mit *meiner* Luftpumpe zu *ihr* gefahren, weil sie ihn deswegen angesimst hat. Blöder kann man doch nicht sein, oder?
Jolinas Bemerkung hat dann meine Laune auch nicht verbessert. Sie hat gemeint, dass Yannis ja vielleicht in Julia verknallt wäre und ich aufpassen solle, dass sie mir ihn nicht während der Ferien ausspannt. Bis vor Kurzem war ich mir ziemlich sicher, dass Yannis die liebe Julia mega-eingebildet findet. Aber jetzt?
Jetzt muss ich in den Urlaub fahren. Ausgerechnet jetzt werde ich Yannis zwei Wochen, vierzehn Tage, 336 Stunden, 20 160 Minuten, 1 209 600 Sekunden nicht sehen. Und Yannis hat genau diese Zeit, um sich von Julia beflirten zu lassen. Ich habe wie eine trotzige Dreijährige auf meine Eltern eingeredet, gebittelt, gebettelt und gefleht, dass ich dieses eine Mal nicht mit auf die Insel fahren muss. Tausend Vorschläge habe ich gemacht, wo ich in der Zeit wohnen kann, bei Tante Irene, bei Oma Doris. Aber nein, keine Chance.
Und nun stehe ich hier an der Reling, bin stocksauer auf meine Mutter und meinen Vater, die mich von meinem Freund entzweit haben, und spüre einen fetten Kloß in der Kehle, weil ich gefahren bin, ohne mich wieder richtig mit ihm zu versöhnen. Ich blicke übers Meer Richtung Horizont und denke an Yannis. An unseren Streit und wie ein Wort das andere gegeben hat, wie er beleidigt abgezischt ist, ohne sich noch einmal nach mir

umzudrehen. Schöne Ferien hat er mir auch nicht gewünscht, der Blödmann! Soll er doch bei Julia Fahrräder reparieren, bis er schwarz wird, aber bitte ohne meine Luftpumpe ...

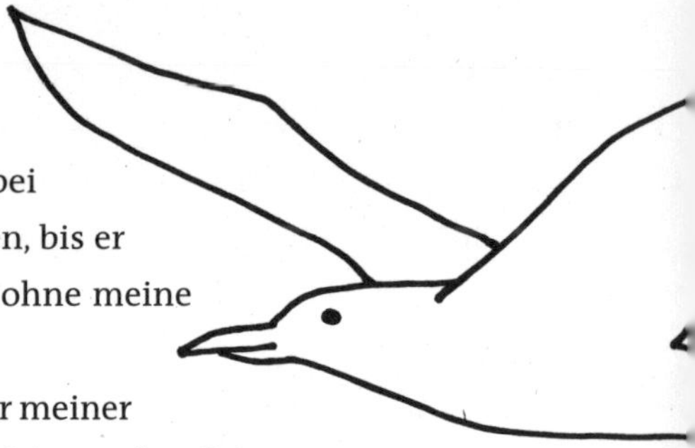

Eine Möwe fliegt dicht vor meiner Nase vorbei und reißt mich aus den Erinnerungen. Seufzend taste ich nach dem Handy in meiner Jackentasche. Es ist nicht da. Es ist nicht da? Aber ich stecke es doch immer an die gleiche Stelle! Fieberhaft durchwühle ich meine Jacke, meinen Umhängebeutel, leere den Inhalt kopfüber auf die Planken. Kein Handy. Wie soll ich da mitbekommen, wenn Yannis mir eine Sorry-SMS schickt?

Scheiße. Oh please, das darf nicht wahr sein. Hektisch stopfe ich meine Sachen wieder in den Beutel zurück und renne durch die Reihen, um meine Mutter zu suchen. Vielleicht hat sie es ja vorhin eingesteckt, jetzt erinnere ich mich, sie wollte doch kurz noch Oma Doris anrufen, bevor wir losgefahren sind. Von meinem Handy aus, damit die denkt, wir seien schon unterwegs. Die Mitreisenden blicken verwundert auf, als ich wie eine Bekloppte durch die Bänke hechte, schließlich entdecke ich meine Eltern am Heck, völlig relaxed auf Klappstühlen sitzen.

„Kann ich mein Handy bitte wiederhaben?“, reiße ich meine Mutter aus ihrem Döseschlaf, aber sie reagiert nicht.

„Mama, mein Handy, bitte!“ Meine Stimme klingt flehend.

„Welches Handy?“, will sie wissen.

„Meins. Mein Handy. Wo ist mein Handy?“, schreie ich sie an

und bin kurz davor, sie durchzuschütteln. „Du musstest doch unbedingt noch Oma Doris anrufen ..."
Mama guckt mich kopfschüttelnd an, dann antwortet sie ruhig: „Das habe ich dir zurückgegeben, und zwar in die Hand, weil du noch unbedingt nachgucken musstest, ob Yannis eine SMS geschickt hat", erwidert sie gefährlich leise. Leon kichert sich einen ab, er findet das natürlich superpeinlich, dass seine große Schwester einen Freund hat. Dass Yannis mit ihm immer Lego-StarWars spielt, scheint er vergessen zu haben.
In diesem Moment sackt meine ganze Wut in mir zusammen und ich sehe mich, wie ich mein Handy wütend auf mein Bett geworfen habe, weil natürlich keine Nachricht drauf war. Gleich darauf verbreitete Papa seine übliche Abfahrhektik und beorderte mich ins Auto, sodass ich mein Handy wahrscheinlich auf dem Bett liegen gelassen habe.
Mist. Kein Handy. Keine SMS. Kein Yannis. Und keine Möglichkeit, mich wieder mit ihm zu versöhnen, vierzehn Tage lang. Mit hängenden Schultern drehe ich mich um und gehe an meinen Platz an der Reling zurück.
Die nächste Stunde verbringe ich mit einem riesigen Auf und Ab im Bauch, schwankend wie das Schiff zwischen Sehnsuchts- und Wutgefühlen. Und alles nur wegen Yannis.

Nach unserer Ankunft habe ich dann keine Zeit mehr zum Grübeln. Tante Ulli, die Verwalterin unserer Ferienwohnung, begrüßt uns mit einem großen Hallo.
„Moin, moin! Mann, bis du groß geworden, Sina!" Sie mustert mich aufmerksam von oben bis unten und sieht aus, als wolle sie noch etwas sagen, schweigt dann aber.

Ich gehe auf mein Zimmer, packe meine Klamotten in den Schrank und fühle mich hundeelend. Selbst der großartige Blick aufs Meer will mir nicht gefallen, die ganze Insel ödet mich schon jetzt tierisch an und ich vergrabe mich für den restlichen Nachmittag in meinem Zimmer. Später liege ich auf meinem Bett und zergrübele mir den Kopf, was Yannis jetzt wohl macht und von mir denkt, ob er jetzt mit Julia Fahrrad fährt oder ob er auf einen Anruf von mir wartet. Meine Eltern haben mich einfach ignoriert und was von wegen „Liebeselend, legt sich wieder", gemurmelt, als Tante Ulli nach mir fragte. Sie ist nicht wirklich unsere Tante, aber alle Gäste ihrer gemütlichen Ferienwohnungen nennen sie so.

Irgendwann klopft es an der Tür und Tante Ulli steht da. „Ich dachte, eine Tasse heiße Milch mit Honig hilft dir beim Einschlafen", sagt sie und stellt mir den dampfenden Becher auf den Nachttisch. Unschlüssig bleibt sie im Zimmer stehen, und als ich nichts sage, will sie sich umdrehen und weggehen.

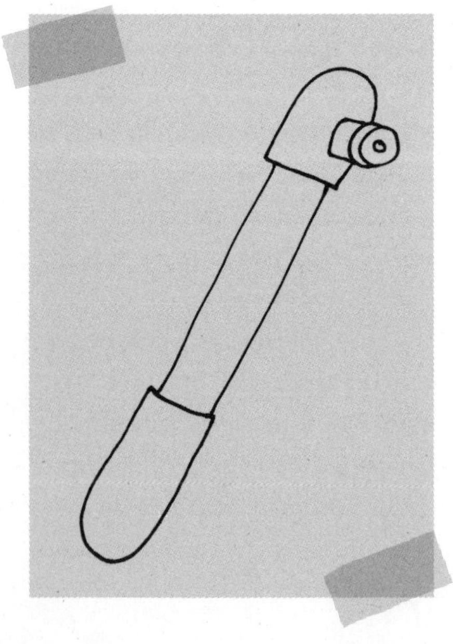

„Ich vermisse ihn so sehr", flüstere ich leise und fange an zu weinen. Tante Ulli setzt sich sofort auf meine Bettkante und streichelt mir über die Haare.

„Wen?“, fragt sie ebenso leise zurück und dann stürzt alles aus mir heraus. Erst diese Knutschfleckgeschichte mit Yannis und wie wir endlich zusammenkamen. Und dann dieser hässliche Streit wegen einer Luftpumpe, wegen Julia, die garantiert meine Abwesenheit ausnutzt. Schließlich die Sache mit dem verdammten Handy, das in diesen Minuten vielleicht eine Tut-mir-leid-SMS empfangen hat, die keiner liest. Und einen Yannis, der sich wundert, dass ich nicht zurücksimse, und der sich dann sicher mit Julia tröstet und, und, und ... Ich schluchze in mein Kissen, sicher hält mich Tante Ulli für komplett hysterisch. Aber sie sagt nichts und wartet, bis ich mich ausgeweint habe.

Dann sagt sie: „Schreib ihm doch einfach eine Postkarte oder rufe ihn hier von meinem Telefon aus an.“

Mit einem Ruck setze ich mich auf. An die Möglichkeit habe ich ja noch gar nicht gedacht! Ja, klar, das ist es! Für einen Moment fühle ich mich wieder ganz froh –

„Nein, ich lauf dem doch nicht nach!“, sage ich entschlossen und lasse mich in die Kissen zurückfallen. „Aber ich hätte ihm noch so viel zu sagen“, füge ich leise flüsternd hinzu.

Tante Ulli ist eine lange Weile still. Sehr still. Seit dem Tod ihres Mannes habe ich sie nicht mehr so ernst erlebt wie in diesem Augenblick.

„Ich habe noch nie mit einem Menschen darüber gesprochen“, beginnt sie dann stockend. „Aber seit Theo nicht mehr da ist, fühle ich mich oft so schrecklich einsam, dass ich es manchmal nicht mehr aushalte. Dann setze ich mich hin und schreibe ihm einen Brief, schreibe alles auf, was mich bewegt und bedrückt.“ Sie hält einen Moment inne. „Ich weiß, das ist in Zeiten von Facebook, SMS und E-Mail schrecklich altmodisch,

aber diese Briefe kann ich wirklich wegschicken, ..." Tante Ulli schaut mich lange an. Dann kichert sie plötzlich los wie ein Klabautermann. „Weißt du, was ich mache? Ich stecke den zusammengerollten Brief in eine Flasche, verkorke sie gut und werfe sie bei Vollmond an der Hafenmole weit ins Meer." Sie streicht mir sanft eine Haarsträhne aus meinem verweinten Gesicht. „Morgen ist Vollmond. Dann wirf du deine Flaschenpost ins Meer – und warte, was passiert. Vielleicht bekommst du eine Antwort, vielleicht auch nicht. Aber du wirst Klarheit erlangen, so oder so." Mit diesen Worten drückt sie mir noch einen Kuss auf die Wange und ist verschwunden. Und ich bin alleine mit meinem Gefühlschaos und meinem zerweinten Kopfkissen.
Ich nehme die Tasse und trinke die inzwischen lauwarme Milch. Tante Ulli hat recht. Ein wohliges Gefühl macht sich in meinem Bauch breit. Yannis, denke ich beim Einschlafen, morgen bekommst du Post von mir, morgen werde ich dir einen Brief schreiben und alles wird wieder gut zwischen uns. Und mit diesen tröstlichen Gedanken schlafe ich endlich, endlich ein.
Am nächsten Morgen regnet es. Typisch Inselwetter, es ändert sich ständig. Ich schaue aus dem Fenster und werde sofort schwermütig. Dann denke ich an Yannis und an den Brief, den ich schreiben will. Sofort fühle ich mich wieder besser. Nach einer ausgiebigen Morgendusche hole ich mir Saft und ein Hörnchen aus der Küche und verziehe mich zur Verwunderung meiner Eltern mit meinem Schreibkram auf mein Bett.
Als ich Stunden später fertig bin, habe ich zehn Briefbögen knallvoll geschrieben. Komischerweise ist es kein richtiger Liebesbrief geworden, sondern eher die Geschichte von meinem Leben und mir, von meinen Gefühlen, meinem Trouble, von

der Angst, dass Yannis mich wegen Julia enttäuscht, und wie sehr es mich nervt, dass er nie wirklich über sich und seine Gefühle spricht. Egal. Entschlossen rolle ich die Seiten zusammen und klebe die Rolle mit einem Streifen Tesafilm zu. Dann stecke ich sie in die leere Saftflasche und drehe den Deckel fest. Ein Blick auf die Uhr sagt, dass ich noch mindestens acht Stunden bis Mitternacht warten muss. Himmel, wie soll ich bloß die Zeit herumbringen? Wie soll ich die nächsten dreizehn Tage überstehen? Bevor ich schon wieder aus lauter Verzweiflung losweine, gehe ich lieber runter zu Tante Ulli, mal sehen, vielleicht kann ich ihr bei irgendetwas helfen und ein Matjesbrötchen abstauben.

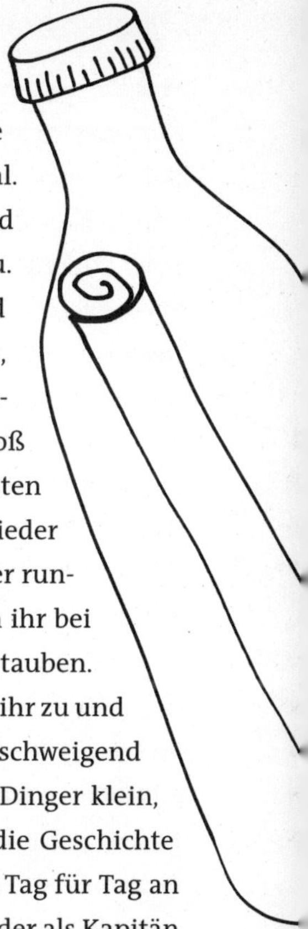

Tante Ulli schaut mich fragend an und ich nicke ihr zu und sie lächelt zurück. Dann schnappe ich mir stillschweigend die Bohnenschüssel und schnipple die grünen Dinger klein, während sie Kartoffeln schält und mir dabei die Geschichte der roten Marie erzählt, die zwanzig Jahre lang, Tag für Tag an der Hafenmole auf ihren Liebsten gewartet hat, der als Kapitän eines Handelsschiffs nach Bombay unterwegs war. Ich kenne die Geschichte in- und auswendig, aber es ist, als ob ich sie heute zum ersten Mal richtig verstehe. Ich durchleide Maries Liebesqualen, als seien es meine eigenen, ich warte mit ihr vergeblich Tag für Tag und wische mir schließlich die Tränen aus den Augen, als er nach zwanzig Jahren Piratengefangenschaft endlich in ihre Arme zurückkehrt.

Die restlichen Abendstunden verbringe ich mit einem Kakao vorm Fenster und schaue auf das sturmgepeitschte Meer.

Was Yannis jetzt wohl macht?
Kurz vor Mitternacht schleiche ich aus dem Haus, die Flaschenpost in meinem Umhängebeutel verstaut. Tante Ulli hat mir vorhin heimlich den Schlüssel gegeben und mir verschwörerisch zugezwinkert. Ein bisschen unheimlich ist es schon, so alleine durch die Dunkelheit zu radeln, zumal es hier auf der Insel kaum Straßenlaternen gibt. Ich lasse das Licht von meinem Rad ebenfalls aus und fahre zum Hafen. Der Regen hat mittlerweile aufgehört, ein sternenklarer Himmel hat sich aufgetan. Der Mond steht voll und es ist ein magischer Augenblick, wie ich jetzt mitten in der Nacht auf die Mole rausmarschiere und langsam über die Steine klettere, um so weit wie möglich ans Meer zu gelangen.
Ich schließe die Augen und halte die Flasche ganz fest. Dann küsse ich sie zum Abschied, denke fest an Yannis und werfe sie mit all meiner Kraft und meinen guten Gedanken weit hinaus ins Meer. Einen Moment noch schaue ich zu, wie die Wellen sie erfassen und mit sich tragen, doch bald kann ich in der Dunkelheit nichts mehr erkennen. Ein tiefes, warmes Gefühl breitet sich in mir aus und plötzlich weiß ich, dass alles gut wird. So oder so.
Am nächsten Tag scheint wieder die Sonne und ich fühle mich tausendmal besser als gestern. Ich stecke voller Tatendrang und nehme mir vor, diesmal die Insel intensiv zu erleben und nicht nur in meinem Zimmer oder im Strandkorb abzuhängen. Ich schicke Yannis in Gedanken einen Gutenmorgenkuss, schnappe meine Badesachen und laufe an den Strand. Trotz sommerlicher Jahreszeit ist die Nordsee nicht wärmer als siebzehn Grad und nach dem ersten Schock schwimme ich bestimmt dreißig Minuten zwischen den Absperrholmen hin und her. Als ich

aus den Wellen steige, sitzt ein schwarzhaariger Junge neben meinen Sachen.
„Gott sei Dank, du hast Beine“, ruft er mir entgegen und hält sich mit seinem smarten Grinsen wohl für unwiderstehlich. „Und was für welche.“ Anerkennend mustert er mich von oben bis unten. „Ich dachte schon, du wärst eine Nixe!“
Wow, denke ich, gute Anmache, aber saublöder Typ. Während ich mir das Handtuch umknüpfe, mustere ich ihn aus den Augenwinkeln. Er hat glatt gegelte Haare, trägt eine fette Sonnenbrille und lässt die weißesten Zähne blitzen, die ich je gesehen habe. Sein Waschbrettbauch steckt in einer karierten Boardershorts.
„Hey, die Nixe kann nicht sprechen! Kein Wunder, mit Kiemen quatscht es sich auch nicht so gut.“ Mittlerweile ist er aufgesprungen. „Machst du auch Ferien hier auf der Insel?“
Ich lasse ihn einfach stehen. Ohne ihn weiter zu beachten, laufe ich den kleinen Strandweg zurück. Oben auf der Düne muss ich mich dann doch umdrehen und da sehe ich ihn stehen, immer noch vorne am Wasser, wie er mir ebenfalls nachblickt und zuwinkt. „Ich heiße übrigens Ferdinand und du?“
Reflexartig streiche ich mir durchs Haar und winke zurück. Sofort werde ich knallrot und muss an Yannis denken. Was mache ich da nur?
In dieser Nacht schlafe ich total unruhig und träume wirres Zeug von einer Nixe, die einer Flaschenpost hinterhertaucht, und von einem Kapitän, der mir feixend ein Handy entgegenhält. Und von Yannis, dem, während er mich verliebt anlächelt, knallweiße Zähne wachsen.
Ich wache in einem total durchwühlten Bett auf und fühle immer noch die Umarmung von Ferdinand. Ferdinand? Aber es

war doch Yannis?! Ich mache, dass ich unter die Dusche komme, und begebe mich kurz darauf in einem seltsam schwebenden Zustand an den Frühstückstisch.

„Bist du aus dem Bett gefallen oder was?“, begrüßen mich meine Eltern. „Kommst du heute zur Abwechslung mal mit uns mit? Wir machen eine Radtour zur Westspitze.“

Ehe ich noch darüber nachdenken kann, höre ich mich sagen: „So ein Zufall. Ich mache heute eine Radtour an die Ostspitze.“

„Alleine?“, will Papa wissen.

„Alleine, na klar“, antworte ich und denke sofort an Ferdinand, vielleicht treffe ich ihn ja irgendwo. Ich blöde Kuh, was mache ich da eigentlich wieder? Yannis, bitte verzeihe mir. Das ist alles nur, weil du so weit weg bist und ich nicht weiß, woran ich bei dir bin. Zum Glück ist meine Mutter zu sehr mit einem Marmeladenklecks auf ihrem weißen Top beschäftigt und merkt nicht, dass ich rot geworden bin.

Später packe ich meine Badesachen in den Rucksack und radele einfach los. Ich fahre in einem großen Bogen ums Dorfzentrum und mache extra einen Umweg an den Tennisanlagen vorbei. Gleichzeitig schiele ich unter meiner Sonnenbrille ständig nach Ferdinand, ob ich nicht vielleicht doch irgendwo eine schwarz gegelte Haarspitze von ihm entdecke. Doch eine Stunde später komme ich ganz alleine am Oststrand an. Hier ist trotz Hochsaison kaum ein Urlauber anzutreffen und ich lege mich einfach ganz vorne in den warmen Sand. Ich stöpsele mir meine Musik ins Ohr und denke an Yannis. In Gedanken lasse ich zum tausendsten Mal die vergangenen Wochen vorüberziehen. Der Knutschfleck. Unsere ersten zärtlichen Küsse. Das Geknutsche auf der Sommerparty. Julia. Ich male mir aus,

wie er sich mit Julia trifft und neben ihr im Schwimmbad auf der Wiese liegt. Wie er sie nach Hause bringt und fragt, ob sie sich morgen wiedersehen. Und wie sie sich mit einem Kuss von ihm verabschiedet und für das Fahrradflicken bedankt ... Mein Herz knäult sich zusammen und ich spüre, wie sehr ich Yannis wirklich vermisse, wie sehr ich mich nach ihm sehne und was mir unsere Gespräche, unsere Freundschaft bedeuten. Ich habe mich noch nie einem Menschen so eng verbunden gefühlt wie ihm, es kann nicht sein, dass Julia das alles kaputt macht.
Ich war noch nie so sehr verliebt.
Plötzlich verstellt mir ein Schatten die Sonne. Es ist dieser Ferdinand, der jetzt einfach, als ob es das Normalste der Welt sei, sein Handtuch neben mir ausbreitet und sich draufpflanzt.
„Vor dir ist man wohl nirgends sicher?", murmele ich und kann es nicht vermeiden, dass ich ihn dabei anlächele.
„Nö", sagt er einfach und schnappt sich einen Ohrstöpsel.
Und so liegen wir für eine Weile nebeneinander im Sand und hören Musik. Wie werde ich den nur wieder los, denke ich und fühle mich unbehaglich, Flirt hin oder her. Sicherheitshalber bewege ich mich keinen Millimeter, nicht dass er denkt, ich will was von ihm. Das Beste wird sein, einfach zurückzuradeln, beschließe ich gerade, als ich seine warme Hand auf meinem Arm spüre. Ein bizzeliger Schauer durchrieselt mich und ich lasse es zu, wie er jetzt ganz langsam meine Haare zurückstreicht und mein Gesicht in seine Hände nimmt.

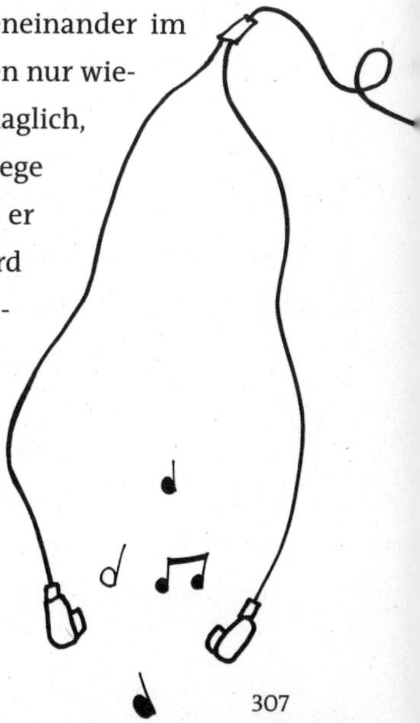

Der will dich küssen!, klingeln plötzlich sämtliche Alarmglocken in meinem sonnendurchglühten Hirn und mit einem Ruck setze ich mich auf. Dabei knallen unsere Köpfe zusammen und er springt entsetzt zurück.

„Kannst du nicht aufpassen“, schimpft er, während er sich die Nase reibt.

Aber ich habe keine Zeit für Entschuldigungen, sondern raffe in aller Eile meine Sachen zusammen, stopfe sie in den Rucksack und renne, so schnell ich kann, durch den Sand zu meinem Fahrrad zurück. Diesmal drehe ich mich nicht um, ich will mich gar nicht entschuldigen, ich will gar nicht wissen, ob er mir hinterherläuft, ich will nur weg von hier, weg von irgendwelchen Flirtheinis, die sowieso nur mit mir spielen wollen. Mit einem Mal weiß ich genau: Ich muss hier weg, weg von der Insel, egal, was meine Eltern dazu sagen. Ich will zu Yannis und mich endlich wieder mit ihm versöhnen.

Wie eine Irre radele ich in Rekordzeit durch die Mittagshitze von der Ostspitze zurück und komme schließlich völlig ausgepumpt und mit hochrotem Gesicht im Dorf an. Wenn ich Glück habe, erwische ich die Vierzehn-Uhr-Fähre, Tante Ulli wird schon alles erklären.

Da sehe ich von Weitem jemanden auf der Bank neben der Eingangstür sitzen. Es ist ... träume ich? Habe ich Halluzinationen? Gibt es so etwas wie eine Fata Morgana an der Nordsee? Es ist: Yannis! Ich lasse mein Fahrrad einfach fallen und gehe die letzten Schritte ganz langsam auf ihn zu. Mittlerweile ist er aufgestanden und kommt mir ebenfalls entgegen.

„Was machst du denn hier?“, rufe ich, in mir hüpft und dreht sich alles und ich lasse mich in seine Arme fallen, verschwitzt und klebrig, wie ich gerade bin. Yannis antwortet mit einem langen, langen Liebeskuss. Yannis ist hier, denke ich, und alles erscheint mir so klar wie noch nie in meinem Leben – er ist bei mir, nicht bei Julia.

„Komm, wir gehen runter ans Meer", sagt Yannis nach einer Weile und zieht mich mit sich. „Dann erkläre ich dir alles."

Und wie wir Arm in Arm den Strand entlangwandern, erzählt er, wie er sich gewundert hat, dass ich ihm nicht auf seine SMS geantwortet habe, und wie er sich stundenlang verrückt gemacht hat deswegen. Er wollte sich für sein dämliches Verhalten entschuldigen, mir alles erklären. Schließlich hat er sich getraut, Kleo zu fragen, und von ihr erfahren, dass ich auf der Insel bin, aber sie kannte Tante Ullis Adresse auch nicht genau, sonst hätte er mich angerufen.

„Und da bist du einfach abgehauen?", frage ich erschrocken.

„Nein", beruhigt er mich, „mein Vater hat mich sogar hergeschickt und mir das Ticket bezahlt."

„Ausgerechnet dein Vater?", wundere ich mich.

„Ja, Oliver hatte wohl auch mal so eine Geschichte, die wegen eines Missverständnisses schlecht ausging. Und da hat er gesagt: ‚Junge, fahr ihr nach, wenn du sie wirklich liebst …'" Yannis zieht mich ganz fest in seine Arme. „Und deswegen bin ich hier."

Beziehung

Der große Gefühlsrausch des ersten Verliebtseins ist vorbei, ihr seid nun schon eine Weile zusammen und der normale Beziehungsalltag hat sich eingestellt. Ihr habt Gewohnheiten entwickelt, Absprachen und natürlich kommen wie bei allen Paaren kleine und große Krisen dazwischen. Das ist normal wie ein Schnupfen, der von alleine wieder abklingt. Wenn ihr darüber reden könnt und hinterher gestärkt als Paar hervorgeht: Prima! Wenn ihr dagegen endlose Dauerdiskussionen habt und nichts ändert sich: Aufpassen. Vielleicht ist er doch nicht der Traumtyp, für den du ihn hältst, oder ihr passt einfach nicht zusammen. Vielleicht müsst ihr auch lernen, gemeinsam zu wachsen (schließlich seid ihr noch jung und kein altes Ehepaar!) und euch gegenseitig mit euren Stärken und Schwächen zu akzeptieren. Fühle in dich rein, wie gut du mit seinem Fußballfimmel leben kannst, wo du doch ein Kinofreak bist, und ob andere, gemeinsame Aktivitäten das alles wieder wettmachen. Den anderen so zu lassen, wie er ist, ist bei aller Liebe meist die größte Herausforderung! Aber du musst glücklich dabei sein ... Der Trick aller Paare, die gefühlte Ewigkeiten zusammen sind, ist übrigens das gemeinsame Gespräch – und das gegenseitige Vertrauen darin, dass alles gut wird. Jetzt solltest du eure Beziehung nicht kaputtquatschen, Jungs haben bekanntlich nicht so viele Worte und suchen lieber Lösungen, anstatt ständig über eure Probleme zu diskutieren. Ein regelmäßiger Austausch über deine Bedürfnisse (ich fühle, ich brauche, ich denke ...) sollte jedoch selbst mit dem stummsten Stockfisch möglich sein.

Wichtig für eine gute Beziehung ist auch das Geben und Nehmen von Freiheit und Sicherheit. Niemand möchte ein Klammeräffchen zum Freund bzw. zur Freundin, gleichzeitig braucht jeder die emotionale Sicherheit, beim anderen liebevoll aufgehoben zu sein. Die meisten Menschen sehnen sich nach einer verlässlichen Beziehung und vor allem nach Zärtlichkeit. Wenn du eine Kuschelbiene bist, brauchst du unbedingt den passenden Knuddelbären dazu, sonst gehst du ein wie eine Primel. Andersherum gibt es auch Kratzdisteln, die kaum Berührungen brauchen, oder, um im Bild zu bleiben, Rosenknospen, die sich unter seinen Küssen erst langsam entfalten ...

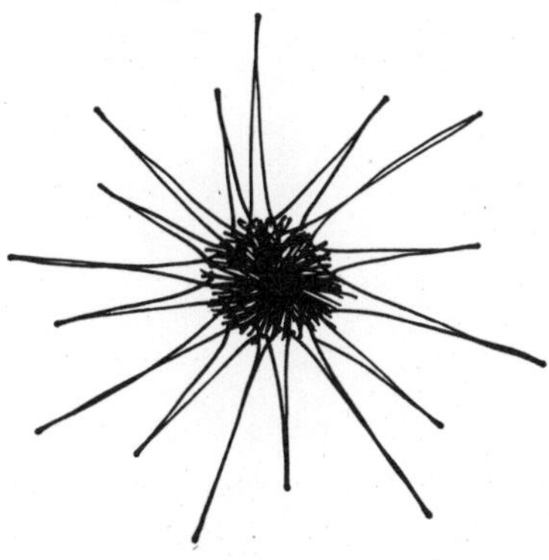

Die Er-ist-der-Richtige-für-mich-Checkliste:

- ☐ Ich vertraue ihm und kann mit ihm über alles reden.
- ☐ Er ist aufmerksam und zuvorkommend.
- ☐ Ich fühle mich wohl in seiner Nähe.
- ☐ Wenn wir zusammen sind, lässt er sein Handy in der Hosentasche.
- ☐ Er ist kompromissbereit und unkompliziert.
- ☐ Ich kann mit ihm lachen und fröhlich sein.
- ☐ Er mag mich so, wie ich bin.
- ☐ Wir haben viele gemeinsame Interessen.
- ☐ Ich kann mich auf ihn verlassen, so, wie er sich auch auf mich verlassen kann.
- ☐ Wir respektieren uns gegenseitig.
- ☐ Er ist ehrlich zu mir und ich bin ehrlich zu ihm.
- ☐ Wenn wir uns streiten, finden wir immer eine gute Lösung.
- ☐ Er fragt mich nach meinen Bedürfnissen und ich kann sie ihm sagen.
- ☐ Ich mag es, wenn er mich berührt, und ich berühre ihn gerne.
- ☐ Wir haben meistens den gleichen Geschmack.
- ☐ Wenn ich an ihn denke, macht mein Herz einen Hüpfer.
- ☐ Seine Küsse schmecken nach mehr.

Zweites Kapitel, in dem Sina, Kleo, Jolina, Milli und Julia von den Herzschmerzseiten der Liebe erzählen

Eisherz – Sinas Liebeskummergeschichte

Yannis hat Schluss gemacht. Vorhin. Gerade eben. Vor zwanzig Minuten. Zwanzig Minuten, in denen ich völlig geschockt und regungslos mitten in meinem Zimmer stehe. Ich kann immer noch nicht fassen, was da gerade passiert ist, was Yannis mir soeben mitgeteilt hat. Schluss. Aus. Ende. Vorbei. Sina und Yannis gibt es nicht mehr. Ohne weitere Erklärung, ohne mich verstehen zu lassen, warum. Er ist gegangen und hat mich mit meinen Fragen einfach alleingelassen.

Ich atme tief durch und schaue aus dem Fenster. Draußen ist es längst dunkel, Nachtfrost legt sich auf die Gärten, die Straße glitzert. Vielleicht gibt es dieses Jahr weiße Weihnachten ...

Ich habe es längst geahnt, es musste ja so kommen. Eine Stimme in mir kennt die Wahrheit, weiß, dass die letzten Wochen mit Yannis einfach nicht mehr so waren wie immer. Alles war plötzlich zwischen uns so kompliziert geworden, jede Geste, jede Bemerkung haben wir stundenlang diskutiert, es gab nur Probleme, Probleme, Probleme. Zum ersten Mal, seit wir uns kennen, konnten wir nicht mehr unbeschwert zusammen sein, ständig haben wir uns belauert, ständig haben wir uns gegenseitig das Leben schwer gemacht. Aber ich wollte es nicht wahrhaben, wollte nicht sehen, was da schieflief zwischen uns. Habe an unsere Freundschaft, an unsere Liebe geglaubt. Dachte, es sei nur eine Phase, die vorübergeht wie ein Schnupfen. Dachte, dass wir, wenn dieser grässliche Winter vorüber wäre und die Frühlingssonne endlich wieder schiene, wieder frisch verliebt sein könnten wie am ersten Tag.

Wie sehr ich mich getäuscht habe.

Yannis hat mir nicht gesagt, warum er Schluss gemacht hat. Ich glaube ihm, dass er nicht in eine andere verliebt ist, obwohl ich immer noch argwöhne, dass Julia es auf ihn abgesehen hat. Wenn ich wüsste, weshalb er mich nicht mehr liebt, könnte ich ja etwas ändern. Warum hat er jedes Gespräch darüber abgelehnt? Warum gibt er uns nicht noch einmal eine Chance?

Langsam löse ich mich aus meiner Schockstarre, unmöglich, jetzt hinunter zu meiner Familie zu gehen und so zu tun, als sei nichts passiert. Alles in mir ist Tränen, grenzenlose Traurigkeit, leer, ausgebrannt, ich kann kaum einen klaren Gedanken fassen. Verzweifelt lasse ich mich mit einem Schmerzlaut auf mein Bett sinken, vergrabe mein Gesicht im Kissen und heule, heule, heule. So findet mich meine Mutter, die besorgt nachschaut, warum ich nicht zum Abendessen erscheine.

„Warum liegst du denn hier alleine im Dunkeln? Um Himmels willen, was ist denn passiert?“, fragt sie und streichelt mir sanft

über die Schultern. Wie ein Kleinkind zieht sie mich in ihre Arme, wiegt mich hin und her, haucht mir Trostküsschen auf die Haare.
Unfähig, ihr zu antworten, lasse ich es einfach zu und spüre ihre vertraute Nähe, wenigstens eine, die mich lieb hat. Als ich auf ihre Nachfrage hin immer noch nicht reagiere, meint sie schlicht: „Es ist wegen Yannis, stimmt's?"
Zur Antwort muss ich nur noch mehr weinen.
„Hat er dir wehgetan? Will er was, was du nicht willst?", hakt sie besorgt nach.
„Ach Mama", seufze ich. Unter anderen Umständen hätte ich mich über ihre Bemerkung tierisch aufgeregt. Das war ja die Diskussion der letzten Wochen, die Sache mit dem Miteinanderschlafen, was nicht klappen wollte, wir uns aber beide so unbedingt wünschten, weshalb alles so kompliziert wurde.
„Wenn es doch nur so wäre ... aber er will mich überhaupt nicht mehr, das ist es ja", schniefe ich.
Ich höre, wie Mama hörbar ausatmet. Dann zieht sie mich nur noch fester in ihre Arme. Insgeheim warte ich darauf, dass sie mir jetzt einen Vortrag hält, von wegen: Andere Mütter haben auch Söhne oder Liebeskummer lohnt sich nicht. Doch sie schweigt und ich bin ihr in diesem Moment sehr dankbar dafür. Als ich mich ein bisschen beruhigt habe, schiebt sie mich ein Stück von sich weg.
„Willst du mit runterkommen? Heute läuft *Rio* im Fernsehen, den Film findest du doch immer so lustig!" Ihre Stimme klingt aufmunternd.
„Nein, ich kann nicht", antworte ich, „ich will alleine sein ..." Nichts schlimmer, als einen Film über zwei verliebte Vögel zu gucken.

Mama seufzt. „Das kann ich verstehen, Kind ... also gut, aber wenn du es dir anders überlegst, komm einfach runter, versprochen?“

„Versprochen!“, sagte ich und versuche, nicht schon wieder loszuweinen.

Nachdem sie zur Tür hinaus ist, atme ich tief durch. Wie ferngesteuert gehe ich ins Bad, wo ich mir ausgiebig das Gesicht wasche, den Lichtschalter lasse ich aus, ich weiß auch so, wie verquollen und verheult ich aussehe.

Als ich wieder in mein Zimmer komme, brennt die kleine Lampe auf meinem Nachttisch. Mama hat mir ein Tablett mit Keksen, Schokolade und Tee hingestellt. Dankbar nehme ich den dampfenden Becher in die Hand, setze mich auf die Fensterbank und starre hinaus in die Dunkelheit. Dem Glitzern auf den Zweigen nach zu urteilen, muss es sehr kalt sein. Schockstarre, wie bei mir, Autolichter ziehen vorbei, jemand ruft, ein Fahrradfahrer strampelt gegen die Kälte, eine Frau führt ihren Hund spazieren und raucht dabei eine Zigarette, der Zeitungsbote verteilt auf den letzten Drücker die Werbeblättchen in die Briefkästen unserer Reihenhaussiedlung ...

Keine Ahnung, wie lange ich einfach nur dagesessen habe, Türklappern und Badezimmergeräusche verraten mir, dass meine Eltern soeben ins Bett gehen, zum Glück ist Mama nicht noch einmal zu mir gekommen. Ich sollte mich auch hinlegen und versuchen zu schlafen, aber ich bin unfähig, mich von meiner Fensterbank wegzubewegen. Ich starre aus dem Fenster, der Tee ist mittlerweile kalt geworden, ohne dass ich davon getrunken hätte.

Alles ist kalt, alles ist still, meine Familie schläft, das Haus schläft, die Straße schläft, noch nicht einmal die Nachbarskatze ist unterwegs. Nur ich bin wach, mit diesem Loch im Herzen, das so grässlich schmerzt und mich nicht schlafen lässt.

„Ich wollte, dass es für immer ist", hauche ich, mein Atem lässt die Fensterscheibe beschlagen. Gedankenverloren male ich ein S + Y hinein, Herz drum rum. „Wir sind doch ein perfektes Paar, die besten Freunde, wir haben so viele Gemeinsamkeiten ... Warum, Yannis, warum? W-A-R-U-M?"

Ich spüre, wie mir abermals die Tränen hochkriechen, die Verzweiflung quält mich in der Kehle, lässt mich beinahe ersticken, ich schreie sie lautlos in die Dunkelheit hinaus.

Irgendwann halte ich es nicht mehr aus, einfach nur heulend am Fenster zu sitzen, die Enge meines Zimmers beklemmt mich zunehmend,

ich habe das Gefühl, keine Luft mehr zu bekommen. Raus hier, ich muss raus, ist alles, was ich denken kann.
Leise, damit niemand wach wird und mir womöglich noch dumme Fragen stellt, schleiche ich aus meiner Tür hinunter ins Wohnzimmer, wo ich als Allererstes die Terrassentür öffne. Ein eisiger Windhauch zieht hinein, die kalte Nachtluft bringt mich wieder zur Besinnung. Ich atme tief und spüre, wie ich allmählich ruhiger werde. Er ist weg, aber ich bin immer noch da ... Am liebsten würde ich raus in den Garten gehen, aber ich bin viel zu dünn angezogen. Auf der Suche nach einer wärmenden Decke fällt mir Papas Schlafsack-Anzug in die Hände. Den hat er sich für den Winter gegönnt, weil er gerne noch zu später Uhrzeit draußen im Garten herumspaziert. Dieser *MusucBag* ist für Temperaturen um die null Grad ideal. Für mich zwar hoffnungslos zu groß, aber für meine aktuelle Situation genau das Richtige. Schnell schlüpfe ich hinein, ziehe den Reißverschluss zu – und fühle mich sofort warm und geborgen. Vorsichtig wage ich ein paar Schritte, die Sohlen sind zum Glück mit Anti-Rutsch-Noppen versehen, da laufe ich selbst auf den eisglatten Fliesen sicher.
Yannis.
Abermals krampft sich mein Herz zusammen, diesmal muss ich nicht schon wieder weinen, ich fühle mich nur leer und ausgebrannt. Wie ferngesteuert gehe ich durch den Garten, hoffentlich bemerkt mich niemand und denkt, hier sei der Yeti persönlich unterwegs.
Ich lege den Kopf in den Nacken und starre in den sternenklaren Himmel über mir, kein Wunder, dass es heute Nacht so kalt ist. Ganz anders als in jener Nacht, als Yannis mich

zu einem Sternenhimmelspaziergang eingeladen hatte. Wir hatten eine Picknickdecke auf der Lichtung ausgebreitet und eng aneinandergekuschelt stundenlang in den sternenübersäten Himmel über uns geschaut (und unzählige helle Sternschnuppenlichtstreife beobachtet). Die ganze Zeit über hatte ich Schiss, dass irgendein Wildschwein aus dem Unterholz gestürmt kommt und über meine Gummibärchen herfällt. Aber Yannis hatte extra seine Zwille dabei (wie süß, so ganz geheuer war ihm das also auch nicht!) und ganz ritterlich seinen Arm um mich gelegt, um mich zu beschützen. Yannis hat mir den Polarstern gezeigt und den Großen und den Kleinen Wagen, Pegasus, Kepheus, Adler und Delfin ... und mir von Kugelsternhaufen und Zwerggalaxien erzählt. Ich wusste gar nicht, dass er sich so gut am nächtlichen Sternenhimmel auskennt. Das nächste Mal, hat er mir versprochen, nehmen wir sein Teleskop mit und suchen den Jupiter.

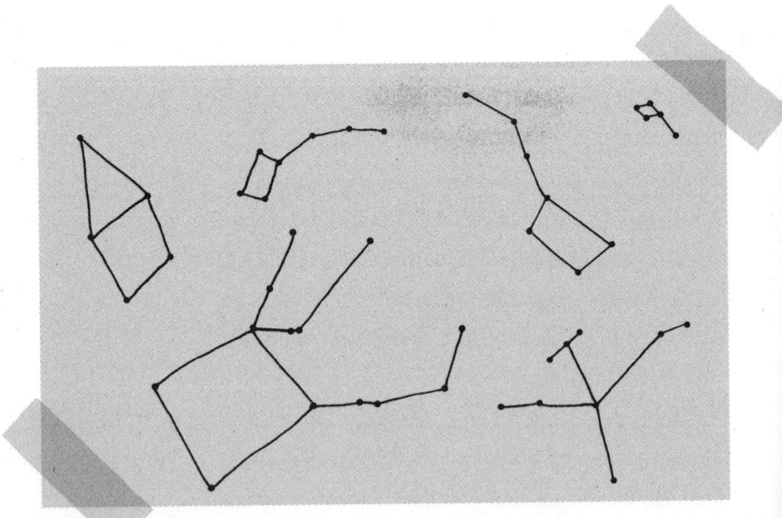

Ein nächstes Mal wird es wohl für uns nicht geben. Traurig laufe ich weiter, voller Erinnerungen an all die schönen Momente, die ich mit Yannis erlebt habe. Wie wir zum ersten Mal Hand in Hand Schlittschuh laufen waren. Wie er mir nach Sizilien meine Lieblingsschokolade geschickt hat. Wie er mich damals im Krankenhaus mit Ananas fütterte. Wie er immer da war, wenn ich ihn brauchte.

Erst hatte ich ja gar nicht kapiert, dass es ausgerechnet mein bester Freund und Nachbarskumpel Yannis ist, in den ich so unsterblich verliebt bin. Jetzt wird es nie wieder so sein.

Plötzlich finde ich mich auf Dietrichs Grundstück wieder. Macht der Gewohnheit. Jahrelang bin ich zwischen unseren beiden Grundstücken hin- und hergependelt, erst in die Sandkiste, später auf die Wiese zum Schaukeln oder ins Planschbecken, ich bin bei Dietrichs ein und aus gegangen und er bei uns. Yannis und ich haben gemeinsam Fahrrad fahren gelernt und Inliner zu laufen, wir sind gemeinsam eingeschult und konfirmiert worden. Und bei Stefanies verrückten Feten saßen wir immer gemütlich in der Hollywoodschaukel, während die Erwachsenen sich, angeschickert wie sie waren, oberpeinlich danebenbenommen haben, einmal hat mein Vater sogar ein Fußbad im Goldorfenteich genommen ...

Yannis, flüstere ich in die Dunkelheit, ich kenne dich schon so lange, wie soll ich denn ohne dich sein? Ich blicke zum Haus, aber dort ist alles dunkel. Wie kann Yannis schlafen und so tun, als sei nichts geschehen? Ich laufe zur Hollywoodschaukel und klettere umständlich hinein, kauere mich in die Ecke, voller Erinnerung an all die Würstchen-Schlachten und Ketchup-Küsse. Jetzt muss ich doch wieder weinen.

„Das kannst du doch alles nicht einfach so vergessen haben", flüstere ich beschwörend vor mich hin, „das kann dir doch nicht egal sein, das kannst du doch nicht einfach so beenden."
Jeder Atemzug sticht mich in die Lunge, jede Faser meines Körpers schmerzt. Ich atme in die Kapuze meines Anzugs, so ist es besser. Erschöpft vom vielen Weinen lasse ich mich langsam in das Polster gleiten, schließe die Augen, ich will mich ausruhen, endlich schlafen, ich spüre die eiskalte Nachtluft um mich herum nicht mehr.
Erneut ploppen Erinnerungen in mir hoch, Yannis, wie er mir ritterlich das Handtuch reicht, nachdem wir stundenlang im eiskalten Baggersee gebadet haben. Yannis, wie er mir einen heißen Tee zubereitet, nachdem wir im Dauerregen Pflastersteine für Dietrichs Auffahrt geschleppt haben. Yannis, wie er mich einfach in den Arm zieht und mit seinen Yannis-Augen alles in mir zum Glühen bringt, hell, warm, geborgen, sodass ich überhaupt nicht mehr weiß, wo ich bin ... Wie er leise meinen Namen flüstert, mit rauer Stimme, so, dass ich ihn kaum höre, dann immer lauter.
„Sina!"
Wie er mir zärtlich über die Haare streichelt, kaum spürbar, aber dann immer fester. Wie er mit einem Kuss versucht, mich zu wecken, und mich dann behutsam am Arm schüttelt.
„Hey, wach auf! Was machst du da? Hier kannst du nicht bleiben!"
Es ist nicht Yannis.
Es ist Malte.
Aber ich will nicht aufwachen, ich will für immer in diesem wunderbaren, warmen Traum bleiben, in dem Yannis und ich ein Liebespaar sind.

Erste-Hilfe-Maßnahmen bei gebrochenen Herzen:

Sofortmaßnahmen

- Bei jedem Schock hilft dir erst mal ein Glas warmes Wasser! Trink es langsam und in kleinen Schlucken. Damit lässt du neue Lebensenergie in deinen Körper fließen, du kannst dich wieder spüren und klare Gedanken fassen: Er hat Schluss gemacht. Uns gibt es nicht mehr. Aber ICH!!! bin immer noch da!
- Nach dem Schock folgt der Schmerz, lass ihn zu, weine dich aus, nichts und niemand kann dich jetzt trösten, weine, bis du keine Tränen mehr hast. Dann drei Mal tief durchatmen.
- Noch mal ein Glas warmes Wasser. Versuche, diesmal bewusst mit jedem Schluck auch deine Tränen hinunterzuspülen. Später darfst du wieder weinen, versprochen, aber jetzt ist's gut, beruhige dich! Noch mal tief durchatmen, merkst du es: Du bist da, du hast es überlebt!

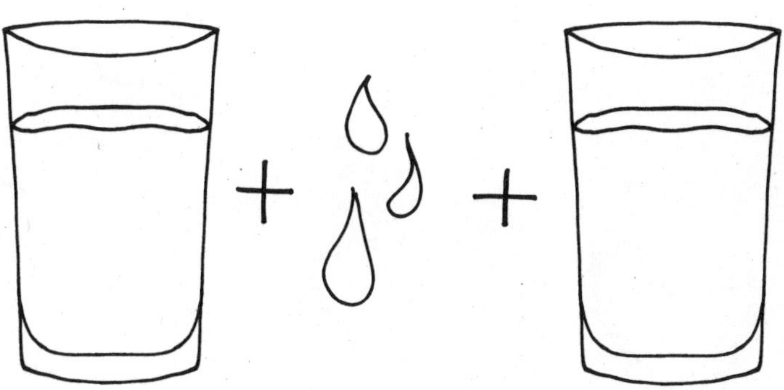

- Wische deine Tränen ab, wasche dein Gesicht mit kaltem Wasser. Wenn du magst, stelle dich unter die Dusche und spüle deinen ganzen Kummer durch den Abfluss.
- Jetzt musst du deine Wunde versorgen: Hand aufs Herz! Konzentriere dich auf deinen Herzschlag und auf deine Atmung. Wie fühlt es sich an? Tut es weh? Bohrt es, brennt es, sticht es? Streichele die Stelle, creme sie ein oder klebe ein Pflaster darüber, um die Wunde – dich! – zu schützen.
- Hol dir deine Herz-Energie zurück, du kannst sie aus dir schöpfen. Lege deine Hand auf dein Herz und zähle langsam deinen Herzschlag mit. Stelle dir vor, wie aus deinem Herzen langsam eine Blume mit einem kraftvollen grünen Stängel wächst und ihre Lebensenergie in deinen ganzen Körper verteilt: Arme, Hände, Beine, Füße ... überall landen kleine Energiebällchen. Du bist stark!

- Herz-Malereien mit Farbe und Pinsel: Male dein Herz, wie es sich heute fühlt, zerfleddert, schlapp oder froh und stark und bunt. Male ab jetzt jeden Tag ein Herz-Bild. Wetten, es sieht immer anders aus?
- Kuschel-Herz: Nimm dein kleines Lieblings-Kuscheltier und halte es liebevoll in deiner Hand vor deinen Bauch. Streichele es, wiege es, tröste es – bald geht es dem Kuscheltier schon viel besser. Und dir auch?
- Suche dir einen Herz-Stein – im Park oder im Laden – und trage ihn immer bei dir. Such dir einen aus, der zu dir passt und dir Trost spendet, wann immer du ihn berührst.

Nach dem ersten Schock stellt sich bei Liebeskummer sofort das Grübeln ein: WARUM nur hat er Schluss gemacht? Habe ich etwas falsch gemacht? Bin ich nicht liebenswert genug? Hat er eine andere? Du würdest es gerne kapieren, einen Grund kennen, deine Schmerzen verstehen. Aber bei der Diagnose Liebeskummer gibt es leider nichts zu verstehen (selbst wenn du etwas Unverzeihliches getan hast, selbst wenn er eine andere hat), es gibt nur eins: zu fühlen: Es ist vorbei. Schluss. Aus. Ende. Die Wieso-weshalb-warum-Fragespirale ist etwas für später, wenn du ernsthaft dabei bist, eure Beziehung aufzuarbeiten (wenn du das überhaupt möchtest), um evtl. aus deinen Fehlern zu lernen oder dir beim nächsten Mal einen anderen Typ Junge auszusuchen.

Jetzt ist es erst mal so: Die Uhr dreht sich weiter, du musst deine Hausaufgaben machen, mit deiner Familie zusammen sein, einschlafen, zur Schule gehen. Vielleicht siehst du ihn dort wieder, vielleicht mit der anderen, vielleicht musst du deiner Clique sagen, was los ist. Nur: Wie sollst du das bloß überleben?! Du hast eigentlich nur das eine im Sinn: ihn anzurufen und seine Stimme hören, fragen, ob er es ernst gemeint hat ... Finger weg vom Telefon und bloß keine SMS schicken! Wenn du etwas zu sagen hast, schreibe es in dein Tagebuch auf oder schreibe ihm einen Brief, den du selbstverständlich nicht abschickst.

Lass dich jetzt trösten, von deiner Mutter mit Vanillepudding, von deinem Bruder mit blöden Witzen, von deinem Vater mit einem aufmunternden Spruch ... verkrieche dich in deiner Heul-Schmoll-Trauer-Ecke, rufe deine Freundin an, weine dich aus! Erzähle deinen engsten Vertrauten, was los ist, damit sie dich trösten können und sich nicht unnötig Sorgen um dich machen.

Wichtig für den Tag danach:

- Gestehe dir ein, dass es dir nicht gut geht. Du musst deinen Liebeskummer nicht überschminken.
- Hülle dich für heute in einen schützenden schwarzen Kokon aus Samt mit kleinen Abwehrstacheln dran. Auf diese Weise kannst du dich jederzeit zurückziehen.
- Keinen Hunger? Trinke wenigstens etwas; ein Rosinenbrötchen geht immer.
- Wenn du schon wieder weinen musst: Sage deinem Liebeskummer und deinen Tränen, dass du dich später nach der Schule wieder um sie kümmerst.
- Gehe ihm nach Möglichkeit heute und in den nächsten Tagen aus dem Weg! Damit schützt du dich vor unliebsamen Erinnerungen.
- Wenn ihr gemeinsame Freunde habt: Bitte um Verständnis, dass du jetzt erst mal eine Auszeit brauchst.
- Schütte dein Herz aus, schwelge in Erinnerungen, weine dich bei deiner Freundin aus. Aber bitte nicht pausenlos und immer wieder dieselbe Leier. Irgendwann musst du auch alleine damit klarkommen.
- Rufe ihn nicht an, auch wenn du das Ohne-ihn-Sein nicht erträgst. Es hilft dir nichts und macht alles nur noch schlimmer.
- Versuche, dich abzulenken, mache Dinge, die dir guttun, triff dich mit deinen Freundinnen.
- Magnesium powert gegen Stress, Vitamin C hilft gegen depressive Löcher, Vitamin B ist Nahrung für Nerven und Seele und Zink das Mineral schlechthin für dein Immunsystem.

Die Entliebungskurve – Tipps für die nächsten Wochen

Manche sagen, Liebeskummer bleibt so lange, wie die Beziehung gedauert hat. Andere stürzen sich sofort wieder in die Arme eines Neuen. Und was machst du? Lass dir Zeit, dich und deine Gefühle zu heilen, sorge für dich, bleibe aufmerksam für deine Bedürfnisse. Denn deine Liebeskummervorhersage für die nächsten Wochen und Monate lautet: auf und ab. Nach dem ersten Schock wirst du dir Hoffnungen machen, dass alles wieder gut wird, wenn du dich nur änderst, den ersten Schritt machst, ihm alles verzeihst ... Tu es, wenn du wirklich so fest an eure Liebe glaubst und es unbedingt ausprobieren willst. Aber meistens hinterlässt der gezogene Schlussstrich einen irreparablen Riss in der Beziehung. Meistens stellt sich dann danach eine große Wut ein, das ist ein gesundes Gefühl und zeigt, dass du dich nicht vergessen hast. Nach dem Motto „Das kann der doch mit mir nicht machen“ wirst du dir alle möglichen Rachepläne ausdenken – aber bitte setze sie nicht um, das hast du nicht nötig. Es geht um dich und dein Leben, nicht um ihn. Und wenn dir dann vor lauter Selbstmitleid und Frust die Decke auf den Kopf fällt, hilft nur eins: Raus aus der Opferrolle! Tu was, nimm dein Leben in die Hand. Es fühlt sich immer besser an, aktiv zu sein, als passiv etwas zu erdulden. Zum Glück ist es dann irgendwann so, dass du tief in dir spürst: Es ist wirklich vorbei! Geschafft! Ich muss nicht mehr ständig an ihn denken, ich bin froh und glücklich ohne ihn. Wir hatten eine tolle Zeit, aber hier und jetzt ist auch nicht schlecht. Und vielleicht bin ich gerade dabei, mich wieder neu zu verlieben.

Alles wird gut!!!

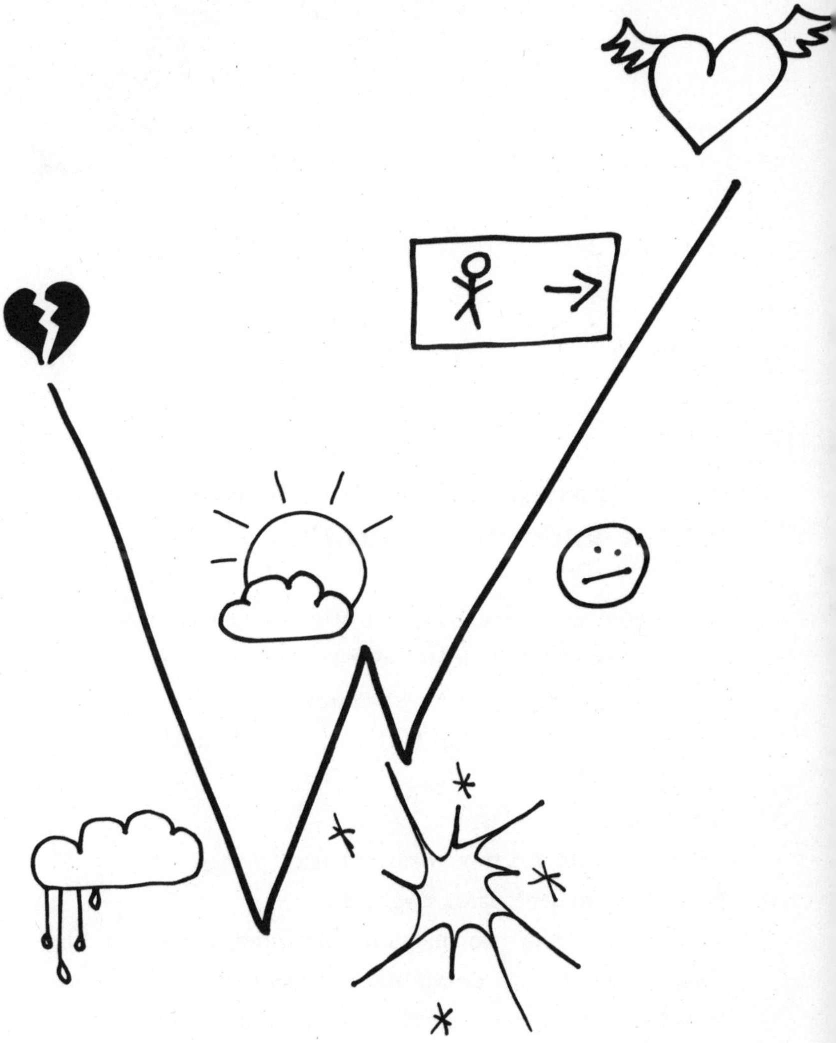

Kleo

Letzte Chance – Kleos Ich-will-mich-ihm-zuliebe-ändern-Geschichte

Die anderen reden. Über mich. Natürlich bin ich daran gewöhnt und mache mir längst nichts mehr daraus, Kleo-Sprüche kenne ich in- und auswendig. Aber was Yannis über mich gesagt hat, geht mir tief unter die Haut, trifft mich mitten ins Herz, in meinem Ich.

Weil es so verletzend ist.

Weil ich es nicht von ihm erwartet hätte.

Weil ich ihn so liebe, dass es wehtut.

Es war in der Projektwoche beim Aufräumen. Ich war im hinteren Teil des Raumes damit beschäftigt, die Bücherboxen unserer Ausstellung vorsichtig einzupacken, während Yannis und Juri über den Laptop gebeugt waren und kicherten. Weil eine Plakatwand zwischen uns stand, dachten sie wohl, sie wären unter sich. Ich habe mir nie großartig viele Gedanken darüber gemacht, auf welche Weise Jungs über Mädchen reden, wenn sie alleine sind. Aber was ich an jenem Morgen erfahren habe, wollte ich lieber nicht wissen.

Angefangen hat es damit, dass sie offensichtlich einige Fotos auf Facebook gecheckt haben, erst aus lauter Gewohnheit die von Jolina, dann welche von Chiara und Marlene, zwei Mädchen aus der Parallelklasse, die mit uns im Projekt gearbeitet haben. Ich fand die beiden eher langweilig, aber Juri fand „ihren Hintern heißer als den von J.Lo“ und Yannis hat ihm zugestimmt. Da war ich dann doch sprachlos, zumal Yannis im Gegensatz zu seinem Bruder Malte nicht gerade als Mädchenaufreißer bekannt ist. Seit er mit Sina Schluss gemacht hat, habe ich ihn höchstens mal in der Nähe von Julia gesehen. Juri hat sich dann noch eine Weile über die Vorzüge von Marlene im Allgemeinen und von Chiara im Besonderen ausgelassen, das war so langweilig, dass ich wieder angefangen habe, Kisten zu sortieren. Mit halbem Ohr hörte ich zu, wie Juri sämtliche Mädchen aus unserer Klasse durchcheckte, Haarfarbe, Nase, Körbchengröße, lange Beine oder nicht ... Als dann aber mein Name fiel, hielt ich plötzlich inne.

„Kleo können wir in der Liste auslassen“, sagte Juri. „So klapperdürr. Die hat noch nicht einmal einen Busen ... und immer diese depri-schwarzen Klamotten.“

„Dabei ist Kleo eigentlich ganz nett“, antwortete Yannis und ich spürte einen leisen Freudenstich im Herz. Doch dann verschlug es mir die Sprache. „Klar, könnte sie flippiger angezogen sein ... Klamotten und Styling sind ihr völlig egal – und überhaupt ist mit ihr nicht viel los. Kleo ist tod-sterbens-lang-weilig. Außer für Ambra interessiert sie sich für niemanden.“ Musste er das so betonen?

Wow, das saß! Hätten sie nicht weiter über meine nicht vorhandene Oberweite sprechen können? Über meine Ringel-Ringel-Locken, über die sie seit jeher lästern? Stattdessen attestiert mir Yannis die totale Langweiligkeit. Und was soll das heißen: Eigentlich ganz nett?!

Ich hatte gedacht, er hätte unsere gemeinsamen Spaziergänge und Gespräche damals ebenso gut gefunden wie ich. Habe ich mich so in ihm getäuscht? Während Yannis und Juri mittlerweile bei Melanie angekommen waren und sich kichernd halb totlästerten, hockte ich in einer Art Schockstarre über meinen Kisten.

Langweilig. Yannis findet mich also mehr als langweilig. Und eigentlich ganz nett.

Das bedeutet doch im Umkehrschluss, dass ich eigentlich eine Chance bei ihm habe, wenn ich mich ändere, wenn ich flippiger und attraktiver werde und nicht mehr so langweilig bin.

Dass ich an meinem Äußeren arbeiten muss, weiß ich längst. Früher war ich immer die Kleo mit den Babyklamotten, da habe ich noch kommentarlos die Shirts angezogen, die meine Mutter mir hingelegt hat. Aber dann habe ich zufällig bei einem meiner Streifzüge Cecily und ihre Clique kennengelernt, genauer gesagt war es Ambra, die sich mit deren Hund Ciao angelegt hat. Nicht dass wir je ein Wort miteinander gewechselt und uns angefreundet hätten. Aber Cecily ist so cool! Die Piercings in ihren Augenbrauen, ihre schwarzen Haare, der lässige Silberschmuck ... und natürlich ihre schwarzen Klamotten. Da wusste ich: So will ich auch aussehen! Ich habe dann dafür gesorgt, dass wir beim Gassigehen stets bei Cecilys Clique vorbeikamen, die sich damals immer am alten Kiosk getroffen haben.

Auf diese Weise habe ich möglichst unauffällig studieren können, was angesagt war und was nicht.
Zum Leidwesen meiner Mutter habe ich dann von heute auf morgen meinen Stil komplett geändert, mein Taschengeld in schwarze Hosen und Shirts investiert, weil sie sich zunächst weigerte, mir solches „Zeugs" zu kaufen. Sina hat sich natürlich auch gewundert, warum ich plötzlich so anders aussah, wie die meisten ist sie bis heute der Meinung, ich sei so ein Depri-Emo-Girl. Aber das stimmt nicht. Erstens sind Emos nicht depressiv. Und zweitens wollte ich nur so cool aussehen wie Cecily. Tag für Tag habe ich mein Styling perfektioniert, ich habe Cecily heimlich ausspioniert und dabei beobachtet, in welchen Läden sie ihre Klamotten kauft. Ich fand mich damals genauso cool wie sie. Nie langweilig.
Mittlerweile war ich dann alleine im Raum, Yannis und Juri hatten den Laptop ausgeschaltet und mitgenommen. Gedankenverloren kramte ich einen Apfel aus meiner Tasche. Klapperdürr. Ohne Busen. Langweilig. Eigentlich nett.

Es stimmt, dass ich in den letzten Monaten etliche Kilos verloren habe, weil ich mich nur noch von Zwieback und Äpfeln ernährt habe. Sina machte sich natürlich Sorgen, weil sie dachte, ich wäre magersüchtig geworden. Aber das stimmt nicht, ich achte nur sehr bewusst darauf, was ich esse. Und eigentlich wollte ich meine Mutter damit ärgern, weil sie mich genervt hat mit ihrer Kocherei und ihrer ständigen Sorge um mich. Sie zauberte ein Lieblingsgericht nach dem anderen: Zimtwaffeln, Kartoffelsalat, Quiche Lorraine ... „Jetzt iss doch mal was, Kind!" – „Wozu mache ich mir denn die Mühe!" – „Soll ich dir etwas anderes kochen?"
Ausgerechnet Yannis war es, der mir damals auf einem unserer unzähligen Spaziergänge die Augen geöffnet hat.
„Du strafst deinen Körper, nicht deine Mutter, wenn du so weitermachst", hat er gesagt und sich fast wie Sina angehört dabei. Aber ihm habe ich das abgenommen, dass er sich ernsthaft Sorgen um MICH macht. Zu diesem Zeitpunkt wog ich bereits acht Kilo weniger und fühlte mich zunehmend kraftloser. Kein Wunder, Zwieback ist keine sonderlich gute Nährstoffquelle, die Äpfel zwischendurch haben da nicht viel geholfen. Yannis' Rede spornte mich an, bewusster auf meine Ernährung zu achten und sorgsamer mit meinem Körper umzugehen, weshalb ich zwar immer noch wenig esse, aber nicht mehr penibel jede Kalorie zähle.
Inzwischen bin ich immer noch sehr dünn, jedoch dank leichtem Krafttraining, dem Basketballspielen und meinen regelmäßigen Spaziergängen mit Ambra in gesunder Topform. Im Gegensatz zu Sina oder Julia sieht man mir das nur nicht auf den ersten Blick an, weil ich weder bauchfreie noch enge Tops trage, sondern eben meine coolen schwarzen Klamotten. Wie Cecily.

Jetzt stehe ich zu Hause in meinem Zimmer nackt vor dem Spiegel und versuche, mich mit Yannis' Augen zu betrachten. Meine Beine sind dünn und durchtrainiert, Bauch und Po flach, der Busen auch. Ich finde das schön. Aber Yannis sagt „langweilig". Keine verführerischen Rundungen wie bei Sina oder J.Lo ... Meine Haare sind raspelkurz und schon lange nicht mehr blond, sondern tiefschwarz. Cool eben. Aber Yannis sagt „langweilig". Ob ich sie nicht mehr färben soll?

Nachdenklich betrachte ich mein Gesicht. Dunkelbraune Augen gucken mich traurig an, sie sehen aus, als ob sie viele Geschichten erzählen könnten. Tiefgründig. Interessant. So dachte ich immer. Aber Yannis sagt „langweilig". Vielleicht sollte ich statt schwarzem Kajal blauen Lidschatten nehmen?

Ich kneife die Augen zu und versuche, mich mit einem üppigeren Busen und mit blonden Haaren vorzustellen, mit einer gelben Hose, einem Ringeltop ...

Wenn ich wieder bunter werde, vielleicht interessiert sich Yannis dann endlich für mich.

Wenn ich mich wie die anderen Mädchen auch für Jungs und Musik interessiere, kann ich auch endlich wieder mitreden und stehe nicht alleine in der Ecke.

Und wenn ich dann auch mal Alkohol auf Partys trinke und nicht mehr ständig mit Ambra unterwegs bin, findet mich Yannis sicher nicht mehr langweilig.

Nackt, wie ich gerade bin, lege ich mich auf mein Bett und denke an Yannis. Ich kann gar nicht mehr zählen, wie oft ich wegen ihm geweint habe, wie oft ich nächtelang wach gelegen und von ihm geträumt habe. Damals, als wir regelmäßig spazieren gingen, hatte ich mir echte Hoffnungen gemacht. Wir haben so viel gelacht! Und solche intensiven Gespräche geführt. Ich dachte, er mag mich so, wie ich bin. Stattdessen sagt er heute: „Kleo ist langweilig." Ich spüre, wie Tränen in mir aufsteigen. Einer alten Gewohnheit zufolge würde ich am liebsten aufspringen, mir Ambra schnappen und im Wald verschwinden. Aber ich habe eine andere Idee: Ich schlüpfe in meine schwarzen (!) Klamotten, wasche mir rasch das Gesicht und plündere dann mein Sparschwein. Es ist knallvoll mit Geldstücken und Scheinen, weil ich eisern gespart habe, um Yannis beim Italiener einzuladen. Hätte er die Einladung angenommen, wäre ich so mutig gewesen, ihm meine Liebe zu gestehen, ich schwöre es. Anders als damals nach dem Gewitter, hätte ich ihn nicht so einfach ziehen lassen. Noch heute ärgere ich mich darüber, dass ich diese Chance nicht genutzt habe. Hätte ich doch nur mehr um ihn gekämpft!

Aber jetzt habe ich eine neue Chance bekommen! Eine letzte. Wenn ich mich ändere, wird alles gut. Deshalb werde ich mein gesamtes Geld in das Projekt „Flippige Kleo" stecken. Bei dem Gedanken, wie ich fröhlich in bunten Klamotten bei Dietrichs klingele und den verdutzten Yannis zum Eisessen abhole, der mich prompt mit lauter Komplimenten überschüttet und mir vor Begeisterung einen Kuss auf die Wange haucht, huscht unwillkürlich ein Grinsen über mein Gesicht.

„Später, meine Süße“, tätschele ich Ambra zum Abschied den Kopf, die mich enttäuscht anblinzelt, weil sie sich bereits auf die Mäusejagd im Wald gefreut hat. Dann trollt sie sich auf ihren Teppich, während ich gut gelaunt zur Haustür hinausmarschiere, die Bemerkungen meiner Mutter ignorierend.
Keine zwanzig Minuten später befinde ich mich in der coolen Insider-Boutique, in der auch Sina und Milli immer ihre Klamotten kaufen. Wenn ich wüsste, wo dieser geheime Jeans-Laden ist, wäre ich dorthin gegangen. Aber ich will ja keine Jeans, ich will eine tolle Hose. Und die finde ich dann auch.
Die junge Verkäuferin ist total begeistert von meiner Figur und hängt mir gleich zehn Paar Hosen in diversen Schnitten und Farben hin. Schließlich entscheide ich mich für eine knallgelbe Chino, die mir erstklassig steht und meine langen Beine betont. Wennschon, dennschon, schließlich will ich Farbe bekennen und aus meinem Graue-Maus-Dasein raus.
Nur für dich, Yannis. Und alles nur, weil ich dich so liebe.
Als eine herbe Enttäuschung stellt sich später die Suche nach einem passenden Oberteil heraus. Die schlackern allesamt an mir herum, die engen Shirts gehen gar nicht.
„Da fehlt halt ein bisschen was“, meint die Verkäuferin und macht mit einem mitleidigen Blick eine entsprechende Geste. „Mit mehr Fülle oder einem entsprechenden BH wirkt es ganz anders.“ Sie zupft am Ausschnitt meines geringelten Rüschen-Tops herum, in dem ich mich gerade anfing, wohlzufühlen. Es ist genau so eins von der Sorte, wie Sina sie immer trägt, und ich finde, ich sehe eigentlich ganz gut darin aus.
„Ich nehme es trotzdem“, antworte ich entschieden und bezahle. Nur für dich, Yannis. Und alles nur, weil ich dich so liebe.

Ich bin nicht mehr die langweilige Kleo, ich bin bunt, geringelt und selbstbewusst. Bei Karstadt schließe ich mich in der Damentoilette ein und ziehe mich komplett um. Nachdem ich die Schilder abgezupft und die schwarzen Klamotten in die Tüte gestopft habe, wage ich den Schritt nach draußen. Im grellen Neonlicht guckt mich eine völlig fremde Kleo an, als ob mein Kopf nicht zum Rest passen würde. Klar, die tiefschwarzen Haare stören das Bild der flippig bunten Kleo komplett. Und das Ringelshirt schlabbert um den Busen traurig herum. Aber ich wäre nicht die neue, aktive Kleo, würde mich das aus der Bahn werfen, ich bin unterwegs in geheimer Mission.

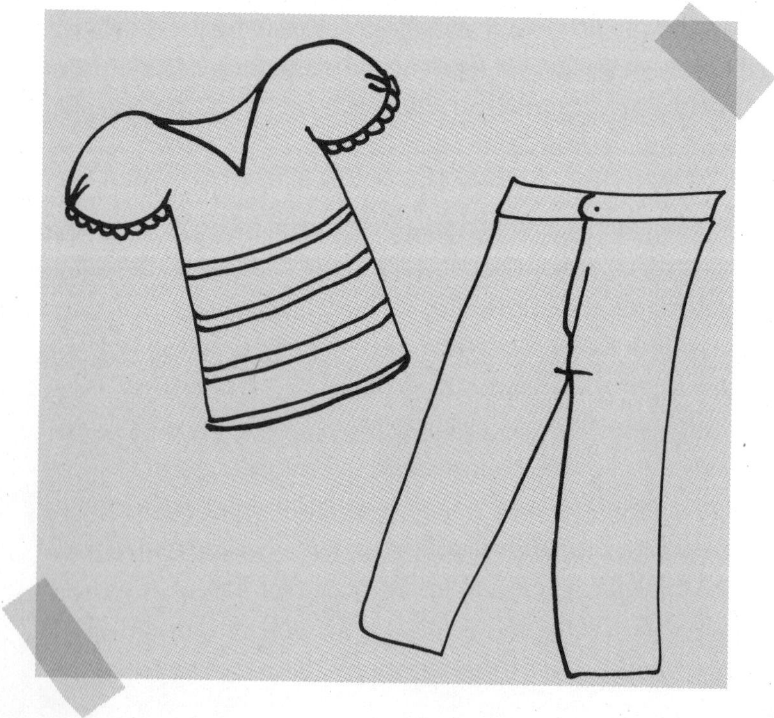

Kurz darauf bin ich stolze Besitzerin einer obergeilen Haarpracht. Nachdem ich in der Haarfarbrik den coolsten aller Friseure erwischt habe, der sofort kapiert hat, was ich will, besitze ich wieder meine wilden blonden Locken, die mein Gesicht fröhlich umrahmen. Nur diesmal sind sie mit Smoothing Stuff, Fixation Glaze und Wax Stick stylisch in Form geknetet. Der Friseur hat mir dann gleich noch das passende Make-up empfohlen, blauen Lidschatten statt dickem schwarzem Kajal verpasst und mit ein wenig Puderrouge Farbe ins Gesicht gezaubert. Völlig entzückt über mein Spiegelbild hauche ich einen Kussmund Richtung Scheibe.

Nur für dich, Yannis. Und alles nur, weil ich dich so liebe.

Ich bin nicht mehr die langweilige Kleo, ich bin lockig, fröhlich und lebendig.

Styling-Check, Haar-Check – fehlt noch die Oberweite. Mit Schauern erinnere ich mich an die Aktion, als meine Mutter mit mir zum BH-Kaufen ging, weil sich bei mir ein winziger Busenknubbel zeigte. Das war oberpeinlich, weil sie mit der Verkäuferin die grässlichsten BHs aussuchte und sich stundenlang über die aktuelle Unterwäschenmode ausließ, die in ihren Augen nichts als „Nuttenware" war. Ich habe dieses spießige weiße Teil nie getragen, zu dem sie mich schließlich genötigt hat. Wie auch, meine Busenknubbel sind bis heute höchstens um zwei Zentimeter gewachsen.

Seufzend schiebe ich nun die Bügel vor mir mit den Push-ups von links nach rechts, wenn ich ehrlich bin, fällt mir diese Veränderung am schwersten. Ich mit einem Busen! Einem unechten noch dazu! Weiß, schwarz, orange, rosé, mit viel Spitze oder aus Baumwolle, ich weiß nicht recht. Schließlich entscheide ich mich für einen schlichten BH aus Mikro-Satin, den ich erst an der Kasse bezahle, bevor ich ihn in der Umkleidekabine unter mein Ringel-Shirt ziehe. Mit angehaltenem Atem schließe ich die Schnalle, zupfe die Träger zurecht und richte die Körbchen. Das Ergebnis kann sich sehen lassen, der Ausschnitt ist perfekt. Und alles nur, weil ich dich so liebe. Yannis, nur für dich.

Ich bin nicht mehr die langweilige Kleo, ich bin attraktiv, aufregend und sexy.

In diesem Moment vermeldet mein Handy den Eingang einer SMS. Ob ich nachher auch zu Sebastians Hausparty komme, will Sina wissen. Die treue Seele! Obwohl wir schon längst nicht mehr die allerbesten Freundinnen sind, will sie immer, dass ich mit zu ihren Feten komme. Ich simse ein „klar" zurück, glücklich über die Gelegenheit, gleich heute Abend meinen neuen Style auszuprobieren, denn garantiert kommt Yannis auch. Dann werde ich allen zeigen, dass die langweilige Kleo Geschichte ist. Natürlich ernte ich sprachloses Schweigen, als ich später bei Sebastian im Loft stehe. Er wohnt gemeinsam mit seinem Vater in einem obercoolen Penthouse und darf so ziemlich alles machen, worauf er Lust hat. Ich tue so, als wäre es das Normalste der Welt, dass ich plötzlich bunt und hip und gestylt bei Sebastian erscheine – obwohl ich wahnsinnig aufgeregt bin und mein Herz durch den Push-up bollert. Möglichst unbefangen begrüße ich jeden mit Küsschen, Küsschen, auch die über meinen Aufzug erstaunte Jolina, und genieße Sebastians Augenzwinkern, als er mir einen Sprizz anbietet. Zum Glück kann ich Sina nirgends sehen, sie würde mir nur blöde Fragen stellen.

„Toll siehst du aus, solltest du immer tragen", flüstert mir Sebastian ins Ohr, als er mir das Glas reicht.

Ich weiß zwar nicht, was das für ein Getränk ist, tue aber so, als würde ich es jeden Tag trinken, und proste ihm charmant lächelnd zu. Insgeheim halte ich Ausschau nach Yannis, doch der scheint offensichtlich noch nicht da zu sein. Auch gut, dann kann ich mich noch ein bisschen an mein neues Outfit gewöhnen. Und die anderen auch, denn natürlich bin ich heute Abend Gesprächsthema No. 1.

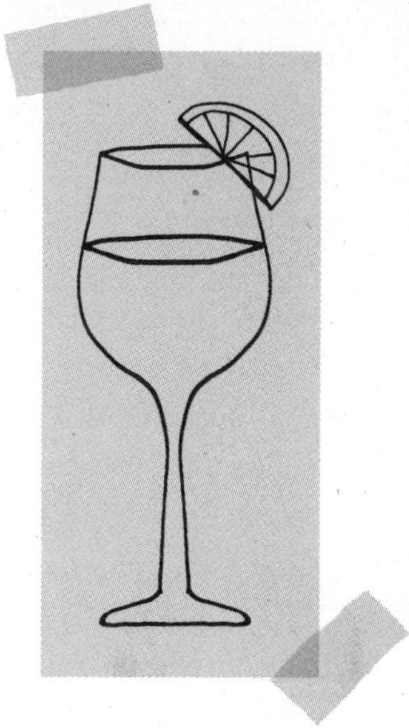

Es dauert nicht lang und ich bin von allen meinen Freundinnen umringt.
„Hey, wie kommt's?" Julia stupst mich kumpelhaft an der Schulter. „Du siehst klasse aus, die Farben stehen dir wirklich gut."
„Danke!", erwidere ich erfreut. Ob sie merkt, dass ich genau Sinas Stil nachgemacht habe? Aber sie sagt nichts und scheint sich wirklich darüber zu freuen, dass ich meine „schwarzen Zeiten", wie sie es immer nannte, abgelegt habe. Zum Glück ahnt Julia nicht, was der wahre Grund für meine Verwandlung ist.
„Wow, wow, wow!" Jolina umtanzt mich, zupft ungläubig an meinen Haaren und schielt mir in den Ausschnitt. „Das hättest du längst mal tun sollen." Sie zwinkert mir zu, dann tanzt sie weiter.
„Sieh an, die Kleo", meint Juri, als er später auf der Fete erscheint, da habe ich bereits einen leichten Schwips, dreimal mit Sebastian getanzt und Milli erzählt, bei welchem Friseur ich war. Von Yannis fehlt leider immer noch jede Spur. „Hat dich endlich jemand wachgeküsst oder was?" An Juris abschätzendem

Blick merke ich, dass ich es bezüglich Oberweite immer noch nicht mit Chiara und Marlene aufnehmen kann. Aber er grinst mich charmant an, was mich richtig beflügelt. Ich angele mir ein neues Glas und begebe mich abermals auf die Tanzfläche alias frei geräumtes Wohnzimmer. Funk House, Dancefloor, gemixt mit ein paar Techno-Elementen, Sebastian hat einen coolen Musikgeschmack. Ich gebe mich den Beats völlig hin, angestachelt von Jolina, die mir begeistert ein paar Moves vormacht, ich zucke rhythmisch die Schultern, kreise die Hüfte, spiele mit meinen Armen, drehe mich im Takt der Musik. Juri tanzt mit mir und auch wieder nicht, Jolina lacht mich verzückt an, ich spüre Sebastians Hände an meinen Hüften, ich schließe die Augen. Sämtliche Bewegungen gehen wie von selbst, ich bin eins mit der Musik, mit meinen Freunden, fühle mich frei und unbeschwert, happy wie noch nie in meinem Leben.

Irgendwann wechselt der Rhythmus, wird ruhiger, mit halb geschlossenen Lidern blicke ich auf – und direkt in die entsetzten Augen von Yannis. Wie lange er mich schon beobachtet hat, ich weiß es nicht. Sein Blick lässt mich abrupt innehalten und dann geht alles ganz schnell. Ich spüre einen heftigen Stoß im Rücken, Jolina hat mich offensichtlich aus Versehen beim Tanzen erwischt.

Ich stolpere ein paar Schritte vorwärts, direkt in Yannis' Arme, der mich instinktiv auffängt. Wie oft habe ich von diesem Moment geträumt, wie wir uns tief in die Augen blicken, die Gesichter ganz nah, unsere Münder so dicht, dass wir den Atem des anderen schmecken. Uns endlich, endlich küssen ... Ich versuche, all meine Gefühle in meinen Blick zu legen. Und alles nur, weil ich dich so liebe. Yannis, nur für dich. Ich bin nicht mehr die langweilige Kleo, ich bin attraktiv, aufregend und sexy. Und so gut drauf wie noch nie in meinem Leben.

„Du bist ja betrunken." Mit einer angewiderten Geste schiebt mich Yannis von sich weg. „Geh lieber nach Hause, Kleo."

„Bin ich nicht!", antworte ich und gebe mir Mühe, gerade zu stehen. „Bitte, hör mir zu, ich muss mir dir reden!" Ich greife nach seinen Händen, trete wieder einen Schritt dichter an ihn heran. Diesmal lasse ich mir die Gelegenheit nicht entgehen, mir ist es egal, dass plötzlich alle zu uns hinüberstarren und die Musik aufgehört hat zu spielen.

„Lass das doch, Kleo", versucht mich Yannis abzuwimmeln, aber ich lasse ihn nicht los, sondern hänge mich jetzt einfach an seinen Hals.

„Gefalle ich dir? Ich bin nicht so langweilig, wie du denkst", plappere ich einfach drauflos, die Worte kommen wie von selbst aus meinem Mund. Ich fühle mich toll! „Siehst du: Ich bin nicht mehr die langweilige Kleo, ich bin attraktiv, aufregend und sexy. Nur für dich. Weil ich dich so liebe." Jetzt ist sie endlich draußen, die Wahrheit! Erwartungsvoll hebe ich mein Gesicht, jetzt muss er mich doch endlich küssen. Aber Yannis guckt mich nur mit versteinerter Miene an.

„Lass das", wiederholt er abermals und wehrt meine Hände ab. „Ich will das nicht."

Da passiert etwas in mir, etwas, von dem ich hinterher nicht mehr sagen kann, was es war. Der Alkohol, die Schmach, meine aufgestauten Gefühle. Zumindest breche ich laut heulend vor ihm auf dem Boden zusammen, schluchze mein Liebeselend heraus, mir ist es egal, dass die anderen jetzt alle betroffen um uns herum schweigen und mich anstarren. Und ich hatte gedacht, wenn ich mich ändere, wird alles gut! Wenn er endlich merkt, dass ich überhaupt nicht langweilig bin!

Jolina ist es, die mich mit einem sachten „Komm schon, Kleo, wir gehen mal 'ne Runde vor die Tür" am Ellenbogen fasst und auf die Dachterrasse führt. Widerstandslos lasse ich mich von ihr leiten, die anderen bilden stillschweigend eine Gasse für mich. Draußen lasse ich mich auf einen Liegestuhl fallen und fange wieder an zu weinen. Jolina tröstet mich und streicht mir behutsam durch die Haare, aber sie sagt keinen Ton.

„Wenn Yannis wüsste, wie sehr ich mich verändert habe! Wenn Yannis wüsste, wie witzig und spritzig ich jetzt bin. Wenn Yannis wüsste, wie sehr ich ihn liebe!", flüstere ich, nachdem ich mich irgendwann dann doch beruhigt habe. Drinnen haben die anderen wieder angefangen zu tanzen. Yannis steht immer noch unentschlossen an der Tür, wendet sich dann aber ab und geht. Ich kann nur hoffen, dass er und die anderen Sina nichts von meinem peinlichen Auftritt erzählen.

„Ich bin mir sicher, er weiß es längst", antwortet Jolina. „Aber das macht es für dich nicht besser, oder?", fügt sie dann leise hinzu.

Ich schüttele den Kopf. Im Grunde meines Herzens habe ich es immer gespürt, immer gewusst. Yannis liebt mich nicht, hat es nie getan und wird es auch nie tun. Diese plötzliche Klarheit schmerzt. So tief, dass ich noch nicht einmal weinen kann.

Von wegen Prinzip Hoffnung

Die schlechte Nachricht zuerst: Desinteresse ist Desinteresse, Schluss ist Schluss, eine Trennung lässt sich in der Regel nicht mehr rückgängig machen, ein Vertrauensbruch selten wieder richtig kitten. Viele Paare kommen zwar noch mal zusammen, aber meist nur von kurzer Dauer – ein doppelt langwieriger und sehr schwieriger Trennungsprozess für beide. Und wenn du denkst: Ich muss mich nur ändern und alles wird wieder gut – geschnitten, das funktioniert leider auch nicht. Natürlich kannst du an dir arbeiten und bestimmte Gewohnheiten verbessern (endlich pünktlich sein, nicht so laut sprechen), aber andere auch ganz schlecht ablegen (ängstlich sein, immer im Mittelpunkt stehen zu wollen). Kein Mensch lässt sich mal eben umkrempeln. Er nicht – und du auch nicht. Menschen sind nun mal unterschiedlich und manchmal passen sie einfach nicht (mehr) zusammen, weil sie sich auf ihrem Lebensweg unterschiedlich entwickelt haben. Und wenn er gesagt hat: Wir können Freunde bleiben ... klar könnt ihr das. Aber du willst seine Liebe, nicht seine Freundschaft, oder? Verwechsele das bitte nicht.

Die gute Nachricht dabei: Du lernst dich durch eine Trennung besser kennen. Natürlich ist es romantisch (und manchmal richtig), wenn du um eure Liebe kämpfen willst, wenn du dir vornimmst, dich zu ändern und aus Fehlern zu lernen. Und natürlich ist es auch normal, sich an jeden Funken Hoffnung zu klammern („Er will mich treffen!“, „Er hat gesagt, wir bleiben Freunde ...“). Wenn du wirklich noch eine zweite Chance bei ihm haben willst, bitte ihn um ein Date. Aber stelle sicher, dass du vor ihm nicht in Tränen ausbrechen wirst. Sag ihm, wie es um dich steht, wie sehr du ihn vermisst und eure Beziehung wiederhaben willst, was du an ihm toll findest, was nicht und welche Dinge du an dir ändern wirst. Kämpfe fair (also springe ihn nicht nackt an oder verführe ihn bei Kerzenschein. Und schon gar nicht bettele um seine Liebe!) und nutze nicht seine Schuldgefühle aus. Denn natürlich tut es ihm leid – aber nur deswegen nimmt er dich in den Arm und tröstet dich mit kleinen Küsschen ...

Du hast keine Chance, aber nutze sie, wenn ...
... noch ein Funke Liebe zwischen euch blitzt.
... er mit dir überhaupt noch reden will.
... du nicht total emotional abhängig von ihm bist.
... du dir im Klaren darüber bist, dass du auch scheitern kannst.
... du fair kämpfst.
Dann trau dich – außer deinen unglücklichen Gefühlen hast du nichts zu verlieren und dann hast du es wenigstens versucht.

Für mehr Selbstbewusstsein
Wenn man verlassen wurde, ist das Selbstbewusstsein erst einmal im Keller. Du fühlst dich klein, ungeliebt, hässlich. Aber das bist du nicht! Du hast immer die Möglichkeit, dich besser zu fühlen und etwas zu verändern, das hängt allein von dir ab. Du musst es nur wollen.

Mit diesen Tipps krabbelst du die Leiter deines Selbstwertgefühls Sprosse um Sprosse wieder hinauf:

- Hänge in deinem Zimmer zehn Zettel mit zehn positiven Eigenschaften von dir auf.
- Richte deinen inneren Scheinwerfer bewusst auf all deine guten Eigenschaften. Und wenn er in die falsche Richtung abwandern will, zwinge ihn immer wieder zurück. Anstrengend, aber es funktioniert.
- Mache dir klar: Es gibt Milliarden von Menschen und es wird immer welche geben, die schöner, schneller, intelligenter sind als du. Na und?! Du bist du.
- Verzeihe dir, wenn du in manchen Dingen nicht gut bist. Erstens kannst du es beim nächsten Mal besser machen (aus Fehlern lernt man), zweitens muss nicht jeder alles können (nobody is perfect) und drittens: Steh dazu (Na und?), dafür kannst du andere Sachen besser.
- Denke wertvoll von dir selbst. Wenn du es nicht tust – wer dann?
- Übe selbstbewusstes Auftreten, indem du aufrecht gehst und stehst und anderen Menschen immer direkt in die Augen schaust, wenn du ihnen kräftig die Hand schüttelst.
- Für Sportlerinnen: Gehe beim Tennisspielen, Tanzen, Joggen oder Turnen an deine körperliche Grenze (bitte ohne es zu übertreiben!) und fühle, was du und dein Körper alles könnt, wenn du es nur willst.
- Für Geruhsame: Lege dich entspannt auf den Boden, deine Hände auf deinen Bauch und spüre jeden Atemzug. Immer weiter, immer tiefer, fühle, dass du da bist, gefüllt mit guter Lebensenergie im Hier und Jetzt. Geht auch mit Sonnenstrahlen, mit denen du dich bewusst wärmen lassen kannst.

Jolina

Rachefee, entliebt – Jolinas Wutgeschichte

Mannomann, ich glaub's ja nicht, was ich da sehe: Malte mit Xenja. Dabei ist er doch mit mir hier, hat mich extra gefragt, ob ich mitkomme zu Vincents Fete, den ich überhaupt nicht kenne. Und jetzt steht er bei dieser Edeltussi und lässt sich von ihren falschen Wimpern und Goldarmreifen anklimpern, das geht gar nicht.

Ich schicke tausend Giftblicke in seine Richtung. Merkt er denn nicht, wie sehr ich mich langweile? Und dass diese Ziege so was von eingebildet ist? Malte scheint meine Blicke zu bemerken, zumindest hebt er kurz den Kopf, zwinkert mir zu, nach dem Motto: Alles easy, Jolina, ist doch nur ein Spiel, bin gleich wieder bei dir.

Wenn der wüsste, wie sehr ich diese Spielchen satthabe! Jedes Mal auf jeder Party das Gleiche mit Malte, er kann einfach nicht seine Finger von anderen Mädchen lassen. Das läuft nämlich immer so: Erst treffen wir uns bei mir oder bei ihm zu Hause, knutschen wie verrückt, dann überredet er mich, unter die Leute zu gehen und abzufeiern. Irgendwann halte ich sein Gedrängel nicht mehr aus und gebe nach. Dann sind wir auf einer Party, im Café, im Kino – und Malte hat nichts Besseres zu tun, als nach dem erstbesten Mädchen Ausschau zu halten und sie anzuflirten.

Zwischendurch kommt er immer wieder zu mir, küsst mich, bringt mir einen Drink oder eine Tüte Popcorn, winkt oder zwinkert mir zu – wie gerade eben. Aber dann ist er auch schon wieder verschwunden, lässt sich einlullen von den Schönen der Stadt, geht auf Tuchfühlung, genießt es, im Mittelpunkt ihres Interesses zu stehen. Jedes Mal warte ich darauf, dass er danach sagt: So, das war's mit uns, Jolina, war schön, aber die andere ist schöner. Aber bis jetzt sind wir immer gemeinsam nach Hause gegangen. Sina hat mich neulich unter vier Augen gefragt, ob ich mir nicht blöd dabei vorkomme zuzugucken, wenn mein Freund in meiner Gegenwart mit anderen Mädchen flirtet.

„Malte weiß, was er an mir hat", habe ich ihr selbstbewusst geantwortet. „Er braucht das eben."

„Und was brauchst du?", kam es von ihr zurück. In diesem Moment konnte ich sie nicht leiden.

Die Wahrheit ist, dass ich Malte cool und sexy finde, er küsst toll, ich hatte noch nie so einen aufmerksamen Freund, bei dem ich voll und ganz auf meine Kosten komme, wenn du verstehst, was ich meine. Manchmal kommt es mir aber auch so vor, als spule er ein Programm ab, das er auswendig gelernt hat. Dann arbeitet er sich systematisch vor, von den Fingerspitzen bis zur Halsbeuge, von der Halsbeuge bis zum Bauchnabel und vom Bauchnabel zu den Brustwarzen. Trotzdem genieße ich es! Ich bin gerne Maltes Freundin – und will es auch bleiben! Ich will mich nicht von dieser Luxustante Xenja ausstechen lassen, die gerade mit ihren Goldklirrearmreifen und teuren Seidenklamotten Malte umgarnt.

Eigentlich wäre es jetzt mal wieder an der Zeit, dass Malte zu mir käme, aber nichts passiert. Stattdessen sehe ich, wie er ihr wie beiläufig über die Schulter streicht, in die Küche marschiert und für eine Weile darin verschwindet. Wahrscheinlich holt er einen Nachtisch oder ein Getränk für mich. Ich setze mich möglichst unbeteiligt hin, drehe mich demonstrativ in die andere Richtung. Er soll bloß nicht denken, dass ich hier auf ihn warte.

Auf ihn warte.

Und warte.

Als mich nach zehn Minuten immer noch kein Malte mit einem Kuss überrascht hat, weiß ich, dass es heute das letzte Mal war, dass wir gemeinsam eine Party besucht haben. Langsam drehe ich mich um. Ich weiß nicht, was ich erwartet habe. Vielleicht, dass Malte immer noch mit Xenja flirtet. Vielleicht auch, dass er die Party mit ihr heimlich verlassen hat. Aber nicht, dass er jetzt mit ihr auf dem Sofa sitzt und seinen Arm um sie gelegt hat. Ihre Münder sind sich bereits ganz nah, schon in Fahrt, während sie miteinander reden. Mannomann.

In diesem Moment sehe ich rot, knallrot. Ohne weiter darüber nachzudenken, stürme ich auf die beiden zu. Ich will gerade anfangen, ihm meine ganze Wut über sein mieses Verhalten entgegenzuschreien, da überlege ich es mir anders.

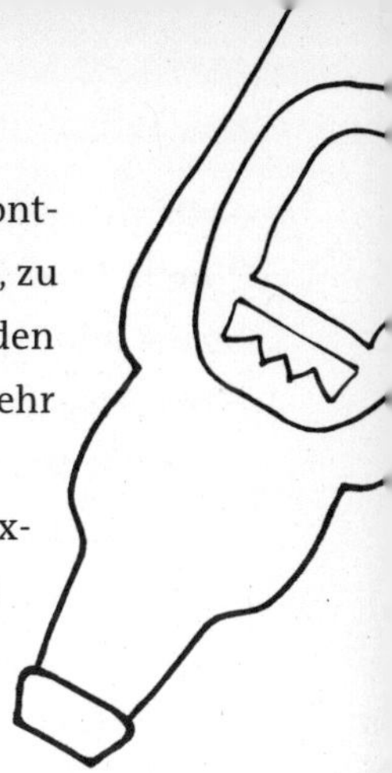

„Du Mistkerl“, sage ich nur, sehr ruhig, sehr kontrolliert und ziemlich leise. Dann schütte ich ihm, zu seiner Verblüffung und meiner Genugtuung, den Inhalt meiner Bierflasche sehr langsam und sehr genüsslich über den Kopf.

„Das war's dann wohl! Und tschüss!“, füge ich extra leise zischend hinzu, bevor ich mich wegdrehe und den klitschnassen Malte und eine pikierte Xenja – die natürlich aus Versehen auch ein paar Tropfen in ihre toupierten Haare bekommen hat – in ihrem Ekelelend alleine sitzen lasse. Hoch erhobenen Hauptes marschiere ich zur Tür, ignoriere das aufkommende Gemurmel und den Beifall über meinen grandiosen Abgang und mache, dass ich nach draußen auf die Straße komme.

Kaum atme ich die frische Nachtluft, fange ich an zu rennen. Bloß weg hier! Bloß keine Diskussion mit Malte, der garantiert stocksauer ist und mir in den nächsten Tagen die Hölle heißmachen wird. Ach, und wennschon! Sein entsetztes Gesicht gerade eben war es wert!

„Du spinnst ja“, sind Sinas Worte, als ich ihr am Telefon von meiner Eifersuchts-Aktion berichte. „Glaub bloß nicht, dass Malte das einfach mit sich machen lässt ...“

„Ach was“, winke ich ab, „das muss er aushalten, wer austeilt, muss auch einstecken können, schließlich ist er derjenige gewesen, der mich blamiert hat.“ Insgeheim ist mir trotzdem nicht wohl bei der Sache, Malte ist immerhin ein stolzer Typ, der einen Ruf zu verlieren hat. Und den lässt er sich natürlich nicht von einer wie mir ruinieren. Schon gar nicht, wenn er vor der Edelmieze Xenja Eindruck schinden will.

„Dann viel Erfolg!“, meint Sina. Wir quatschen dann noch eine Weile über die Dietrich-Brüder, vor allem über Yannis, der so ganz anders ist als sein älterer Bruder und der ihr auf seine Weise das Leben schwer gemacht hat.
Julia ist die einzige von meinen Freundinnen, die meine Aktion gut findet.
Das hat er nun davon, der eingebildete Schnösel, schreibt sie, als wir uns diesbezüglich im Forum austauschen, natürlich separat. *Ich finde eh, du hast das lange genug mit ihm ausgehalten.*
Wollte halt den Rekord schaffen ..., maile ich zurück. In der Tat gehöre ich mit fast drei Monaten zu Maltes längsten Freundschaften. Das will schon was heißen.
Dafür hast du dir auch einiges gefallen lassen, kommt es von Julia zurück. *Oder wieso hast du gegen Laetitia nichts unternommen?*
Laetitia?!
Sag bloß, das wusstest du nicht ... uuups.
Jetzt sag schon. Wer ist das?
Doch Julia antwortet nicht. Blödes Huhn, erst gackert sie und dann legt sie kein Ei.
Du bist mir eine Antwort schuldig!
Schweigen.
Hey! Laetitia. Was hat er mit ihr gehabt?
Doch Julia reagiert nicht, offline, wie mir der Bildschirm verrät. Na prima. Jetzt liege ich grübelnd auf dem Bett und weiß nicht weiter. Laetitia. Nie gehört. Geht die auf unsere Schule? Kann nicht sein, da hätte ich die beiden miteinander gesehen. Außerdem haben Malte und ich die Pausen immer gemeinsam in der Ecke verbracht ... *Ich muss die Wahrheit wissen,* simse ich Sina an. Wenn eine ehrlich zu mir ist, dann sie. *Weißt du, wer Laetitia ist?*

Nie gehört, wer soll das sein?, kommt es prompt zurück.
„Das hat sich Julia ausgedacht, um dich zu ärgern“, meint Kleo ganz pragmatisch, die ich kurz darauf am Telefon konsultiere. „Oder es ist eine erwachsene Tussi, die niemand von uns kennt. Aber hey, was willst du denn? Ist doch sowieso vorbei zwischen euch, oder?“
Ich lege auf. Aber dieses „Was willst du denn?!“ geht mir noch lange nach.
Dieser Idiot! Dieser Scheißkerl von Malte! Was bildet der sich denn ein? Das kann er mit mir nicht machen. Erst Laetitia und dann Xenja. Wer weiß, welche Tussis er sonst noch heimlich hinter meinem Rücken geküsst hat.
Den ganzen Sonntag über liege ich in meinem Bett, in mir tobt ein Gefühlschaos sondergleichen: Wut, Traurigkeit, Einsamkeit. Und insgeheim hoffe ich auf ein Wunder in Form einer Entschuldigungs-SMS oder noch besser, eines persönlichen Besuchs von Malte. Aber nichts dergleichen passiert, natürlich nicht.
Als ich am Montagmorgen in den Spiegel gucke und eine völlig verheulte Jolina erblicke, weiß ich endlich, was ich will: RACHE. Rache dafür, dass er mich betrogen hat und ich die Fassung verloren habe. Rache dafür, dass ich einen kompletten Sonntag lang durchgeheult habe. Ich wasche mein Gesicht mit viel kaltem Wasser, zwinkere meinem Spiegelbild zu. Ich lass mich doch nicht unterkriegen.
Während des Frühstücks arbeite ich einen Drei-Punkte-drei-Tage-Plan aus. Meine Mutter wundert sich, warum ich so gute Laune habe, obwohl mit Malte Schluss ist. Sandy hat natürlich mitbekommen, wie ich Samstagabend völlig aufgelöst und für meine Verhältnisse viel zu früh und vor allem alleine von

der Party gekommen bin. Jetzt freut sie sich, dass ich herzhaft zulange und nicht mehr vor Liebeskummer am Frühstückstisch zerfließe.

Punkt eins setze ich sofort um: toll aussehen. Malte hat mir erst vorgestern wieder gesagt, wie sehr er auf lange blonde Haare bei Mädchen steht. Also shampooniere und pflege ich meine Prachtmähne, bis sie bis in die Spitzen glänzt. Dann schminke ich mich sorgfältig, nicht zu viel und nicht zu wenig, und ziehe meine enge Jeans an, Rüschenbluse dazu, voilá. Als ich später in den Bus steige, ernte ich lauter anerkennende Blicke und weiß: Heute ist mein Tag.

Punkt zwei fällt mir schon etwas schwerer: Glücklich sein. Eigentlich bin ich zutiefst verletzt und sehr traurig. Niemand weiß und wird es auch nie erfahren, wie viele Tränen ich wegen ihm geweint habe. Alle denken: Ach, die Jolina, die geile Knutschbombe, die hat ja sowieso ständig einen anderen, die ist es doch gewöhnt. Außerdem ist sie selbst nicht gerade zimperlich, wenn's ums Schlussmachen geht. Das mag schon angehen. Ich genieße nicht gerade den besten Ruf und viele halten mich für eine Schlampe, die es mit jedem macht. Das stimmt aber überhaupt nicht, und wer Malte fragt, wird von ihm erfahren, dass ich zwar leidenschaftlich küsse und knutsche und auch gerne mal was ausprobiere, aber immer so, dass ich auch auf meine Kosten komme und nicht nur den Typen bediene. Ich kann nichts Schlimmes daran finden, dass ich weiß, was ich will. Anders als Milli, die immer nur das tut, was Marco von ihr verlangt, und ihm quasi hörig ist.

Mannomann, die Erinnerung an meine lustvollen Nachmittage mit Malte knipsen mir sofort ein Lächeln ins Gesicht.

Passenderweise genau in dem Moment, als Malte die Treppenstufen zum Haupteingang der Schule hinaufgelaufen kommt. So schaffe ich es, ihm freundlich lächelnd einen guten Morgen zu wünschen, was er wiederum griesgrämig kommentiert. Klar, der ist noch stinkesauer wegen der Bierdusche am Samstagabend, die ich ihm verpasst habe. Bei dem Gedanken an sein verdutztes Gesicht muss ich erst recht lachen ...

Punkt drei: Erfolg haben. Jo. Das ist noch so ein kritischer Punkt. Ich bin nicht für meine guten Noten bekannt und sonderlich beliebt bei den Lehrern bin ich auch nicht. Erst neulich hat mir die Tuszynski in einem Vier-Augen-Gespräch nahegelegt, etwas sorgsamer mit meiner Wortwahl und meinem Tonfall umzugehen. Ich würde die Lehrer immer gleich anblaffen, wenn mir etwas nicht passen würde. Außerdem sollte ich mehr Bedacht auf die Auswahl meiner Outfits legen, sie würde ja verstehen, wenn ich mich modisch ausprobieren wolle, aber weniger sei eben nicht immer mehr. Und eine Lehranstalt (sie hat das wirklich so gesagt: Lehranstalt) sei nun mal kein Ort für knappe Korsagentops und Glitzerleggings. Ich habe mir das gerne zu Herzen genommen und kleide mich in jüngster Zeit züchtig wie ein amerikanisches Schulmädchen ...

Heute allerdings habe ich einen Erfolg zu verbuchen: Wir hatten letztes Jahr während der Projekttage eine Integrationsinitiative gestartet, uns also für Gewaltprävention, Sprachförderung und soziale Integration von ausländischen Schülern eingesetzt. Dabei ging es uns vor allem um das Engagement der Eltern, denn schließlich müssen sie ihren Kindern ein Vorbild sein, wenn es darum geht, sich im Schulalltag einzubringen.

Und das hat geklappt! Der Multi-Kulti-Stammtisch trifft sich regelmäßig einmal im Monat und organisiert jetzt fürs Schulfest ein internationales Buffet. Deswegen hat mir Frau Meyerhoffen heute vor der versammelten Klasse für meine Idee und Initiative gedankt, denn nicht nur die Stimmung am Goethe-Gymi hätte sich dadurch verbessert, auch das Lernverhalten aller hätte davon profitiert. Ich hoffe sehr, jemand erzählt Malte davon, wie erfolgreich unsere AG war. Hatte er doch erst kürzlich über den Multi-Kulti-Clan abgelästert ...
In den nächsten Tagen werde ich also Malte mit meiner tollen Ausstrahlung das Leben schwer machen, so leicht lass ich mich von ihm nicht unterkriegen. Er soll nicht wissen, wie sehr er mich mit seinem miesen Verhalten getroffen hat.
Was er auch nicht weiß: Die nächsten drei Tage werden für ihn die Hölle, heute gewähre ich ihm noch mal Gnadenfrist, er soll sich schwarz ärgern, dass er nicht mehr an mich randarf, wo ich heute so strahlend bester Laune und die Schönste von allen bin.

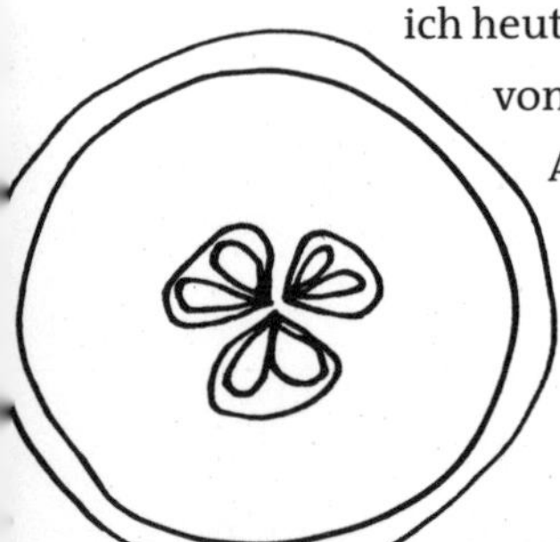

Am nächsten Morgen mache ich mich noch hübscher zurecht, dank einer Vitaminampulle strahlt mein Teint, dank Gurkenscheiben auf den Augen merkt niemand, dass ich mich in den Schlaf geweint habe. Wie immer bin ich pünktlich in der Schule, auch heute begrüße ich Malte, als sei nichts gewesen, selbst Xenja nicke ich freundlich zu, was diese mit

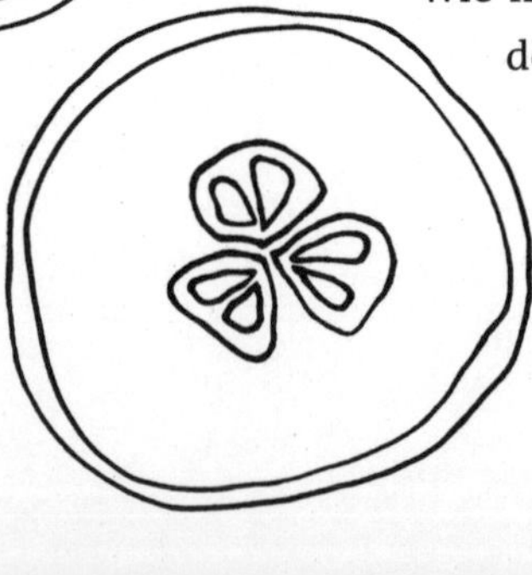

einem pikierten Stirnrunzler quittiert. Als es dann zur ersten Stunde klingelt, schleiche ich mich zu Maltes Fahrrad. Nein, ich will ihm nicht die Luft rauslassen oder den Klingeldeckel abschrauben. Schon gar nicht will ich das Schloss knacken oder den Lack zerkratzen. Was ich vorhabe, ist viel, viel besser und gut geplant: Heimlich, als niemand mehr auf dem Schulhof zu sehen ist, ziehe ich eine kleine Nähnadel aus meiner Jackentasche und pikse lauter Löcher in Maltes Sattel. Man muss schon sehr genau hinschauen, bis man etwas sieht. Dann nehme ich eine Dose Maschinenöl und ein Tuch zur Hand, arbeite das Öl sorgsam in den Schaumstoff. Mit zusammengekniffenen Augen betrachte ich mein Werk. Der Sattel glänzt schwarz und unschuldig vor sich hin, dass er vor Öl trieft, ahnt niemand. Perfekt! Vorsichtig verstaue ich meine Utensilien wieder in meiner Tasche. Bevor ich in die Klasse gehe, wasche ich mir auf dem Mädchenklo ausführlich die Hände und freue mich auf heute Nachmittag, wenn Malte auf sein Rad steigt, um nach Hause zu fahren.

Natürlich ist Maltes „Kackhose“ dann Gesprächsthema Nummer eins in unserer Schule. Dumm gelaufen, sage ich da nur und kann mir ein Grinsen kaum verkneifen. Sina guckt mich die ganze Zeit über nur wissend an, sagt aber keinen Ton. Auch Yannis nicht, der mit Sicherheit ahnt, dass ich für die Schweinerei verantwortlich bin. Nur: Das muss mir erst mal jemand beweisen.

Mir wird auch niemand beweisen können, dass ich es war, die einen toten Fisch in Maltes Rucksack versteckt hat. Und zwar so, dass ihn niemand finden wird. Im Schülercafé, als alle herumstanden und am Quatschen waren, habe ich seinen

Rucksack heimlich entwendet und bin damit im Mädchenklo verschwunden. Dort habe ich in aller Seelenruhe die Rückenpolsterung auseinandermontiert und die tote Sardine, die ich zu diesem Zweck im Fischladen erstanden habe, vorsichtig reingeschoben. Keine fünf Minuten später stand Maltes Rucksack wieder an Ort und Stelle, niemand hat etwas bemerkt. Halt, stimmt nicht: Mir ist gerade zu Ohren gekommen, dass sich alle darüber beschweren, dass Malte in letzter Zeit häufig stinkt ...
Was ich noch gehört habe: Der arme Malte hat die Nacht auf dem Klo verbracht, nachdem er mit Xenja eine Packung Schokopralinen gefuttert hat. Wobei ich sagen muss, dass ich mit der Sache nichts zu tun habe (für alle, die jetzt denken, ich hätte Abführmittel reingespritzt, i wo, wer käme denn auf so eine gemeine Idee!!!). Xenja dagegen hat seelenruhig geschlafen, weil sie natürlich keine einzige Praline zu sich genommen hat, schließlich ist sie auf Dauerdiät. Ich habe mich dennoch

entschieden, Malte noch einen allerletzten Streich zu spielen, harmlos, aber effektiv, vielleicht denkt er dann in Zukunft besser darüber nach, wie er mit Mädchen umgeht. Ich habe nämlich bei meiner Rucksackaktion ein kleines Notizbüchlein entdeckt. Aber darin hat er doch tatsächlich in einer fein säuberlichen Schrift, die man ihm gar nicht zutrauen würde, eine Liste mit all seinen Lieblings-Mädchen notiert, mein Name steht auch dabei. Dann habe ich sämtliche Mädchen angerufen, ihnen kurz erklärt, worum es geht, und warte jetzt genüsslich darauf, was als Nächstes passiert.
Weil er hundert SMS gleichzeitig aufs Handy bekommt.
Weil sein E-Mail-Account mit Mails verstopft wird.
Weil es vor Dietrichs Haus Punkt 17:30 Uhr einen Malte-Flashmob geben wird.
Und ich werde nachher zufällig Sina besuchen, mit ihr im Liegestuhl lässig im Garten abhängen, begeistert Applaus klatschen und sehr zufrieden mit mir und der Welt sein. Wie war das: Die beste Rache ist, wenn du glücklich bist ...

Wut im Bauch

Nach dem ersten Schock und der verzweifelten Hoffnung macht sich oft Wut im Bauch breit und du denkst: Das lass ich mir nicht bieten! Gut so, das ist eine gesunde Reaktion und zeigt, dass du anfängst, über ihn hinwegzukommen. Lass deine Wut raus, aber nicht an ihm oder anderen!

Liebeskummer hält eine wilde Mischung an Gefühlen parat, von denen du manche vielleicht noch gar nicht kanntest und nicht weißt, wie du damit umgehen sollst:

Trauer: Alles ist öde, alles ist leer, du denkst, du kannst nie wieder lachen. Nimm dir Zeit zum Weinen, aber achte auch darauf, dass du dir spätestens nach einer Woche auch wieder Zeit zum Lachen nimmst.

Schmerzen: Magengrummeln, Kopfweh, Herzschmerzen – dein Körper leidet mit dir. Sei gerade jetzt besonders aufmerksam, verwöhne und versorge ihn bewusst mit guten Dingen, gönne dir neue Kleider, ein leckeres Eis. Und versprich dir und deinem Körper, dass auch wieder bessere Zeiten kommen.

Wut: Nach dem Motto „Das kann der mit mir nicht machen" steigerst du dich in Hasstiraden und gibst ihm die Schuld an deinem Unglück. Du darfst wütend sein – auf die Situation. Lass deine Wut raus, zerschlage Äste oder trampele Steine platt, schreie die Wut in den Wind ...

Eifersucht: Neidisch guckst du auf alle verliebten Pärchen oder beobachtest deinen Verflossenen mit der Neuen und jedes Mal sticht es in deinem Herz. Schau nicht auf andere, schau auf dich!

Rache: Du möchtest, dass er ebenfalls leidet, willst dich an ihm rächen, weil du denkst: Das macht dich glücklich! Stimmt leider nicht, vergiss sämtliche Rachepläne und sorge lieber für DEIN PERSÖNLICHES GLÜCK OHNE IHN.

Don’Z bei Liebeskummer:

- Anrufen und auflegen.
- Auflauern.
- So tun, als hättest du einen Neuen.
- Deine Freundin bequatschen, mit ihm zu reden.
- Liebesbriefe an ihn abschicken.
- Drohbriefe versenden.
- Die Neue beschimpfen.
- Ihm nachspionieren.
- Um seine Liebe betteln.
- Rachepläne durchführen.
- Ihn erpressen.

Milli

Allein, alleine, alleinsam – Millis Frustgeschichte

Alles ist anders, alles ist traurig. Seit Marco sich von mir getrennt hat, fühle ich mich nicht mehr ganz. Hört sich blöd an, ist aber so. Vorher waren wir ständig zusammen, jede freie Minute haben wir miteinander verbracht, uns Mails und SMS geschickt, gegenseitig kleine Geschenke gemacht. Es kam selten vor, dass einer ohne den anderen unterwegs war – in der Clique, auf Partys, am Nachmittag.

Sina hat immer über uns gelästert, die „Unzertrennlichen" hat sie Marco und mich genannt. Wir wären wie diese Papageienvögel, die man nur paarweise kaufen kann, weil wir pausenlos am Küssen und Händchenhalten waren und nie ohne den anderen sein konnten. Wie recht sie damit hatte! Jetzt, wo es aus ist zwischen uns, fühle ich mich, als hätte jemand ein Stück Leben aus mir herausgeschnitten, mich zerrissen.

Alles schmerzt, alles tut weh. Und ich fühle mich einsam wie noch nie in meinem Leben.
Dabei bin ich es von klein auf gewöhnt, alleine klarzukommen. Meine Eltern sind erfolgreiche Manager, die selten zu Hause sind und keinen auf Familie machen. Anders als bei Rosenmüllers kocht meine Mutter keine liebevolle vollwertige Mahlzeit, sondern vertraut unserer Hausperle Marta, die sich zudem noch ums Waschen und Aufräumen kümmert. Aber eben weil bei uns keiner auf dem Sofa kuschelt und sich niemand gegenseitig seine Sorgen erzählt, war (IST!) Marco so wichtig für mich. Bei ihm fühlte ich mich wohl und geborgen, mit ihm konnte ich reden (oder auch nicht), er hat mich verstanden und mir die Nähe und Zärtlichkeiten gegeben, die ich brauche.
Das hört sich jetzt vielleicht trivial und kitschig an und du fragst dich sicher, warum ich das so genau weiß, dass mir Liebe und Zuwendung fehlen und dass ich auf so jemanden wie Marco, der eigentlich gar nicht meinem gesellschaftlichen Niveau entspricht, wie es meine Mutter ausdrücken würde, angewiesen bin. Nun, das liegt schlichtweg daran, dass ich wie alle gut situierten Töchter eine Psychotherapeutentante habe, die ich einmal in der Woche konsultiere und die mich mittlerweile besser kennt als ich mich selbst. Zu ihr bin ich natürlich als Erstes gerannt, nachdem mir Marco via SMS mitgeteilt hat, dass es vorbei ist zwischen uns.
Eine SMS!
Noch so etwas, was tierisch wehtut. Kann er mir nicht in einem persönlichen Gespräch sagen, was los ist? Nach all den wundervollen Monaten, dieser intensiven Zeit, die wir miteinander verbracht haben, macht er einfach mal eben Schluss. Ohne mir

eine Chance zu geben, etwas zu regeln oder an mir zu arbeiten, damit alles wieder gut wird. Nein, Marco hat die Tür einfach so zugeschlagen. Paff!

Die Psychotante meint, ich solle mal runterkommen, das wäre in unserem Alter normal, Freunde kämen und gingen, Liebeskummer wäre eine wichtige Erfahrung auf dem Weg zum Erwachsenwerden, blabla. Und es sei bei mir im Familienmuster nun mal so angelegt, dass ich mich in unverlässliche Beziehungen stürzen würde, ich solle beim nächsten Freund besser aufpassen und lieber an meinem Verhältnis zu meinem Vater arbeiten.

Pah! Hat die 'ne Ahnung ... Marco war sehr zuverlässig, was unsere Beziehung betrifft. Nicht eine Verabredung hat er vergessen, nicht einen Kennlerntag verpeilt, er war immer da, wenn ich ihn brauchte, und hat mich mit kleinen Aufmerksamkeiten und Geschenken überhäuft. Bis auf die letzten drei Monate, da war er anders, da wurde er mir fremd. Da ist er immer öfters alleine weggegangen, hat immer andere Gründe gehabt, um sich nicht mit mir zu treffen. Ich habe mir nichts dabei gedacht, wollte ihm die Freiräume geben, die er angeblich brauchte. Zumal er oft genug anrief, ob ich nicht Lust hätte, ihn zu besuchen, er hätte sturmfreie Bude ... Aber dann kam ebendiese eine Nachricht auf mein Smartphone, Schluss, aus, Ende, vorbei. Und ich bin allein, allein. Ohne Marco.

Jetzt bekomme ich keine Zwischendurch-SMS mehr, kein HDGDL, kein WDK oder ZUMIOZUDI. Sosehr ich darauf brenne, sosehr ich mein Handy drehe und wende, es schweigt. Funkstille. Von Marco kommt keine Nachricht mehr.

Natürlich habe ich ihn mit Anrufen, SMS und zuletzt auch mit Briefen bombardiert. Ich wollte unbedingt mit ihm sprechen, wissen, was los ist, warum er Schluss gemacht hat – ich finde, dass er mir eine Erklärung schuldig ist. Aber Marco wollte mir nichts erklären. Einmal nur, das war auf dem Schulhof und er konnte mir nicht ausweichen, da habe ich ihn zur Rede gestellt. „Ich-lieb-dich-halt-nicht-mehr", war seine knappe Antwort. „Wirklich, Milli, es tut mir leid. Aber ..."

„Ist es eine andere? Habe ich was falsch gemacht?", wollte ich wissen, den Tränen nahe, um Fassung ringend. Es hätte so gutgetan, einen besseren Grund zu wissen als dieses lapidare Ich lieb dich halt nicht mehr.

Aber Marco hat nichts mehr gesagt.

Höllenqualen, Dauerflennen, Magenbrennen. Die Psychotante meint, das sei alles normal, und hat mir keine weiteren Hilfestellungen gegeben, außer, dass sie mich ständig über mein Verhältnis zu meinem Vater befragt hat, der ja nonstop durch die Weltgeschichte reist und von dem ich nichts anderes gewohnt bin als Abwesenheit. Der mich so selten in den Arm nimmt, der mich wenig lobt und sich schon gar nicht für meine Freunde interessiert. Ja, zugegeben, mein Vater hat mich oft enttäuscht, aber nicht so sehr wie Marco, der von heute auf morgen unsere gesamte Beziehung, unsere Liebe, all unsere gemeinsamen Erlebnisse vergessen zu haben scheint, unser romantisches Kusslager auf dem Hoteldach ... das wundervolle Picknick am Badesee ... die Rosenblätter in unserer Badewanne und die anschließende Schokomassage ... die Ballonfahrt über den Taunus ... natürlich waren wir nicht ständig so exklusiv unterwegs, oft haben wir die Zeit bei ihm oder bei mir knutschend auf dem Bett verbracht. Oder wir waren gemeinsam auf Partys, mit Sina und den anderen unterwegs,

aber immer Hand in Hand, gemeinsam, er und ich. Die Unzertrennlichen eben.
Nie alleine, so wie jetzt, wo ich immer noch diese gigantisch große Leere in mir spüre, ein Loch, von dem ich nicht weiß, wie ich es jemals wieder stopfen kann.
„Mit Liebe", meint die Psychotante. „Mit Liebe zu dir selbst."
„Klar." Wenn es denn so einfach wäre. Das habe ich tausendmal gelesen, aber nie funktioniert es. „Liebe dich selbst, dann lieben dich auch die anderen, lach und die Welt gehört dir." Als ob das Leben so einfach wäre, wenn dein Freund mit dir Schluss gemacht hat. Nach so vielen Monaten. Einfach so. Per SMS. Ohne Grund.
Alle um mich herum geben sich Mühe, wollen mich von meinem Herzschmerz ablenken, wollen mir helfen, damit ich die Einsamkeit nicht so spüre. Das ist total süß und lieb von meinen Freundinnen, doch es hilft leider nichts. Wie ein Zombie nehme ich die mitfühlenden Worte von Kleo und Jolina wahr, spüre die stille Anteilnahme von Sina, die ja noch unter ihrem Liebeskummer wegen Yannis leidet. Auch meine Eltern kümmern sich besorgt um mich, ich habe ihnen natürlich erzählt, was mit mir los ist. Ich weiß, dass sie es in Wirklichkeit gar nicht schlecht finden, dass Marco jetzt nicht mehr bei uns ein und aus geht, weil sie sich für ihre Tochter eine „bessere Partie" vorgestellt haben. Ich bin ihnen dankbar dafür, dass sie dennoch keine weiteren Worte darüber verlieren. Auf ihre Weise versuchen sie, mich zu trösten und aufzuheitern, wo es nur geht, und so überreden sie mich, am heutigen Samstagmorgen mit ihnen zu den Pferden zu kommen.
Erst habe ich keine Lust, am liebsten würde ich mich den ganzen Tag über in meinem Zimmer vergraben. Gleichzeitig spüre ich

eine große Sehnsucht nach meiner Stute, nach dem warmen Stallgeruch und deshalb willige ich ein. Als ich dann eine Stunde später auf dem Rücken von Neila durch den Wald trabe, weiß ich, dass es die richtige Entscheidung war. Wie immer folgt meine Stute willig meinen leisen Hilfen, sie scheint mir kein bisschen übel zu nehmen, dass mein Kopf woanders ist. Ich atme die würzige Luft, Neila schnaubt entspannt, gerührt tätschele ich ihren Hals. Bis vor Kurzem sind wir gemeinsam auf Nachwuchsturnieren gestartet, Dressur. Für unsere geschmeidigen Volten und Traversalen waren wir bekannt, nicht selten sind wir die Ehrenrunde mit einer goldenen Schleife galoppiert. Dann hatte Neila diesen unglücklichen Unfall mit der Mistgabel. Seitdem ist ihre Knieaktion deutlich eingeschränkt, sie leidet keine Schmerzen, aber intensive Dressurtrainings sind für sie seitdem nicht mehr drin. Also haben wir das Turnierreiten aufgegeben – und ich habe für mich das Westernreiten entdeckt.

Sehr zum Unverständnis meiner Eltern, die es natürlich schicker brauchen. Sie wollten mir unbedingt ein neues Pferd kaufen, damit ich mein reiterisches Talent nicht vergeude, aber ich will nicht. Nie im Leben würde ich Neila hergeben! Und selbst wenn sie zwei Pferde halten würden, was bei ihrer finanziellen Lage nun weiß Gott kein Problem wäre: Neila und ich, das ist eine besondere Geschichte, da ist kein Platz für ein anderes Pferd. Höchstens für einen anderen Menschen ...

Das wird mir erneut schmerzhaft klar, als Neila jetzt bis zum Bauch im Baggersee steht und genüsslich ins Wasser prustet. Lachend schnicke ich ein paar Tropfen in ihre Richtung. Ich bin abgesprungen und führe sie am Zügel, schade, dass ich mein Badezeug nicht dabeihabe. Gerade als ich wieder losreiten will, entdecke ich Sebastian aus meiner Klasse, der weiter hinten auf der Wiese gerade dabei ist, eine hübsche blonde Barbie mit Melone zu füttern. Es gibt einen fiesen Stich in meinem Herzen. Sofort ist es wieder da, dieses Einsamkeitsgefühl, diese Traurigkeit, dieser Schmerz, den niemand stillen kann. Denn ich bin alleine! Ich lege der verdutzten Neila wieder die Zügel über den Hals und sitze auf, treibe sie in einen schnellen Galopp, ich will weg hier. Irgendwann verlangsamt die Stute von selbst das Tempo, dann bleibt sie demonstrativ stehen, um ein paar Grasbüschel zu zupfen, klitschnass vor Schweiß. Endlich komme ich wieder zu mir.

„Tut mir leid, meine Schöne", flüstere ich und klopfe zärtlich ihren Hals. Dann kauere ich mich in ihre dicke Mähne und weine mir zum tausendsten Mal die Seele aus dem Leib, Neila lässt es geduldig geschehen, als wäre sie schon immer mein Liebeskummerkissen gewesen. Später zum Abschied, nachdem ich sie ordentlich trocken gerieben und wieder in ihre Box geführt habe, schnaubt sie mir warm ins Gesicht. Als wolle sie mich daran erinnern, dass ich eben nicht alleine bin, sondern in ihr eine besondere Gefährtin habe.

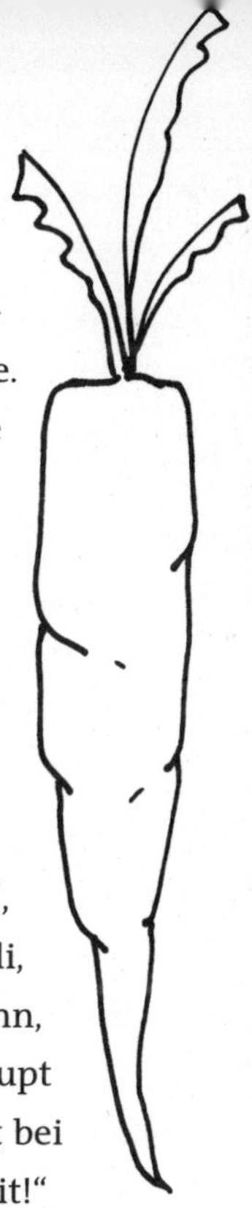

„Ich komme bald wieder, versprochen“, verabschiede ich mich von ihr und stecke ihr eine Extra-Möhre zu. „Auf dich kann ich mich wenigstens verlassen ...“

Das erzähle ich auch Sina, als wir am Nachmittag seit Ewigkeiten mal wieder gemeinsam in unserer Luxusbadewanne rumdösen und den warmen Lavendelduft inhalieren. „Und trotzdem fühle ich mich schrecklich einsam ... Sie ist eben doch nur ein Pferd!“

„Du musst endlich aus deinem Jammerloch raus“, meint Sina und guckt mich mitfühlend an. „Echt Milli, ich verstehe dich so gut, aber es hat doch keinen Sinn, dass du dich wegen Marco völlig vergräbst und überhaupt nicht mehr am Leben teilnimmst. Heute Abend findet bei Jolina eine Hausparty statt, da kommst du gefälligst mit!“

„Du kannst nicht einfach so über mich bestimmen“, murmele ich, weiß aber insgeheim, dass sie recht hat. Ich kann mich vor lauter Rumgeheule ja selbst kaum noch leiden. Und eigentlich habe ich bei dem Ausritt mit Neila ja gemerkt, wie gut es tut rauszugehen.

„Weißt du, was?“, ruft sie energisch. „Wenn wir hier fertig sind, gehen wir shoppen. Und zum Friseur, zu Bill. Damit du später umwerfend gut aussiehst ...“

„Langsam, langsam“, lache ich, muss dann aber zähneknirschend zugeben, dass ihr Vorschlag gar nicht mal so übel ist. Also lasse ich es zu, dass sie mir nach der Badesession die Fußnägel in Quietschgelb lackiert und mich dazu überredet, ihre knallblaue Chino anzuziehen. Dazu trage ich dann ein gelbes Flattershirt, wie es cooler nicht sein kann. Sina selbst leiht sich von mir ein paar lässige Shorts und freut sich, dass sie auf diese Weise mehr nach Milli aussieht als ich selbst, die sonst eher für ihren sportlichen Look bekannt ist.

Eine Stunde später bummeln wir gut gelaunt durchs Einkaufszentrum, jede einen Bubbletea in der Hand. Wir stöbern im Krimskramsladen, wo Sina ein Windlicht für ihre Mutter zum Geburtstag ersteht, testen bei Douglas Sommerparfums, bis uns die geschminkte Tussi-Verkäuferin rausschmeißt, und kaufen uns im Modeschmuckladen ein klimperndes rosa Rosenquarz-Armband, weil Rosenquarz angeblich bei Liebeskummer hilft. Gut gelaunt probieren wir noch ein paar Edeljeans durch in so einem Geheimladen, den Sina noch aus ihren Modelzeiten kennt. Natürlich hat sie mich schnell zu einer supergeilen Jeans überredet, die noch viel cooler als ihre blaue Chino ist.

Leider ist bei Bill Fullhouse, keine Chance auf einen spontanen Termin, sodass ich für mein neues Leben als Single keine neue Frisur bekomme.

„Macht nichts", meint Sina und ich denke insgeheim: Ich war sowieso nicht bereit dazu, mir an meinen Haaren auch nur einen Millimeter absäbeln zu lassen, Kultfriseur hin oder her.

Dafür gönnen wir uns zum Abschluss einen Schokobecher bei Antonio. Gerade, als ich mich fast wieder so unbeschwert fühle wie früher, holt mich die Wirklichkeit in Form eines knutschenden Pärchens am Nebentisch eiskalt ein. Überhaupt, als ich aufblicke, sehe ich plötzlich überall um mich herum verliebte Paare, die miteinander Händchen halten, sich gegenseitig mit Eis füttern und vertraut die Köpfe zusammenstecken. Es ist wie eine Tunnelfahrt, die fröhliche Unbekümmertheit von gerade eben gefriert auf minus achtzehn Grad. So süß kann Schokoladeneis gar nicht schmecken, dass mir je wieder warm in meinem Herzen wird ... Ein schneller Blickwechsel mit Sina genügt, um zu spüren: Sie hat die vielen Pärchen ebenfalls registriert.

„Das war ja wohl ein Griff ins Klo“, murmelt sie zerknirscht, während sie sich den Sahnerest von den Lippen leckt und ihren Eisbecher von sich wegschiebt. „Komm, wir gehen!“

Schlapp und müde zockeln wir nach Hause, unsere gute Laune ist schockgefroren trotz der sommerlichen Temperaturen draußen, wir verabschieden uns mit einem schwachen „Mach’s gut“, dann geht jede von uns ihren Weg.

„Lass dich nicht unterkriegen“, ruft mir Sina im Umdrehen noch nach. „Wir sehen uns später!“

Muss ich erzählen, dass ich mich nur ihr zuliebe auf die Party geschleppt habe? Dass Jolina sich wahnsinnig gefreut hat und mich sofort mit einem Typ aus der Zehnten verkuppeln wollte? Dass ziemlich schnell ziemlich alle ziemlich betrunken waren? Dass überall rumgeknutscht wurde?

Um es kurz zu machen: Jetzt ist es zehn Uhr und ich bin wieder zu Hause. Alleine.

Um mich abzulenken, haue ich mich vor den Fernseher, zappe drauflos und bleibe auf MTV hängen, wo eine Sendung mit Videoclips aus den Neunzigern läuft. Plötzlich schauen mich zwei runde Augen aus einem kahl rasierten Schädel an, eine blasse, tieftraurige Frau fängt zu gefühlvollen Synthieklängen an zu singen: *It's been seven hours and fifteen days, since you took your love away* ...
Gebannt richte ich mich auf. Singt sie meine Geschichte? Es sind genau die Worte, meine Gefühle, die ich in den letzten vierzehn Tagen in mir trage. Nichts und niemand nimmt mir meine Traurigkeit, meinen Liebeskummer, egal, was ich tue, das ist doch die Wahrheit: shoppen, reiten, bei Antonio Eis essen gehen, Freundinnen treffen, Party machen, so tun, als ob das Leben einfach normal für mich weiterginge. Positiv nach vorne schauen. Mich selbst lieben. Geht ja alles nicht. Stimmt ja alles nicht.
It's been so lonely without you here like a bird without a song ...
Ich fühle mich alleine, einfach so schrecklich alleine. Ich bin alleine. Ohne Marco. Kann man einsamer sein als ein Vogel ohne sein Liedchen? Ich spüre, wie mir die Tränen unaufhaltsam die Wange runterkullern.
Eindeutige Antwort: Ja, man kann.
'cause nothing compares to you ... Niemand ist so wie Marco, es wird nie wieder so intensiv mit einem anderen Jungen sein, kann gar nicht. Wie soll ich denn mein Leben leben ohne ihn? Wie soll das gehen? Ich will nur ihn!
Aber er will mich nicht.
Weil er mich nicht mehr liebt.
Gar nicht mehr.
Ich bin allein.

Heulend sitze ich vorm Fernseher. Wann geht dieser Schmerz endlich vorbei? In den Videos singen jetzt andere von Tränen und Liebesschmerzen, jedes Lied intensiver, jedes Lied qualvoller, alles große Hits, sie gehen mir unter die Haut, tief ins Herz, berühren meine Seele, machen, dass ich mich noch leerer, noch ausgebrannter, noch einsamer fühle, so sehr berührt mich die Musik. Hatte ich gedacht, ich hätte längst alle traurigen Tränen wegen Marco geweint – sie fließen mehr denn je, quellen unaufhörlich hervor, ich bin ein einziges Schluchzen.

Plötzlich dringen die ersten Takte von *My heart will go on* in meine Ohren. Ungläubig schüttele ich den Kopf, wische mir übers Gesicht, entsetzt richte ich mich auf. Es ist, als würde jemand ruckartig einen Schalter umlegen. Bitte nicht dieses verkitschte Kitschlied aus Titanic! Mit einem „No way!" schalte ich den Fernseher aus. Ich brauche einen Moment, um mich wieder zu berappeln, mein Gesicht fühlt sich an wie ein nasser Schwamm, meine Augen brennen. Ich atme tief durch. Öffne das Fenster und spüre mich auf besondere Weise befreit.

Trotzdem muss ich insgeheim über mich schmunzeln.

Celine Dion als Schocktherapie gegen Liebeskummer, davon muss ich mal meiner Psychotante erzählen ...

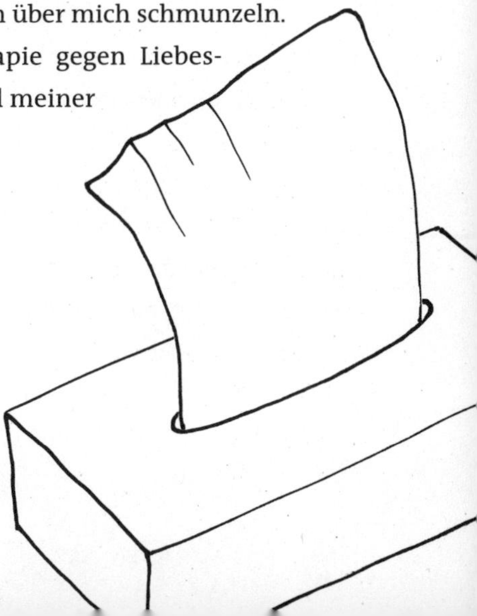

Frust und Selbstmitleid

Man sagt, Liebeskummer dauert so lange wie eine Beziehung, je länger und intensiver sie war, desto schlimmer leidest du. Natürlich sollst du dich mit deinen Gefühlen auseinandersetzen und sie zulassen. Normal ist also auch, dass du stundenlang darüber mit deiner Freundin reden möchtest und im Selbstmitleid zerfließt. Du siehst dich als Opfer und der Situation hilflos ausgesetzt, neidisch und eifersüchtig blickst du auf alle, denen es (vermeintlich) besser geht als dir.

Doch Eifersucht ist ein fieses Gefühl mit verschiedenen Ursachen, manchmal begründet (er hat dich wirklich mit dieser Tussi betrogen!), manchmal unbegründet (du denkst immer, er ist lieber mit seinen Kumpels unterwegs). Manchmal tauchen Verlustängste und Eifersüchteleien in einer Liebesbeziehung auf, ohne dass du etwas dafür kannst. Vor lauter Angst, deinen Freund zu verlieren, klammerst du dich an ihn, erpresst ihn mit Liebesentzug und hast das Gefühl, du kannst ohne ihn nicht leben. Ganz besonders schlimm ist es, wenn du nach eurer Trennung immer noch eifersüchtig bist – auf ihn, auf seine glückliche Situation, aber auch auf alle anderen verliebten Pärchen.

Daran merkst du aber eins sehr deutlich: Dir geht es gar nicht um ihn, sondern um die Tatsache, dass du keine Beziehung mehr hast. Du bist verliebt in die Liebe und nicht in ihn, in Wahrheit bist du eifersüchtig auf jede Art von Küssen, Nähe und Zweisamkeit. Es ist ganz wichtig, dass du dir das zugestehst – und etwas dagegen unternimmst. Also, raus aus der Selbstmitleidsfalle! Werde aktiv! Blockiere dich nicht mit Was-wäre-wenn-Gedanken und Er-ist-Schuld-an-meinem-Unglück. Schluss mit dem Selbstmitleid! Aber du musst es wollen, sonst funktioniert es nicht!

Selbstmitleids-Checkliste:

- ☐ Alle haben einen Freund, nur ich nicht.
- ☐ Er ist schuld, dass ich unglücklich bin.
- ☐ Ohne ihn macht alles keinen Spaß.
- ☐ Wegen ihm habe ich 10 kg zugenommen.
- ☐ Ich habe so viel für ihn getan.
- ☐ Ich will auch mal wieder geküsst werden.
- ☐ Ich könnte nur heulen.
- ☐ Ich bin ohne ihn so alleine.
- ☐ Keiner liebt mich.
- ☐ Nur mit ihm ist das Leben schön.

Das kannst du dagegen tun:

- Lass dich nicht hängen und werde aktiv.
- Genieße dein soziales Netzwerk: Eltern, Freunde, Verein!
- Werde aktiv, organisiere eine Fahrradtour, ein Picknick, eine Party!
- Gönn dir was Schönes!
- Fülle deine Energiespeicher!
- Sorge für Anerkennung und Selbstbewusstsein!
- Lache – und die Welt gehört dir!

Anti-Liebeskummer-Beschwörungsformel

Keiner sagt, dass es einfach ist. Aber es ist einen Versuch wert auszuprobieren, wie es sich anfühlt, wieder glücklich statt frustriert zu sein. Das musst du wollen, daran musst du arbeiten! Wenn du so weit bist, nimm bewusst Abschied von deinem Liebeskummer. Sage die folgenden Sätze dreimal hintereinander, während du mit ausgebreiteten Armen im Wind stehst, unter einem Baum, vor einer Kerze oder in der Sonne. Dann lege deine rechte Hand auf dein Herz – und fühl, wie lebendig du bist!

Ja, ich bin enttäuscht worden. Ich bin verletzt und traurig. Ich hatte eine tolle Zeit mit ihm und ich bin dankbar für diese Erfahrung. Jetzt nehme ich Abschied. Das ist traurig, aber tut mir nicht mehr weh. Denn ich bin stark und offen für Neues.

Julia

Au revoir, chérie! – Julias Schlussmachgeschichte

Traurig, mit vielen Tränen liege ich in meinem Zimmer auf dem Teppich, um mich herum liegen verstreut Liebesbriefe, Fotos, Eintrittskarten, Zugtickets – lauter Erinnerungen an die gemeinsame Zeit mit Nicolas, als wir noch unbeschwert verliebt und glücklich zusammen waren.

Denn nicht alle Märchen haben ein Happy End. Das von mir und Nicolas auch nicht, leider. Sina hat ja gleich gesagt, so eine Fernbeziehung kann auf Dauer nicht funktionieren, aber ich wollte ihr nicht glauben. Nicolas in Paris, ich hier in Deutschland, 478 Kilometer Luftlinie zwischen uns. Wie soll das gehen? Mit viel Liebe, Verständnis und kleinen Geschenken, dachte ich. Hat zunächst auch wunderbar geklappt: Nicolas hat mir via Fleurop rote Rosen oder Petits Fours aus der Hotelküche geschickt. Ich habe ihm täglich eine Guten-Morgen-SMS und er mir eine Gute-Nacht-SMS gesendet, die 478 Kilometer spielten keine Rolle für uns.

Je t'aime ...

Er hat mir per Skype bei den Französisch-Hausaufgaben und ich ihm bei seinen Deutsch-Aufsätzen geholfen. Wir haben uns in den Ferien gegenseitig besucht ... aber all das hat nichts genützt, hat nicht verhindert, dass nach fast zwei Jahren die Luft draußen ist. Von Romantik und täglichen Küsschen keine Spur mehr, wenn es hochkommt, schickt mir Nicolas inzwischen nur noch eine Ça-va-SMS, mehr nicht. Er interessiert sich nicht für meinen Trouble, den ich mit meinen Eltern wegen Ashley habe. Auch ist die Rede längst nicht mehr davon, ob ich im Herbst mit in das Ferienhaus an die Atlantikküste komme oder nicht. Eigentlich nimmt er an meinem Leben längst nicht mehr teil.

Dabei wollte er früher ständig alles von mir wissen. Beinahe wie ein Stalker hat er jeden Schritt von mir eifersüchtig überwacht, als er noch bei uns in unserer Klasse war. Wenn ich mich mit Sina und den anderen bei Antonio getroffen habe, schmollte er und musste unbedingt dabei sein.

Je t'aime ...

Wenn ich nachmittags für mich alleine sein wollte, war er sauer und hat mich mit Vorwürfen bombardiert, ich würde ihn nicht richtig lieben. Ganz schlimm war es, wenn ich mit Yannis oder Juri gemeinsam zum Lernen verabredet war, das gab stets riesige Eifersuchtsszenen. Hinterher hat er sich natürlich dafür entschuldigt: „Isch lieb disch halt so!", hat er immer gesagt und mich mit seinen dunklen Augen angeblinzelt – da habe ich ihm alles verziehen, auch wenn es mich insgeheim genervt hat. Ich wollte, dass alles gut ist, wollte, dass es gelingt und wir ein tolles

Paar sind! So wie Sina und Yannis. Und ich wollte allen beweisen, dass man auch in einer Fernbeziehung glücklich sein kann. Deshalb habe ich alles dafür getan, damit unsere Liebe über diese Entfernung erhalten bleibt, obwohl wir uns nicht wie andere Pärchen täglich sehen konnten.

Je t'aime ...

Jetzt spüre ich, dass es nicht mehr geht. Zu viel Fremdes hat sich zwischen uns eingeschlichen, mein Leben spielt sich ganz anders ab als seins. Und ich habe auch keine Lust mehr, ständig alleine auf Partys zu gehen, während die anderen Pärchen glücklich Händchen halten und mitleidig zu mir hinüberschauen, wie ich einsam mein Colaglas in der Hand drehe. Es hört sich zwar immer toll an zu sagen: „Ich habe einen Freund, der lebt in Frankreich." In Wahrheit ist es total öde ohne ihn. Niemanden zum Küssen, niemanden zum Abtanzen, immer nur alleine. Und wenn mich mal ein anderer Junge anflirtet, habe ich sofort ein schlechtes Gewissen. Ich fühle mich wie verheiratet, nur ohne Mann.

Je t'aime ...

Oft haben Nicolas und ich von einer gemeinsamen Zukunft in Paris geträumt: von einem trendigen Bistro am Montmartre, einem Kuchengeschäft für Insider, einem *Bed & Breakfast* für Verliebte ... Richtige Pläne hatten wir, in endlosen Telefonaten oder ellenlangen E-Mails ausgearbeitet. Namen fürs Bistro gesammelt, die Speisekarte erstellt, Rezepte sortiert ... Nicolas hatte mich sogar allen Ernstes gefragt, ob ich mal Kinder haben möchte, die Antwort bin ich ihm bis heute schuldig geblieben. Erstens fühle ich mich noch viel zu jung, um überhaupt darüber nachzudenken. Und zweitens finde ich meine Mutter so obernervig, dass ich nicht weiß, ob ich selbst eine werden will. Und dann der Stress, den meine Eltern mit Ashley wegen ihrer Alkohol- und Drogengeschichten haben ...

Nicolas hat natürlich gespürt, wie sehr ich unter der Entfernung gelitten habe, am Anfang hat er mir deswegen immer wieder seine Liebe beteuert, mir kleine Geschenke gemacht. Und an Weihnachten hat er mich mit diesem wunderschönen Silberring überrascht. Wie der Prinz im Märchen hat er ihn mir während einer Kutschfahrt durch den verschneiten Taunus an den Finger gesteckt und mir seine ewige Liebe geschworen.

Je t'aime ...

Bei der Erinnerung an damals, an unsere wunderschöne verliebte Zeit kann ich ein lautes Schluchzen nicht unterdrücken. Es tut weh. Warum kann es nicht immer so leicht und unbeschwert bleiben? Warum ist sein Vater nicht hier in Deutschland geblieben, sondern musste als Diplomat unbedingt wieder zurück nach Frankreich? Seiner Mutter war es ja nur recht, sie hatte Sehnsucht nach der Metropole an der Seine, nach dem kleinen Hotel ihrer Familie, in dem jetzt Nicolas nach der Schule seinem Onkel zur Hand geht.

Es fällt mir immer schwerer, an eine gemeinsame Zukunft in Paris zu glauben, an ein kuscheliges Bistro, das wir gemeinsam führen, an das große Glück, l'amour ... Das dauert ja noch so lange! Warum sind wir nicht ein paar Jahre älter und können selbst entscheiden, wo wir wohnen? Warum kann ich nicht einfach in Paris zur Schule gehen? Fragen über Fragen, tausendmal gestellt,

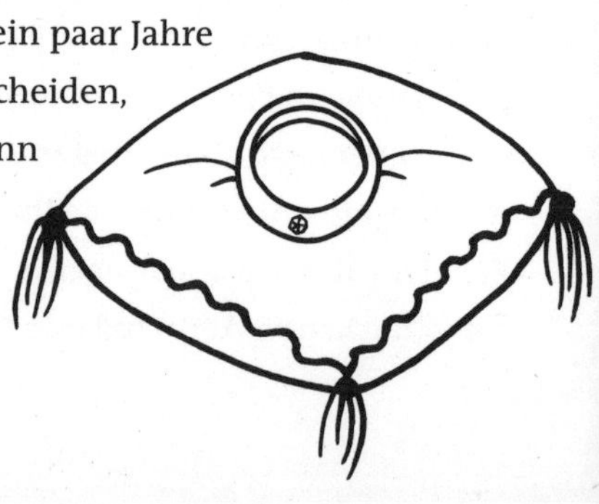

tausendmal mit meinen Eltern und mit meinen Freundinnen diskutiert, tausendmal deswegen geweint. Jetzt wird mir bewusst, dass ich so nicht mehr leben will, nicht auf dieser Basis eine Beziehung führen will. Immer so auf Anruf, Abruf. So wenig gemeinsame Erlebnisse.

Ich habe lange gebraucht, um mir das einzugestehen. Natürlich haben mir meine Freundinnen längst schon den Kopf gewaschen und mich gefragt, wie lange ich mir das mit Nicolas noch antun will. Allen voran Sina, die, das schwöre ich, heute noch neidisch auf mich ist, weil sich Nicolas damals für mich entschieden hat und nicht für sie.

Wenn ich ehrlich zu mir selbst bin, hat es schon lange angefangen aufzuhören. Zum ersten Mal gab es Missstimmung zwischen Nicolas und mir, als ich damals in den Sommerferien bei Nicolas in Paris war. Da hat mich sein älterer Stiefbruder, der locker hätte mein Vater sein können, im Badezimmer bespannt. Die riesige Entschuldigungsszene seiner Eltern war eine Sache, dass der Bruder meinte, ich sei ja selber schuld, eine andere. Nicolas hat sich tierisch über ihn aufgeregt, mir aber später dann unter vier Augen Vorhaltungen gemacht, was mir einfiele, splitterfasernackt durchs Haus zu rennen, da müsse ich mich auch nicht wundern, wenn mich einer toll fände. Ich war damals so irritiert, dass ich seine gemeine Bemerkung einfach geschluckt habe, heute weiß ich, wie beschissen dämlich seine Reaktion war, und würde mir das nicht mehr gefallen lassen. Aber damals wollte ich nur weg und war dankbar, dass meine Eltern mich so schnell dort abgeholt haben. Sie haben später von einer Anzeige abgesehen, überhaupt haben sie sich die ganze Zeit über großartig verhalten. Ich glaube, das hat etwas mit dem Diplomatenstatus der Legrands zu tun, mit so jemandem legt man sich einfach nicht an. Egal ob es darum geht, deren Stiefsohn als Spanner zu verklagen, oder darum, ihrer eigenen Tochter den Umgang ausgerechnet mit ihrem Sohn zu verbieten.

Das zweite Mal, als ich gespürt habe, dass zwischen uns etwas nicht stimmt, war, als ich mit meinem Spanischkurs auf diesem Schüleraustausch auf Mallorca war. Ich hatte schon in der Zeit zuvor Stress mit Nicolas wegen seiner Dauerfummelei und ständigen Belagerung. Er hatte gerade eine sehr eifersüchtige Phase und hat ständig versucht, mich von Paris aus zu kontrollieren. Nicolas hatte öfters so Anwandlungen und zu der Zeit war es besonders schlimm, ständig simste er und wollte wissen, was ich gerade tue und mit wem ich zusammen bin. Und wehe, ich schrieb, ich würde gerade mit Yannis gemeinsam an einem Referat arbeiten oder mit Sebastian und den anderen aus der Clique durch die Stadt bummeln. Irgendwann habe ich Lügenmärchen erfunden, fühlte mich aber nicht wohl damit. Ich konnte also nicht anders und musste ausbrechen, ich *musste* einfach ausprobieren, ob ich auch bei anderen Jungs landen kann. Deswegen habe ich mich auf Mallorca dann in die Arme dieses Don Juan gestürzt, den Namen habe ich leider vergessen, Rubén oder so. Es tat gut, wie er mich umschwärmte, mit mir flirtete und anbändelte, genauso locker, leicht und unbeschwert wäre ich gerne auch mit Nicolas zusammen gewesen. Aber der wollte immer nur ernsthafte Gespräche mit Dauerhändchenhalten. Mehr nicht, weil er der Meinung war, das wir „damit" bis zur unserer Hochzeit warten sollten. Natürlich haben wir auch wildere Sachen gemacht, niemand hat ernsthaft geglaubt, dass ich immer alleine im Gästezimmer übernachtet habe. Aber richtig mit mir schlafen wollte er nie. Aber ich!!! Ich wollte endlich mitreden können, wenn andere von ihren Jungserlebnissen erzählten. Auf der Abschlussparty am Strand bin ich bei Rubén aufs Ganze gegangen ... Natürlich hatte ich mir das alles viel romantischer vorgestellt, nur er und ich auf weichen Decken, alleine im Pinienwald, während die Grillen zirpen, die Sterne über uns. Aber dann ging alles viel zu schnell vorbei, noch ehe ich begriffen hatte, was da gerade mit mir passiert. Natürlich ist es mein Geheimnis, außer mit Sina habe ich mit niemandem darüber geredet. Und Nicolas wird nie erfahren, dass mich ein anderer zur Frau gemacht hat ...

Das dritte Mal geknirscht zwischen uns hat es vor ein paar Wochen in den Sommerferien, genauer gesagt, konnte da gar nicht viel knirschen, weil wir uns kaum gesehen haben. Nicolas hatte sich nämlich, entgegen unserer Absprache, für ein Nachwuchskoch-Seminar angemeldet, das ausgerechnet im August stattgefunden hat. Er fand das alles ganz easy, schließlich hätte seine Kochkarriere ja auch etwas mit unserer gemeinsamen Zukunft und dem Bistro zu tun. Ich erinnere mich noch gut an seine großen Augen, an sein verwundertes „Pourquoi?“, als ich ihm wutentbrannt meine Meinung entgegengeschleudert habe. Danach hatten wir zwar ein romantisches Versöhnungswochenende, aber sein Seminar hat er trotzdem besucht, anstatt die Ferien mit mir zu verbringen.

Und seitdem ist Funkstille.

Ganz still ist es auch in meinem Herzen geworden. Wenn ich ehrlich in mich hineinhorche, sind da nur noch wenige Gefühle für Nicolas, und wenn ich noch ehrlicher bin, muss ich mich von ihm lossagen, das wird mir jetzt, wo ich hier traurig auf dem Teppich liege und meine Erinnerungen sortiere, sonnenklar. Ich liebe ihn nicht mehr und will nicht mehr seine Freundin sein. Das erste Mal in meinem Leben sage ich Nein zu einem Menschen. Das ist eine besondere Erkenntnis und es fällt mir auch nicht leicht, diesen Schritt zu tun.

Ich weiß, dass andere mich oft für eigensinnig und egoistisch halten, allen voran Sina. In der Schule fällt mir das auch leichter, mich anderen gegenüber abzugrenzen. Aber in unserer Familie bin ich immer diejenige, die nachgibt, die um Frieden und Harmonie bedacht ist, die sich um andere kümmert. Ich kann einfach nicht Nein sagen! Wenn meine Mutter wegen Ashley mit den Nerven fertig ist und mich bittet, Wäsche zu waschen und einzukaufen, erledige ich das natürlich. Wenn meine klapprige Uromi jemanden zum Vorlesen braucht, bin ich selbstverständlich da ...

Gedankenverloren sortiere ich die Erinnerungsfotos in die Kiste zurück, Nicolas' Liebesbriefe, den kleinen Eiffelturm, den verschrumpelten Zwetschgenmann vom hiesigen Weihnachtsmarkt, die witzige Schirmmütze vom Strand, die Bistro-Unterlagen ... Es tut mir weh, all diese Dinge zu sehen – es tut weh zu bemerken, dass sie mir nichts mehr bedeuten. Ich hatte eine tolle Zeit mit ihm, aber es ist vorbei, das spüre ich sehr deutlich, alles in mir sagt plötzlich Nein, ein sehr ungewohntes Gefühl. Am liebsten würde ich ihm eine E-Mail schicken und ihm alles ausführlich erklären, das würde mir am leichtesten fallen. Aber das fände ich schäbig, nach all den intensiven Momenten, die wir gemeinsam erlebt haben. Einfach mal eben hinfahren kann ich natürlich nicht und bis zu den nächsten Ferien warten, will ich auch nicht. Jetzt, wo ich endlich diesen folgenschweren Entschluss gefasst habe, will ich es auch so schnell wie möglich hinter mich bringen.
Meine Hände zittern, als ich nach meinem Handy greife. Soll ich es wirklich tun? Gedankenverloren betrachte ich es von allen Seiten. Wie oft habe ich ihm auf diesem Weg eine MissU-SMS geschickt, ihn angerufen, weil ich solche Sehnsucht hatte und einfach nur seine Stimme hören wollte. Jetzt rufe ich ihn an, um Schluss zu machen.
Ich erinnere mich, wie Ashleys damaliger Freund Jason einfach so mit ihr Schluss gemacht hat. Da war sie so geschockt und verletzt und wollte partout nicht wahrhaben, dass Jason und sie schon lange kein glückliches Paar mehr waren. Und dass Jason sich seinen Schritt sehr wohl überlegt hat. Niemand beendet eine Beziehung einfach so. Ich auch nicht, aber ich muss es tun, damit ich mich wieder frei und

glücklich fühle, damit ich mich wieder im Spiegel angucken kann. Kurz entschlossen drücke ich die Kurzwahltaste. Geh bitte nicht dran, denke ich, aber da meldet er sich schon.

„Salut, chérie, ça va? Ich bin mitten in den Vorbereitungen für ein Hochzeitsbankett ... ich habe leider nicht viel Zeit, um mit dir zu plaudern."

„Ich will dich auch nicht lange aufhalten", antworte ich und druckse eine Weile am Hörer herum. „Ich muss nur kurz mit dir sprechen."

„Na, dann schieß los." Offenbar klemmt er sich das Handy ans Ohr, ich höre, wie er Eier in die Schüssel schlägt. Eins, zwei ... drei. Noch mal tief durchatmen. Wie formuliert man etwas, von dem man genau weiß, dass es dem anderen wehtut? Ich hätte nicht gedacht, dass es mir so schwerfällt, ihm die Wahrheit zu sagen.

„Ich rufe an, äh ... das mit uns geht so nicht mehr, Nicolas. Ich habe hin und her überlegt, aber es ist wohl besser, wenn wir Schluss machen." Platsch! Das vierte Ei ist offensichtlich auf den Boden gefallen. „Merde!", höre ich Nicolas fluchen. Oder meint er mich? Dann ist es erst am anderen Ende der Leitung still.

„Nicolas, bist du noch dran?", versuche ich es zaghaft. „Es tut mir leid ... ich wollte es dir anders sagen ..."

Ich höre einen Schnaufer. Weint er etwa?

„Hey, ich will dir doch nicht wehtun ..." Verdammt, ist das schwer. Aber es gibt kein Zurück.

„Tust du aber", sagt er leise.

„Es tut mir leid, aber es geht nicht mehr ..."

„Aber warum? Es lief doch alles so gut ..."

Ich schüttele den Kopf, dann fällt mir ein, dass er es ja gar nicht sehen kann.

„Nein, tat es nicht. Und das weißt du auch, wenn du ehrlich bist."
„Hast du einen anderen?"
„Nein." Wie viel leichter wäre es jetzt, Ja zu sagen! Dann gäbe es einen triftigen Grund, eine neue Liebe. So gibt es gar keinen mehr. Weder für mich noch für Nicolas.
„Warum dann?"
„Weil ... oh, es fällt mir unglaublich schwer, dir das zu sagen, glaube mir." Ich atme tief durch, bevor ich ihm erzähle, dass ich der Meinung bin, dass wir uns auseinandergelebt haben. Dass es schon lange nicht mehr so schön wie am Anfang ist zwischen uns. Dass ich ein ganz anderes Leben führe als er und keine Lust habe, mich jetzt schon zu binden. Dass ich frei sein will.
„Die Wahrheit ist ... ich liebe dich nicht mehr. Bitte, bitte, frag mich nicht, warum ich dich nicht mehr liebe. Es ist einfach so ... passiert ... es tut mir leid."
Abermals schweigt Nicolas, ich höre, wie er tief Luft holt, bevor er zu einem Redeschwall anhebt, diesmal auf Französisch. Er wirft mir vor, ihn damit zu überrumpeln, ich wäre ihm eine Erklärung schuldig und überhaupt verlange er von mir eine Chance, unsere Beziehung zu retten. In diesem Moment bin ich froh, dass ich ihm doch nicht gegenüberstehe, ich weiß, seine bittenden dunklen Augen hätten mich rumgekriegt. Wider besseren Wissens hätte ich mich in seine Arme fallen lassen, mich küssen und trösten, wir hätten gemeinsam geweint und uns gegenseitig geschworen, alles dafür zu tun, um unsere Liebe zu retten.
Aber es ist vorbei, es gibt kein Zurück.
„Es tut mir leid", wiederhole ich, „danke für die schöne Zeit mit dir. Au revoir, chérie."

Dann drücke ich die rote Taste und schalte sicherheitshalber mein Handy aus, wie ich Nicolas kenne, wird er mich in den nächsten vierundzwanzig Stunden mit SMS, Anrufen und Mails bombardieren. Ich werde sämtliche Nachrichten ungelesen löschen. Vielleicht tue ich ihm Unrecht, vielleicht hätte unsere Beziehung noch eine Chance gehabt. Aber ich will nicht mehr. Gedankenverloren ziehe ich meinen Ring vom Finger, hauche einen Kuss auf das Silber und lege ihn zu den anderen Erinnerungsstücken in die Kiste. Dann schiebe ich sie weit unter mein Bett.

Je t'aime non plus ...

Schlussmachen

Keine Trennung geschieht von heute auf morgen. Auch wenn er gerade erst mit dir Schluss gemacht hat, hat er in Wirklichkeit schon viel früher damit angefangen, sich von dir zu trennen (und die Leidensphase schon hinter sich!).

Oder umgekehrt: Du hast lange gelitten darunter, dass die Beziehung nicht mehr das ist, was sie mal war. Jetzt willst du Schluss machen, um diese Leidenszeit zu beenden. Für deinen Partner, mit dem du Schluss machst, beginnt die Leidenszeit jetzt erst.

Hieran erkennst du, wann eine Beziehung nicht mehr richtig funktioniert:

- Ihr habt ständig Stress, streitet wegen jeder Kleinigkeit und findet auch keine Einigung.
- Er hat keine Zeit mehr für dich bzw. du bist lieber ohne ihn unterwegs.
- Er redet nicht mehr mit dir bzw. du hast auch oft keine Lust, ihm etwas zu erzählen.
- Ihr habt unterschiedliche Interessen und findet keine Kompromisse.
- Er will seine „Freiheit“ und du auch.
- Er flirtet hemmungslos herum bzw. du schielst auch nach anderen Jungs.
- Es ist nicht mehr so zärtlich und vertraut zwischen euch.

Falls du merkst, das bringt alles nichts mehr, mache Schluss, bevor er es tut. Es fühlt sich immer besser an, die Aktive zu sein. Bitte ihn um ein Gespräch unter vier Augen (und schicke keine SMS!). Dann erkläre ihm ganz ehrlich, warum es für dich nicht mehr mit euch funktioniert. Stehe zu deinen Gefühlen! Das ist ungemein schwierig und überhaupt nicht leicht, zu einem Menschen Nein zu sagen! Aber oft der einzig richtige Weg, um aus einer verfahrenen Situation herauszukommen. Bleibe ehrlich, lasse dich von ihm nicht erpressen und mache ihm keine falschen Hoffnungen: Ja, du liebst ihn nicht mehr.

Ja, es ist vorbei zwischen euch.

Ja, es tut dir leid.

Aber es ist, wie es ist: AUS.

Ganz wichtig: Gehe und bleibe danach auf Distanz! Also keine Telefonanrufe oder Dates, kein Körperkontakt, keine Küsschen zum Abschied. Auch wenn sie von dir freundschaftlich gemeint sind, würde er sich nur falsche Hoffnungen machen (und du dir umgekehrt auch, oder?).

Wenn du schon so weit bist: Packe Erinnerungen (Fotos, Geschenke, Andenken) an ihn in ein Kiste und stelle sie mit einem „Danke schön für die gute Zeit" in den Keller. Das ist traurig, aber hilft dir, bewusst Abschied zu nehmen.

Sina

Sonne in mir – Sinas Ich-bin-wieder-da-Geschichte

Ich sitze im Sonnenschein und was soll ich sagen: Mir geht es gut! Nach all den Tränen, die ich in den letzten Monaten wegen Yannis und dem Ende unserer Beziehung geweint habe, hätte ich nie gedacht, dass ich es jemals wieder sagen kann. Doch die warme Frühlingssonne Andalusiens hat es geschafft, dass auch der letzte Fitzel Traurigkeit in mir geschmolzen ist und ich sagen kann: Mir geht es gut! Ja. Es. Geht. Mir. Wirklich. Sehr. Gut.
Oder liegt es an diesem wunderbar magisch-orientalischen Ort, den sie den Generalife nennen und der der atemberaubendste Garten ist, den ich jemals gesehen habe? Wasserspiele, Kieselmosaike, Wandkacheln und Ornamente, wohin du schaust, dazu Blumen und Büsche, ein sanfter Windhauch ...
Und heute Abend sind hier oben nur wenige Menschen, die mit mir diese zauberhafte Atmosphäre genießen. Neben mir sitzen

ein paar Musiker und spielen auf der Gitarre vertraute Latino-Klänge. Und eine wunderschöne Frauenstimme singt dazu. So chillig kann das Leben sein ...

Wer jetzt denkt: Na logisch, die Sina wieder, bei der ist eh alles immer so easy:

Ja, das Leben ist schön!

Ich bin froh und glücklich und frei!

Alles kann so einfach sein.

...

...

...

Nein. Es ist alles so verdammt kompliziert und schwer gewesen und ich bin froh, dass ich das alles hinter mir habe. Denn es gab eine Zeit, da hätte ich am liebsten den Kopf unters Kissen gesteckt, wollte nie wieder aufstehen. Stundenlang auf dem Sofa sitzen, nach draußen starren und an nichts denken. Dann träumte ich mich in die Zeit zurück, als Yannis und ich noch beste Kumpel waren, oder in jene Ära, als wir ohneeinander nicht denkbar waren, ein Liebespaar. Dann erfasste mich eine unglaubliche Traurigkeit, die sich wie ein Schatten auf meine Seele legte und machte, dass ich noch nicht einmal Lust auf mein heiß geliebtes Basketballtraining hatte. Dann fühlte ich mich klein und mickrig, sodass ich weder Haare waschen noch Klamotten wechseln wollte. Stundenlang habe ich geweint ... und beinahe erfroren wäre ich auch, weil ich auf der Suche nach Yannis bei Eiseskälte in Dietrichs Hollywoodschaukel eingeschlafen war. Ausgerechnet Malte hatte mich entdeckt, weil er zu später Stunde von einer Party kam. Ihm verdanke ich, dass ich in jener Nacht wieder in mein warmes Bett zurückgegangen bin, ohne blaue Nase und abgestorbene Fingerspitzen. Zuvor hatte er mich fest in die Arme geschlossen und mich getröstet – Malte, der Mädchenheld, der mich sonst nie beachtet hat, weil ich für ihn immer die kleine Sina von nebenan war, die auf den Feten seiner Mutter Orangensaft getrunken hat. Ich erinnere mich nicht mehr daran, was er mir alles ins Ohr geflüstert hat, ich weiß nur, dass es mir unendlich guttat und mich tröstete. Danach haben wir uns regelmäßig getroffen, ich, weil ich mit ihm über seinen Bruder reden wollte, er, weil er sich Hoffnungen machte. Malte ist eben so.

Die Erinnerung an Malte zaubert mir ein dankbares Lächeln ins Gesicht, er hat mir damals wirklich durch diese grässliche, verzweifelte Zeit geholfen, in der ich nicht fassen konnte, dass zwischen Yannis und mir alles vorbei sein sollte.

Die Gespräche mit ihm führten allerdings auch dazu, dass ich mir falsche Hoffnungen bei Yannis machte. Nach dem Motto: „Wenn ich mich ändere und auf Yannis zugehe, wird alles gut. Wenn wir über unserer Fehler und Probleme offen sprechen, haben wir noch eine Chance. Wenn nur noch ein Funken Liebe zwischen uns ist, schaffen wir das." Ich habe Yannis um ein Treffen gebeten und ihm versprochen, nicht mehr alles so eng zu sehen. Als er sagte, er hätte mich lieb und wollte mich als Freundin nicht verlieren, war ich sooo happy! Ich habe mich daran geklammert, an unsere Liebe geglaubt und wie in diesen Hollywood-Kitsch-Filmen um unsere Liebe gekämpft. Jeden Tag, immer wieder, mit kleinen Aufmerksamkeiten, Anrufen, Treffs. Leider ohne Happy End, denn Yannis hatte längst mit unserer Beziehung abgeschlossen. Wie ich im Nachhinein feststellen musste, hat er eher aus Mitleid mit mir gesprochen, sich mit mir verabredet, mich in den Arm genommen und mir einen Kuss auf die Wange gehaucht. Und ich habe gedacht, er meint es ernst! Ich hatte gehofft, wir finden noch mal zueinander, schließlich galten wir in der Clique als das Dreamteam schlechthin. Aber offensichtlich war unsere Zeit abgelaufen, wir haben uns in den folgenden Wochen fast nichts mehr zu sagen gehabt und auf der Silvesterparty von Jolina tat er so, als sei ich gar nicht da. Jede zufällige Begegnung mit ihm war ätzend, weil ich mich am liebsten in seine Arme gestürzt und um seine Liebe gebettelt hätte – wohl wissend, dass es totaler Blödsinn wäre. Was habe ich mich selbst erniedrigt und fertiggemacht. Alles nur wegen ihm! Aber ich war blind. Vor Liebeskummer.

Jetzt stiehlt sich doch eine kleine Träne aus meinen Augenwinkeln. Die Erinnerung an diese quälende Zeit ist einfach überwältigend, ich schiebe mir meine Sonnenbrille auf die Nase. Yannis hat mich bitter enttäuscht, nach all den intensiven Freundschaftsjahren zwischen uns hätte ich von ihm erwartet, dass er sich mir gegenüber anders verhält. So ist er mir danach einfach nur aus dem Weg gegangen.

Den gesamten Winter habe ich unter meinem Liebeskummer gelitten, irgendwie Januar, Februar und das Halbjahreszeugnis hinter mich gebracht. Und dann, eines Tages, machte es Klick!, als ob ein Wutschalter in mir umgelegt würde. Das war im Geschichtsunterricht, als Yannis gemeinsam mit Julia ein Referat über Napoleon hielt und er ganz eifrig bei der Sache war und die meiste Zeit alleine referierte. Wenn wir gemeinsam gearbeitet haben, war es immer genau andersherum, da war ich diejenige, die das Grundgerüst und die Stichworte lieferte. Ich war unglaublich sauer in diesem Moment: Erstens auf ihn, weil er mich diesbezüglich immer ausgenutzt hat. Zweitens auf ihn, weil er jetzt den Obermacker raushängen ließ. Und drittens auf ihn, weil er ausgerechnet Julia als Partnerin ausgewählt hatte. Das konnte er doch mit mir nicht machen! Wutschnaubend bin ich damals mitten im Unterricht aus der Tür gerannt und habe mich auf dem Mädchenklo eingesperrt. Die fiesesten und gemeinsten Rachepläne habe ich dort auf dem Deckel hockend ausgeheckt, ihm Pest, Tod und Teufel an den Hals gewünscht und noch viel Schlimmeres. Natürlich habe ich ihm später weder Frösche in den Rucksack gesteckt noch seine Angelschnüre verknotet. Aber es hat sehr gutgetan, darüber nachzudenken, womit ich ihn hätte richtig ärgern können ...

In einer Angelegenheit bin ich dann doch aktiv geworden. Ich habe meine Wut an Julia ausgelassen, die einfach so tat, als ob Yannis jetzt ihr Freund wäre. Das war sicher nicht fair ihr gegenüber, weil es schließlich seine Entscheidung war, mit mir Schluss zu machen und langsam aber sicher mit Julia anzubändeln, die seit jeher ein Auge auf ihn geworfen hatte. Bei jeder sich bietenden Gelegenheit hat sie mir ja dazwischengefunkt, es war nur eine Frage der Zeit, bis sie sich Yannis angelte. Es war ein offenes Geheimnis.

Natürlich hat niemand etwas von meinen kleinen Gemeinheiten bemerkt, Julia allein hat sich gewundert über all die seltsamen Mails in ihrem Postfach, über blöde Flecken in ihren schicken Klamotten, über Käsepralinen, die sie plötzlich massenweise von Yannis geschenkt bekam. Denn irgendjemand

hatte ihm den Geheimtipp gegeben, dass Käsepralinen ihr liebstes Allerbestes wären ... Natürlich fühlte ich mich durch diese kleine Racheaktion kein bisschen besser. Weil es bald keinen Spaß mehr machte, habe ich schnell damit aufgehört, die beiden heimlich auszuspionieren und mit Gemeinheiten zu attackieren.

Ich recke mein Gesicht in die Sonne, um auch die letzten kleinen Erinnerungen an meine damaligen Rachepläne zu vertreiben. Wie tief kann man fallen! Aber diese Wut im Bauch gehörte wohl dazu, um Yannis zu überwinden. Zumindest hat sie sich viel besser angefühlt als der Frust danach.

Im Frühling war es dann nämlich so, dass alle, wirklich ausnahmslos alle um mich herum verliebt und glücklich waren. Alle hatten einen Freund – nur ich nicht. Und ich war allein, alleine wie noch nie in meinem Leben. Jolina hatte ein Techtelmechtel mit einem feurigen Latino, den sie im Salsa-Kurs kennengelernt hat. Milli verliebte sich in ihren Reitlehrer, der Klassiker schlechthin, mit der fatalen Wendung, dass er wegen ihr Frau und Baby im Stich ließ. Nächtelang haben wir darüber diskutiert, ob sie das Recht dazu hat, ihn zu treffen, wo er doch anderweitig gebunden war, aber die beiden konnten nicht voneinander lassen. Bis heute leben die beide eine total verrückte wie leidenschaftliche Liebe, ich wünsche ihnen von Herzen, dass sie für immer verliebt und gemeinsam auf ihren Pferden um die Welt reiten ... Kleo hatte sich in einen geheimnisvollen Mister X verliebt, über den sie mir nicht mehr erzählen wollte. Na, und Julia war endlich, endlich mit ihrem (meinem!?) Yannis zusammen und zeigte allen und jedem, wie überglücklich sie mit ihm war.

Das war vielleicht ätzend – bei Antonio im Eiscafé, im Basketballverein, in der Schule, am Main – überall Pärchen. Erst wollte ich ganz tapfer sein und habe versucht, mich so attraktiv wie möglich zu stylen, mir meinen Frust nicht anmerken zu lassen, aber es kam noch schlimmer. Denn irgendwann habe ich leider feststellen müssen, dass ich in meine Model-Jeans nicht mehr reinpasste, viel zu viele Pickel im Gesicht hatte und meine Mundwinkel nur traurig herunterhingen. Da war nichts zu machen! Anstatt dagegenzupowern, habe ich mich erst recht hängen lassen, noch mehr Schoko gefuttert und mich stundenlang im Spiegel dafür bewundert, wie traurig ich aussehen konnte. Und alles nur wegen Yannis, weil er mit mir Schluss gemacht und mich ins Unglück gestürzt hatte. Ich tat immer noch so, als gäbe es meinen besten Kumpel-Freund in meinem Leben, als wäre alles so wie früher, dabei war er längst mit einer anderen zusammen und interessierte sich überhaupt nicht mehr für mich. Aber ich gab ihm die Schuld an meinem Unglück. Dabei war er ja überhaupt nicht verantwortlich für mein Seelenheil, nie gewesen und jetzt erst recht nicht mehr. Aber das habe ich lange Zeit nicht einsehen können, dass ich selbst diejenige sein musste, die ihr Glück in die Hand nahm. Stattdessen wurde ich von Tag zu Tag grauer, einsamer, trauriger. Natürlich haben viele liebe Menschen um mich herum versucht, mich auf andere Gedanken zu bringen und aufzuheitern, meine Eltern, Tante Irene, Jolina und Milli, auch Kleo. Ich habe schlaue Bücher gelesen und etliche Tipps ausprobiert, aber nichts hat geholfen. Mir kam es so vor, als wären alle glücklich um mich herum, nur ich nicht. Als hätten alle Erfolg, als wären alle zufrieden, fröhlich und geliebt. Alle. Außer mir.

Ich konnte meinen Blick gar nicht von mir wenden, es war, als müsste ich zwanghaft in das schwarze Loch gucken, das sich in meinem Herzen aufgetan hatte.

Bei der Erinnerung an meine Zeit als trauriges, sich selbst bemitleidendes Opferlamm krampft sich mein Herz abermals zusammen, unwillkürlich lege ich meine Hand schützend auf meine Wunde, lasse die Sonnenstrahlen wärmend dorthin wandern. Sie ist noch da, aber tut längst nicht mehr weh. Ich habe es geschafft, mein Herz zu heilen und wieder froh und stark zu machen.

Denn eines Tages war es so, dass ich total angenervt war von meinem Liebeskummerzirkus. Ich kann nicht sagen, wie es passiert ist oder was der Auslöser war. Es war einfach so, dass ich die Nase voll hatte von dem ständigen Geweine und Miesfühlen. Ich konnte mich selbst nicht mehr richtig leiden und bin mir (und garantiert auch meinen Mitmenschen) gehörig auf den Wecker gefallen. Irgendwann kam dieser Punkt, da habe ich einfach beschlossen, dass ich wieder froh und glücklich sein WILL. Dass es nicht sein kann, wegen eines Jungen für immer und ewig wie ein Trauerkloß durch die Gegend zu rennen. Dass mir jemand wie Yannis die Freude am Leben vermiest.

Vielleicht war es, weil es plötzlich Anfang April mit einem Schlag warm und sonnig wurde. Nicht mehr verliebter Frühling, sondern richtiges fröhliches Sommerfeeling. Vielleicht lag es daran, dass ich im Fernsehen einen Bericht über passive Frauen und ihre dämlich große Opferbereitschaft gesehen hatte. Vielleicht kam es auch deshalb, weil ich meine Goodie-Kiste durchgekramt und ein altes Foto von mir und Yannis herausgefischt hatte.

Es zeigt mich im rot-weiß gepunkteten Bikini und Yannis im Bademantel, wie ich ihn gerade lachend mit einem Würstchen füttere. Da wurde mir mit einem Schlag klar: So war es immer! Ich habe organisiert, gemacht und getan und Yannis hat immer nur den Mund aufgemacht und konsumiert. Ich habe mich verrückt gemacht wegen allem und nichts und dem lieben Yannis war es einfach piepsegal.

Nach dieser schockierenden Erkenntnis habe ich etwas sehr Befreiendes getan: Ich habe meine Schere aus der Schreibtischschublade geholt und das Bild sorgfältig und gründlich, wie das nun mal meine Art ist, in tausend Stücke zerschnippelt. Ich, Sina Rosenmüller, werde nie wieder einen Jungen mit Würstchen füttern. Und in einer Hollywoodschaukel schon mal gar nicht. Ich habe dann noch meinen Ring, den mir Yannis mal geschenkt hatte, in einen Umschlag gelegt und außen ein „Danke für die schöne Zeit" gekritzelt. Denn trotz all der negativen Gefühle, die ich mittlerweile für ihn hegte, hatte ich ja wirklich eine tolle Zeit mit ihm gehabt. Und die will und wollte ich nicht vergessen. Deswegen liegt sein Ring jetzt als Erinnerungsstück neben meinem leeren ersten Anti-Pickel-Stift und dem witzigen Schnappschussfoto von Milli und mir in meiner Goodie-Kiste.

Seit diesem bewussten Abschied ging es mir zunehmend besser, es war, als hätte sich der graue Schleier gehoben und die Welt mit einem Mal wieder bunt gemacht. Ich hatte wieder Freude am Leben, habe mich mit Elan für das Nachwuchstraining im Basketballverein engagiert, Ostergeschenke für meine Lieben besorgt, mich wieder mit meinen Freundinnen getroffen und mir sogar einen neuen Haarschnitt verpassen lassen.

Und als ob es das Leben nach all den Tränen plötzlich wieder gut mit mir meinen würde, haben mich meine liebe Tante Irene und mein liebster Onkel Ösi zu dieser Fünf-Tage-Andalusien-Rundreise in den Osterferien eingeladen, weshalb ich heute Abend hier oben auf der Alhambra bin.

„Quieres?" Jemand rempelt mich an der Schulter und reißt mich aus meinen Erinnerungen.

„Qué?" Überrascht blicke ich auf, direkt in die dunklen Knopfaugen einer zierlichen Spanierin mit tätowierten Armen, die mir eine saftige Orange hinhält. Die Musiker neben mir haben aufgehört zu spielen – ich war so tief in meine Gedanken versunken, dass ich es erst gar nicht bemerkt habe.

„Sehr gerne, gracias!" Ich nehme den geschälten Orangenschnitz und lutschte ihn genüsslich aus, während ich mit halbem Ohr versuche herauszufinden, worüber die vier sich unterhalten. Sie diskutieren über eine Liedzeile, so viel verstehe ich.

„Son tontos, no tienen ninguna idea", meint die Spanierin kopfschüttelnd und hält mir eine weitere Orange hin, „soy Ana, y tú?" Also folgt eine Vorstellungsrunde mit den üblichen Küsschen, wie ich es von den Spaniern gewöhnt bin. Ich begrüße Paco, Pablo und Juan und erzähle, dass ich Sina aus Alemania bin. Juan hat seine Gitarre dabei und zupft die ganze Zeit über leise an den Saiten herum, sehr melodiös, sehr rhythmisch, aber auch ein bisschen melancholisch – wie die gesamte Atmosphäre hier oben in diesem alten arabischen Garten.

„Wir arbeiten gerade an einem neuen Lied", erklärt mir Ana, „normalerweise haben wir hier oben auf der Alhambra immer die besten Ideen ... aber heute Abend ..." Sie wendet sich seufzend ab. Paco hat eine Zigarette aus seiner Jackentasche gefummelt und raucht jetzt schweigend, während die anderen grübelnd vor sich hin brüten.

„Mmh.“ Ich zucke hilflos mit den Schultern. Eine Band im Kreativloch ist gerade das, was ich am allerwenigsten gebrauchen kann, wo ich doch gerade selbst erst aus meinem Liebeskummergraben herausgekrabbelt bin.

„Worum geht es in eurem Lied?“, frage ich höflich, um ein bisschen von der miesen Stimmung abzulenken, die sich gerade breitmachen will. Dazu ist der Abend viel zu schön und meine Laune viel zu gut.

„Libertad“, antwortet Paco, „um die Freiheit in uns selbst.“

„Y el amor a su mismo“, fügt Pablo hinzu. „Wenn eine Liebe vorbei ist, hast du immer noch dich selbst, auch wenn der andere weg ist.“

Ich nicke zustimmend, obwohl ich seinen hoch komplizierten philosophischen Ausführungen nicht wirklich folgen kann.

„Sollen wir es dir vorspielen?“, fragt Juan und ich nicke. Endlich mal eine gute Idee.

„Y esina hace las palmas“, sagt Pablo und zeigt mir, wie ich mit den Händen den Rhythmus à la Flamenco klatschen soll. Gar nicht so einfach, aber ich habe schnell den Bogen raus. Dann schließe ich einfach die Augen und lasse mich in Juans sanfte Gitarrenklänge gleiten, Paco nimmt die Trommelbox zwischen seine Beine, während Ana und Pablo im Duett anfangen zu singen.

Dejáme vivir ... y volver a ser yo mismo.

Da verstehe ich, worum es in ihrem Lied geht und warum sie sich alle die ganze Zeit so schwer damit tun. Einfach ist eben am schwersten. Einfach nur bei sich zu sein, wer schafft das schon?! Von wegen Freiheit. Den anderen lassen, sich selbst frei

machen von alten Beziehungen, Erwartungen, Fesseln, Rollenbildern, Klischees ... das ist es.
Dejáme vivir ... y volver a ser yo mismo.
Ein Lächeln huscht über meine Lippen, ich singe den Refrain in der zweiten Stimme einfach mit, Juan zwinkert mir zu.
Lass mich leben und mich wieder ich selbst sein. Auf meine Weise – und du wirst auch wieder du selbst, aber auf deine Weise ...
Ana beginnt zu tanzen, bewegt sich wie eine Flamencotänzerin, aber viel leichter, schwebender, jetzt hat die Band ihr Lied endlich gefunden, an dem sie den ganzen Abend über gearbeitet haben, sie beginnen noch mal von vorne, wieder und wieder singen wir den Refrain.
Dejáme vivir ... y volver a ser yo mismo.
Die letzten Strahlen der untergehenden Sonnen kitzeln mich in der Nase und erinnern mich daran, dass ich hier bin – hier und jetzt. Frei und vor allem: glücklich!

Alles wird gut!

Glücksformeln

Welch ein Glück, Folgendes zu wissen: Forscher aus der Positiven Psychologie haben gezeigt, wie der Glückssollwert bei Menschen zusammengesetzt ist:

- 50 % angeboren, genetisch bedingt (= ein Teil Schicksal ...)
- 10 % Umstände, Reichtum, Familie
- 40 % gewohnheitsmäßige Gedanken, Gefühle, Worte, Taten (= ... ein Teil du!!!)

Mit anderen Worten: Du hast es in der Hand, glücklich zu sein, du musst es „nur“ wollen. Und dieses „nur“ WOLLEN ist das Alleraller-schwerste, ohne Frage, vor allem wenn man gerade wegen Liebeskummer oder anderer Sorgen kreuzunglücklich ist.

Folgende Tipps können dir helfen, dein Glück zu fassen:

- Denke an dein Glück! Befreie dich von negativen Gefühlen, wende deinen Blick auf all die guten Dinge, die um dich sind.
- Mache dein Glück sichtbar! Bastele dir eine Glückstafel mit Dingen, die dich froh machen und gute Gefühle wecken (ein Naturbild, Zitate, Fotos, wie du lachst, Lieblingsfarben).
- Suche dein Glück! Halte Momente fest, die dich glücklich machen.
- Schlafe dich glücklich! Genügend Bewegung und ausreichend Schlaf.
- Lebe in glücklichen Beziehungen! Und damit sind alle Beziehungen gemeint: die zu deinen Freundinnen, zu deinen Geschwistern, zu deinen Eltern, zu den Leuten in deiner Nachbarschaft ... Vermeide Energieräuber, umgib dich mit Menschen, mit denen du dich wohlfühlst.
- Mache glücklich! Mit Mitgefühl, Aufmerksamkeit und guten Gedanken kannst du wahre Kettenreaktionen auslösen.
- Vertraue dem Glück! Höre auf dein Bauchgefühl, zeige Zuversicht ...

auslandszeit.de

Dein Wegweiser ins Ausland

Welche Auslandszeit passt zu dir?

Teste Dich jetzt auf www.auslandszeit.de

Sei es **nach dem Abitur** oder **vor der Ausbildung** bzw. **Studium** oder auch einfach als »**Gap Year**« mittendrin: **auslandszeit.de** zeigt dir **alle Möglichkeiten für einen Auslandsaufenthalt** und hilft dir dabei, die für dich **passende Auslandszeit** zu finden. Mach den **Auslandszeit-Test**, lies unsere **kostenlose Auslandszeit-Bibel** und tausch dich mit unseren vielen **Tausend Followern** aus – egal ob über **Facebook** oder übers **Forum**, sei dabei und finde **DEINEN Weg ins Ausland** – auf www.auslandszeit.de!

Ilona Einwohlt

Alicia

978-3-401-06932-6

Unverhofft nervt oft

Eigentlich war Alicias Leben allein mit Oma und Vater in bester Ordnung. Bis sie eines Tages im Badezimmer ihrer nackten Mathelehrerin gegenübersteht. Wie oberpeinlich! Ausgerechnet Roselotte Froboese, nervigste Lehrerin aller Zeiten, ist Papas neue Freundin. Noch schlimmer: Sie zieht mit Kindern, Katze und Krempel bei ihnen ein!

978-3-401-06995-1

Wer zuerst küsst, küsst am besten

Alicia brennt darauf, ein weiteres Tagebuch ihrer verschwundenen Mutter zu lesen. Doch dafür gibt es eine Bedingung: Sie muss ihren ersten Kuss erlebt haben! So ein Mist, dass Alicia sich gar nicht für Küssen und Verliebtsein interessiert.

978-3-401-60044-4

Liebe gut, alles gut!!!

Verliebtsein macht keinen Spaß, findet Alicia. Vor allem, weil ihr Freund Tim nur Fußball im Kopf und gar keine Zeit für sie hat. Zu allem Überfluss dreht ein neugieriges Fernsehteam auf dem alten Bahnhof eine Dokumentation. Dabei forscht die Reporterin heimlich nach den Spuren von Alicias verschwundener Mutter.

Arena

Auch als E-Books erhältlich

Jeder Band:
Klappenbroschur
www.arena-verlag.de

Ilona Einwohlt

978-3-401-06613-4

Die Welt und ich

Ein Schüleraustausch? Klar, Sina ist dabei! Sie muss doch ihr Spanisch verbessern – und ausprobieren, wie woanders gelebt, gefeiert und geküsst wird. Aber: Was, wenn die Gastfamilie ätzend ist? Sie das Essen nicht mag oder Heimweh bekommt? Sina beginnt, eine unvergessliche Reise zu planen.

978-3-401-50445-3

Mein Schutzengel und ich

Sina will leben. Das Leben genießen. Und das kann sie glücklicherweise auch, denn sie hat einen schweren Fahrradunfall überlebt. Ihr kreisen nun tausend Fragen durch den Kopf, die sich alle um die Themen Religion, Sinn des Lebens und Schutzengel drehen und denen Sina auf den Grund gehen will.

978-3-401-06912-8

AllerBeste-Freundinnen-Zeiten und ich

Bei Sina und Kleo war es Freundschaft auf den ersten Blick, Jolinas beste Freundin ist ihre Mutter und Julia chattet am liebsten mit ihrer neuen Online-Freundin Ala. Ob Internet-, Schul oder Kleebattfreundschaft: Sina und ihre Freundinnen sind Expertinnen auf diesem Gebiet und wissen, was sie aneinander haben.

Arena

Auch als E-Books erhältlich

www.arena-verlag.de
www.sinasblog.de

Ilona Einwohlt

978-3-401-50451-3

Die Liebe und ich

Sina ist verliebt – bis über beide Ohren! Die Hormone tanzen und alles ist rosarot. Und doch gibts schon wieder was zu grübeln: Ist er der Richtige fürs erste Mal? Was muss ich dazu wissen? Und: Wie geht das überhaupt? Sinas kribbelige Liebesgeschichte mit vielen persönlichen Sina-Tipps und Infos zu Liebe, Sex, Verhütung und Co.

978-3-401-50447-6

Meine Clique und ich

Sina möchte unbedingt dazugehören zu der Clique der Edlen. Und sie ist so stolz darauf, dass Xenja, Maximiliane und Katharina-Sophie sie als neues Mitglied auserkoren haben. Aber muss sie auch um jeden Preis Designerklamotten tragen? Vorglühen, bevor es auf eine Party geht? Und was für bunte Pillen soll sie da nehmen? Sinas Begeisterung für die Clique schlägt in Ratlosigkeit um.

978-3-401-50444-5

Die Schule und ich

Schule nervt!, findet Sina, und zwar gewaltig. Vokabeln pauken, öde Schullektüre, Referate halten. Das ist Horror hoch zehn! Die Klassenfahrt ist noch okay, aber Mobbing, scheußliches Essen in der Schulmensa und ein unfairer Lehrer nicht – jetzt hat Sina endgültig die Nase voll: Sie lässt sich zur Klassensprecherin wählen und kämpft für Gerechtigkeit, unter dem Motto: „Das Beste an der Schule, das sind wir!"

Arena

Auch als E-Books erhältlich

Jeder Band:
Arena-Taschenbuch
www.arena-verlag.de
www.sinasblog.de

Margot Berger / Stefanie Dörr
Ilona Einwohlt / Alice Pantermüller

Beste Freundinnen gegen den Rest der Welt

Maxi hatte schon befürchtet, dass es chaotisch wird, wenn Papas neue Freundin und deren Tochter Isabelle zu ihnen ziehen...
Lea und Ammi beschließen, ein Pony zu retten.
Terri kann es nicht fassen. Ihre Cliquenchefin Lilly verlangt einen Treuebeweis für ihre Freundschaft!
Seit Tinatin in ihre Nachbarschaft gezogen ist, benimmt sich Alvas beste Freundin Lea völlig daneben...
Vier einzigartige Geschichten über Mädchen, Streit und wahre Freundinnen.

Arena

224 Seiten
Klappenbroschur
ISBN 978-3-401-50678-4
www.arena-verlag.de